〖中华诗词存稿·地域专辑〗

中华诗词学会 编

云南诗词选

（一）

云南诗词学会 编

中国书籍出版社
China Book Press

图书在版编目（CIP）数据

云南诗词选.一/云南诗词学会编.—北京：中国书籍出版社，2020.9

（中华诗词存稿）

ISBN 978-7-5068-7928-6

Ⅰ.①云… Ⅱ.①云… Ⅲ.①诗词－作品集－中国 Ⅳ.①I22

中国版本图书馆CIP数据核字(2020)第141726号

云南诗词选·一

云南诗词学会 编

责任编辑	李国永	
责任印制	孙马飞 马 芝	
封面设计	采薇阁	
出版发行	中国书籍出版社	
地　　址	北京市丰台区三路居路97号（邮编：100073）	
电　　话	（010）52257143（总编室）（010）52257140（发行部）	
电子邮箱	eo@chinabp.com.cn	
经　　销	全国新华书店	
印　　刷	北京虎彩文化传播有限公司	
开　　本	710毫米×1000毫米 1/16	
字　　数	376千字	
印　　张	35	
版　　次	2020年11月第1版　2020年11月第1次印刷	
书　　号	ISBN 978-7-5068-7928-6	
定　　价	798.00元（全2册）	

《中华诗词存稿》
编委会名单

顾　　问：郑欣淼　郑伯农　刘　征　沈　鹏
　　　　　葉嘉莹

编　　委：（按姓氏笔画排序）
　　　　　丁国成　王　强　王改正　王德虎
　　　　　刘庆霖　吕梁松　李一信　李文朝
　　　　　李树喜　陈文玲　张桂兴　范诗银
　　　　　欧阳鹤　杨金亭　林　峰　罗　辉
　　　　　周兴俊　周笃文　宣奉华　赵永生
　　　　　赵京战　钱志熙　晨　崧　梁　东
　　　　　雍文华

主　　任：范诗银

副 主 任：林　峰　刘庆霖

执行主编：吕梁松　王　强　李伟成

秘　　书：李葆国

《云南诗词选》编委会名单

顾　　问： 丹　增　张田欣　梁公卿　张文勋

主　　编： 赵浩如

副 主 编： 何克振　蔡川右　杨世光　郭鑫铨

　　　　　　汤继红　朱　籍　张仙权

策划运作： 汤继红

总　序

　　我们这个诗歌大国有一个很好的传统,历来注重"采诗"、搜集整理诗歌材料。作为唯一的全国性诗词组织的中华诗词学会,自1987年5月成立以来,就十分重视这项工作。学会每年的学术研讨会和历届"华夏诗词奖",都出版论文集和获奖作品集。纪念学会成立二十年、三十年时,还专门编辑出版了《大事记》《论文选集》《诗词选集》。《中华诗词》创刊以来,每年都制作年度合订本。2007年5月,在北京天识东方文化艺术传播有限公司的资助下,以近代以来诗词创作、诗词理论、诗词运动重要文献汇编,当代名家个人作品专集等为主要内容,出版了《中华诗词文库》。经过十来年的编辑整理,已经出了近百卷。这些诗集、文集的出版,记录了近百年来尤其是改革开放四十多年来,中华诗词从起步、复苏走向复兴的砥砺前行的历程,为近、当代诗歌史的撰写准备了丰富的资料。

　　党的十八大以来,中华民族优秀传统文化重新受到应有的重视。习近平总书记《念奴娇·追思焦裕禄》词和《军民情》七律的相继发表,引领中华大地诗潮滚滚而来。《中共中央关于繁荣发展社会主义文艺的意见》和中办、国办《关于实施中华优秀传统文化传承发展工程的意见》,都明确提出"加强对中华诗词、音乐舞蹈、书法绘画、曲艺杂技和历史文化纪录片、动画片、出版物等的扶持。"国家教育部组织制定由中华诗词学会起草的新中国语言体系中的新韵书《中华通韵》已经通过国家语言文字工作委员会语言文字规范标准审定委员会审定，即将颁布全国试行。这些都使我们真切地感受到，中华诗词的春天真的到来了。诗人们乘着骀荡春风，正以高昂的激情，书写着中华民族伟大复兴的新时代、新史诗，国家富强、民族振兴、人民幸福的中国梦；正以与人民同呼吸、共命运的诗人之心，对人民的欢乐、人民的忧患、人民的情怀给以诗意的表达；正以"美"或"刺"的诗人之笔，对市场经济大潮中人民对幸福生活的期待，对美好未来的希望，对假丑恶的深恶痛绝，或给以方向，或给以赞美，或给以鞭挞。正如习近平总书记所指出的："好的文艺作品就应该像蓝天上的阳光、春季里的清风一样，能够启迪思想、温润心灵、陶冶人生，能够扫除颓废萎靡之风。"

当前，传统诗词创作者和诗词爱好者队伍发展迅速，已超过三百万。每天创作的诗词作品超过唐诗、宋词、元曲的总和。诗词评论研究队伍也成长很快，诗词评论、诗词学、诗词创作理论研究成果丰硕。如何从浩如烟海的诗词作品中"淘"出优秀作品，并使之存下来、传下去，如何使诗词研究理论成果"面世"并发挥应有的指导作用，确实是摆在我们面前的无可回避的一个重要课题。中华诗词学会是一个没有国家编制，没有国家拨款的社会团体，事业的运转主要靠社会赞助和会员费支撑。俊识（北京）文化传媒有限公司总经理吕梁松、北京采薇阁总经理王强，两位一直是对中华传统文化情有独钟的热心人，慷慨解囊，愿意同中华诗词学会一起，搜集整理编辑推出《中华诗词存稿》这套书，共同为中华诗词文化的继承和发展，做成这件十分有意义的事情。

  《中华诗词存稿》主要搜集整理出版三部分内容的资料：一是当代诗词名家的个人作品集；二是当代诗词评论家、诗词学者的学术著作集；三是当代诗词作品、诗词理论学术成果阶段性、专题性、地域性的集成类作品集。诗词作品强调精品意识，沙里淘金，把"有筋骨、有道德、有温度"的优秀诗词作品搜集起来。诗词评论、研究类资料强调理论性和创新性，应具有鲜明的个性特点，具有创建性的见解。集成类的资料应有一定的史料保存价值。总之，做成一套具有当代价值和历史意义的好书。在此，我们编委会人员，向提供资料、筛选编辑、版面设计、校对勘误，包括所有为这套资料付出辛勤劳动的同志们，表示真诚的谢意！

郑欣淼

二〇一九年七月于北京

目　录

上编

于乃义

（1915—1980），字仲直，号净明，别署饮光老人。1946 年与兄创办昆明五华文理学院，任教务长并执教于中文系。参与编纂、审订《云南丛书》《续云南备征志》等九部重要文献、方志，整理《圆觉经藏》等，主编明代兰茂《滇南本草》。

塞鸿秋

丙戌重阳应莼公约集螺翠山庄，以李太、王子安诗分韵得"是"字。

看青山不改冰霜志，稼轩说：料青山见我应如是。战玄黄，十年一觉浑无事。待安排，山河大地轻于翅。今日又重阳，螺峰会高士。主人举杯，殷勤倩客拈诗字。起初见，犹动兴哀思。共今宵，主客年逾三千祀。想渊明，白衣曾送芳樽至。古犹今，不过的一弹指。愿樽前，忘却有为心，做个无怀氏。莫等闲，俄顷又成千秋事。

来凤寺晚眺

独坐盘桓爱晚晴，伽蓝门外俯郊行。
林端虹挂半弓曲，岭上云垂一线平。
树迷城乡杂见白，秧齐天地共争青。
来乎我亦欲招手，垂老渴思听凤鸣。

【注】
寺在腾冲县来凤山。

光明农场劳动即感

村童笑我太斯文，荷担归来一缕云。
伫立杖锄庄外塑，老夫笔阵扫千军。

西山石室七绝句 (选二)

碧鸡颂

王褒持节处，颠表剩摩岩。
不见碧鸡影，山岚映远帆。

云华洞

穿云忽见天，险道激心弦。
更有惊心事，石龙天际悬。

西山怀古 （七首选二）

梁王避暑宫

碧鸡台榭睨山雄，曾是梁王避暑宫。
浮渡金沙夸烈祖，称藩蒙元镇南中。
红巾一战逃威楚，金指环歌负段功。
凭眺滇池沉水处，烟波浩淼思无穷。

华亭寺岩栖上人诗冢

苍公不作担公远，岳岳华亭起嗣音。
访问疏灯红庙路，拨开积雾碧蛾阴。

【注】
云南诗僧首推明季苍雪读彻，担当普荷。清道光间岩栖嗣其
音。

和癯老鲸鱼山诗

到此忘机轴，放怀天地宽。
云间鳞耀甲，日下波翻澜。
海角迎鲸吸，天涯耐岁寒。
缅怀庄蹻裔，秦火犹相安。

游华亭寺步先师卧雪先生韵二首

（一）

清宵更宿招提境，不羡黄金带十围①。
菜蕊连开千指悟，戒坛花雨四天飞②。

（二）

庄严龙象参罗汉，绚缦云霞护衲衣。
夜静三更鸣铎已，啜茗对话道心肥。

【注】
①放翁句；
②昔虚云老和尚传戒日，菜地一夕花开似莲蕊，见碑记。

和简南屏外祖《秋晚登大观楼》

云外青山送小舟，悠然神往独登楼。
人间患难今犹昔，滇海沸腾春复秋。
匹马突围思居敬，壮怀极远抗逆流。
江天一色澄秋水，便欲游心大九州。

【注】
外祖著《居敬斋诗钞》，陈虚斋题诗云："匹马溃围出，家
山兵火年。"

银杏 (吊太华诗三花之三)

山门又睹双银杏，老态龙钟不知年。
银杏水杉古之遗，古生物有活渊源。
胡君曾为水杉歌，夸诩杉种得其天。
此老更出水杉上，太华山阴伴云烟。
几见苍峰出滇海，几见晴川变桑田。
白果儿孙列万亿，藤萝附汝情相牵。
当年无照开山日，留汝镇山踞岩巅。
蒙元迄今向千载，道场兴废感无边。

和郭舟屋《滇池夜月》

高峤晚渡暮天青，月上东山镜海明。
载访诗人郭舟屋，如听哦吟彻苍冥。
碧鸡关头双峰碧，倒影深浸白荡域。
山川与我谁主客？芥子须弥未为窄。
放舟逐水任去留，岂随杞人增殷忧？
晚风吹来银塔动，更向银河荡虚舟。

何有庵对北抒怀

北斗七星高，北极挂竹梢。
开户见星光，夕照又来朝。
想念星光下，千里去迢遥。
此时应南望，行人在云霄。
我欲托斗柄，飞越度涵嶠。
长歌还乡吟，唱和起风骚。

出谷吟

吾爱渊明辞，无心云出岫。中山高接天，云霞笼群宿。自分此身送终老，天为盖张地为铺。入谷忆艰难，岩观心犹寒。鸟道少人踪，一步一长叹。今朝出谷非容易，回首恰似梦邯郸。我行几蹉跌，伴侣相扶挈二。登峰复入阱，悬岩似削铁。喜君向导步若飞，穿云出雾超前列。何事追踪问者，山径要我疗心脑。石上小憩辨六脉，单方就地取药草。蕨薇遍山长新芽，石榴棠梨竞放花。闲云飘然出幽谷，指点云间是吾家。

风入松·咏古树

草堂前后古树参天，荫盖亩许，如象行，如狮舞，盘根错节，千年以上物也，以入吾词。

草堂沉浸五云中，何物蔽秋空。凭高仰望难瞻顶，更亭亭合抱千重。似象行狮舞步，悠然荡我心胸。　　问君阅世几春冬，斯卓立苍穹。转观四壁山林表，喜儿孙环列西东。忽见招提塔影，宛如相和尘风。

寄竹君 （按：夫人简惠英）

匝月奔驰谋耦耕，清宵梦觉泪痕生。
读书铺里曾亲访，景谷天边竟远征。
密密缝衣期早聚，殷殷慰语要坚撑。
自非太上谁堪忍？勐戛河滨寄我情。

再寄竹君

识君三十载，结福十五春。朝夕形影不相离。
何事今朝遂作远征人？盘龙江畔初相送，恍惚登
车疑是梦。穿岩入谷遂千里，造化小儿真作弄。
他乡事事殊故乡，热带风物倍增伤。纵使主人殷
勤相慰勉，离恨方似缫丝长。但愿日短夜阑入梦
里，华胥国游团聚起。开缄读君寄我书，两地一
心泪如雨。有约盼新年，登程猛着鞭。长房缩地
送君来，渴诉一春别绪话缠绵。

中山道中叠予景谷行韵

杖履飘然又远行，凌空涉水路非平。
中山接应清凉界，南服好供笔砚耕①。
但使深栖崖谷隐，定教洗尽尘沙明。
羊肠鸟道开新路，脚印欲随春草生。

【注】
①高鹤年《名山游访记》朝五台山过五台县题曰"古中山国"。

过飞龙渡

急湍下飞龙，清流叩石钟。
不因行脚稳，那得荡心胸。

新　腊

蜃楼海市出崔嵬，竹翠松苍道九回。
此去中山天险路，入山深处步云堆。

夜宿勐赛

（一）

此宵真作化城游，地冻天寒止荒陬。
廊外火温生暖意，岩边懒臼自春流①。

（二）

故乡入梦犹深切，逐客疑思寄远熬。
月白霜清勐赛夜，鸡声催晓起徒劳。

【注】
①乡人引水自注木槽舂米，水尽徐起，名曰"懒臼"。

众生三咏

萤

持灯堪自照，竹径任飞行。
莫笑生光小，硕人不及萤。

羔

麦地锄荒草，羊羔与我亲。
思君依母意，愧此昂藏身。

蚁

蚁阵逞雄风，聚歼百足虫。
曷当解结怨，挑散顿时空。

寄家信

山居事事好，石壁鉴心光。
鸟语迎天曙，松声带晚凉。
引泉竹作管，汲水担皆香。
圣解凡情尽，家书第一章。

西湖游草 (八首选二)

洗心亭

百折寒山路，空亭出翠微。
云深藏小径，水静受斜晖。
已识今生是，还知昨者非。
悠然会心处，鱼鸟觉相依。

晚出云栖山经虎跑泉用东坡壁间韵

曾闻古院桂花香，再宿招提袂被凉。

人静忽惊天籁落，身闲始悔世情长。

松间山鼠窥行脚，午后斋钟出上方。

莫讶客来题句少，萧条物外更谁赏？

和钱仲联先生游滇诗 (四首选二)

（一）

天涯咫尺挹轻尘，见访春城欲暮春。

百鸟噤声岑寂久，今朝焕发迎诗人。

（二）

词坛述往为方来，碧玉泉滨文会开。

六代豪华春可住，传经云岭不群才。

马　曜

（1911-2006），字幼初，白族，云南洱源人。中共党员。1972-1985 年先后任云南大学教授，云南民族学院院长、名誉院长。先后任国家民委学术委员，中国民族学会副会长，中国西南民族研究学会会长，《中国历史大辞典》云南省编委会副主编、主编，省诗词学会名誉会长。著有《芘湖精舍诗初集》。

赠施介

斜阳飘没西风生，执手依依话别情。
他日鹏程欣得意，莫教车笠太分明。

金印峰晚眺柬任之

阅目河山尽远畴，微添薄醉又清秋。
陆沉虚证三摩地，心印孤漂一叶舟。
穆穆寸田窥物幻，辚辚日御逝炎州。
不胜回首东南剧，国事劳形在棘猴。

山居书怀

吾庐高可眺，树影带峰围。
秋净黄云瘦，泉枯白石肥。
杖藜行自远，看壑坐忘机。
薄暮寒林寂，疏钟度翠微。

偶　成

大地不平山突兀，苍天有泪雨滂沱。
欲将积愫浇江海，转觉波涛自此多。

无　题

锦瑟花光醉绮裙，春江明月忆清芬。
纵教千岁灵龟壳，难写华年逝水纹。

次韵任之岁尽无米，用《巢经巢诗抄》："寒夜百感交集，拈坡公语'不缘耕樵得，饱食殊少味'为韵，成诗十首"（选一首）

中州乱未已，民意难力拗。
饥寒不可待，可堪树根咬。
其直乃可原，何斥无礼绞。
视彼庙廊辈，居安而食饱。

书　怀

十年滞骨慎扶持，泪痕没字托荒碑。
梦回关塞殷魂黑，月坠江波累卵危。
兴往惊看书剑在，愁空微觉影形随。
日昏老景飞英少，深念衔杯莫更疑。

听雨（七首选一）

卷地来鏖百万兵，摧崖折树撼檐楹。
寒衾一夜难成寐，卧听中原鼎沸声。

浔阳江口别唐子敬

市嚣初定黄昏后，伤心送客浔阳口。舵工解
缆乱鸣金，唐子登舟别故友。君今溯洄我溯游，
顷刻东西一挥手。路灯夜冷参差光，悬裤初常禽
魂厚。拂拂融风弄柳丝，落月沉江大如斗。

儿　时

儿时干气象，枣花矜秀发。田角斗涎香，神
寒竦天骨。画地拟攻战，泼水弄绿发。凝眸系迥空，
游心驰兔窟。坐跃慈母怀，攘臂擒芳月。欺掠耳
边声，笑指惊鸿没。萦搅羡仙情，深夜梦竹筏。
百年将万日，坐叹芳华歇。世态交填狱，秋阳旦
旦伐。天网浩而该，持盈慎竭蹶。

香岛奉和郭沫若先生

北征投笔想当时，杳杳星空鬓有丝。
异国深悲埋甲骨，十年文阵偃牙旗。
幽燕竟束城狐尾，江汉寻歌战士诗。
犹忆出门惊顾处，娇儿醋卧未牵衣。

无题 (十二首选一)

摇落深情亦强延，怀人更在海西边。
呕心巧植三株树，异梦难开并蒂莲。
小雨晴晴思料峭，秋江脉脉倚危悬。
谁言万里蓬山远，占断灵犀咫尺天。

题《曲石诗录》 (四首选一)

南来已怯吴江冷，北去犹欣塞草温。
禹域峥嵘风雨暝，忍能携梦到昆仑。

十二月一日书怀 (六首选一)

商陆销香欲破寒，百年念聚已心殚。
玉衡脉脉悬更尽，檠影摇摇压岁阑。
左右逢源湍可决，东西高会雾愁看。
八春喋血河山在，医国终须换骨丹。

丙戌春，与一平同参省议。一平既归大姚，赋诗寄怀

将军试以民为贵，百炼还从玉石焚。
可许深情通广土，尽教群噪遏行云。
平停盛气神明致，扬激回波泾渭分。
燕处超然浑器长，利功远并事耕耘。

中旬拉杂古金沙江头石室晚眺

玉龙孤表插天平，石室遥含雪一茎。
镜底波光磨日影，江头雨色写春声。
明霞挂树干鸦啄，落照熔川百怪烹。
自枕孤云眈暝合，暗愁如海看涛生。

丁亥除夕书怀

圜阅纷传欲帝秦，沙飞海立一逡巡。
春回梦破花争艳，石凿天开气象新。
万灶烟寒噤硕鼠，千门雪压偃悬鹑。
填胸看割乖龙耳，雷霆砰訇尺蠖伸。

戊子元日书怀

众流依倚已横陈，尚有冰心挟万钧。
蜗角寻源归自媚，螺舟托命指天亲。
春回已倦人间客，梦破方惊物外身。
聚想百年输一瞬，齐州回首已成尘。

七月十五日即事

正气真存不帝秦，刀光剑影警鸡晨。
悬空万目睽睽处，知是田横五百人。

赠唐用九

阅世轮囷老眼明，脱劫余生虎口烹。
应悲大戮寻常事，转觉无言剧有声。
垂死头颅输一掷，披襟肝胆漫相倾。
望中天地真难即，留命高看万里情。

王九龄

（1880-1951），字竹村，号梦菊，云龙县人。毕业于东京法政大学，同盟会员。民国成立后，曾任安平同知、省财政厅长、北京政府教育总长等职。参与筹办东陆大学（任名誉校长），曾任省佛教协会理事长等。

竹楼墓碑诗三首

（一）

成蹊桃李尽公门，插遍宫墙太学幡。
诗鲤早欣趋伯鲤，伶仃深感惜王孙。
高歌天遁邻庄叟，懒草玄书叩帝阍。
惭愧河汾门下士，忝敷邦教负微音。

（二）

夫子循循善诱人，每从博约示传薪。
三馀课罢餐忘寝，一字安吟夜向晨。
送响歌声梁已绕，呕残腹稿墨频新。
桃李芳时祭寒食，好携麦粥奠荒村。

（三）

忆从舆榇奠荒阿，触目蓁苓痛奈何。
泪滴杯捲浮雀舌，夜空明月挂松萝。
三年筑室劳虚愿，百日心丧付逝波。
呵护丰碑付新鬼，罗丰凭吊任摩娑。

王兰馨

女，著名作家李广田先生夫人。曾为云南大学中文系副教授，出版《晚晴集》。

贺《边疆文艺》复刊并赠友人

姹紫嫣红次第开，春风有意巧安排。
如今还尔生花笔，不尽灵泉汩汩来。

菩萨蛮·安宁温泉冬晓

四围山色濛蒙雾，山高月小清光露。天外两三星，云边暗淡明。　　螂川上水，水上寒烟翠。雾散现渔村，山山尽晓暾。

浪淘沙·昆明西山龙门

翘首望幽燕，一线云天，三清阁上数渔船。荡漾碧波五百里，浩渺无边。　　云路几千年，不用神鞭，龙门哀怨有诗篇。壁上露桃天上种，历尽人间。

临江仙·温泉闲步

远树平莎初过雨，层峦滴翠浮光。褪红衫子映斜阳。绿荫深孙。白户起新墙。　　桥下蛙声断复续，天边淡月昏黄，潺潺鸭绿绕陂塘，微风过处，十里稻花香。

王秀成

（1926-2002）江西遂川人。南京建国法商学院法律系毕业。历任县税务局长、商业局长。1979年落实政策在玉溪财贸学校任教，高级讲师。云南省诗词学会会员，出版《王秀成诗文选》两集。

金陵投笔

啸歌投笔石头城，慷慨西南万里行。
青史留名圆夙愿，红军创业有长征。
唯求国富民康乐，敢再途艰享芒垂。
忠孝由来难两顾，高堂白发鉴儿心。

一九九六年元旦述怀

挥戈南下七千里，服务边陲四六秋。
壮志已教凝白发，丹心尚许效黄牛。
修文辑史存兴废，作赋吟诗寄乐忧。
尽瘁毕生何所冀，立身不让后人羞。

读昆明大观楼长联怀孙髯翁

清新俊逸当时景，悲壮凄凉历代情。
立德立言堪仰止，乐山乐水任权衡。
滇池浩渺君先赋，宦海迷茫我再生。
亘古诗文憎命达，髯翁何用叹浮沉？

鹧鸪天·抚仙湖纪游

万顷平湖一镜圆，千蜂列蟑若花环。渔帆隐
现波涛里，鸥鹭盘旋云雾间。　　万松寺，小孤山，
探幽揽胜地天宽。禄充笔架遨游趣，胜似飞仙上
广寒。

咏雄鸡

冠红羽锦体巍魁，信守时间永不恢。
酷爱光明驱黑暗，鄙夷怯懦逞英才。
三呼百士中庭舞，一唱千门万户开。
但愿世人能奋起，不辞引吭上高台。

生死荣

虽生已死生何益？虽死犹生死亦荣。
悟得人生真意义，不需重死与轻生。

彭总诞辰百年

横刀立马威东亚，请命为民鼓与呼。
夙夜为公真国士，千秋长忆万言书。

抗洪抢险颂

百年洪水漫三江，七省灾情欲断肠。
几度堤崩挥老泪，多回管涌泣家乡。
憾无体力驰前线，幸有军民构铁墙。
最是国人欣慰事，关怀备至党中央。

钱塘观潮

钱塘江口雪横空，吼地惊天震欲聋。
列阵飞冲奔万马，触山回退走群龙。
传言伍子忠魂怒，实系月球引力功。
钱锣射潮称壮举，弄潮儿女更英雄。

瞻仰天安门人民英雄纪念碑口占

碑标不世救亡功，烈士高风代代崇。
借问万千瞻仰者，几人无愧对英雄。

邓经邦

（1915—1992）生于云南省盐津县。毕业于云南大学矿冶系，前在云南大学矿冶系任讲师、副教授；后任职于东川矿务局，工程师、高级工程师。东川市政协副主席。曾任东川春蚕诗社社长、昆明金碧诗社副社长、云南省诗词学会常务理事。

诞日书怀

古稀初度豪情多，报国襟怀老不磨。
娲女补天勤炼石，鲁阳退日奋挥戈！
劫波尽历悟真理，汤网宏开禁柱罗。
破旧立新欣盛世，童心犹昔漫高歌。

感　遇

三字狱惊谪降来，半生抱负付蒿莱。
寒山采矿云中卧，霜月寻梅雪里栽。
市虎能淆曾母听，长沙岂尽贾生才？
深思最感明功罪，洗尽泥污见藕胎！

重 九

（一）

一阵秋风一阵凉，几番细雨到重阳。

寒山红叶晨霜冷，老圃黄花晚节香。

心喜孟嘉终落帽，神伤苏武久驱羊。

南来归燕频相告，渐转春温乐未央。

（二）

天清气爽竞登高，绝岩凭临兴转豪。

采菊无殊彭泽雅，嘲人不作桓温骄！

叶随三落述三径，鹤逐云飞鸣九皋。

又得浮生偷半日，霜林小坐听松涛。

偕梅老绍农重游云大兼怀树五先师

至公堂畔绿成阴，卧雪遗编何处寻？

怅惘春晖游子梦，依稀化雨杏坛心。

重来刘阮天台近，别后庭园花木深。

共列程门沾教泽，湖山无恙此登临。

人月圆·登云南天文台

　　欲穷物理知天象，喜到凤凰山。管窥镜测，太空星座，光耀人寰。　　几人曾见，月中丹桂，池畔青莲？神游宇宙，奇观妙景，浮想联翩。

满庭芳·怀内

　　残月钩沉，流星弹堕，月华浮地无声，空庭露湿，唯有电灯明。结想天涯爱侣，犹分处、未许销魂。朔风里，闲愁万种，身世叹飘零！　　家庭，时在念，儿多母苦，能不劳心。欺白壁青蝇，功罪谁明？唯向红专精进，立场稳、不负伊人。凝眉望，银河天际，唯见女牛星。

庆清朝·春蚕诗社成立三周年献辞

　　缅桂香浓，红榴火炽滔天；芰荷沉醉薰风。明时景好，郊原一片茏葱。共庆良辰载酒，春蚕社友乐融融。三年作茧勤吐哺，小慰初衷。此际眉飞色舞，正笔酣墨饱，誉兔夸龙。声声长啸，如虹浩气凌空！欣看处囊脱颖，诗人何处不英雄？经纶满腹能织锦，岂仅词工？

重阳节书怀

节临霜降水痕收，气爽天高秋意稠。

北雁南飞传凯捷，西风东渐笑蜉蝣。

重阳岂只多云雾，盛世殊甘作马牛。

每愧登高徒赏菊，未能为国一分忧。

秋游晋宁盘龙寺

（一）

盘龙古寺访禅宗，大众梯山登秀峰。

南现彩云空气爽，北瞻滇海淡烟濛。

高僧说法天花坠，游子悲秋霜露浓。

堪羡佛门心地广，万家忧乐总萦胸。

（二）

普度苍生济世功，莲峰飞锡辟吞从。

西僧东渡湖波碧，北雁南归霜叶红。

箫寺旧容夸肃穆，公园新貌喜葱茏。

芟夷杂草百花放，玉宇澄清善政通。

茶花颂

岁寒三友外，傲雪喜茶花。

玉面涵清露，青裙拥赤霞。

枝娇无媚骨，根壮茂新芽。

浩荡春风里，生机靡有涯。

高阳台·春日感怀

酿蜜蜂忙，贪香蝶闹，百花斗拍争妍。柳线秧针，织成绿褥青毡。暮春草长江波碧，扑面和风吹不寒。看气清天朗，农家挈榼田间。　腾飞盛况空前！喜鹏翔浩宇，虎越雄关。巨浪惊涛，岂容安坐渔船？杜鹃啼血催耕苦，应笑人尸位素餐！愿同舟风雨登攀，共觅桃源。

重游澄江抚仙湖

古稀重访抚仙湖，倒放葫芦景色殊。

东浦虹霓辉玉宇，西潭鳞甲耀金乌。

星云注水滚银链，澄海无波类睡芙。

更喜临渊能结网，青鱼味美故乡无。

新岁书怀

（一）

瞳日朝霞烂漫天，春晖初入九零年。
承平来自斗争后，胜利欢呼改革先。
玉宇澄清千壑净，和风煦拂百花妍。
江山如画多明媚，纵马扬鞭奋仔肩。

（二）

政治协商见大公，精诚团结力无穷。
人民喉舌肝胆照，群众桥梁信息通。
除暴肃贪伸正气，尊贤重教挽颓风。
雄狮一吼震东亚，产值双翻指顾中。

欢度泼水节

扑面征尘暑气高，扬枝甘露润蓬蒿。
醍醐灌顶羞娇女，霖澍加身湿蕴袍。
激浪排空惊客众，欢声震地乐儿曹。
新年祝福傣乡俗，热带风情赏雪涛。

浣溪沙·七六抒怀

　　金穴铜山五十年，风餐露宿搏云间，以身许国乐林泉。　　无可奈何双鬓白，依然不改寸心丹，余丝未尽奋春蚕。

蝶恋花·圆通山春游

　　春到春城春意闹，烂漫樱花，欣海棠俏。锦簇花团迷鸟道，蜂围蝶阵螺峰绕。　　年过古稀难服老，选胜登临，兴不输年少。生意盎然小虚杏，倚栏顿觉湖山小。

朱 德

字玉阶，四川仪陇人。于清末来滇，入云南讲武堂，遂在滇军服务。曾参加云南光复起义、护国讨袁、回师驱唐等重大战役。其刻苦自学吟咏，开始于滇军任下级军官时。李鸿祥曾任讲武堂教官，与朱德有师生关系。

即席赠和李仪庭先生二首

（一）

忆昔重阳大义申，而今始得告功成。
英法势力杳然去，且喜国防有善邻。

（二）

英侵法略视眈眈，革命当年秘密谈。
制度更新歌乐土，彩云永是现滇南。

朱宝昌

字伯庸，1912 年生，云南建水县人。早年毕业于东陆大学和山东省教育研究院，研究生学历。曾任云南省教育厅视导员、省财政厅秘书长。1940 年任建水临安中学校长。云南省诗词学会会员。

祝个旧老年诗书画协会·成立一周年

诗书画苑庆周年，济济名家共著鞭。
博古通今须远佞，承前启后要亲贤。
巧言令色缺仁德，公正无私多善缘。
懒散疏慵愧老叟，敬陪末座赏珠篇。

刘尧民

云南会泽人。曾任云南大学教授兼中文系主任。存著述《词与音乐》等多种。

赴京参加建国十周年大典

佳节腾欢日，风云万里清。
红星辉国步，银汉指鹏程。
四野花争发，百家心共鸣。
勿忘西海上，绞索系长鲸。

一九四八年十二月十五日阅报全国下戒严令

四海讴歌霸运移，惊魂不定绕兰池。
千年帝史殉青骨，一部民权肇赤眉。
优孟衣冠将尽日，石城风雨欲来时。
可怜无补秦庭哭，顽梦新华续古悲。

孙志能

1922 年生于贵州威宁。中共党员，曾任中共昭通支部、滇东特别支部书记。新中国成立后，历任县、地、省领导职务，及云南省高级人民法院院长已离休。著有《怀谷诗稿》。

沁园春·转移

昆市街头，鹰犬横行，壮士远征。观先生坡侧，寻踪碧血，北仓坡上，默吊英灵。粤海吞声，华山低诉，血雨腥风话别情，须记取，待茶花怒放，重聚龙门。　　千山螺耸蛇腾，九百里，回昭路不宁。幸八仙拱手，欢迎游子；凤凰拍翅，欣会亲仁。执教凤池，耕耘四野，冬尽春来万木生。惊雷起，举林枪竹剑，除暴安民。

【注】

北仓坡，一九四六年七月十五日闻一多殉难处。八仙营、凤凰山，凤池书院，均在昭通。亲仁，指李德仁等同志。

念奴娇·长江第一湾

江南石鼓，望江东江北，江西皆绝。羞涩仙姑吞吐露，莽莽红岩明灭，浪涌石门，玉龙舞雪，虎跳奔流，舟横津渡，心头涌上先烈。　　长征万里红军，横扫残敌，突破雄关捷。弹雨盈江强渡日，浪打风拨舟侧，虎胆英雄，飞桡击水，天堑等闲越。开来继往，吾人何敢稍歇？

【注】

三仙姑、红石岩、石门、玉龙雪山、虎跳峡、渡头，皆地名。

西江月·剿匪

江上黑云蔚起，江边匪队横冲。螳螂舞臂气汹汹，垂死苍蝇瞎碰。　　百二天兵胆巨，八方民众心雄。风雷平地一声隆，匪酋龙肖在瓮。

【注】

龙、肖，龙奎垣和肖国富也。

临江仙·告别

会上默沉闻气促，鄙人奋起争衡，是非责任欠分明，刚离永善地，又要赴昆城。　　告别娇妻分娩日，更增愤闷难平。实关多少同仁心，何来镇反误？母乃别疏亲！

满江红·梦登十二栏杆

叠栏杆，一鼓气、千山在目。猛回首、江流碧练，路悬岩谷。飞鸟往来息羽翅，我人上下履平途。敞巾衫、引颈汲石泉，濯余足。　　簧门口，空无物，迈步上，接穹庐。有云梯引渡，九重瑶圃。送上瑶桃王母意，涎流口角老孙福。更拾核，移往世间植，人年续。

【注】
十二栏杆，由永胜金江桥上至门口簧约五十里。

望海潮·散食堂

滇池波冷，鸡山风烈，萧萧伴我行踪。集省市区，大员数百，会齐公社先锋。南海捕蛟龙，北山猎虎豹，各显神通。冬尽春来，争夸先进报奇功。　　依依杨柳吐红，送英雄东去，迎我善终。张拿李柴，王摸赵菜，食堂八九粮空。腹鼓响咚咚。扶得东西倒，忙坏髯翁，急告明朝自理，万户喜盈胸。

内　疚

昨从省里来，今下旬头寨。屋巾见肿病，锅内掺蕨菜。急忙请示省，粮款齐安排。病号集中治，药物无偿开。欢腾茈碧湖，笑溢九曲台。齐道浮夸害，都将基于怪。风源何处起，愧疚萦心怀。州县难辞咎，省里何言哉！

"一二一"感怀

书生彻夜恨难平，几度合衾眠未成。
斑血化作飞蝶舞，音容幻变长庚明。
刑天奋举千寻剑，抗暴翻抡万丈缨。
猛听晨鸡高报晓，填膺义愤化为灵。

当厨下手颂

围巾系红怀，挥巾拭案台。
挑来千担水，勤洗万匹菜。
和好垫炉煤，备齐引火柴。
听从师傅唤，事事从头来。

临江仙·恢复党组织生活

　　生命重生今夜里，八时三刻难忘。波涛何事激心房，老兵新解放，不觉泪盈眶。　　浮想联翩似梦里，人生道路苍黄，永跟革命红旗扬，挥锄填坎坷、阔步向前方。

登豆沙关

　　阔步奋登千仞关，纵歌激荡万重川。
　　当年星火燎滇北，赓续红旗插马兰。

　　猛士飞驰彪水岩，狂风横卷老鸦滩。
　　欣逢战友鬓多白，勉我还能爬大山。

偶逢小封

　　廿四年前娇且小，而今却是伟而彪。
　　黄华歼匪共生死，江外追敌同苦劳。
　　休念青骡四肘白，莫忘行李一单包。
　　当年虎气应犹在，胸底狂飙掀浪潮。

【注】
　　小封，封贵银也，永善县委通信员，一九五〇年常与我下乡剿匪征粮。

浣溪沙·落实政策颂

文化狂风整九年，无辜同志受株连，亲朋故友两边天。　　幸喜沉冤今日雪，千家万户庆团圆，从今但愿不翻天。

自我解嘲

"反击右倾翻案"狂，今朝升格入"黑帮"。
名登农口探花客，罪列东墙榜眼郎。
"造反派"前称顽固，"走资派"里逞高强。
抓出抓进又喷气，复辟先锋好下场。

【注】

余名列农口第三名，"罪列第二名。

采桑子·赴昭接病妇

年来何事多忧患！要我低头。偏不低头，何惧尔曹批斗揪。　　今除四害消忧患，批判方休。揪斗方休，飞赴昭城接妇游。

松坪莎密西川大安高寒麦家坪巡礼

多年三靠谁家安①，左倾绳索脚手缠。

自主春风拂大泽，承包佳气笼深山。

囤中尚有包麦薯，身上新添靴帽衫。

政策对头天也顺，望能稳上十年看。

【注】

①三靠：吃粮靠国家，生产靠贷款，生活靠救济。

老翁老妇吟

晨驰湖畔紧相随，晚步阶沿扶伴归。

壮岁多离勤革命，老来补唱燕双飞。

欣闻接受辞职口占

六旬有五宜离职，多次请求蒙允辞。

勤政悚惕今了却，耕读坦荡白为之。

服膺革命报国始，历守清操至死讫。

东对金骧情脉脉，碧鸡唱和美人诗。

张光富

（1935—2005），笔名寒汀，云南临沧人。曾为中华诗
词学会会员、云南省诗词学会理事、临沧诗社副社长。

杂吟抒怀

莫道南荒春荏迟，疏林肯信有新枝。
寒烟消散冰霜化，自是山花烂漫时。

沧源崖画

翠峰拨地远红尘，林幔重重护宝珍。
崖断深山谁劈破，画经桑海未留名。
踏歌起舞多风采，持盾操戈亦有神。
信手朱丹成化境，退思千载对云屏。

兰　花

幽谷飘香几度秋，琼台篱畔亦风流。
蛾眉淡扫朝青帝，玉苑群芳赞不休。

野　草

情自感人品自高，历遭践踏亦娇娆。
东风一夜吹愁去，抖落劫灰又直腰。

读诗有感

一卷诗成众口夸，文山艺海竟风华。
谁知野老三更下，几度挑灯播韵花。

感　怀

千红万紫恋春光，独有梅花雪后香。
自古雄才多草莽，几曾温室育英良。

乡　思

一轮明月照霜天，几度窥窗入卷帘。
问讯伊人佳节夜，孤灯挑尽可成眠。

春游灵山寺

灵山劫后几春秋，胜景重修作兴游。
殿宇生辉亭阁秀，苍松覆岭柳丝柔。
嶙峋巨石沿溪涧，烂漫山花映箐沟。
面对莲台多感慨，神仙也有苦和忧。

破阵子刚骆驼

几度丝绸路上，横穿大漠胸膛。戴月披星身负重，远水云山惹梦翔，悠悠岁月长。　　前路风沙弥漫；胸中镇定如常。足印踏成诗一路，历尽风霜卧夕阳，千秋美誉扬。

蝶恋花·咏菊

信步闲庭风满袖，翠减红销，瘦损园边柳。万木萧疏君独秀，英姿不亚寒三友。　　姹紫嫣红谁敌手，傲骨凌霜，一任狂风吼。独立寒秋身影瘦，芳魂化作诗千首。

长相思·秋吟

风萧萧，雨潇潇，雨后黄花分外娇。枝枝显节操。　　山遥遥，水遥遥，万壑千山难画描。山山似剑矛。

张苇研

字一禅，浙江浦江县人，1948 年定居昆明。云南省文史研究馆馆员、省美协会员。

五古得二十韵诗·以代简（并序）

近十年来余已禁诗，引以为祸戒，公元一九七二年十一月卅日侄孙女序燕突然来访，喜悲交集，感慨往事，不能无诗，夜半沉吟，脱口成之。

偶见故乡客，见也无由说，今日见亲人，夜深语难绝，老妻闻孙来，拭目望外悦，稚子看若迷，乡音求我译，姑侄一相见，殷勤情更挚，携手同照相，愿此留行色。异地乏亲故，嗟乎久漂泊，长兄随母去，十年早埋骨，老父无病故，望子空悲切，兄嫂已龙钟，手足肠内热。侧耳听故知！喜悲叹存殁，十七离家门，六十鬓发白，有愧人子道，不禁双泪滴，流浪一生平，赤手何所得。世途自崎岖，关山本难越，求死既不能，求生也不易，风风雨雨中，人情苦阅历，聪明惊误我，晚景空白立，名姓付烟霞，悔悟伤离别，去来不自主，东西长太息。

梦游绍兴东湖

东湖风物旧亭台，景色逶迤一面排。
渡口含梅四五朵，枝头叫雀两三回。
因何不见鱼儿跃，仿佛频闻燕子回。
似泛乌蓬翻浪觉，此情只合梦中来！

蝶恋花 （七四年春暮郊望）

数尽闲愁愁几许？片片浮云迷却相思路，谢
了荼蘼春色暮，料鹃亩急催归去。　　杨柳依人
能解语，月上梢头，此恨无从诉！漫诩心情黏地
絮，漂流那得经风雨！

读陈毅诗词有感

喜将口语入新诗，一扫陈词境界奇。
儒将风尘超世俗，英雄豪气盖今时。
丹心赤胆谋中国，誉满功高不自持。
读罢遗诗无限感，缅怀先烈后来师！

改正后感赋

廿年历劫旧创痕，一改尘颜面貌新。

始信浩天照日月，何须长夜哭昭陵。

不甘伏枥千里志，留取丹心万古春。

功罪自传太史笔，艰难伟业继来人！

虞美人

　　风风雨雨何时了，花落知多少，人间代谢换新装，无数风流人物拱朝阳。　　廉颇老矣心田洁，荆负何人识，诗人寂寞待新猷，此事非关病酒与悲秋！

和郁达夫先生最后遗诗并序

　　抗战初曾与达夫先生时有诗信往来，一九四四年桂林沦陷，在独山途中被匪所劫，后幸在书页中偶得是稿，惜原诗已失，实深遗憾。

（一）

读罢遗诗亦觉痴，十年离索苦相思。

江鸿渺渺无消息，立马巍巍有誓时。

名士风流夙债愿，文章薄命奈奚辞。

萦回躅踯湖头日，倜傥英豪是我师！

（二）

扫穴犁庭指日东，桃源原不与人通。
思仇乱世无荣辱，壮志炎荒见士雄。
忧患余生憎命达，干戈大定论吾功。
举杯四海腾欢日，天阔茫茫觅溟鸿！

哭父诗

依间殷切盼当归，辜负严亲一片痴。
只道暂离成小别，谁怜相见永无期。
举家号哭悲啼日，顾我含冤忍辱时。
恶路人间免踏尽，素衣和泪告灵知！

哭母百岁

鸡鸣唱彻到晨曦，起卧不安不睡时。
欲向人间索母爱，难从梦里觅亲慈。
生前未尽儿应孝，死后方知我已迟。
一滴杨枝清露水，东南遥拜哭期颐。

感　赋

（一）

报道中央播大鼓，初闻疑信半传真。
苍蝇贝锦三千首，鸡狗谗言十八春。
脱却死生罗网却，迎来涕泪满衣巾。
残年自笑应无望，留得青囊可活人。

（二）

平生傲岸祸连遍，一屈沉沦路几千。
不是西楼能望月，还疑北海永归天。
茫茫世事应难料，碌碌前程未可眠。
但愿此身无后患，肯将衰朽惜残年！

辛酉年为纪念鲁迅先生诞辰一百年作

一代文豪盖世倾，百年中外念先生。
路漫修远求真理，霆击寒酸愤不平。
三味高歌神鬼泣，千言落笔雨风惊。
欲呼英爽看今日，春满人间万象更。

晋宁访古盘龙寺赏茶

十年浩劫不堪评，古寺成墟痛失惊。
三径犹荒三径在，一株枯萎一株荣。
孤根火树朱天色，万朵彤云照地明。
何日重游高阁处，获花应许百家争。

夜宿白鱼口

滇池五百水连天，晴夜排空色更妍。
画意波光帆影里，诗情明月柳梢间。
美人峰寂云中卧，金马山沉雾处眠。
览胜奇逢生有幸，会当彩笔写新篇。

大叠水瀑布

一条千仞落飞泉，刺破青山化作烟。
万古长流飞白练，银河润物裕人间。

游圭山革命根据地

报道圭山第一枪，红旗遍插满高岗。
敌人寒胆闻风溃，解放南疆烁太阳！

登独石山城堡怀古

压迫何曾服族群，义旗高举立功勋。

至今遗迹分明在，想见当年赵发军。

【注】

清咸丰间，当地有名赵发者不堪清朝压迫揭竿起义于此。抗战时西南联大驻此，吴晗教授曾在洞中石壁刻诗云：独立山头竖战旗，将军雄略妇孺知，我来已历沧桑劫，犹傍斜阳觅古碑。不幸该石刻在"文革"中被破坏，今隐约可见。

张星源

（1904—1965），字汉槎，丽江大研镇人，纳西族。著诗集《回忆诗存》《娱老诗抄》二种。

夏日过白龙潭小憩晚归

散步前村里，乘凉古寺中。
寒潭清可鉴，新月曲如弓。
天酿黄梅酒，窗摇碧柳风。
濠梁多乐意，频倚画栏东。

甲子元旦

春从今日立，旧岁昨宵除。
四海人添寿，满城花放初。
雪残梅骨瘦，风吹柳条舒。
漫出柴扉去，新联样样书。

新　晴

南风吹尽残云散，喜见今朝霁色多。
檐滴小余三五点，小池已涉几层波。
枝上斑鸠空雨唤，陌头农子唱晴歌。
一阴十日生丛卉，催得园浮数叶荷。

新种竹

新种几竿竹，青青映翠帘。
时闻声簌簌，渐觉影纤纤。
倚石编篱护，扫窗嫩叶添。
况逢时雨润，万个放枝尖。

钓　鱼

路曲垂杨岸，溪流绕石砠。
竿犹横一一，鱼已跃双双。
随地烟波乐，何人渭水逢。
牧童皆作伴，短笛晚风腔。

夏日读书乐

庭花尚有几枝春，书案全无一点尘。
赤日初长宜读易，雨中布谷一声新。

端午偶成

红榴门卷绿槐街，蒲剑新悬艾酒佳。
底事龙舟犹竞渡，年年此日吊天涯。

新　秋

摇落井梧已不堪，新霜入夜雁声酣。
寒砧催出山头月，一片团团映玉潭。

东郊步月即景

每逢月夜兴偏浓，趁步东郊见远峰。
水似瑶台山似玉，江村处处淡烟封。

秋　扇

弃掷秋风里，谁怜夏日功。
人生恩怨事，尽在不言中。

素心兰

谢却繁华绝世姿，灵根托向湘水湄。
生成净骨彩难染，抱着芳心气不移。
自有幽人同臭味，断无仙子着燕支①。
何当九畹栽培遍，一操猗兰寄所思②。

【注】
①燕支，古语即胭脂。
②猗兰，琴调名。

咏　雪

蝎来柳絮飘千树，忽见梨花遍九州。
银海汪洋平地里，玉楼照耀乱山头。
江梅压白已无色，渭竹拖青只觉柔。
拨火围炉懒出户，板桥何处马蹄留。

瓶　梅

破瓶堪插一枝梅，待雪寒葩半未开。
漫引小蜂窗隙进，嚷嚷飞去复飞来。

玉泉杂咏·活水亭

来登活水亭，四面山风入。
秋色满枫林，一蝉噪晚急。

玉泉杂咏·柳塘

淡淡寒风生，波微游絮乱。
新枝拂水来，打动青萍散。

丽江怀古

江干无复革囊留，蒙段经营赴水流。
五凤楼头微月挂，玉龙关外淡烟浮。
孤城暮雨千山暗，半郭凉风万木秋。
碧海溶溶沉日月，枫红获白一渔舟。

咏诸葛武侯

纶巾羽扇定蛮荆，战迹空余白帝城。
人事一生劳北伐，天威五月独南征。
三分早向隆中决，七纵堪为天下惊。
八阵图开萧瑟路，至今犹说卧龙名。

六年抗战有感

抗战于今又六年，恢恢宏志气更坚。
三声已竭倭人鼓，百战尤张壮士弦。
国有长城教血筑，师称金谷等瓠悬。
从来力服同溪水，暴涨横流总惘然。

题　画

远山秋树挂飞泉，三两渔舟渡晚烟。

野鸟认巢归古木，幽人持杖过斜川。

几间茅屋云连处，一道危桥夕照边。

荒寺钟声残入梦，枫红荻白近霜天。

一九六二年春二月玉峰寺看茶花

江城麦秀豆苗匀，绿柳红桃处处春。

欣入云山参玉树，敢因抱病惜微身。

奇姿曾被风霜冻，丽质今承雨露新。

寄语赏花花下客，看花应念护花人。

到文化馆整理图书感而赋兴

清流怪石暂为缘，暮霭朝霞共醉眠。

佳境宜人神自逸，群书满座梦无牵。

功惭白虎成通义①，事别扬雄著太玄②。

得补平生山水福，容与此地乐余年。

【注】

①《白虎通义》，汉班固撰。

②太玄经，杨雄撰。

桃园行

土润笋争出，林深菌乱生。

花欣娱过客，石喷咽泉声。

路曲迷归步，香多解窍醒。

近山人较朴，依水屋如棚。

妇女桑麻惯，儿童放牧精。

荼蘼簪短髻，蓑笠搬长身。

村绕千年树，堤藏百啭莺。

俗守古淳朴，礼无强送迎。

鸡豚不避客，虎豹或亲人。

忧乐品丰歉，阴晴日论评。

蒲茅抵珠玉，瓦缶胜琼瑛。

初熟黄梅酒，始赏青豆羹。

钟鹤闲幽逸，携琴有圣明。

扶疏围夏至，负荷赴春耕。

杨正南

（1915—2003），四川西充人，云南省老干部诗词协会副理事长、云南省诗词学会副会长。

迎一九九五年元旦

新年电讯震长空，讲话迎新气势雄。
经济腾飞增大幅，粮棉递长更恢宏。
市场稳定波澜小，通货平衡制孽龙。
五十年前歌两胜，神州再庆彩旗红。

赞孔繁森

众说群星谁最明，同声异口孔繁森。
两番入藏无忧虑，六载奔波为济贫。
别母丢妻舍骨肉，伤身卖血育孤龄。
雷锋裕禄人称赞，喜看新风铸国魂。

为阎健宏正法鼓掌

电讯传来喜又惊，贪污正法听掌声。
接班计划应纯正，兼职公司诡计生。
侵蚀公帑天雷胆，隐瞒收入敢吞鲸。
有权就想捞私利，国法难逃更秽腥。

矿山育人

翻山越岭不寻春，井下天梯走石门。

大学专科才辈出，南北内外汇群英。

经营着眼生产力，发展还须两手勤。

奉献毋忘青发老，银丝还数退休兵。

读"四评李登辉"

[正宫端正好]

东顾盼，西琢磨。才颂基督，转瞬念弥陀。
朝秦暮楚却为何？心儿醉台独。

[阮郎归]

凄风苦雨洛杉殊，机场冷对孤，只说旗伞满
天铺，婆家不如初。　　恰便似，回娘都。香露
彩重涂。登上月球泪如雨，中华还自居。

[眼儿媚]

妖狐梳妆弄舌头，吐雾施阴谋。口称两岸，
骨里台独，献媚番酋。　　笑侬枉是炎黄胄，东
拜祖瀛洲。今朝西靠，又说美种，恬不知羞。

[滚绣球]

炎黄裔，休忘却。看海峡两岸同归属，听大陆父老频呼。"两个中国"无出路，"一中一台"闹台独，迷途处，早些省悟。若是你投靠帝国秦张步，儿皇帝千年万代诛。叫子孙咒尔顽愚。

[幺篇]

中华文化长光耀，奉"一国两制"瑰宝。卿云共唱舜尧，各族同好，两岸涌欢潮。

滇道难

四轮飞下怒江边，万仞悬岩凿路难。
削壁攀天沿鸟道，盘陀路绕越关山。
轻车驰骋烟云里，旅客颠连峻岭寒。
蜀道吟难怀李白，只缘足迹未临滇。

腾冲热海

地热锅泉涨，浓烟欲蔽空。
蛤蟆喷沸箭，眼镜列西东。
击鼓迎宾客，温池胜气功。
何须琼苑宴，煮蛋午餐丰。

假　冒

假冒名牌戴假花，交钱就能得矜夸。

三流产品金银奖，八面关津软硬加。

薄学无才登典籍，陈言腐论竟专家。

争将人格当商品，昧了天良忘了妈。

坚信吟二首·为庆祝建党七十周年

一、忆旧

报刊检查暗无天，黑杆红叉纸上监。

马氏文通道路斩[①]，"普罗""布乔"混憨官。

封皮命运藏经典[②]，"挺进"邮轮驶北川。

虐杀焉能移壮志，丹心换得谱新篇。

二、励今

日出红光照万山，九州喜庆建华堂。

人民做主迎时雨，马列前驱挽狂澜。

蔽日阴云风乍起，西方蚊蚋伪鸣蝉。

宪章保障传金铎，明枪暗箭我自翔。

【注】

①在军阀防区统治下的成都，反动派屠杀革命者，有人手持《马氏文通》一书，竟当街遭受惨杀。

②指用《中国之命运》一书的封皮掩护革命书籍的传送。

清故宫

(一)

珠玑宝鼎刮来藏，殿宇宫廷十仞墙。
黄脸君臣争逐乐，忍将军费筑池塘。

【注】
指移用军费修筑颐和园。

(二)

莫仗弯弓莫仗刀，防身堪笑举藤条。
洋人炮弹飞来日，割地求和又告饶。

登旅顺白玉山塔

白塔千梯插九霄，侵华罪恶比天高。
一梯胜似多重罪，名易何能恨便消。

虎滩开发区

虎滩景色耐人看，彩饰锦旗见大观。
猛虎下山来服务，熊猫上阵逗人欢。
畅游水界玻城内，怒放莲花海港边。
发动工商齐努力，经营效益过三番。

赞首都各界隆重庆祝香港回归盛会

迎归大会全球钦，古近欧西叹不能。

江总庄严说港史，多年耻辱一朝清。

三篇献艺根基稳，百响惊雷智者听。

恢宏气势追源本，讲话通篇传真经。

【注】

"三篇"指大型歌舞"火篇""水篇""土篇"的节目编排构思。

杨永新

（1916—2000），大理市人，白族。1938 年参加台儿庄战斗，1949 年后任中共大理县委书记、大理中心县委书记，大理专员，大理白族自治州副州长、党组书记。曾任大理诗社社长。著有《滇军血战台儿庄》。

蝴蝶泉

原是痴情爱结晶，投泉化蝶死还生。
连须勾足酬前誓，串玉悬珠式海盟。
锦簇花团铺绿荫，漫天彩羽泛红英。
寻芳万里惊霞客，郭老挥毫似点睛。

杨香池

（1893—1964），名森，出生于云南顺宁（今凤庆）。民国三十五年受县长张问德聘任《顺宁县志初稿》主编。1949年被选为副县长、省文史馆员。著作有《偷闲庐敿帠集》《偷闲庐诗话》等十余种。

秋　风

侧耳萧萧撼树鸣，檐前铁马响声声。
几回欲睡难成梦，一夜秋风百感生。

磐陀石

出城西北数百步，突元磐陀状奇古。石前石后绕森森，四时常将烟翠吐。划然当中一窍开，疑为五丁弄神斧。左右分列傍佛门，一为蹲狮一伏虎。上有楼阁起云中，躇足登临可仰俯。我闻顽石能补天，胡为空山饱风雨。安得秦皇赶石鞭，鞭之东南将天补。

游大观楼公园

杨柳楼台一径通，登临远望望开穷。
四围山色淡如画，数叶渔舟疾似风。
满地晴光奔眼底，无边湖水接天空。
此间不少新题句，莫复能追孙髯翁。

八月二十七日参加祀孔礼追念圣功感而成诗

大哉孔仲尼，宇宙功长垂。
经籍百家祖，纲常万世师。
偏遭陈蔡厄，空作凤麟悲。
德化今消歇，吁嗟谁起衰。

题王公缙太守全节逃佛事

烽火频频逼紫宸，天愁地惨扰胡尘。
边疆痛洒孤臣泪，国土悲归异姓人。
未肯负君怀二志，却甘逃佛了终身。
可怜三百年前事，题罢诗来一怆神。

杨美清

（1931—1990），原大理州文联副主席。大理州诗词楹联学会会长、云南省诗词学会理事。

大理四绝

下关风

山逢峡谷石生桥，洱水西流风自嚎。
最是冬天兼日暮，高楼绿树感飘摇。

上关花

苍山发轫海源头，龙尾关兮成古丘。
借问高穹真面目，谁人赋与白云悠。

苍山雪

玉龙鳞甲落云霄，十九峰隆分外娇。
难识苍山真面目，千回写韵百回描。

洱海月

苍山如黛月如钩，渔火风帆网未收。
百种芳心眠不得，吹吹腔唱百花洲。

古城春色

山茶朵朵映溪流，傍海依山景物悠。
一抹残碑铭史册，千年烟雨绕城头。
气吞云岭三千界，雄贯边陲五十州。
唐史于今留有迹，点苍日暖月华秋。

杨春萱

云南风庆人，1926 年生。高中毕业，历任小学校长，中教高级职称。

咏　竹

屋后溪边绕翠篁，阴疏叶细耐黍囊。

虚心潇洒生来瘦，亮节参差老更刚。

斑泪湘妃千古怨，清风信调四时忙。

出污不染终身洁，奉献无私气骨香。

杨振鸿

　　字秋帆，1905 年，首批加入孙文创同盟会于日本东京，1908 年，率民兵光复永昌府城未遂，呕血而死，民国成立后，经大总统黎元洪明令追赠陆军中将。

绝　句

　　欲起神州文弱病，拚将头血溅泥沙。
　　头颅断送等闲事，一点泪痕一树花。

杨鉴勤

（1891—1956），字少九，号铁岩，丽江人，纳西族。初入云南讲武堂，参加护国军，后至广东读"韶关讲武"，李根源留他在海疆督办任秘书，并在朱培德第三军任参谋。1924年辞职归家，设馆教学。著有《长啸集》。

东山途中杂咏

蜀道艰难且漫言，东山险路断人魂。
身劳雾障穿林密，兴尽重来隔水隈。
足下云横忘白昼，枝头鸟宿似黄昏。
回头来路迷天外，步步心惊觉胆沉。

【注】
东山，在丽江县境东部。

随谒孙中山先生书以自圭

大道无边路不遥，世人相对叹天高。
我能一见庐山面，十万风尘觉尽消。

春雨过桃花坪

春雨绵绵路一涯，桃花杨柳敛清华。
水光山色情缱绻，未脱征衣到酒家。

归园即事

蹉跎移岁月，玉岳雪依然。
往事思归后，人情冷眼前。
三梯三峡路，剑匣五湖天。
戎马关山远，萍踪二十年。

杨璞庵

白族，剑川县人。从事教育工作三十余年，曾任大理州政协委员、剑州县政协常委、景风诗社社长、金碧诗社名誉社员。

保山中学同人春宴梨花坞得齐字

平原十日话重提，邂逅因缘造物齐。
过岭风光随路转，登楼岚翠接天低。
棠阴夕照花千尺，梨坞春藏月一畦。
故国衣冠怀盛世，不堪回首乱莺啼！

凭吊松山

松山，属龙陵，抗日末期苦战收复

（一）

野心何苦渡重洋，直把松山作战场。
借问几人归去得，故乡秋水望冰凉。

（二）

两年横踞怒江西，壁垒森严炮火齐。
一败成灰无漏网，夕阳枝上乱鸦啼。

谒腾冲刘梦泽前辈

不愿封侯愿识韩，峥嵘肝肺下交难。

君怀信是云中鹤，吾道真为雪后兰。

故里当年扶乱局，盈江此日庆安澜。

莫嫌三径黄花瘦，留与诗人一笑看。

【注】

腾冲沦陷，先生率乡人打游击与日寇周旋到底，直到抗战胜利。

段石峰三哥以寄怀诗见示依韵奉和

推敲一字未能成，倦枕枯吟长短更。

蕉叶留风终夜响，竹枝和月半床横。

生涯已渐添秋意，梦境偏多惜旧情。

何日山亭重践约，栏杆斜倚笛声声。

【注】

君二岁即蕾，而聪慧过人。重交游，能诗能文，尤擅长音乐，丝竹均佳。家传铁笛一支，与友游山辄随。著有《易序斋诗文》六卷，十年动乱中遭劫遗失，片纸无存，殊堪惋惜。

垦荒步松涛韵

般若非关文字缘，禅心拾尽是何年。
惜身有问齿牙脱，忧国无端涕泗涟。
绿径多君除蔓草，青山许我课荒田。
待看瓜豆齐头日，持锸来疏百丈泉。

和墨涛病起

秋来相顾意偏长，室少芝兰气亦香。
白发还童知妄语，新诗祛病是良方。
闲情合付花间蝶，孤愤难名笔底霜。
此日开樽且共饮，再凭风雨过重阳。

七七初度

七七流年似箭驰，回头一步一深思。
马融绛帐传经日，王粲高楼作赋时。
塞马嘶风成往迹，畹兰竞秀出新枝。
余生幸际升平世，晚节清晖好自持。

辛酉初春邑众捐资重建金华古寺登山感赋

毕竟金华是故山，难能劫后重登攀。
林泉破败终当复，猿鹤招邀可便还。
观海波澜萦寤寐，望云心绪悯瘝痂。
名邦文献须珍惜，莫放清斋笔砚闲。

石宝山纪游

海云居

为践名山约，凌晨搭便车。
清溪鸣涧底，古寺出云墟。
松桧千章密，图书四壁俱。
昔年游憩地，一望海天舒。

宝相寺

步入琅环地，景幽兴亦幽。
老藤穿磴道，峭壁起飞楼。
宝篆香烟合，浮岚庚气收。
青山还故我，猿鹤任优游。

石钟寺

(一)

石宝山皆石，瑰奇在石雕。

骊珠投暗谷，凤羽出崇霄，

文献沉千载，江山焕一朝。

倚栏欣此日，春意满南徼。

(二)

狮子过玄关，猿猱未易攀。

云飞山欲坠，风化石留斑。

大气盘千壑，灵光聚一环。

夕阳驱古道，莫笑老夫顽。

画　梅

红药诗才散锦笺，丹青那复记华年。

老来自笑癫狂甚，枝北枝南乱点圈。

张伯简同志逝世六十周年，乡人为其塑像揭幕纪念

啼尽子规血，东风总唤回。

乾坤留正气，砥柱失英才。

身备智仁勇，魂招归去来。

伊人今宛在，含笑立崇阶。

景风诗社成立抒兴

剑川文献属名邦，典籍犹涵珠玉光。

浩劫十年成底事，烬灰堆里拾余香。

继承古法为生新，诗外诗中更有人。

形象思维第一义，丹青难写是精神。

白雪阳春格调高，看来和者也寥寥。

从知脱俗能通俗，炉火纯青意自饶。

李一平

（1904—1991），名玉衡，大姚县人。读南京东南大学文科，参与领导南京"五卅运动"，任国民革命军总政治部社会科科长，在庐山创办"交芦精舍学校"。建国后任政务院、国务院参事。著有《李一平诗选》。

赠毓德

德廷俊冒大风雪还山，为言家人阻逆之状，曰："汝辈去从李先生饿死耶？"感而赠之。

五百人亡无一去，田横慷慨尚能论。
高歌饿死匡山顶，留与斯民认国魂。

问　天

万里悲秋客，萧条立晚风。
河山空满目，涕笑两俱穷。
流幻自今古，怆怀孰比同。
问天天不语，搔首抚孤松。

负薪有感

首都即陷，山中万人一夕尽去。自习负薪，两肩腰脚日有进境，既为书永诀吾父，转坦然也。

担上松枝发妙香，沙平湖瘦远烟苍。

崖头偶与清风会，一笑人间底事忙。

点　兵

寂寞天下计，沸腾古今情。

十日泥污踝，千村夜点兵。

百年诚苦短，一事耻虚生。

好教心平处，光光自在明①。

【注】

①阳明临终语人曰："此心光光地，亦复何言！"

访赵踵武兄于顺宁西山华严庵，见所书展华夫人近作三绝句。踵武山中故人，夫人敦厚而能诗，是夕留宿，即于枕上次韵三首

（一）

待看王师西入秦①，壮游万里亦奇因。
相逢悲喜无从说，各抚头颅认旧身。

【注】
①用放翁意。

（二）

胡为渡海胡为滇？天命悠悠莫问天。
直取眼前真意趣，故人儿女聚炉边。

（三）

买邻买宅庐山巅，说剑说诗夜不眠。
地覆天翻成一聚，依然搜句佛灯前。

郊游阻雨和仲公韵

梦得寻菱脱臼巢，雨丝风片迷清河。

如膏也似农人喜，润泽春郊乐事多。

【注】

李仲公，国务院参事。

观五一节游行

如潮如海动人心，故事千秋不可寻。

老我衰迟惭笔力，只私葵向入低吟。

将离温泉还京，再游曹溪

不辞日日寻萧寺，惜别依依更有情。

草木无知吾不信，请盟心迹证平生。

一九六一年清明大风，扫宰平先生墓

闭户作清明，心香荐友生。

大风方振海，万众起休兵。

有味耽新史，能狂告老成。

年年芳草绿，含笑报升平。

观《上海屋檐下》话剧

上海屋檐下，尽是可怜人。
饥驱从众恶，忧煎焚一身。
笑脸皆含泪，童心尽失真。
迹陈二十载，噩梦总伤神。

观歌剧《江姐》

万口说江姐，如画亦如诗。
红岩挺青松，飒爽出英姿。
从容赴汤火，淋漓写传奇。
放眼亚非拉，巍然百世诗。

厦门鼓浪屿观郑成功纪念馆，成三绝句选二首

延平故垒立秋风①，放眼河山观大同。

一水台澎温故实，拜公哪只吊孤忠。

【注】

①成功封延平王。

儒冠何曾值一钱，国亡家破不呼天。

北望中原投袂起，大义灭亲气凛然。

【注】

成功父降清，成功于孔庙焚儒服起兵。

过清华北大时武斗正激

是非彼此竞无穷，应愧西欧北美风①。

势去不知时已去，心同原自理先同。

私来死矣乾坤塞，公立廓然天地空。

釜泣豆萁亲者痛，缘槐蝼蚁枉争雄。

【注】

①时学生运动震撼欧美。

读遵义郑子尹《巢经巢诗集》竟
书四绝句 (选三)

(一)

太息儒冠信误身，空陈万卷铸诗人。
穷愁不放风光过，刻画山川尽入神。

(二)

性情之际笃诗心，训诂词章瘁一生。
庐墓白头成独往，呼天始悔逐虚名。

(三)

南北东西无限哀，半生场屋耗清才。
巢成才拥梅花醉，却被漫天烽火埋。

奇　冤

奇冤二字莫须有，满纸荒唐目乱纲。
一手宁遮天下目，可怜飞燕依新妆。

十二大后十五日电视，中国女排再以拼搏夺魁

一球痴醉万方心，四海百洲沸纵擒
创业守成都不易，兴邦多难为低吟。

过卢沟桥有感

白水白兮黑山黑，晓月卢沟悬杲日。
六亿人民狮子吼，百年耻辱一朝毕。

如何曲折度艰难，留与儿孙仔细看。
莫忘万丈光芒处，廿五年前旧河山。

李兴堂

（1929—2002），云南玉溪人。担任过西双版纳国营景洪农场中学校长，离休干部。曾任云南省诗词学会理事。

赞养路工人

日晒兼风雨，辛勤养路工。
青春编玉带，汗水化长虹。
障碍排除尽，洼坑赖补充。
一生忠职守，大路九州通。

滇桂黔边区纵队赞

蒋顽统治众熬煎，烽火神州遍地烟。
滇桂黔边民奋起，红旗漫卷换新天。

长相思·忆周总理与群众欢度泼水节

总理声，傣家情，情系清泉互泼倾，景洪尽沸腾。　　喜盈盈，笑盈盈，开拓南疆教诲明，风姿万古凝。

傣家风情

（一）

傣家卜少舞春风，蝶翅蜂腰现彩虹。
象脚鼓声云汉落，丢包正着落郎胸。

（二）

江边卜少巧梳妆，玉笛声声动寸肠。
勾起情思千万缕，双双挽臂密林藏。

清平乐·赞昆明世博园

莺歌燕舞，园艺惊人目。荟萃五洲春色驻，
装点江山更妩。　　唐梅宋柏馨香，瞻奇物种珍
藏。人与自然谐美，碧鸡金马腾骧。

鹧鸪天·登长城抒怀

登上长城举目望，长城内外莽苍苍。巨龙万里在昂首，势若风雷奔海疆。　　驱外侮，自身强，国强首要筑心防。中华一统江山壮，盛世还须警虎狼。

鹧鸪天·血肉赢来水患降

暴雨狂风似虎狼，蛟龙作祟揽三江。滔天恶浪危华夏，幸福家园遭祸殃。　　殊死战，国魂扬。军民百万筑铜墙。救人抢险争分秒，血肉赢来水患降。

李行健

云南鹤庆人。云南省文史研究馆馆员，中华诗词学会、云南省诗词学会会员。

题梅鹰图

翅摩霄汉质凌霜，花鸟相将德益彰。
雄踞高枝舒慧眼，扫清狐鼠蕴芬芳。

牡　丹

燕瘦环肥各有容，不须褒贬竞雌雄。
一花独放无春艳，烂漫百花春意浓。

远　望

喜听春风万马腾，楼船鼓栀破坚冰。
只今谁是擎天手，十亿神州展智能。

李印泉先生纪念堂落成

南中吴郡仰豪英，最是重阳灭腐清。
道德文章称海宇，旌麾台阁耀玑衡。

鸣凤山茶花园

肥红硬绿赞山茶，无愧滇南第一花。
唯有寒梅堪与拟，凌霜傲雪茂风华！

李如椿

笔名瘦翁，号葛楼，1922 年 5 月生，湖南岳阳人。"国立中央大学"教育研究所研究生，高级讲师。云南省诗词学会会员、《爨乡诗刊》常务副主编。著有《瘦翁诗钞》。

老有所学

墨舞乌龙角，手挥紫兔毫。
幽情相继出，诗句赞离骚。

登寥廓山

漫步南门外，携童寥廓游。
花开岩畔处，鸟唱树梢头。
气爽尘埃绝，林深景致幽。
登高随处看，远近两三鸥。

游花山湖

四野云天阔，花山湖水深。
轻舟掀浪涌，蜂蝶戏花阴。
百事无人间，忘机独自吟。
沙鸥相与望，敢识瘦翁心。

赞石林

圣女补天石，年庚日月同。

酣眠藏碧海，舒愤叩苍穹。

经世知晴雨，应时识信风。

沧桑成败事，俱刻体肤中。

李根源

字印泉，号雪生，腾冲人。同盟会早期会员，毕业于日本士官学校第六期。归国后，任云南讲武堂总办。辛亥重九光复后任革命军副司令、滇军第二师师长、国会议员。后任农商部总长。新中国成立后，任第二届全国政协委员。著作颇多。

庚寅（一九五〇）四月离昆经渝飞京赴会

（一）

还乡十三载，今复作远游。
高飞三千里，风雨下渝州。

（二）

戎旅出郊回，高情绝似云。
酣饮范庄酒，多谢刘将军！

【注】
刘伯承来欢迎并招宴。

寄寿晋宁方癯仙同学七十

周甲之年曾贡辞，古稀岂可便无诗。

一生辛苦为乡献，两目昏盲待国医。

天女城荒鸦作阵，滇池水暖荷盈陂。

遥知今日学仙馆，正是宾朋上寿时。

一九五一年剑川地震

辛亥冬二三，地震丽江区。剑川是中心，一震成荒墟。四方家全毁，衣食住俱无。灾黎塞原野，哭声遍山隅。何辜罹此劫，拯救大声呼。赖有共产党，浩劫庆昭苏。流亡获安辑，死难已匡复。南天翘首望，诗卷载笔书。

李鸿祥

　　字仪庭，玉溪人。清末毕业于日本士官学校第六期。同盟会会员，归国任云南新军管带，参加辛亥重九起义，后任云南民政长。新中国成立后任云南省军政委员会委员及云南省人民政府委员。著有《杯湖吟草》及《杯湖续吟》。

甲辰（一九〇四）夏由高等学堂游学东瀛

欧化东来正炽行，竞言富国与强兵。
书生素抱匡时志，破浪乘风心不惊。

甲辰东游三楚道上作

梦里他乡逐马蹄，黔中路尽又湘西。
江山故垒分三国，屈贾奇文动五溪。
波漾洞庭秋水阔，烟笼夏口暮云低。
书生不惮征途远，遥指瀛州望眼迷。

辛亥重九之役纪事

淫威专政三百年，胡尘蔽日神州昏。

弱昧兼攻起邻国，偿金割地丧主权。

变法自强筹立宪，托词预备徒迁延。

同学都抱革命想，义气群欲吞幽燕。

定策决疑开秘议，意见各执趋一偏。

我时离席抒谠论，言之痛切持之坚。

齐襄九世仇当复，民族耻辱思一煎。

大义所在无反顾，誓将剑履相周旋。

重阳九日风雨夕，弯弓盘马箭离颜。

还我河山恢禹甸，赤帜飘扬彩云边。

五族共和弼郅治，万国玉帛欢几筵。

丈夫功成不受赏，相期长揖归田园。

辛亥十月朔援川誓师

六诏河山洗羯尘，义旗又指锦江滨。

千戈不靖为戡乱，唇齿相依好善邻。

王浚楼船威益郡，曹彬纪律感巴人。

与君饮至归来日，一醉陶然四座春。

七十有一初度遣怀

扫尽胡尘重九天，偏师赴难到黔川。
壮游东北辽韩际，老伏西南金碧前。
六诏云烟昏度日，三山风雨饱经年。
如何不堕昆明劫，徒学佛仙堪自怜。

登鸡足山金顶寺塔有感

金顶雄风独快哉，登临云气荡胸开。
两关欲拥苍山去，三塔如浮洱海来。
碍日摩天何突如，摘星扪斗复徘徊。
方知鸡足钟神秀，愿请饮光教九垓。

丁酉（一九五七）新春朱副主席
邀座谈置酒三绝句

（一）

青山一发是滇南，白首相逢慷慨谈。
论道经邦动天地，春醪共醉乐耽耽。

（二）

一别金陵三十春，谁知华发又增新。
若非怀抱真豪杰，瀛海风光肯借人。

（三）

百战长征身健在，艰难缔造作新人。
河山一统空前古，哪怕渔人来问津。

游罢鸡足山归途中作

遵海环游恰一周，鸡山参访月余留。
寺荒少见担当迹，寮寂难逢大错俦。
并驾清凉过雁荡，齐驱阿育胜罗浮。
骊歌唱彻定西岭，六诏风云眼底收。

李寒谷

（1914—1951），原名李培阳，丽江石鼓人，纳西族。北京中国大学文学系毕业。在昆明创办《文艺季刊》，宣传抗日及革命文化。后到三仙姑村，捐出自家田地，开办"三仙小学"。遗作有小说、诗歌、散文，《李寒谷文集》。

梦毓山

昨夜梦中忽见君，来如轻烟去开闻。
睁眼不知身在处，潇潇夜雨冷江村。

【注】
毓山姓李，为作者之亡友。

早　行

大地山河梦初回，晨风恋恋送星归。
晓鸡啼坠天边月，浅濯红霞一鸟飞。

陈文泉

（1906—2000），江苏常州人。云南省个旧市中医院中医师。个旧市政协委员、市民革成员。

八声甘州·八五年秋登长城寄怀

莽苍苍极目郁萧森，万里玉门关。看幽燕朔漠，群豪问鼎，扰其间，漂杵血流嘶马，呜咽雁声酸。多少兴亡事，都付云烟。　　到此登临怀古，好披襟岸帻，瑟瑟风寒。对螺青一发，依旧护阴山。问人寰屠龙妙手，邈征程，瀚海路几千？橇枪净，中华豪气，壮我心颜。

怀　远

黄叶黄花露未干，涛声悲壮雁声酸。
可怜今夜西风里，谁念征人甲胄寒。

清　明

一路行行蹴落红，卖饧天气渐和融。
金门昨日桃花粥，吴苑今朝柳絮风。
开宴曲江春缓缓，踏青归路月幢幢。
新晴约伴芳郊去，人在莺声燕语中。

不 寐

转辗不成寐，窗前一味凉。
帘遮无碍月，鼎烬有余香。
犬吠过邻屋，鸡声隔短墙。
起来濡彩笔，得句付诗囊。

卖花声·九四国庆志感

歌舞颂承平，国庆良辰，中枢决策自英明。
体制经营宏改革，裕我人民。　　槲技入农耕，
玉粒缤纷。岁旱涝仍丰登。四化宏图无限好，如
日东升。

周总理百岁诞辰

天生英杰挺神州，盖世英名耀宇球。
辅国犹如萧相国，封侯应谥武乡侯。
一身淡泊崇明德，万世丰功在厥猷。
磊落胸怀同日月，河山带砺永无休。

回天浴日庆三中

回天浴日庆三中，求是批凡秉大公
拨乱治平消戾气，雨肠时若沐和风。
经纶决策宏开放，鼎鼐协调矢忠雄。
遗德廿年承昭训，五星旗耀五洲红。

陈述元

（1914—1993），湖南益阳人。西南联大毕业，"一二·九"运动时任武汉学联主席。当选云南第一届人大代表。先后任昆明工学院、云南民族大学等校教授，从事英语和中国古代文学的研究和教学工作。诗作有《两间庐诗》。

苏州狱中探友^①（选四）

（一）

风流明末七君子，寂寞人间三百年。
谁挽黄虞延一线？殷忧从古启名贤。

【注】

①这组诗是 1937 年在南京写的。

"余 1935—1936 年先后在武汉、上海从事抗日活动，与沈钧儒先生等'七君子'同任'全国救国联合会'执行委员（七君子并任常委）。七君子入狱后，外国名流纷纷致电国民党政府表示抗议。1937 年 6 月 2 日，余冒险去苏州探狱。1940 年，沈老等在渝，余自昆明寄呈此诗，沈老回信有'庄诵回环，不忍释手'等语。"

（二）

博得天骄仰凤麟，电文绝国语酸辛。

男儿死耳复何惜？独负昂藏七尺身！

（三）

世乱更无天可问，忧来谁谓酒能消？

汉江申浦冤沉处，楚客惊魂倘可招。

（四）

是处青山好埋骨，当年白水苦盟心。

祁连堆冢知何日，长使英雄泪满襟。

夜深展阅湘黔滇道中风物影集感赋^①

禅心妙解景中诗，万死投荒未觉悲。

今日展图成一笑，当年徒步费三思。

斯文不丧容吾在，历劫相依许汝痴。

夜雨寒檠半明灭。云山愁绝卧游时。

（1941 年）

金缕曲·云南归，寄忆四兄云章沅陵

夜雨伤神久。旧齐名，先生别驾，一时无偶。双剑延平难合并，已是人归雁后。感此日垂杨生肘。牛从鸡尸俱不羡，任余生，付与千樽酒。拚弃置，一骍拇。　　生涯岂料归来又。尚依稀，关山夜渡，断魂时候。鸟道萦回天尺五，月落鬼巡猿狩。喜原上鹊鸽依旧。尘土功名吾倦矣，待从今，学种先生柳。无限恨，兄知否？

（1942年）

摸鱼儿·寄酬刘维照昆明

望昆明，万重云水，低空绵邈如缕。危楼一角三千里，似见劫灰燃处。愁几许？寄飞絮粘天，片片迷归路，相思最苦。问金马栖霞，碧鸡偎日，可记旧游侣？　　新词到，正是淋铃夜雨，离愁敲碎难诉。多情剩有刘郎好，肯与稼轩为伍，君记取。君不见，滇边干戚刑天舞。体挥玉斧！听海咽冤潮，江嘶怒水，岂让革囊渡？

（1942年）

本事（四首选二）

（一）

春蚕已死只余丝，燕草秦桑两地思。
共命最怜前比翼，合欢长忆旧连枝。
六州铸铁当年错，千斛量珠此日悲。
凄绝夜窗呜咽语，鸟头马角再来时。

（二）

娲皇原不补情天，纵是相思也枉然。
顽石三生寻旧约，玄霜百日尽前缘。
拈来红豆翻疑泪，别后商声已上弦。
一饭胡麻恩义重，冷灰残烛感甄篇。

避寇口占①

泪湿王师去后尘，隙逃谁认汉遗民。
兄肥弟瘦甘尝寇，国破家亡耻乞邻。
山径冷飘千嶂雨，溪花闲笑百忙身。
艰危喜见全军在，敌退论功尚有人。

（1944 年）

偶感寄亡妻岳光

传家绝学百罹身，恰似蚊虻负万钧。
女所治兮能相我，臣之壮也不如人。
瞻前严父苍髯古，望里慈亲老泪新。
生死违颜无咫尺，相期长为护劳薪。

悼亡杂诗 （六首选三）

（一）

霜影一天寒彻骨，梅花万点雪飘魂。
春回又觉人间暖，盈手难贻一缕温。

（二）

江乡归梦恋双栖，燕子巢空冷旧泥。
月落冤魂见颜色，花前一哭太常毒。

（三）

春水波翻前度绿，桃花笑作去年红。
愁来转觉花多事，掷与春江流向东。

舟过洞庭湖侧①

洞庭春涨木兰船，洄溯初从水一边。
赊取风光三万顷，预筹忧乐五千年。
方悲巨浸几沉陆，又见洪涛欲拍天。
莫怪袁闳甘绝世，骊珠原隐九重渊。

（1946 年）

即 事

生来何物臭皮囊，酒肉茶烟挂肚肠。
东舍西家求乞惯，北胡南越走投忙。
艰难过后知钱贵，劳动之余觉饭香。
莫向悠悠伤独立，转丸犹得友蜣螂。

呈父亲女人

滇池吉水盼归期，八十衰翁望眼迷。
井底波澜腾玉虎，日边消息断金鸡。
人穷骨肉恩情薄，气短文章格调低。
争得桐花春荫满，丹山雏老共枝栖。

苏幕遮①

母怀宽，天地隘。天地难容，尚有娘怀在。娘去儿留谁忍此，哭断寒云，望断寒云外。　　卖娘裘，偿酒债，只为儿穷，更奈儿无赖。娘骨早寒儿骨贱。风雪多情，盖也由他盖。

【注】
①此词作于 1961 年。

百字令寄怀陈君克明

昆明湖水，映西山螺黛，浮青漂白。好景同观疑缩地，人在天南天北。宜水烹鱼，湘江载酒，往事何堪说。相逢难再，逐流吾自投浊。最是我去君来，我来君去，避面同瓯脱。旧梦惊心天黲黵，云掩长空如墨。师友凋零，李僵闻仆，碧血斑犹昨。归魂应讶，蝎来新换中国。

安宁牧牛

黄落万山秋，挥鞭四顾愁。

未宜丘问马，正合吉忧牛。

一雨生春草，三朝见绿畴。

达生齐物我，醉饱且优游。

敬悼周恩来总理

岳岳典型行地远，岩岩姓字极天垂。
十洲揽辔周流日，四海同声一哭时。
热血为民生忘我，冷灰怀土死无私。
千秋堕泪丰碑在，青史何烦更费辞。

偕文成游湘潭雨湖

东皇着意弄新晴，潋滟银湖照眼明。
绿萼数株疑识面，白花一树不知名。
借山粉本传神笔，湘绮龙文尽雅情。
还是雪莱诗句好，冬云深处见春生。

题陈寅恪先生文集（五首选三）

（一）

战时绵蕞起昆明，文化西移四海惊。
难得五星东井聚，管教民族志成城。

（二）

绝代才怜绝代才，不妨禅榻近妆台。
枯杨也有生华日，多谢春风费剪裁。

（三）

剑胆琴心如是柳，残山剩水奈何天。
男儿枉有须髯戟，岂独虞山不值钱。

登泰山

古稀登上泰山巅，一路人惊老地仙。
且喜层岩盘十八，休嫌白发丈三千。
幽寻正临戒外戒，却立复堕烟非烟。
可惜不能携李杜，玉皇顶上赛诗篇。

陈桐源

（1914—1997），河南新丰人。原云南省财政厅副厅长、云南省诗词学会副会长、省老干诗词协会副理事长、云南省楹联学会会长。

参观甲午海战史迹有感

倭奴甲午寇神州，板荡风云涌急流。
豪杰舍身捐国难，清廷屈膝动民忧。

赞思茅港

澜沧一水出云疆，高起港航通四方。
金雀长鸣闻外域，洱茶醇馥过重洋。
能源广设山河耀，经济宏开产业昌。
泰老缅中相处好，共谋民富国殷强。

鸣凤山茶花

鸣凤山林景色浓，茶花绚丽灿奇峰。
高天厚地含苞蕾，淑气甘霖展玉容。
树树肥红喷焰火，枝枝嫩绿荡清风。
琼姿冷艳争春早，翠羽繁英耸碧空。

贺石油一公司九对新婚夫妇赴京旅游志喜

九双英俊结良缘，油阵恢宏壮坤乾。

智镜光圆昭鲁豫，心莲馥郁沁香山。

东西南北情怀远，春夏秋冬金石坚。

玉种蓝田成好合，诗题红叶两相欢。

洛羊镇新兴颂

洛羊瑞气溢滇边，呈贡黎民展笑颜。

刻苦探求兴旺路，艰辛创业植根坚。

工农多产雄基础，企贸经营积富源。

人杰地灵征道远，政通众善勇争先。

弘扬优势飞潜力，外引内联互利添。

万紫千红花锦簇，一枝独秀出南天。

怀念亲密战友常颂同志

三十年前逝俊英，每怀战友泪频倾。
艰辛奋斗锄顽敌，勤苦操劳济众生。
极左潮来罹迫害，当头抱屈意难平。
宏图未展身先殒，民困待除目早瞑。
伟烈光风参日月，郁苍浩气射繁星。
雾迷坐地浑无路，犬吠征人恨绝情。
大海茫茫寻导向，长天朗朗痛忠灵。
乌云散去终昭雪，留得丹心照汗青。

沁园春·纪念红军长征胜利之歌

贻误戎机，转战苏区，奋勇远征。遵义纠正舵，运筹帷幄；出奇制胜，粉碎围兵。北上挥戈，三军挺进，抗日延河万里行。明宣告，看擒倭缚虏，手振长缨。　　八年苦战顽冥，更三载、王朝彻底崩。喜神州顽冥，更三载、王朝彻底崩。喜神州朗朗，关河漫漫；中华创业，建国豪英。道路纡余，腾飞竞进，四化宏图国运蒸。凝眸望，两千年大计，锦绣前程。

赞五华山

云岭蜿蜒走巨龙，五华高耸绿荫浓。
东邻双塔摩霄汉，西枕翠湖浴蕙风。
北倚螺峰千嶂晓，南含金碧六街通。
登临纵目舒怀抱，万里边疆一抹红。

纪游盘龙胜境

联友寻幽到晋城，游人云集喜盈盈。
复兴古寺瑶光灿，重建盘龙极乐生。
楼榭亭台迎过客，松涛花浪荡春风。
新诗丽曲歌清景，翰墨丹青写激情。

老人节诗会喜吟

九九重阳耀碧空，神州大地气如虹。
老人节日尊贤会，耆叟吟诗表寸衷。
建设文明成绩著，坚持原则树丰功。
年高不减凌云志，强国富民心更红。

克服通货膨胀深化改革大业

物货飞腾黎庶苦，党风不正德难彰。
官场腐败人心怨，秩序支离众惑惶。
经济失调须整顿，收支差距要弥偿。
需求控制多增产，完善流通大业昌。

"五四"运动七十五年感赋

五四惊雷震九州，炎黄亿万壮心遒。
发扬科学除愚昧，反对独裁竞自由。
马列真知昭大众，人民政党砥中流。
厉兵秣马图宏业，鼎盛中华屹亚洲。

沉痛悼念老战友林亮同志

惊闻战友作游仙，五内悲伤涕泪涟。
忠党为民多奉献，救亡抗暴率当先。
渡江进藏历艰险，富国兴滇吐胆肝。
拈韵挥毫皆尽意，培桃育李不辞难。
栋梁遽失诚堪叹，长拜英灵上九天。

风入松·重返故乡清丰

归思故地梦魂牵，往事尚联翩，爱民救国坚心志，黄河岸，绿野平原。热血英雄儿女，带头杀敌除奸。　　楼台林立古城堰，大众喜连天。重寻旧迹情难已，恰同辈，共话当年，战友几番悬想，穷乡换了人间。

浣溪沙·忆故乡清丰

改革春风醒碧丛，三中时雨降清丰，繁荣经济现新容。　　联产承包农户富，大兴企业业昌隆，前程似锦奏奇功。

圆通山看樱花

樱花怒放彩云妍，日照圆通郁翠烟。
南国扎根枝叶茂，春城沐雨肇基坚。
励精孕育含苞艳，蓄意存芳吐蕊鲜。
玉骨琼姿观过客，清风雅韵乐光天。

金殿看茶花

辉煌金殿镇名山，竞放茶花灿乐园。
画意诗情开胜域，争芳斗艳扫寒烟。
甘霖玉露根株旺，淑气和风蓓蕾妍。
伫立钟楼抬望眼，滇池上下海天宽。

纪念老年大学五周年

峥嵘岁月奋争先，壮志未酬双鬓斑。
枥骥难忘征路远，耆英永记济世艰。
老翁重学心欢畅，爱晚相依喜结缘。
五载熏陶知识广，增辉有热献余年。

贺钻井一公司金牌井队胜利归来

井队英雄赴远征，黄河两岸探油踪。
中原出击侦全豹，东鲁扎根捉黑龙。
钢钻打开封地锁，乌金闪烁耀岩宫。
高歌一曲朝前进，载誉归来再立功。

贺昆明市当代民间绘画展

紫气东来万物荣，彩霞绮丽遍边城。
滇池浩渺浮银浪，乌岭巍峨孕玉英。
云淡风轻含画意，山清水秀寓诗情。
挥毫泼墨偿心志，盛世春光绕笔生。

喜庆羊年

龙马奔腾辞旧岁，吉祥如意庆羊年。
三阳开泰人欢乐，一世雄图众志坚。
大地回春苏万物，城乡携手富财源。
七中全会谋良策，十亿神州奋作鞭。

纪念中国共产党成立七十周年

英勇斗争七十冬，先锋战士展雄风。
百年华胄多危难，九域神州陷困穷。
星火燎原坚革命，红旗高举唤工农。
驱除日寇开新纪，覆灭蒋朝肇振兴。
矢志图强偿夙愿，竭诚求富抒豪情。
三中路线齐心拥，十亿人民干劲充。
舵手领航方向正，标灯照亮达昌隆。
波澜壮阔前程远，喜见东风起巨龙。

渣滓洞白公馆中美合作所

参观洞馆起波澜，众愤填胸恨巨奸。
洒血英雄酬祖国，捐躯义士斗凶顽。
群魔碎骨成灰土，四化敲门歌乐山。
先烈献身诚可敬，初伸遗志慰黄泉。

颂大庆油田

铁人英气贯苍穹，拼命荒原探地宫。
钻塔星罗寻宝藏，油亭棋布战潜龙。
一心两论方针定，三老四严制度公。
典范开先朝日出，人民科学建奇功。

赞石油老战士

勘探深山不计年，平生心血献油田。
莫言岁月随流水，喜见耆翁老益坚。
大庆精神创业绩，铁人意志励豪贤。
青英矫健源源上，余热增辉总向前。

歌颂林则徐

仰慕前贤敬杰英，压邪扶正志恢宏。

爱民除患人称颂，清政仁心青太空。

禁烟粤州消众恨，同仇南海勖群雄。

中华反帝开先史，浩气长存爱国荣。

严中英

字仲华，宜良人。陆军大学毕业，曾参加北伐。抗日战争时期，参加滇军卢汉部。著有《观炸弹楼诗稿》一卷刊于上海。

呈朱德将军于坪石军次

马列瞻襟愫，胸藏百万兵。
长缨为民请，大道以天行。
业藐麒麟阁，声高细柳营。
北江风雪夜，温盏慰生平。

怀王楷元戎，朱德将军字玉阶，时化名王楷

一声号角起南昌，万面红旗天下扬。移师伐罪渡梅岭，道阻粤东逆流狂。为民蓄锐宏图远，转进郴江备续航。适以同仇逢旧雨，更冲宿瘴迎朝阳。大军雪夜次坪石，偕友望风拜草堂。等闲识得荆州面，杀鸡为黍叨情长。惯与士卒共甘苦，笑指盛馔缘客尝。抵掌纵谈剖时势，万籁屏息天低昂。国弱民贫有同慨，真理初闻济世方。学苏话到"新经济"，十月革命先业煌，座间目我独年少，面诲不避多求详。灯前移樽更洗耳。满庭红雨飘天香。一席胜读十年书，茅塞顿开寸心降。别后回问武陵渡，立歧四顾途茫茫。不禁翘首青山外，长牵梦魂萦井冈。欣闻会师根据地，青史从兹谱新章。春风依旧沧桑改，四海蒸民倒悬解。云麾舒红漾五星，"八一"伟绩高千载。迄今湘粤诸父老，犹指江山怀王楷。

南京病中感怀

病来赢得睡工夫，一枕松涛煮药炉。
傲骨因人常畏热，素怀如水不容污。
历年世味莲心苦，永夜乡情蜡泪枯。
当户钟山应有意，云鬟秀入卧游图。

自　嘲

北伐军中一老兵，但求卫国耻虚名。

诗书未竟承家学，喜有战歌谐剑鸣。

金陵遗怀

一声《玉树》管弦哀，谱出南朝旧恨来。

赠别情深桃叶渡，舍生义薄雨花台①。

江山终古成残奕②，脂粉而今剩劫灰。

宫井帝妃泯灭处，夕阳红下女墙隈。

【注】

①旧政府统治年代，在雨花台杀害进步人士十余万。昔年刑场，今已建为烈士陵园。

②水西门外莫愁湖畔，有中山王徐达胜棋楼。

北平西山疗养院即事

不参贝叶不餐霞，暂借名山避市哗。

卧石林花常护梦，离乡岩壑好为家。

八千里外慈云冷，三十年中旅鬓华。

侧耳频牵亡国恨，萧萧倭马杂胡笳①。

【注】

①时日寇入关，北平束手资敌，未几而有卢沟桥事变。

回宜良故乡

匡山青处是家乡，五柳迎门鬓已苍。
童未问名犹谓客，犬因闻语始亲裳。
傲霜松菊秋三径，醉月纯菰晚一觞。
郭外赤江膏泽远，金风百里稻花香。

拙著《观海楼诗稿》自序诗

名山十载倦登临，观海长违破浪心。
老去少陵工病肺，一灯风雨助清吟。

离乡转赴抗日前线

磊落平生一剑知，烟尘深处着鞭迟。
行装自笑无多物，半是兵书半是诗。

抗口战争报撞调寄《南浦》

倭奴降了，看神州昨夕落骄阳。谁与坚持抗
战？四海庆重光。漫诩"和平救国"，这猴冠、
草草算收场。溯艰经八载，仇深各族，血债终须偿。
君试风前回首，听哀鸿遍地正啼霜。蒿目江河日
下，劫后更凄凉！四宇阴霾未敛，裂金瓯，忧患
伏萧墙。问何人作俑？春秋它日有评章。

随军入裁普降^①

入越受降倭寇平，壶浆夹道迓雄兵。

逆天武运难长久，略地强梁敢倒行？

六十年来伤往事，三千里外主新盟。

秋高引领螺城畔，滚滚风云拥汉旌。

【注】

①时我任第一方面军第九十三军参谋长，随卢汉将军入越受降。

乙丑年秋赴省外参观杂

邂逅匡庐忆昔游，慕君施教不同流。

滇垣参政矫时弊，京闽兴邦献远谋。

相与暮年歌盛世，同输余热建神州。

更期来日重聚首，统一中华壮志酬。

重游长城

长城抗战忆当年，多少英躯慷慨捐。

国共并肩歼丑虏，军民携手保雄边。

战能持久金汤固，守以同仇铁壁坚。

此日登临河岳改，关山遐迩息烽烟。

戊辰龙年春耄龄咏怀

春到匡山忆故庐，江淹迟暮愧才疏。
万方多难轻投笔，一息尚存还读书。
粤北识韩酬韵早，滇南抗日运筹初。
一腔余热忘吾老，用答明时素志舒。

瞻仰孙中山先生故里二首录一

民权运动仰前驱，天下为公远继虞。
革命启蒙长夜旦，翠亨村里一声鸡。

登厦门胡里山旧炮台

结伴登临胡里山，一衣带水望台湾。
坚冰初解春潮涌，隔岸亲朋盍早还。

访汉阳琴台

寄兴琴台倚槛吟，高山流水几知音？
伯牙代有钟生少，俏立秋风感不禁。

江轮经香溪入口处咏明妃

出塞阏氏入塞师，将军愧报帝恩迟。
汉宫不用和亲计，一代佳人有孰知？

游玉溪九龙池题壁

一九四七年，余曾守是邑，夏日往游，刻石题诗四首，至今犹保存壁间，录其一。

泉清何碍出山流？百里含膏润绿畴。
树隐人声知寺近，径随蝉唱入林幽。
风尘久负渔樵约，醴酒难消髀肉愁。
羁宦仲宣游衍惯，万家饥溺此登楼。

一九八三年重游九龙池，则物换星移，万象更新，依原韵复成一律。

城乡改革汇洪流，科技花开遍垄畴。
扫壁留题清兴永，沿溪访胜素怀幽。
台池昔领盘桓趣，闾里今消贫困愁。
旧地重游时事易，万家康乐此登楼。

杜乙简

（1916—2005），洱源县人，白族，"国立中央研究院"历史语言研究所毕业。大理州政协原副主席、大理诗社副社长、云南省诗词学会副会长，曾任下关一中语文教师。著有诗集《白家吟韵》。

重访南涧二首

（一）

月牙台上我重游，家户银鳞落四周。
绿野长堤春永在，芦笙伴舞听彝讴。

（二）

风土人情话定边，万重山水碧蓝天。
老来须是彝家客，落纸挥毫写画年。

观日本大书法家柳田泰云先生书法艺术春日在昆展出有感

金马滇池一岁中，同源书道寓情浓。
泰云笔下春消息，信誓人间揖让风。

感通寺题壁

松风习习荡山幽，名寺高僧写韵楼。
龙女奇花千古寺，最宜风月著春秋。

宋文熙

字禾章，大理人。图书馆工作者。

龙头村棕皮营明代茶花歌

　　韵无适俗只看花，嘻花心情同嗜痂。寄居春城三十载，常向山椒与水涯。花中山茶称滇艳，开时低回百不厌。儿度曾访太华刹，又步龙泉陟金殿。以为赏遍南中美，余已无复劳留念。谁知棕皮营中小园里，尚有两处明初花未见。有客为我言，动我寻芳念，可惜结伴初度游。仅于墙外瞰红毯。再动清兴重问津，始得全貌睹花真，双干虬蟠枝交柯，齐张羽葆影婆娑。入目绚烂呈异彩，千朵万朵何足多。花多小园关不住，散作赤霞凝烟雾，应是金碧少见株，我生何幸花下顾，方识此花南天堪独步。吁嗟乎！沐氏簇锦①非不好，早已埋没随荒草，建文茶曾照殿红②，零落今已几春风③。何如荒僻无名村，往虽寂寞今如故，历尽沧桑六百年，犹得人民常爱护。

【注】
①簇锦楼在昆明郊外为沐氏建，传说茶花甚感动。早已无存。
②西山太华寺茶花，传为建文帝手植。茶花有照殿红一种。此借用。
③太华寺大茶花已枯死数载。

忆江南

秋宵不寐，故乡风物，萦洄胸臆，填小词六阕纪之。

（一）

春去也，不寐倍思乡，十里云峰披白雪。一环烟水半拖蓝，争秀入幽窗。

（二）

三塔寺，胜日数清和，异服奇装游闹市。行云流水白民歌，起舞影婆娑。

（三）

金梭岛，避暑古行宫，蒙段豪华成逝水。残砖断瓦委蒿蓬，波涌夕阳红。

（四）

青溪冷，碧翠锁烟岚，林壑幽深奇险处，天公凿出水晶龛，谁不道三潭。

（五）

思滇故，怀念李元阳，省郡煌煌双志乘，洱茶今更吐光芒，文献号名邦。

（六）

中峰下，城里是侬家，小屋幽清邻菜圃。一连不断四时花，双柳映门斜①。

【注】
①儿时门前有双柳。

满江红·登八达岭游长城

万里长城，欣得见、蜿蜒峭壁。高处望，群峰环锁，塞关雄立。往日金瓯资永固，而今雉堞号奇迹，遍五洲、处处尽歌讴，谁能及。　　非天造，伊人力。于余载，坚如昔。尽霜风凄厉，客仍云集。争乍飞霞倚断，更无戍卒悲羌笛，岁寒时，气尚贯霓虹，攀高脊。

游成都草堂寺

有志怜寒士，穷营华庑难。

时艰攀蜀道，忆念系长安。

传信诗千首，冲霄竹万千。

祀堂承故宇，乙已易雕栏。

蝶恋花

甲子中秋适祖国两岸健儿，在奥运会竞技胜利归来，台湾报纸均作报道，中华儿女欣喜可知，填此志快。

桂子香飘秋月皎，一片清辉，万里山河绕。情系炎黄光普照，天涯海角途非渺。　　过眼恩仇消逝了，异国欣逢，相晤同相笑。惜是欢娱殊恨，团圆还盼归来早。

邹硕儒

澄江县人，1914年生。前中央大学职业教育研究班毕业。曾任农工职业学校、中学文史科教师，省政协对台办编辑，民革云南省委文史委员，中华诗词学会会员，著有《近体诗作法浅说》等。

献出三军三十万

抗战八年中，云南人民先后共献出子弟30万，曾组成六十、五十八、九十三共三个军，开赴鲁南、湘赣各战场，英勇杀敌。每次短兵拼搏，皆伤亡近半，故年年征兵补充，不惜牺牲精英。尤以台儿庄大捷、湘北大捷，收复常德诸役，使日寇胆寒，为滇人增光，创建伟烈丰功。又迎来沦陷区难民数十万安居生活，皆不可忘。

滇人大义早参天，抗日丰功胜昔贤。
献出三军三十万，迎来百姓百余千。
三军半死哀魂返，百姓全生庆凯旋。
血染台庄流赣水，骨埋常德洞庭边。

【注】

百余千句，百千为十万，入滇难民不止此数。血染句，指六十军血战台儿庄，九十三军血战赣江两岸；骨埋句，指五十八军收复常德。

战略公路比长城

　　日军发动侵略战争后，即以优势海军封锁我海岸线，我唯一国际交通线滇越铁路，已受日本海空军威胁。我滇西人民激于救国热情，不分男女老幼，出动民工十数万，在滇西气候恶劣的横断山脉中，以锄、铲、锤、扁担、箩筐、血汗、死亡，筑成全长547.8公里，桥梁涵洞数以千计的滇缅战略公路，为时仅八月余。美国总统罗斯福曾赞我滇人"在地球上创造人间奇迹，可与修通巴拿马运河媲美"。《云南日报》则誉为继万里长城、二千余百里运河后之一大工程。

云岭天高易越攀，修挖公路却多难。

千山岭莽皆横断，万水涡漩少直穿。

血汗凝成磐石垫，尸魂化作沥青摊。

詹森查报罗翁赞，美比长城不一般。

【注】

詹森，当时美国驻华大使。

移花接木千花艳

　　1941 年，全民抗援会发动全国捐献飞机抗日，我省人民倾其财力捐献飞机 30 架，（闻在此之前，腾冲旅缅华侨梁金山先生独资捐献一架）派杨西因为代表于是年 10 月 10 日赴重庆参加献机典礼。受机者为反独裁、反内战之冯玉祥将军。时沦陷省区无机可献，冯为体现中共中央"全民抗战"之大义，即面恳云南代表于 30 架中拨出部分为沦陷省区捐献数，杨慨然应允。而第一名之光荣仍属我省。副帅顾全大局，滇人慷慨无私，均足为当年沦陷省区告也。

> 献机卅架建头功，云岭人民志不穷。
> 副帅高风干世仰，滇人大义九州崇。
> 移花接木千花艳，引派分流九派溶。
> 豪气凝成公字亮，九千亿世照长空。

【注】

　　千、九重用不忌。副帅，冯时任"副委员长"。九派句，化用鲍照诗"九派引沧流"，《登黄鹤矶》句。

石林歌

天下奇观何处寻？南滇有林石森森。娲皇补天取未尽，化为万笏朝天心。天公琢磨如黛玉，王母因呼黛玉林。我每周游细瞻瞩，果是黝色涵黛绿。一石一奇自成诗，入画入词自度曲。奇突变化浮想多，相入久久半入魔。曾记汉帝赐石染臣发，何如此中石黛秀双蛾。谁缩五岳移云岭，水涯有峰胜普陀。林中何处吹箫竹，似闻律声绕寒谷。殿亭览尽擎天笋，又似芙蓉花万簇。席地坐评美姿容，人皆有见见不同。彼观如虎我云豹，移步又成雄狮貌。画石三诀漏透瘦，工巧还须增一皱。尤难最是摹高风，奇古愈宜入篆籀。自挥心笔写心猿，眼塑心雕聚百兽。君不闻，西北山石多浑厚，东南山石称奇秀。浑厚奇秀两相兼，南陬之石冠宇宙。恍惚化身成百千，一石一拜一米颠。长揖狂笑自言语，我亦慕君二十年。愿步君之贞，亦趋君之坚，共君不朽伴云眠。奈何求教石不语，悟其憨厚始释然。忽见孔雀梳翅炫颜色，满身金翠谁画得。一朵蘑菇如腾云，灵芝妙药生南国。客问飞来峰何来，答是银河支机树。峰前有峰猿难上，峰如莲花迎人开。不惧失足身首损，攀到莲心思蓬莱。君不见出水观音立彼岸，何不邀之坐莲台。好让玄奘合十拜，求庇百族免千灾。有翁崛郁负奇表，携得兰孙膝前绕。有妇携儿行欲停，春风满面无烦恼。有叟含笑谓老妻，

林幽必有长生草。谁说顽石不点头，且听朋侪语
啾啾。盘曲迂回穿幽径，剑峰迎客添游兴。剑影
倒插清泓中，化为双剑分雌雄。忽忆杜陵有佳句，
"正直原因造化功"。凭栏有意鉴清影，一生耿
介同此峰。绕径又遇阿诗玛，仪态端庄自嫣雅。
眉如远山貌王嫱，彝家西子爱素妆。亭亭玉立若
有待，不见阿黑心悲伤。磊落万古印翁志，苍松
劲竹皆文章。尤喜仙人吐块垒，入我心室当珍藏。
但愿英雄勿试剑，更勿射虎叱成羊。保得石中仙
猴出，世间魔怪齐扫光。新林又拓三百里，西欧
之林更难比。我思以此永为家，友石如贤相砥砺。
更欲种梅三万棵，好借香魂助吟哦。尤望元亮谪
仙复生常相聚，同欢共醉纵情歌。纵情歌，歌不断，
后之来者歌更多。

谒元咸阳王赛典赤赡思丁墓

　　昔读元史正髫龄，垂老犹慕赡思丁。治滇大吏择贤举，唯王足资树典型。曾记王来开府仅六载，遗爱三迤深如海。殁时全城巷哭天地哀，盛德昭昭留风采。黑齿国君遣多使，缞经备身离交趾。灵前焚诔情词悲，恩威服远乃如此。我于昨夜梦扫松华坟，七百六年无尘氛。衣冠墓前再顶礼，沧桑丕变报王闻。王昔薄赋体民困，今世民富超王愿。横征暴敛时已非，贷资助民多树建。王曾劝民振农桑，今世衣锦粮满仓。科学种田兴稼穑，耕有铁牛地无荒。王又置田兴庙学，今世育才皆卓卓。城乡不断读书声，学府文章觉后觉。松华坝内云水悠，盘龙江汇六河流。金棱作防绝水患，银汁金汁润绿洲。下疏海口排洪涝，滇池沿岸易风貌。良畴万顷庆丰登，感王恩重难为报。南陬千古秋复春，后人郅治胜前人。松花墓前歌大有，饮水思源颂昔贤。

护国门之歌

护国门开护国路，共和再造当献赋。太史碑铭传千秋，重于龙泉吟柏树。古柏虽犹挺云霄，难如此门彰功比天高。消灭帝制方四载，焉容袁贼复王朝。袁贼兵多财力大，仗义滇人全无怕。纵属贫省偏南疆，敢发春雷惊天下。两檄同追汉陈琳，夺魂先碎老奸心。道电文慑群丑，亦似龙池飞宝镡。三迤健儿忘生死，淝水之战差可比。唐统三军总全局，亲征难忘蔡罗李。推翻兴宪整乾坤，南滇正气万古存。碧血丹心照青史，斯门永系护国魂。

【注】

两檄，指由云龙撰拟之《云南护国军都督府讨袁檄》与李日垓撰之《护国第一军讨袁檄》。

周祜

（1922—2000），云南云龙县人。生前为大理师专副教授。原师专中文系副主任、图书馆馆长、中华诗词学会会员、大理诗社副社长。著述有《大理历史文化论集》等。

游大石庵感赋

上阳溪口降罗刹，大石庵前阻敌兵。
雨雨风风千百载，白家心愿是和平。

周 霖

（1902—1977），字慰苍，丽江大研镇人，纳西族。
1963 年在北京举办周霖国画展览，郭沫若当场写诗赞扬，
并称其画、书、诗三绝。历任丽江纳西族自治县副县长、云
南省美协副主席。著有《旅游诗钞》一卷留存。

忆游雪山

昨日玉龙踏雪归，连宵做梦亦崔巍。
难忘绝壑云埋竹，更忆危岩树着衣。
放步登临晶世界，纵怀眠食玉周围。
此情难向外人道，画与同游认是非。

乙酉重九登象岭

（一）

压屋阴霾冻不流，晓窗冷雨酿轻愁。
拼将佳节炉边度，便欲游情画里酬。
乍见人间明旭日，始知天意沐清秋。
杖藜放步出门去，踏向云山最上头。

（二）

俯临松壑泻长风，始信登临跬步功。
花马山河萦脚下，玉龙鳞甲幻云中。
茱萸黄菊悲时序，碧障丹林认色空。
秋意一腔说不得，数声知了叫深丛。

远　游

漂泊年华去不还，老逢盛世襟怀宽。
远游万里将何事，访友寻师更看山。

自昆明搭班机至南宁

穿云御气驾长空，锦绣山河俯瞰中。
指点滇池还未了，邕江又见郁葱葱。

南　宁

夹道红花艳欲燃，栖迟南国忆当年。
今来细认曾游处，换了人间景物妍。

至桂林

五十年来爱慕深，枕边恍惚几青岑。
者番抚景知非梦，习习熏风入桂林。

榕湖饭店

榕湖饭店绿阴围，款待殷勤意入微。
温暖家庭无限好，天南地北客如归。

自桂林赴阳朔船头写景

船头据案搜奇峰，赤日当空兴却浓。
三百六滩收不尽，奚囊嫌小贮心胸。

漓江九马山

下滩船似箭离弓，九马崖前觅马踪。
马未写成山过去，漫涂削壁意朦胧。

登独秀峰

拾级登临独秀峰，桂山起伏水溶溶。
眼前无限繁荣景，暴在东风抚育中。

阳朔写生

（一）

平明山角复水涯，觅画寻稿兴趣奢。
朗诵前贤诗一句，碧莲峰里住人家。

（二）

且借窗框作画框，西郎山上写生忙。
低昂移步演奇幻，参悟持身重立场。

湖南冷水滩

湘桂昔传行路难，我今坐卧度重峦。
餐车饭罢晚风拂，已过湖南冷水滩。

衡　阳

潇湘清冷已荒唐，枢纽交通控八方。
汽笛轮声喧昼夜，征鸿应怕宿衡阳。

杭州小住

一别西湖数十秋，重瞻胜地展新猷。
江山秀丽人情厚，半日访朋半日游。

杭沪宁

杭州上海到南京，拙笔难书激动情，
贮得胸中风物在，从来会意贵无声。

苏州游园林

古城新貌感怀深，几处池馆镇日寻。
巷陌驰驱忙碌甚，苏州小住为园林。

虎　丘

塔影微斜势特奇，虎丘泉石信多姿。
写生不暇调颜色，墨笔几痕画剑池。

苏州西园遇雪相上人

僧窗作画亦谈禅，万里关山翰墨缘。
鸿雪偶然随去住，明朝道路两茫然。

无锡买鱼钩

溪山遁迹几经秋，往事糊涂忆辄羞。
积习未除仍爱钓，又来无锡买鱼钩。

扬州看八怪画

人物风流忆昔畴，我因八怪爱扬州。
无聊杜牧轻浮梦，陈迹悠悠付水流。

朝发南京

蒙蒙朝雨别南京，又上航轮数日程。
壮阔游怀无限景，凭栏极目大江横。

过芜湖

十年祖国展宏图，江上往来万舳舻。
指点空蒙微照里，煤烟浓处是芜湖。

过皖南

两岸禾苗绿正酣，遥山几叠淡拖蓝。
拚将老态旁人笑，把酒临风过皖南。

过安庆

轮声破浪去如飞，拂拂晓风吹客衣。
报道航程过安庆，晨光江上正熹微。

癸卯五月初四过小姑山

四十年前端午日，行航曾过小姑山。
明朝又是端阳节，此地重来鬓已斑。

夜　航

四顾苍茫夜色浓，船头小坐挹凉风。
吴山楚水浑莫辨，远近航标闪烁红。

入　蜀

客里浑忘身在船，江山饱看夜酣眠。
逆流直上五千里，作画吟诗入四川。

搭夔门轮

杜陵诗句又重温，三峡雄奇萦梦魂。
听雨听风今入蜀，船名恰喜号夔门。

周一卿

（1927—2002），原名周嘉惠，云南鹤庆县人。历任晋宁县委副书记、中共通海县委副书记、《玉溪师专报》主编、《晚晴艺苑》主编。副厅级离休干部。

述　怀

莽莽云山一蠢材，结缘马列向阳开。
融融春暖争芳艳，肃肃冬寒不自哀。
穷乏安恬居陋巷，欢歌曷羡舞高台。
最钦傲雪梅花老，夕照青山寓壮怀。

游盘龙寺

霜鬓寻梦到盘龙，卅载浓情忆旧容。
二堰碧波摇倒影，千峰翠柏矗青空。
灵山善众摩肩踵，佛刹连层笼雾蒙。
贵是担当留胜迹，香延六纪肇莲峰。

游玉溪龙马宫溶洞

龙马山坳龙马宫，寻幽选胜觅仙踪。
天垂帐幔连层白，壁闪霓霞映彩虹。
怪石嶙嶙呈百态，危岩岌岌叠千重。
峰回路转惊奇幻，频叹乾元造化工。

郑和展览馆题句

昆湖澄碧月山娇，三宝扬帆史册彪。
七下西洋张义帜，大勋何逊汉班超。

早春赶通海花街

暖风吹绿柳林梢，早雨浇红绽碧桃。
漫步花街花带笑，春吟秀麓亦堪豪。

踏莎行·题赠黄龙玺展览

翰墨传神，丹青流韵。刀锋镌版金声振。抒
情言志动吟哦，珠玑陈列歌尧舜。　　百色腾云，
秀山雨润。攀援艺岭成霜鬓。精耕勤灌果盈丰，
嵩龄八秩搴旗进。

周汝诚

（1904—1985），字炼心，丽江大研镇人，纳西族。文化学者，曾任丽江县文化馆馆木长。

玉岳归来赠李霖灿

我本无好恶，唯爱看山容。小楼有北轩，开窗见玉龙。屏列如玉笋，峭拔又玲珑。昨夜朔风急，雪山堆新雪。峨峨十三峰，俨然如玉阙。今夜月圆明，照遍雪山雪。雪月相交辉，光景两奇绝。我有看山癖，可望不可即。每思一登临，攀岩履雪石。恨无登山侣，廿年空筹划。中州有名士，云游到笮国。遍观佳山水，追慕徐霞客。遂订知音交，相处颇莫逆。同上玉龙山，登峰欲造极。饱看扇子陡，去天才咫尺。齐攀铁杖岭，同宿仙人宅。饥餐玉峰云，渴饮玉壶液。徘徊长春壑，山花杂红白。深入方天洞，辨认仙人迹。相遇共息游，颇得交友益。肯作雪山盟，情同弟与兄。寒暑易再回，离合俱忘形。今君云去也，别我赴渝城。腾达无限期，将登万里程。他日或相逢，勿忘车笠情。

【注】

李霖灿，著名学者、画家。原台湾故宫博物院副院长。上世纪 40 年代曾居丽江，此诗作于该时。

梦游玉峰寺

笮国禅林唯玉峰，蜿蜒雪岭似游龙。

番僧约我观花去，一树山茶万朵红。

周钟岳

字惺甫，惺庵，白族，剑川人。清末癸卯（1903 年）科乡试解元。辛亥革命后，首任云南军都督府秘书长，后屡任高级行政职务。卒于 1957 年，著有《惺庵诗稿》十卷。

八月既望偕赵鹿村、韬甫、段润宇、李白溪、张仲和、何国升、张映洲、赵致和、段次山诸君登金华山，宿望海亭，得诗二首

（一）

振衣直上款松关，脚底峰峦拥翠鬟。
远水护田迟到海，浮云成雨便还山。
独凭危槛沉孤抱，偶酌清泉认旧颜。
林谷依然人渐老，廿年翻悔落尘寰。

（二）

倚楼身出万松巅，俯听松涛意洒然。
可有蛰龙蟠大谷？更看孤鹤唳寥天。
风回古寺生虚籁，日落秋江起暝烟。
莫便匆匆下山去，且邀明月话尊前。

【注】

1921，滇军军长顾品珍率部自川南反戈，驱逐督军唐继尧，唐氏逃亡香港，周氏亦自代理省长乞假回原籍。

失辽宁

沈阳旧是兴王地，遥翌幽燕作屏蔽。白山黑水版图雄，忍与珠崖同一弃。北防俄，东防倭，三十万众齐枕戈。于思弃甲将奈何，坐使倭夷垂手得，投鞭直渡西辽河。君不见渔阳动地闻击鼓，将军犹作胡旋舞。夫差夫差今何人，竟忘越人杀而父。

上海战

靴尖一踢坚城倒，沪渎区区何足道。倭酋令限四小时，欲逐华兵迹如扫。岂料苍头起义军，奋身抗战勇无伦。大呼斫阵一当百，挥刀杀敌如孤豚。我军益奋敌益怒，炮火横空密如雨。冲车飞艇日环攻，可怜闸北成焦土。孤军鏖战经三旬，蚍蜉蚁子空援兵。徒闻诸将拥高纛，按节不动飘长缨。

哀渝关

锦西西去连烽烟，骑虎直逼临渝关。漆城荡荡不可上，轰天一炮夷为田。君不见开皇筑城陷天险，胡马不敢南窥边。德威弛备卒血反败，契丹刍牧营平间。古来得失足殷鉴，雄关一破无幽燕。又不见迢迢万里长城下，今日凭谁来饮马？五百健儿同死绥，徒见城头血流赭！

周善甫

（1914—1997），原名樊，纳西族，丽江大研镇人，高级教师，云南省文史研究馆馆员。著有《善甫文存》《大道之行》《老子意会》《骈拇词辨》《简草谱》《春城赋》等。

丽江五凤楼行

未央宫里繁歌舞，龙楼凤阁何嵯峨。阁中帝子沉迷醉，野多乱离沸干戈。冰山荣华易幻灭，梓泽墟废阿房火。艺匠经营成杰构，当惜惨淡留楷模。五凤振彩翼，飘举西南逝。玉龙山下白云深，芝岭丛林稳隐蔽。沉沉梵唱叹空虚，世事沧桑几更易。人民世纪终到临，万类滋荣满生意。人民知凤栖，慰勉出山林。立之玉河头，玉水洁于醴。羽翎伤失色，风骨固书神奇。我业操营建，对之为倾心。落落盘大地，穆穆五云持。神朗气端肃，骨秀肌肉匀。恣意畅树植，眩目严条理。巨制胡飘缈，细工胡结凝。庄敬鲁公字，飞扬太白诗。同为心血作，垂创复奚疑。希腊巴特龙，典范人凭依。意法多蛾特，其邦亦炫奇。中华文物多瑰丽，有此足以式仪型。郢斧运良工，体态日肤腴。彩笔挥能手，羽翼日盈盈。更有高明勤护惜，行见祖国工艺舞休明。凤兮复凤兮，盛世宜汝再来仪。

贵阳书画联展即事

以文会友盛情隆，修禊联省今新逢。
画意联翩喜脱俗，人皆俊逸共推崇。
华堂挥笔临同砚，飞瀑摄影接异虹。
快意此行难表达，共吟新句代豳风。

翠湖咏鸥

曾迎骇浪怒涛飞，风雨雷霆志不移。
去往随缘知物候，是非有别作依违。
高人有幸堪为侣，童稚无知慎莫欺。
当此中兴祥瑞日，柳塘烟水好栖迟。

和志敏

（1879—1959），字学英，号藤宇，丽江东河人，纳西族，前清秀才。著有《映雪轩诗草》《雪麓诗草》等。

干海子露宿

山径石纵横，山林夜气清。
月明松有影，风定竹无声。
旧友兰言契，新茶雪水烹。
来朝下山去，双屐踏云行。

青龙桥

龙门山寺路，高卧一虹桥。
白涌涛千尺，青拖柳万条。
临风春载酒，赏月夜吹箫。
木氏留遗迹，吟魂梦里招。

龙门寺眺望

山门寂寂带秋寒，放眼游观独倚栏。

诗客迢遥千里外，篆烟缥缈一炉檀。

汀芦绕水浅深白，枫树含霜疏密丹。

天地相连无障碍，澄心印证照澄潭。

【注】

龙门寺：在束河西山上。

玉龙山

长江作带雪为衣，绝顶风道雁不飞。

万里梯航游览客，思移无术抱图归。

和庚吉

（1864—1951），字星白，号松樵，丽江大研镇人，纳西族。光绪壬辰科（1892）进士。先在京都兵部任主事，后任四川省乐至县知县，历署石硅、秀山、温江、遂宁各厅县县官。四十岁后告退还乡，修建"退园"。自号"退仙"，著有《退园韵语》《听琴轩墨》等稿。

退园四首

（一）

世事浮云变态多，昨非今是意如何。
退园新筑三弓地，补种秋花待雨过。

（二）

小小园林曲曲门，雨余斯绿长苔痕。
忽闻鸟雀枝头语，问作何言又不言。

（三）

一树梅花碍路横，树旁小立月华生。
看来我是还梅是？贴地影儿分不明。

（四）

竹摇风影迎人绿，菊傲霜花委地黄。
恰有儿童争折取，教予也插一枝香。

三月龙王会竹枝词

（一）

准备衣裳时样新，明朝赴会约同人。
一瓶去买兰花露，洒得香风透满身。

（二）

芳尘同踏步迟迟，互较妍媸暗自思。
几个面如桃花艳，悔侬忘却加胭脂。

（三）

且行且顾尽彷徨，游遍商场到戏场。
一折乱弹听未了，又从树下乘阴凉。

（四）

妙曲吹来麦笛声，何人听得痴情生。
思量斗眼还羞怯，偷放秋波半面横。

（五）

漾青桥畔戏秋千，几辈儿郎到面前。
欲避仍留伴不睬，有人称说似飞仙。

（六）

绿杨楼阁夕阳催，邻女相呼共笑回。
沿路欣欣更叮嘱，大家明日早些来。

自　慰

年来白发已盈颠，精力衰微不似前。
齿痛怯陪官样席，眼花难看旧时篇。
交游星散天涯远，胸次云生俗虑捐。
只此退闲真觉好，登临时踏暮山烟。

夏日晚登狮山

暂移日涉园林足，去踏狮山薄暮烟。
石径泥粘知足雨，秧畦绿重兆丰年。
数声虫语草根起，几点鸟巢树杪悬，
自笑自吟归向晚，旁人说我似痴癫。

丽江杂咏四首

（一）

雪岳巍巍笑面开，白袍灵迹著每回^①。
年年三月春风里，士女如云赛庙来。

（二）

西出金沙折北湾，怒涛冲断玉龙山。
江村一事仍元制，齐跨皮囊渡往还^②。

（三）

青龙河畔遍垂杨，雪白梨花绕大塘。
春水渐生鱼易钓，持竿处处有渔郎。

（四）

海棠古树簇城南，照影红沉白马潭。
时有游人三五聚，柳边花下坐清淡。

【注】
①白袍句：指丽江的土主北岳三多屡次显灵助战的传说。
②原注："元世祖革囊渡江到丽江，本地至今仍有囊渡者"。

晨　起

荒芜满径步难通，晨起芟除事必躬。
荷叶风掀翻背白，榴枝雨重落花红。
刁无剥啄朋侪少，老得清闲天道公。
石径草坪频小立，笑看捉蝶有儿童。

农　父

家承世业事先畴，但得年丰那识愁。
醉散春醅新社酒，农闲晚下钓鱼舟。
扶犁正听催耕鸟，放野还驱带犊牛。
邻叟相逢杂笑语，连云禾稼及时收。

闻有女子颇秀雅，因生庚犯俗忌，无问字者，为之慨然二首

（一）

俗忌无端误美人，夭桃苦李竟同伦。
大挠造甲诚多事①，愿向苍天问夙因。

(二)

月老宁忘系足丝，标梅已咏负佳期②。
嫦娥应是神仙侣，哪许凡人乱画眉。

【注】

①大挠：黄帝之臣，始作甲子，发明干支相配。
②标梅：喻女子当嫁之时。诗经——《标有梅》章。要男女
及时婚配。

石鼓道上

山围天地窄，曲折一江流。
沙积水歧出，岩悬树倒浮。
聚廛开小市，闲渡系孤舟。
此是桑梓地，如何未及游？

范义田

（1909—1968），字楚耕，出生于丽江石鼓，历任丽江中学教员、校长等职。1937 年，曾去延安。有专著《云南古代民族历史之分析》《先秦诸子思想大系》等，汇辑成《范义田文集》出版。

春日莲花池访陈圆圆故迹四首

（一）

池号莲花人似花，当年曾是帝王家。
春风杨柳销魂处，疑是晓妆笼碧纱。

（二）

碧鸡金马好藏娇，南国烟花胜六朝。
肠断商山歌舞地，斜阳荒草话渔樵。

（三）

白云深处作云栖，春梦醒来意转凄。
剩有千行亡国泪，声声付与杜鹃啼。

（四）

天南翘首望榆关，劫火无端今又还。
错怪香魂犹未死，化身蝴蝶在人间。

中秋夜泊巫山下

呼橙唤饼数胡桃，始悟中秋是此宵。
回首狼烟巫峡外，仰看蟾影碧天高。
风光四海人千里，灯火半廊水一篙。
客梦不成乡梦杳，那堪隔岸声声箫。

辛巳中秋江上对月

（1941 年）

群山欲睡竟未睡，相戒勿语待月至。两山挽
江江迟回，碧镜粼粼争天翠。天翠欲流江不流，
银光微茫生棱刺。粲然一笑素娥出，众星掩眸齐
失媚。月峦江波江恋月，江月欲飞天月坠。山尽
醒来水尽活，树影参差风吹碎。月光照我三十年，
十度中秋九阴闳。此夕清光真奇绝，足为平生一
吐气。呼吸直与素娥通，心已凌空身欲翅。千里
清辉万户寒，遥忆战场人不寐。

获 稻

茫茫白露结霜花，穗穗黄金映晚霞。

新磨镰刀趁晓月，旋舂脱粟荐秋瓜。

穰穰空有豚蹄祝①，犹扰难禁硕鼠牙。

国课催人田租急，西风凄紧响连枷。

【注】

①豚蹄祝：据《史记·滑稽列传》：农人发豚蹄祝曰："五谷时熟。穰穰满家。"

雨中看菊

纤纤玉爪独擎寒，一掬雨珠和泪弹。

不把秋心输与桂，甘将春艳让于兰。

雨淋更觉洗容淡，风劲始知折节难。

任是湿云三径满，沾衣何惜扶篱看。

石门晚秋

石门西塞又清秋①，峨峨雄关江自流。
绝壁苍藤悬冷月，半滩枯柳系孤舟。
鱼龙弄影波光动，斗牛冲寒剑气浮。
一曲胡笳万籁寂，筹边人上赞皇楼②。

【注】
①石门：丽江石门关。
②赞皇楼：在四川成都。有唐名将李德裕所建之筹边楼。后
德裕封为赞皇县伯，故称赞皇楼。

巴山书怀

万里归来且罢休，抚膺自问亦何求。
梦回云岭春朝雪，病卧巴山雨夜秋。
愧我学书宁学剑，任人呼马复呼牛。
故乡不减桃源好，家在长江最上头。

追凉西壁龙潭

客来斗室榻余烟，睡意垂垂到睫边。
直拟科头临大壑，相邀把臂访清泉。
密云不雨风犹热，绿叶无阴树欲眠。
未识主人迳入户，殷勤留饭且随缘。

秋雨索居

秋来偏抱病，萧瑟那堪闻。
绵绵雨送日，隐隐月穿云。
照简惊藏蠹，燃蒿驱乱蚊。
幽窗灯影暗，寒犬时狺狺。

留别亲友

饯我直临江水滨，柳舒青眼照离人。
飞花乱叠千山路，别鸟频啼三月春。
几树清阴留护惜，二杯浊酒见情真。
金沙滩上若相忆，常寄尺书付锦鳞。

访黄山幼稚园二首

（一）

兰蕙芊芊和露栽，春风到处一齐开。
园扉未叩心先醉，阵阵清香拂面来。

（二）

抱瓮编篱心力加，名花名手两不差。
好花传遍花马国，洛下魏姚何足夸。

江　村

长夏江城暑气消，一江雪浪洗晴霄。
潺潺西涧桃花水，隐隐前村杨柳桥。
砥柱回澜横锁壮，飞檐倒影卧虹摇。
最是桥东芳草路，春莺十里百啭娇。

题富贵根基图

人云斯图惟取音，我道斯图有真义。
宝贵不以其道得，将与浮云又何异。
君看花间立此禽，长鸣直破风雨晦。
古来开创有为者，孰非夙兴勤其事。
君欲拓基常能守，请君细会此中意。

题美人画

覆额青丝时髦妆，芭蕉分绿卜衣裳。
一窗日影分红晕，五色云笺写断肠。
袖底诗书衬玉腕，鬓边花朵染脂香。
柔情默默无寄处，凝睇支颐春恨长。

林景泰

字宗郭,保山人。1928 年毕业于东陆大学第一班政经系。抗日期间,屡任县级行政职务,对抗战及教育卓有成绩。后任财政厅顾问,著有《红杏书屋吟草》及《曲阳唱和集》。

拟　古

月圆应有时,花开自有期。侧身天地间,郁郁竟何为。置酒烹肥牛,欢宴青篁筱。醉余变微声,声协竹与丝。慷慨震林木,高响遏烟霏。一歌曲未终,四座须眉飞。昔日青丝发,霜华两鬓催。盛年人几何,残月照深杯。

三清阁宴集

心与山水契,形为名利牵。古人秉烛游,襟怀何超然。胜境迓良朋,肯为一梦捐。长夜三清阁,欢笑开净筵。银河接碧海,夕霭潏远山。明灭看渔火,隐约听岩猿。停杯且徘徊,适适尽所欢。或踞禅床坐,或枕松云眠。或歌羽衣曲,金石杂管弦。或论秋水文,香茗活水煎。我生好险怪,攀星弄月圆。酒渴思吞海,诗成欲曙天。醉舞匣中剑,断愁愁仍连。请看轩冕途,何如此林泉。

随树圃师游图书馆花园

夙慕名园胜，谈经喜一临。
花开应解语，竹茂自虚心。
依石为门窄，傍山树榭深。
风尘无限感，宁静爱山林。

洗马河双垂柳歌

征南将军洗马河[①]，柳营万柳环婆娑。万柳已殉将军死，将军魂乃不可磨。魂依河畔岁月久，翻身仍复化双柳。奇崛照水蟠虬鳞，钴利摩云屠龙手。细叶毿毿老干垂，如双龙竞天际飞。九龙池上龙雏舞，百战精魂不知疲。我闻西平性嗜马，饮秣朝夕柳林下。滇南世家三百年，年年洗马胡为夏。马如知柳柳爱马，马耶柳耶知者寡。低回溯忆汗马勋，只余双柳卧河滨。

【注】
①征南将军为明朝西平侯沐英。

得胜桥怀古

　　元梁王把匝剌瓦尔蜜，感大理总管段功解红巾兵围，以女阿盖妻之，后三年，功随阿盖归宁。扈从甚众，梁王疑有吞金马咽碧鸡雄图，乃诱杀之于得胜桥，阿盖投水身殉，后明军进逼至白石江上，梁王亦投昆明池死。

　　从父杀夫非人情，因夫叛父岂天理：无可奈何死殉之，天理人情两全美。梁王昔日杀段功，不记当年敌巾红；无端臂助自摧折，吞金咽碧猜疑中。明军日进疆日逼，白石江上烽火急：惆怅何处飞将军，始信唇齿亡不得。万丈波浪排山来，肝胆如沸寸寸摧；不是水底埋忠骨，九泉何颜对女孩。女孩敢怨父乖戾，儿自有夫今三岁：琴瑟和谐未忍抛，父死君王儿死婿。流水悲风得胜桥，儿夫死处儿魂销；魂销化作桥下水，随风呜咽暮复朝。

和孙和叔先生寄树圃师韵

　　浙江孙和叔先生，八十三龄老名士也，自北京将诗寄吾师袁树圃先生，情文深妙，欣羡莫名，因踵元韵，奉和一章。

　　大文龙象细虫鱼，读尽人间有字书。
　　万里关山送鸿雁，一笺酬唱羡琼琚。
　　神如秋水澄无滓，慨寄春云卷又舒。
　　闻道辕轩争博采，斐然妄作献庭除。

石林纪游

天地有奇气，神妙不可测。海啸峰飞来，已自动人魄。乃复向荒陬，五丁频使役。五丁好恢诡，肯着寻常迹？鬼斧并神斤，纵横乱山辟。一辟一留痕，垒垒多怪石。声清钟叩洪，色古墨染黑。辟成林万株，倒插天咫尺。何时疑布阵，千旌裹剑戟。吾闻八阵图，名盖三分国。万户变千门，奇曷如此极。一步一幻景，看不必横侧。或落潭千丈，或撑天半壁。将飞云舒卷，欲堕石尉劣。一径萦曲肠，崎岖通复塞。攀星携良友，竟日穷登涉。披襟危栋危，屈肱寂涧寂。风凉浴肌遍，高爽快胸臆。奇境叹观止，吁嗟无愧色。何当十日来，遍探老龙宅。

承民革省委召参加云南烟厂游黑龙潭

无限风光叹夕阳，雕虫聊献证心香。
但祈建国功成速，遄顾孱躯鬓已苍。
胜境久疏怀古趣，名山一任笑人忙。
重来频向柏梅问，盛世何如宋与唐。

奉和小牧见赠之作

落落清才久慕名，无缘亲炙愧同城。
情殷此日能倾愫，愿足当年欲识荆。
文似涌泉随地出，诗多豪语令人惊。
严霜已过春光好，期待挥毫写太平！

龙门观日

独立龙门上，苍茫待日生。
渔灯收焰绿，蟾月罩纱轻。
叠叠翻金塔，悠悠弄玉笙。
奇观九万里，吾欲跨长鲸。

蝶恋花

浪漫韶华欢晚暮，济济英贤，尽可胸怀诉。
闲看枝头蜂蝶舞，优游哪怕旁人妒。　　诗咏新
声花带露，九十春光，明媚留人住。读罢瑶章兼
尺素，奇文共赏惊天语。

郑显杨

字士樵，号笑我生，白族，云南凤庆县人。曾任滇军步八团少校秘书、镇康小勐统县佐。著有《笑我生诗联稿二卷》。

春　柳

依依堤岸弄娇痴，密意含春万缕丝。

临别缘何偏折赠，柔条处处系相思。

赵仲牧

（1930—2007）云南腾冲人，生于上海。曾参加"边区纵队"。云南大学文史系毕业。曾在沈阳师范学院任教，1980年调云大中文系，先后任文艺理论教研室主任、云南大学学术委员会委员。是著名哲学家、美学家、诗人。已出版《赵仲牧文集》一卷，第二、三、四卷也将付印。

秋　望

关榆落尽碧天高，大野苍茫塞草凋。
波起寒塘风瑟瑟，雁沉远岫水迢迢。
煤都日落千家暮，故国神游万里遥。
残月满怀霜满面，凄凉何处一声箫。

丁酉年（一九五七年）

谈虎容颜变，飘摇一叶舟。
祸惊天外降，泪咽肚中流。
禹贡临秋肃，圣朝多楚囚。
万民期雨露，大动几时休。

匡　庐

巨霆动地热风吹，脚底云山赤嫖飞。
明镜犯颜惊海隅，刚锋如剑触天威。
尚书已赴珠崖郡，大内新颁元祐碑。
他日徐观真面目，香炉峰上染斜晖。

秋日游北陵

孤陵衰草泣西风，古木霜天过断鸿。
骨朽成灰空有梦，气吞如虎昔称雄。
兵临凤阙中原暗，血洗松山塞草红。
三百年间谁阅尽，伏龟立象夕阳中。

【注】

沈阳北陵，即清太宗皇太极陵墓。

画　桥

一束微光映壁空，水晶帘外月朦胧。
长宵独共寒灯语，短梦偏寻神女踪。
秀野踏春烟树碧，画桥归晚夕波红。
细听碎叶敲窗牖，落木萧萧满院风。

荒年有感

千林摇落起狂飚，圣诏初闻六十条。
敢问哀鸿鸣大野，同歌甘露降云霄。
春滋新麦碧如玉，秋染高粱红似烧。
相看容颜留菜色，暗期饕餮待明朝。

汨罗江

楚歌久不闻，天远洞庭深。
《哀郢》长赍志，《怀沙》终自沉。
汨罗流日夜，杜若溢芳芬。
螺屿芦菰密，行舟访水神。

寄亲人

南风鸣树杪，云岭正葱茏。
人定思潮远，夜深烛火红。
随安怀旷达，博览自从容。
矢志求真谛，攀援期绝峰。

寒流 （悼吴晗教授）

春风瞬息转寒流，一夜繁霜天下秋。
莫论含冤沉大海，徒伤请命坠鸿沟。
圣颜喜怒终难测，大狱株连竟未休。
颇忆太宗求直谏，魏徵知遇得优游。

【注】

魏徵晚为丞相，太子太师。

三家村

翻覆兴云雨，苍穹只手遮。
雷声惊九列，天火燔三家。
学士投东海，文坛坠百花。
畸弱思远去，梦里邵平瓜。

【注】

九列：九卿之位也。《汉书》："恤我九列。"

盘龙江

盘江重步月色昏，流光欲辨涨新痛。
炎方已结相思子，冰瑟犹沾长路尘。
人志芸台穷典籍，我寻蹊径劈荆榛。
玉关长去终迷惘，风雪谁招北海魂。

赴　水

横流江海溢，臣水入秋溟。

双目旋深闭，惊涛犹不平。

人间除谬种，天国列寒星。

岱岳千钧重，鸿毛一片轻。

纪念鲁迅先生诞生一百周年

浩茫心事接青云，化作奔雷堕万钧。

岂谓《风骚》终阒寂，耸听《呐喊》动乾坤。

笔融冰雪添春色，血荐轩辕草檄文。

不尽长江流日夜，坟前芳草碧如茵。

莲花池兼怀广田师

淡烟细浪散轻寒，玉露晶莹悲翠盘。

投水碑前声悄寂，莲花池上月团圆。

【注】

相传陈圆圆曾于此投水自尽，1968年中传闻李广田亦自投莲花池。

乙巳除夕有怀

檐冰垂触地，滇洱水常温。
相向云天阔，独行雪径深。
锦珠思托意，石砚久封尘。
岁尽疏星落，魂飞入雁门。

赠彭俊彦老师

遥辞南岳渡辽河，夜夜洞庭空有波。
几卷诗书明淡泊，一川风雪叹蹉跎。
勤挥粉末添霜发，频滴汗珠润绿栽。
且喜满园桃李艳，春光聊以慰沉疴。

春分夜雪

檐下银花落，寒衾入睡迟。
三更惊曙色，四壁溢琼脂。
素女青天月，梅妆白玉枝。
遥思云岭外，春暖花开时。

钱塘江潮

东门之上挂双晴，吴草千年犹带腥。
云起云飞风复雨，钱塘岁岁怒潮鸣。

寄台湾友人

雁来留印迹，云岭一相逢。
天马何时到，灵犀两处通。
别时春黯淡，今夜月朦胧。
寄语多踟蹰，海山隔几重。

登郑成功水操台

水操台上望，宝岛隔沧瀛。
跨海飞虹现，何时归棹行。
斜阳鸥鸟下，雪流暮云平。
相祝人长久，中天月色明。

赵树藩

（1908—1991）楚雄市吕合人。青年时愤于日寇侵华，投笔从戎。随六十军开赴抗日前线，参战台儿庄战役。后追随卢汉将军，积极参与云南和平起义。

归　田

绿树清风不计年，山庄潇洒乐无边。
客来问我生涯事，一卷琴书二亩田。

赵晏海

（1922—?）剑川人，白族，曾参加解放剑川，任边纵七支队独立大队政委。新中国成立后，任维西、会泽、绥江县委书记。

别维西

山城雄踞澜沧头，制锦才疏志未酬。
父老情同鱼水重，当时鲜解庶民忧。

吊胞弟赵昆烈士，原七支队三三团教导员

传来噩耗满城悲，玉树何堪折嫩枝。
桃李盈门多硕果，英风凛凛众人思！

赵鸿勋

字翼侯，白族，剑川人。黄埔军官学校第十期毕业，抗日战争中曾任西北军十七师政训处长，后任云南大学上校军训主任等职。著有《梦楼诗词集》。

守娘子关

对垒重关夜寂寥，风云变色马萧萧。
军书草罢鸡初唱，战斗方酣血未消。
角鼓频传呼杀震，竹符密领气冲霄。
出奇须用包抄计，拂晓分兵断敌腰。

战地赠赵寿山将军

军书旁午寇方张，白发将军古战场。
指点三军杀敌处，娘子关外月如霜。

六一年秋寄陕西省省长赵寿山

廿载风霜半白头，沧桑每忆昔从游。
传闻尚喜廉颇健，破贼曾夸裴度猷。
名重三秦推物望，功成百战慰民讴。
欢声永载西京道，战友南天敬一瓯！

满江红·抗战中由北战场调南京

满目凄凉，疮痍遍，伤痕战迹。山河破，方张贼势，长趋紧迫。华北烽烟关塞远，江南兵火连天赤。满征途，苦雨又凄风，难民泣。　　鲸吞恨，何时灭。亡国耻，须当雪。我皇皇华胄、英名谁匹，重整军旅收失地，民心奋起同仇敌。痛挥戈，誓扫寇东陵，毋遗子。

鹧鸪天·守黄河

紫电青霜夜色寒，森严壁垒漫海干。关山万里家何在，报国终怀一片丹。　　同敌忾，冒险艰，忘身临阵自心闲。三军平寇凯歌日，海晏河清万姓欢。

鹧鸪天·驻九江

沦落天涯发浩讴，琵琶古调在江州。扁舟夜听浔阳雨，何处来寻旧酒楼！　　满怀绪，溢浦秋。南征北战尽先忧。百战疆场偿素愿，河山收拾补金瓯。

鹧鸪天·驻浮屠关

刁斗音沉夜迢迢，雄关耸峙气森萧。江南春色余残梦，蜀道艰难岂意销！　　巴山雨，涌思潮。军书旁午马蹄骄。中华一统须团结，割据纷争笑尔曹。

南乡子·"文革"中被迫下放回里

　　千里燕西飞，隔断雏儿未得归。残破颠连家国恨，依依，落日霜林何处栖。　　听鸟空啼，旧地重临更悼悲，无限江山徒怅望，凄凄，庐墓毁颓景物非。

七一年下放故乡种瓜为生

　　早岁翱翔作壮游，也曾骑鹤下扬州；
只今唯有瓜堪种，谁识东陵一故侯。

赵银棠

（1904—1993），又名赵玉生，丽江大研镇人，纳西族。历任鹤庆中学教师、丽江玉泉诗社社长、云南省诗词学会顾问。著有《玉龙旧话》《玉龙旧话新编》等。

雪山纪游二十六首

（一）

雪山高万丈，游兴蓄三年。
行色春光好，尤宜趁月圆。

（二）

谁有摩天志？豪情邀共行。
慰予多高足，踊跃竞云程。

（三）

雪水村前绕，晶屏屋后悬。
今宵涤杂虑，明日上山巅。

（四）

玉湖传古迹，水上筑行宫。
凭吊荒风啸，黄昏淡月中。

（五）

鸣泉何所似，骤雨撼孤楼。
倚枕难入寐，身若泛中流。

（六）

待旦频催曙，天开星月晴。
朝来迎旭日，山色倍鲜明。

（七）

松壑层层翠，银岩叠叠高。
行行回首望，脚下涌云涛。

（八）

断岩险欲坠，怪石多成丛。
杉树青入画，林花相衬红。

（九）

仰之复仰之，仙境到真难！
秀拔玲珑处，天风自在弹。

（十）

露宿生云处，行装散草丛。
烹茶煮积雪，呼吸通苍穹。

（十一）

努力登高去，踪痕雪上留。
皎皎银世界，溜雪作飞游。

（十二）

玉宇此间是，琼楼不更求。
人人狂似醉，逸兴满峰头。

（十三）

围火烧杉木，糇粮聚野餐。
趣饶太古味，浑忘世俗欢。

（十四）

晨雾迷天宇，雪花侵被衾。
卧赏隐约影，远听雪鸡吟。

（十五）

急变云开合，迷离海市如。
欣凭造化手，一刻挥千图。

（十六）

大雪纷纷落，欢呼不怨寒。
畎壑云幕里，莎剧耐人看。

（十七）

冒雪访仙迹，沿途踏雪花。
攀援岩下石，寸步若天涯。

（十八）

峰随山路异，壮丽绝人寰。
昨日留踪处，渺茫雪雾间。

（十九）

来程非去路，晴阴亦全殊。
幅幅成佳趣，安能笔笔书。

（二十）

夜雨恼人甚，阻游绿雪峰。
岭西宜远眺，欲去亦无从。

（二十一）

天意岂难测，使留未了缘。
余情皆眷眷，惆怅雨山前。

（二十二）

守雨无他事，追怀忆旧游。
鸣音好望雪，妙立高峰头。

（二十三）

我曾登极顶，雪扑马蹄寒。
心照千山白，眼开万叠峦。

（二十四）

云雾起西北，玉龙天际来，
银鳞舞飘忽，气势惊风雷。

（二十五）

旧梦喜重续，此来趣更长。
不因游迹少，便说梦荒唐。

（二十六）

同行人六十，道谊高千寻。
立志勉高洁，永持白雪心。

泸沽湖

（一）

春山环翠抱泸沽，滇蜀相邻共此湖。
三进周沿深不测，远浮岛屿影迷糊。

（二）

面水依山另一村，水渔山种乐生存。
火塘记取糌粑味，独木行舟认海门。

登白地白水台

高山树密一澄潭，薄瀑浅流石镜悬。
白水白花称白地，履冰踏雪上云岩。

感　怀

路常曲折步迟迟，北斗七星夜不迷。
晓色催人行进进，长征大道又新时。

赵紫梁

（1928—2006），镇雄诗词学会会员。

夏日将晚堰塘景

西岭窗含日影斜，呢喃燕语树无鸦。
山噙半月金钩挂，水映弥天玉镜霞。
池畔长存三面柳，岸边繁殖四时花。
赏荷邀友风檐下，诗酒联欢待月华。

赵德桓

字诚伯（1888—1968），云南省腾冲县人。1909 年考入云南陆军讲武学堂骑兵科。参加过云南重九起义，护国、护法运动及抗战。曾作代理军长、楚大师管区司令。为云南和平解放作过贡献。

昆明绝句十首

（一）

斧不停挥凿不休，天工辟景起深楼。
我怨仙人偏无止，厅松顶上挂飞流。

（二）

铁楼铜马绕周旋，大地兴亡雾似烟。
行人如问圣元寺，杨广开河好记年。

（三）

千家敛欢送王孙，最是云山秋月痕。
多少深情和别泪，随人流到小西门。

（四）

千年华国赖文章，拟就诗骚句亦香。
庭松乐谱悲鸿画①，同付山河共卷藏。

【注】

①悲鸿指徐悲鸿，抗战期间一段时日中，作者任职于滇西司令部设杜文秀帅府，画家徐悲鸿自东南亚返国途中曾逗留大理数月，与作者住司令部，日夜畅议诗书，过从甚密。

（五）

红颜银粉落纷纷，采菱女子是前身。
商山寺本明朝土，留与吴郎驻大军。

【注】
吴郎句指吴三桂。

（六）

秋分鬼唱髯翁联，菰米莲房水上鲜。
武帝贪功真失计，千年尚悔造楼船。

（七）

远游卜定买扁舟，故国平居未有愁。
却把秋心求托寄，蓼花红处大观楼。

（八）

斋供钟声响太华，小亭围种木棉花。
僧门最易识知己，遍把诗墙笼碧纱。

（九）

寺门花雨落纷纷，杯酒销愁又劝君。
说尽兴亡家国事，灯昏月暗夜难分。

（十）

黄金到手视如铜，落魄泛湖唱土风。
偶有相同名士感，故园文火焖鸡从。

春节看花

碧瓦红墙十万家，载歌载舞闹喧哗。
偶然一幅春城画，沽酒提壶去看花。

大理绝句十首

（一）

锡蓝山岛有袈裟，极乐园中不是家。
毕竟沙门诗意重，妙香国里种茶花。

（二）

望人不见望桃花，春雨新堤涨白沙。
少妇楼头情思苦，强抛针线学琵琶。

（三）

锦城微雨燕双飞，塞外军人不掩扉。
许是旄头寒意早，雪花有意上征衣。

（四）

春至山寒不见花，湖边人走七香车。
盈江原是多情水，指计丹鳞早到家。

（五）

想人天表望赤霞，每贱黄金不寄家。
却把深情和蜜意，商量流水送桃花。

（六）

千年崖石暗销魂，水国干戈列洞门。
杜宇声声啼不住，望夫人早化春云。

【注】

望夫云为古大理传说，备极哀艳行船遇之则辄覆，每起此云，船家多入港避之。

（七）

十里莺啼瘦海东，浓春美景雨兼风。
酒船夜泊金梳岛，万点渔灯在水中。

（八）

故老登城指战场，段家旗帜正飘扬。
松明楼外寒溪水，只有宫人说断肠。

【注】

松明楼即浪南国邓赕诏主皮罗邆死难处，俗呼火把节，以六月二十五日举行。宫人说断肠句，"唐元稹：寥落古行宫，宫花寂寞红。白头宫女在，相坐说玄宗。"

（九）

雪后山顶雨后溪，行人流水各东西。
蚕丛古道如天远，好语征鸿莫夜飞。

（十）

紫兰金井种芭蕉。妆被催成分外娇。
附子春寒添一片，谨防茉莉折宫腰。

送石遗师游蜀

无端丝管泪如麻，老去诗人自有家。
钓渚相思沉战雾，章台灯火隐红纱。
凄凉酒向秦淮沽，慷慨歌从燕市夸。
我亦天涯作客者，怜君怀土拨琵琶。

无题三首

（一）

书不重修字不疑，江南代北气参差。
只缘永巷微通马，深信高楼有所思。
寒病草偏滋苜蓿，情多人喜斗胭脂。
故园不少如花女，却待归来好画眉。

（二）

乡村谷雨豆栏斜，隐隐雷声走战车。
未遂香笺歌燕子，何堪流水逐桃花。
军书羽檄传名牒，粉面戎装出绛纱。
正拟疆场平贼虏，王孙莫更苦思家。

（三）

武帝边开细柳营，干戈满地动危旌。
闺中炉火三更暖，楼外竹箫一夜清。
祖逖咨嗟盟逝水，终军慷慨誓长缨。
议庭草就平倭诏，只待秋风出帝京。

秋　思

汉阳秋晚野花多，一派江流起棹歌。
不怪行人归思早，楚天冷落洞庭波。

吊窦宫人墓

宫人窦氏随永历帝奔缅死于腾冲，葬城西南里许大盈江边，碑冢完好题额明窦妃之墓，郡人春秋拜扫凭吊不绝，疆图换姓，墓冢巍然者，见物怀人，不胜变易之感。

宫禁深沉唱竹枝，词臣频献瘦腰诗。
九京夜露香怀冷，裁锦裁笺总不知。

留别大理下关各机关同志暨地方父老二首

（一）

守土逾年时易过，情深父老赠丝罗。
难分岂是英雄志，惜别各存慷慨歌。
春雨邮亭征骑满，青峰红树战人多。
江山原是头颅换，何用金钱作媾和。

（二）

文献开元胜迹详，诗情别绪满吟箱。
国家耀武旌旗壮，车马空城故旧忙。
边报传来收失地，毒氛拨云斩贪狼。
明年原作劳军使，现与诸君话战场。

去春大理送别一樵次长回京

邓穹国土路迢迢，帝子春魂不可招。

疑雨疑云山万态，忽深忽浅水千条。

天开图画连樯远，船引风涛入梦摇。

我送王孙归去好，干戈今已化渔樵。

【注】

诗中所指一樵次长即顾一樵。

施政声

（1925—2001），字韵秋，又字春霆，佩韦，云南宣威人。高级教师。省诗词学会理事、曲靖地区老年书画诗词协会副理事长，参与主持编辑了《爨乡胜迹联粹》《窦塘纪念集》等专集，并有遗著《五美集》问世。

赞窦塎

（一）

赤子拳拳进退忧，不随诺亚避方舟。
疮痍满目哀香港，义愤填膺望岳楼。
九事条陈音讯杳，孤芳自赏洞庭游。
心怀范相尊贤者，体国公忠史册留。

（二）

频仍外患内增忧，风雨飘摇几度秋。
敢拂逆鳞推俊杰，怒参国贼傲王侯。
秉公执法行廉政，弃旧图新定运谋。
清空沉疴终不赴，美芹客子两归休。

读张文勋教授《滕王阁怀古》步韵奉和

逶迤长江万古同，人如流水去匆匆。
名楼屡易沧桑里，佳句长传口耳中。
显赫王侯称命达，精工文采叹途穷。
烟波浩渺潮平处，孤鹜残霞映碧空。

欢庆香港回归

国耻终将逐海流，普天同庆复金瓯。
扬眉吐气雄心振，弃旧图新壮志酬。
今日明珠归掌上，他年硕果满枝头。
通商枢纽联中外，革命旌旗遍九州。

黄果树瀑布礼赞

银河直泻起雷鸣，素练天衣待织成。
逐浪推波穿羽箭，飞珠溅玉响风筝。
已经辗转千山过，将作逍遥万里行。
造化功夫藏巧妙，迎来霞客赞扬声。

奠弥勒孙髯墓

咒蛟台上布衣身，铁骨铮铮未苦贫。
利欲名心非染指，诗坛酒债岂亏民。
力排俗见他先见，不屑人云我亦云。
攘攘熙熙多过客，天渊之别莫比伦。

《滇南碑传集赵式铭传》读后

赵老薪传后继人，渊源家学富经纶。
地方史志全神注，百姓喉舌正气伸。
独运匠心金石显，顿开慧眼爨文陈。
端庄劲健遗书在，前辈高风愧望尘。

赞美抗战歌曲

浩然正气贯长虹，民族心声四海同。
化作良鞭催战马，伴随利剑逐哀鸿。
方兴壮志擂天鼓，垂死倭奴泣晚钟。
高唱大刀歌一曲，敌人丧胆慑雄风。

赞护国起义将领庾恩畅

广开视野赴东洋，耿耿忠心为国防。
帷幄运筹操胜券，疆场决战逐强梁。
南征北战戎行苦，东壁西园翰墨香。
儒将高风和景仰，英名不朽永流芳。

麒麟公园春节即景

一冬温和万里晴，赏春仕女盛如云。
掠波乳燕开双剪，击浪新船出翠阴。
垂柳含烟生绿叶，枝头绕线挂红灯。
相机摄取风光美，处处游园笑语声。

河口情思

车行米轨夜兼程，待晓河山始辨清。
辛亥反清开义举，蔡公入境上初程。
犯边法帝伸魔爪，抗暴人民斩巨鲸。
今日安宁修旧好，静听桥下响涛声。

纪念周总理诞辰一百周年

中华崛起仗英雄，济世求知渡海东。
内政鸿裁功业著，外交大计德威隆。
为公擘画图强策，克己亲开节俭风。
瞻仰遗衣人堕泪，千秋伟业记心胸。

纪念孙中山先生

封建王朝寿已终，共和缔造赖群雄。
犯难冒险凭奇勇，立地顶天有伟功。
方略高深多远见，襟怀坦荡仰淳风。
至今犹见先生字，世界原来应属公。

清明节瞻仰寥廓山烈士碑

峰峦矗立一丰碑，瞻仰登临众望归。
花束彩环虔礼献，花松素带暖风吹。
千秋伟业传青史，万缕情思赞国威。
栉比高楼来眼底，麒城今日尽朝晖。

护国起义怀蔡公

重光日月壮山河，百废俱兴险阻多。
民贼独夫袁世凯，英雄俊杰蔡松坡。
五华歃血劳谋划，三迤援川费琢磨。
盛举共襄携旧部，云南赴义动天戈。

读杨升庵西山老君殿联有感

上京已远谪荒烟，终老高原水涣间。
慷慨陈词金宝殿，逍遥寄迹碧鸡关。
交游处士泯孤傲，笔接雅风有逸篇。
古庙楹篇今尚在，诗情画意绘江山。

胜境关

通京大道贯山间，雄踞滇东第一关。
雨师西来形踯躅，风伯北上影蹒跚。
均分黄绿图中笔，共享炎凉物外仙。
一柱标明寒暑变，虎龙际会耀南天。

珠江源

出山水浊在山清，洞外波光一鉴深。
郎王初生遁水上，爨长崛起盘江滨。
河流宝地环南北，文化摇篮铄古今。
左右江逢珠海近，花山滴水远非亲。

偕学友游东山

龙山储秀蔚然青，别梦依稀故国心。
美景岩泉寻旧地，良辰上巳惜芳春。
乡音未改情亲切，坎坷频逢语率真。
革命洪炉多历练，浮名得失等尘轻。

徐霞客游曲靖温泉

霞客南滇万里行，温泉沐罢一身轻。
角亭圮废千秋杳，碧玉长流万代清。
苦积菁华藏五内，愿将暖意济苍生。
年年建设添新貌，充满园林笑语声。

金缕曲·庆祝十一届三中全会召开二十周年

往事回首，叹年华，东流逝水，先衰蒲柳。"文革"沉沉风雨骤，何幸封为"老九"！惊梦坠空云骨朽。可恨"四人帮"窃国，诉苍天无路人缄口。遭国难，君知否？　　狂澜力挽雷长吼。遍寰中，沉冤昭雪，精神抖擞。当局求才真若渴，大显英豪身手。只可惜，昭光不候。追赶晨曦夸父志，爱民情愫仍依旧。观大地，春光秀。

满江红·纪念抗战胜利五十周年

大好江山，兽蹄踏，海棠桑叶。看天地，漫天烽火，风云变色。日寇野心蛇吞象，全民抗战心如铁。好男儿，碧血洒疆场，英风烈！　　甫八载，斩妖孽。灭乱寇，深仇雪。喜金瓯永固，万民欢悦。保卫和平肩任重，排除险阻雄关越。展宏图，建设我神州，丹心热。

菩萨蛮·寥廓山诗会即兴

　　嫣红姹紫花千树，深山览胜行人驻。放眼望山岗，晴岚笼莽苍。　　诗人集雅集，笑语欢声密。咏兴正方酣，雄心播两间。

鹧鸪天·山村小景

　　料峭春寒吐艳茶，高原又放报春花。
纷纷瑞雪如珠玉，灼灼夭桃似彩霞。
杨柳月，小桥鸦。炊烟袅袅有人家。
农人雨后耕原野，明月无声拂杏花。

施莉侠

女，会泽人。曾留学法国。云南省文史研究馆馆员。

赠某画家

罗聘扬州善画鬼，施卿滇省喜吟魔。

扬州滇省无人迹，俊鬼娇魔古井波。

画鬼人埋金氏骨，吟魔诗葬暮春光。

人间万众操戈急，魔舞诸天鬼梦香。

【注】

罗聘，金农弟子，农死汉上，罗归葬其骨。

减字木兰花 (应和肖石君原韵)

轻凉薄恨，梦向滇南惊自问：愁带鞶生，一点乡思共月明。　　几宵归梦，愁量离思分外重，漂泊如斯，心似秋空只自知。

南乡一剪梅

忘赋海棠诗，滞翠飘红惹恨思。病起春残花事了，心雨丝丝，暮雨丝丝。　　独自笑情痴，不惜珍珠惜砚池；梦似云霞诗写梦，描画心姿，常画心姿。

青玉案·玄武明纪游

钟山倦卧荷香荡，荡香浆，声柔漾漾，曾苦金潮忧米浪，从军名士，福民贤相，今世非无望。　　湖幽不听金元涨，追月舟中作诗匠；遮恨垂杨如翠障，穿波明月，绕人清唱，且把尘嚣葬。

【注】

"金潮"指宋子文内阁，"米浪"指张群内阁。

河满子

晚翠园中怀友，澄农馆里疏宽亲；作客故乡今似昔，榴花时节常謦。细雨诗痕袅袅，轻寒词意纷纷。　　万古才华引梦，三生慧业销魂。铁马金戈花月恼，苍山洱海伤神；举世私争欲斗，诗幽能净乾坤。

清平乐

一九四九年榴花时节回昆，晚秋与南京女弟子赵汉筠同居唐园，嘱填词纪谊，写此相赠。

榴花染梦，暂歇飘零痛，昔被钟山明月哄，今有滇池同共。　　飘零君我相同，浮沉一样诗衷，此刻唐园秋老，并肩默对芙蓉。

清平乐（应和梅绍农原韵）

描衷笔瘦，自比杨花久。絮谱萍诗曾谢酒，辛喜心如梅秀。　　新词美化中华，飘零不叹无家。且把昆明春意，共同洒遍天涯。

【注】

杨花象征飘零，拙台北书感有句云"身世如何比落英，落英比我欠飘零。杨花飘荡经春歇，笑我鸿飞过一生"。

沁园春 （和士厚同志原韵）

凝翠舒红，锦样螺峰，引逗幽人。把观花兴趣，清词丽句，心辉意露，带向芳尘：嘱咐杨花，飘香送艳；四化花开月作宾。干戈废，愿蟾宫突起，宇宙皆新。　　东风莫散红云，且念我飞花为化身，想海棠一谢，留春性急，催诗梦暖，未记孤贫。万古才华，千秋慧业，净洗乾坤夕照曛。风骚事，与诸公细味，翰墨相亲。

咏　菊

唐黄巢《题菊花》诗云"飒飒西风满院栽，蕊寒香冷蝶难来。他年我若为青帝，报与桃花一处开。"今反其意写成二绝。

（一）

冲凉一放定尘埃，欲品清姿待月来。
惟恐伤残大地寂，金风玉露菊花开。

（二）

冷香寒蕊绣荒陬，怎与桃花为匹俦？
彩蝶追春音讯杳，但凭凉艳绘清秋。

甲子孟春偶成

十载鹑衣浩劫深，不知春至月离心。
崇文敬老歌新政，万朵花开翰墨林。

甲子春雅聚圆通寺梅绍农有诗志盛写此应和原韵

含笑江山含笑花，和风送艳载云霞。
乾坤有幸诗翁健，笔砚无尘墨客哗。
金马驮情舒丽景，碧鸡唱韵颂才华。
描春雅集圆通寺，录取良辰万代夸。

戊子荷花生日寄荷花

不嫁东风不染尘，妆成脂露月为茵。
干戈遮断人间乐，翠盖临风慰苦辛。

施菊轩

（1905—?）白族，云南省鹤庆县人。云南省文史研究馆馆员、云南省诗词学会顾问。

寄绍农

久念夜来曾入梦，砚冲幽处山花开。
年逢九十人间少，愿效青臣祝一杯。

【注】
梅绍农家住禄劝砚瓦冲。

贺云南诗词学会成立

（一）

南诏风光今倍胜，洱河旧事岂能忘。
晨曦山色映波绿，不觉此时诗兴长。

（二）

古滇早有五云现，金马碧鸡记载中。
诗句全凭景物得，春来遍放映山红。

夏日野望二首

（一）

岑楼不断互争高，时见长空飞鸟翱。

万顷青苗一片绿，丰收在望岂知劳。

（二）

龙门高处插云天，滇海锦帆入眼前。

远树尽皆含笑意，诗成宜写薛涛笺。

欧小牧

（1913—？）白族，剑川人。著名作家学者。著有《爱国诗人陆游》《陆游年谱》。

二月十九日自珠玑街移居大古楼四十号王氏农舍

珠玑留滞二年余，又向钟楼寄索居。
离合悲欢非是梦，莺莺燕燕总愁予。
青春不逝缘耽酒，白发难除且著书。
久住尘嚣殊闷闷，垂杨流水得宽舒。

喜晤饶华同志

放逐归来尚黑头，五羊犹得故乡游。
漫谈天地皆戎马，墨守言诠笑刻舟。
留滞虽同汉太史，是非终据晋春秋。
东山曾为苍生起，况值欢声遍九州。

一九八一（辛酉）元旦试笔

茅檐献岁独含杯，江畔寻花得早梅。
海内重闻书出版，天涯又见燕归来。
文渊自首心偏壮，子美青春宅未回。
可有酒徒兼赌客，歌风战马上高台。

辛酉除夕与贾怡共度

残腊新年此夜分，偶思往事感纷纭。

常居漏雨通风屋，能写惊天动地文。

畏祸辞官嗤白傅，上文请剑仰朱云。

酸甜苦辣俱尝遍，百战生还一老军。

读《彭德怀自述》

沅湘芳草入哀吟，屈子清醒只自沉。

落落孤忠岳武穆，多多益喜韩淮阴。

长城已毁嗟何及，浩劫横流毒至今！

读罢遗文三叹息，卧听红雨下霜林。

十月廿八日与爱女玉枢午饮

今朝父女醉新丰，谈笑烹调斗室中。

彭泽清欢凭浊酒，易安瘦损为西风。

当年议论争丘跖，异日声华孰燕鸿？

饮罢吾儿须应卯，骑车又辗软尘红。

初寒独酌，偶忆故友闻一多先生，因悼立鹤世兄，时初闻其下世

红烛成灰死水枯，菊黄霜白故居芜。
摧残天下真名士，痛绝高阳旧酒徒。
正色厉声喷鬼蜮，宽衫露顶记须眉。
堪伤廿载遭冤错，失见云间一鹤雏！

自 咏

（一）

久客昆明便是家，屡将挫折耗年华。
朔方徙去身方壮，鹏鸟飞来日正斜。
才尽江郎犹赋恨，草深孔宅任鸣蛙。
玄都观里苔荒后，白发青衫又看花。

（二）

五行山下齐天圣，八卦炉中战斗神。
子美长愁儿索饭，放翁惯看甑生尘。
羊肠险恶昂头上，蛇蝎机关任脚伸。
六十九年如梦过，依然忧国不谋身。

七月卅一日，苦雨终日，屋漏正当坐处

此生飘荡不堪言，七十仍居漏雨轩。
岂作城狐陪社鼠，自甘野薇对清尊。
拾遗狼狈行江汉，贞耀饥寒绝子孙。
我则斗烟书一卷，坐听点滴落瓷盆。

十月廿七日午饮。偶忆李印泉大伯，得诗一律

庾园当日谒威仪，年少曾蒙国士知。
许我诗歌今甲乙，约收宣慰旧边陲。
腾冲留饭承虚左，砚首丰碑不愧辞。
白首荒斋仍奋笔，恐将腹痛负深期。

一九八四年元月廿二日，新草《陆游传》成志喜

少年壮志出阳关，谁料终生笔砚间。
鲁将挥戈能驻日，愚公荷篑竟移山。
寒梅傲雪春将近，绿发成丝气未屡。
七十万言今脱手，沽醪市脯自开颜。

一九八四年二月廿五日移居珠玑街三三二号楼上

又携书剑离村墟，租得新庐胜旧庐。
野鸟从来愁笼养，仙人自古好楼居。
只推诸葛真名士，敢笑黄巢不丈夫。
壮志未衰身遂老，红稀绿暗近春余。

题与玉枢合影

读书万卷不疗贫，衣染煤烟陌上尘。
父女形容俱可笑，面黄肌瘦两眉颦。

一九八五年元月廿日，云南省文联通知，予早请离休事，已获党组批准

曾缘划右一家羞，考验长经十八秋。
革命打成反革命，退休而后办离休。
多年极左煎萁豆，数载纠偏费运筹。
当日岂为今日计，但求解放别无求。

滇海求珠集编后

编罢求珠泪数行，昔年亲友略丧亡！
仲宣零落从军作，长吉灰尘古锦囊。
阁号寒香闻鬼哭，轩名漏雨为诗忙。
偶容后死亲收拾，总比投污覆瓿强。

金碧诗社成立感赋

愚公自信使山移，莲社终开不怪迟。
世乱三人成市虎，时清九老赋新诗。
杯盘草草随真率，语笑纷纷任黠痴。
久雨乍晴天骤朗，诸公莫负菊花枝！

七十五自寿

暮年难得是安居，享受今兼熊掌鱼。
白酒有威催昼寝，绿阴无际补窗虚。
拙诗苦觅惊人句，暗眼勤勘自费书。
禹域太平身少病，八旬在望七旬余。

拜读赵星海大舅诗集

先生早岁重龙头，奋起承当天下忧。

护国讨袁飞羽檄，新滇作志继春秋。

霜凋玉树西华痛，云散琼筵南雅俦。

身后萧然诗一束，今烦众力与传流。

赠孙志能同志

顾问先生历岁寒，为民请命寸心丹。

腰中旧斩楼兰剑，壁上新悬獬豸冠。

雪岭炎方持节遍，牛棚马圈置身宽。

公余溜得诗多首，曾与衰翁仔细刊。

杨绍庭兄引闻黎明夜访荒斋，乃一多先生文孙，立雕世兄哲嗣。相与话旧，喜成一律

高山流水伯牙琴，邂逅高贤得赏音。

生死不渝征友谊，忠良有后见天心。

新霜庭橘垂垂熟，老境村醪细细斟。

喜与吾孙初把握，剪灯话旧一长吟。

瑞士克拉女士，毕业于苏黎世大学汉语系，今讲课于昆明大学。欲译《东京梦华录》为德文、因来问难，态度谦恭诚恳

有朋喜自远方来，瑞士名邦咏絮才。
治学谨严宗汉法，梦游繁盛述梁台。
蹉跎我已齿牙落，刀尺君方云锦裁。
万里寻师非易事，为开荒径扫莓苔。

四川师范大学中文系范奇龙、刘又未二同志，因编选《中国新文学大系勺杂文卷》访书到滇。于省图书馆发现拙著《盗士集》孤本。承以复印副本见赠，作歌谢之

忆昔城西府甬道，秋宵夜雨菜油灯。毛锥划纸舒愤闷，名士大"盗"无逃形。借古讽今诛邪恶，欲以笑怒示惩膺。敝帚当年颇自惜，集刊问世迎日升。谁期党锢十八载，龙剑久埋藏锋棱。妻离子散不暇顾，书稿存亡谁复矜。时清遣使求文籍，何异所忠间茂陵。相如老病幸未死，匿迹销声作寒蝇。二妙悉心搜故纸，偶见吾文虎气腾。复印孤本贻副本，使我如见旧亲朋。丰城狱底掘埋剑，此事昔闻今复能。老夫感激衰涕集，因思何以图报称？囊底余智尚可扣，驽马十驾长途胜。

赠诗芬

（故友刘尧民教授女公子）

巷名金凤识刘侯，土改红岩亦与俦。
幸有文姬传父业，不须凄恻忆横流。

唐玉书

笔名埂石（1919—2007），云南昆明西南联大毕业。中华诗词学会、云南省诗词学会会员。

倚 楼

静憩独倚楼，凝思便启愁。

倭氛何日靖，失土待谁收？

存志骑胡马，将身换虏头。

河山如复旧，岂冀比封侯！

陪都重庆

重镇渝州抗日秋，岿然砥柱立中流。

疯狂空袭连朝暮，坚决策谋奋运筹。

天险雄距纾国难，危亡启圣抱殷忧。

山城盛负陪都誉，胜利风光史鉴修。

过宜昌

轻舟风雨入宜昌，历代兵争古战场。

岸上平沙钟万户，涯边闹市集千樯。

歼倭枕藉尸横野，矢志捐躯悼国殇。

江水血红当年事，呜咽流淌动情伤。

上海港

浦江尽处吴淞口，十里洋场好漫游。

海运繁华通广宇，中西文化泛交流。

渔村沪渎当明代，景域春申显现畴。

经济工商居亚首，东方锦绣缀珠球。

忆秦娥·寄战士

投书别，无边愤慨金瓯缺。金瓯缺，年年耻辱，沸腾胸血。　　欲挥镯尽扬光洁。应时击楫称英杰，称英杰，威凌富士，坠樱清雪。

云南省老干部诗词协会成立暨
《老兵诗刊》创刊二十周年

盛越三唐况，弘开六合中。

功延华夏统，绩著汉诗隆。

诛邪称锋利，讴歌叶政通。

《老兵》唯秀一，光焰射长空。

唐继尧

（1883—1927），字冥赓，别号东大陆主人，云南会泽人。是云南重九起义、护国首义及靖国护法的主要领导者之一。曾任云南省省长等，在中国近代史上发挥过重要作用。著有《东大陆主人诗抄》。

乙巳夏日偶成

莫对青天唤奈何，扫开忧愤且狂歌。
壮心百炼锄群丑，宝剑双飞碎众魔。
铸造苍生新模范，安排黄种旧山河。
澄清事业寻常举，欧亚风云亦太和。

松　雪

一夜东风雪未消，争春桃李总萧条。
平生劲节超凡卉，任是天寒也后凋。

九日步友人韵

（一）

沉陆神州最可伤，又逢佳节更愁肠。
黄花不管人间恨，犹向疏篱放晚香。

（二）

霸权东亚几时成，破碎江山魂梦惊。
掬得太平洋上水，快分霖雨润苍生。

（三）

美云缭乱欧风狂，话到中原泪几行。
多少光阴忙里过，秋风容易又重阳。

有　感

救亡多半属青年，痛苦投闲万里天。
默祷神州多豪俊，暗锄心地少尘缘。
痴情皓齿歌长恨，抱痛苍生哭倒悬。
宝剑光芒征马壮，驰驱大地快扬鞭。

入浴书感

身心涤净竟何如，不扫胡尘枉丈夫。
试向太华峰顶望，淡然山水有曾无。

戊申元日

（一）

世态炎凉恨未均，苍生多少竟忧氛。
雄心起舞刘琨剑，誓代天公削不平。

（二）

十年心事万夫雄，声满云霄气吐虹。
岁月频增天妒我，劳劳戎马又春风。

仲春大雪

百卉争春太不平，梨花浓重柳花轻。
大公最是寒天雪，点缀乾坤一样清。

雪中偶成时戊申冬月

乾坤一色混西东，悟到人间万事忡。
剩山残水怜子弟，短刀长剑老英雄。
龙蛇大陆寒风外，鸥鹭前溪暮霭中。
自煮麦羹聊解渴，平生甘苦与人同。

辛亥春正偶成

男儿发短苦心长，手破天荒未足狂。
有限河山妨虎变，无边风雨助龙骧。
义持铁血新时局，剧演兴衰几帝王。
五夜扪心眠不得，披衣跃马太华望。

七月黑龙潭养疴 (四首选一)

饭罢从容理钓舟，浮生大梦尽风流。
频年悲悯人空老，举世沉沦杞独忧。
热血不禁真爱国，冷心翻笑假封侯。
静观一悟曲肱乐，身在天风最上头。

饶 华

（1917—1986），生于广东潮安县。在上海暨南大学读书时参加左翼文艺活动，1938 年加入共产党。先后任广州市委宣传部长，云南省委宣传部副部长、省出版局副局长、省社科院副院长等职。著有《饶华诗文选集》。

书 怀

无计逐贫驰泮游，书生意气未曾休。
纵然病骨轻如蝶，一笑大江日夜流。

感 事

莫送神州便陆沉，当知黔首有丹心。
万家起舞中宵月，东指扶桑剑气深。

【注】
此诗系 1933 年开始参加救亡运动时所作。

咏 归

巾帼北归笑眼梢，欣看赴阵势如刀。
相逢未表相思意，先问郎君破敌韬。

假朝口占

久欹残梦听啼鹃，客子春心总惘然。
起读杜诗邂绝句，悲吟何日是归年。

丁巳寒食六十周岁学偈

（一）

谐说无边法，庄擎有限杯。
放歌走里巷，倾耳数惊雷。

（二）

身世风云会，海天日月长。
捐身为革命，滴水归汪洋。

（三）

历劫遍花甲，降魔恃一韬。
无私无可畏，郑重谕儿曹！

哭周楠同志

才略情操俱不群，毕生为党著功勋。

高雷旗鼓慑强寇，滇桂风云扫顽军。

尚待来朝瞻马首，何堪此夕吊忠魂？

新征路远思骅骥，能不怆然一哭君！

【注】

周楠同志是抗日战争时期中共广东南路特委书记、南路解放军领导人，解放战争时期中共桂滇边区工委书记、中国人民解放军桂滇边区政委。1980 年 5 月在广州逝世。

高雷：广东南路的高州、雷州。

悼念于乃义同志三首 (选一)

志节坚贞重士林，黉流不懈匡时心。

勘厘岂惟滇南草，史笔燃犀烛古今。

南乡子·飞归故里

振翅双归风，素练丹霞逝碧空，眼底家山争人望，青葱，莫是侬别梦中。　　里井落归鸿，同学少年头白翁，执手相看倾泪雨，生逢，毕竟身还五岭东。

鹧鸪天·柬羊城吴子

纵谷横山宛玉龙^①，边陲马背昔时踪。怀归
仁羡西江水^②，忆子凭迎南海风。　　人不寐，
调当空，岭东旧梦已朦胧。余年喜值谋兴国，竭
驽犹堪竞一功。

【注】
①云南的纵谷地带，横断山脉和玉龙雪山。
②云南的南盘江是西江上游。

早春偶成

曙霁寒空抹嫩霞，晨光拂醒万人家。
东风初试回春力，香溢梅枝柳破芽。

宴叙陶然厅

松苍竹翠晚梅幽，邀我陶然醉碧流。
赏识河西春夜俏，歌钟融梦月窥楼。

忆旧游

轻烟淡日北溪头，曾泛寻春一叶舟。
最忆澄波同照影，盟鸥狎鹭白沙洲。

香港主权重归中国

则徐抱恨谪伊犁，今合泉台醉玉卮。
还我香江签协议，英伦首相到京畿。

一九八五年元旦

八五流年天地宽，三中决议万单欢。
能人纷揭招贤榜，争为新征破险关。

柬张望叙旧情

（一）

沪上左联两小兵，凤城粉墨动群情。
其光沥胆相投契，蛇岛文坛聚众英。

（二）

结社救亡血沸腾，拥行民统意坚诚。
伯豪守土求佳士，青抗随军震百城。

（三）

韩江水阔梅江深，一杆红旗万颗心。
日寇铁蹄侵踏处，健儿虎啸起山林。

（四）

恭承派遣离乡亲，我战南疆你北行。
为党竭绵忘九死，尚留两地幸存身。

（五）

悠悠魂梦几相萦，两度清时酒共倾。
五四沈阳八四穗，沈阳未雪穗花明。

（六）

历罢劫波国运亨，踏平坎坷是人生。
桑榆景好应珍惜，应再齐驱更一程。

悼念李士厚

滇云傍日涌飞时，锐意求皈马克思。
言下古兰多妙释，和风飘髯忆英姿。

段雪峰

云南双柏县人。云南省文史研究馆馆员、云南省诗词学会理事。曾任昆明书法家协会主席。中国书法家协会会员。

题墨竹诗

我生爱竹无栽处，写向云屏画面看。
梦里婆娑来倩影，晚年相伴说平安。

张学良将军九十寿右咸

易帜当年曾拥蒋，英雄肝胆不寻常，
半生已足千秋论，忠爱殊同岳武王。

酬梅绍农先生

人生苦乐知多少，共庆残年遇太平。
笔刀纷论酬知己，愧无佳句报先生。

高治国

高治国（?—1998），山西人。原云南省委副书记、云南大学校长、云南省老干部诗词协会及云南省诗词学会名誉会长。

威　海

环翠接庭刘岛望，东山宾馆蚌珠飘。

回思甲午英雄战，不齿当朝赞俊豪。

咏　竹

嫩竿自力战风烟，晚节虚心作简编。

巧匠取材俱有用，莫嫌根老尚为鞭。

［正宫·塞鸿秋］·秋源耿马镇康行

沧源城内广允寺，珍奇文物迎高士。南天门下朝夕视，临沧人杰加天赐。左邻孟定司，右傍南伞肆，缅中互惠凌云翅。

［正宫·双鸳鸯］·侨墓

　　大鹏湾，墓侨山，指日回归翘首看。大雁长空任往返，青山为画色斑斓。

【注】

　　大鹏湾在深圳市东，这里沿山建有华侨墓园，背靠大陆，平望香港。

［寄生草］·书展在深圳

　　垂杨绿，荔枝赭，高楼广厦新城市。长空万里为题字，正逢佳节迎名士。边尝边试乐滋滋，和风了却南飞事。

【注】

　　书展在深圳老年活动中心举行，恰逢荔枝节。

昆明市楹联学会中秋集会

　　联谊迎秋月，九天分外明。
　　多才辉玉宇，掷地有金声。

纪念郑和七下西洋五百八十七年书画展

扬威泛大洋，拓贸睦邻邦。
勋业垂千古，昆阳照远航。

为根雕造型者题

根雕囊万象，构意满心田。
世上无穷物，多亏巧匠研。

贺中华诗词理论讨论会开幕

未谙理论献诗坛，平仄求谐韵尚宽。
情境交融新格调，余音袅袅起层澜。

西江月·黄果树瀑布

白水激流黄果，滔滔直泻深河。宛如真宰弄天波，狂瀑溅飞扬簸。　　曾是山乡野火，已成车马相摩。外中游客竞穿梭，佳景醉人远播。

采桑子·绥江

　　金江滚滚东流去，日日如斯，岁岁如斯，冷对奔流自养怡。　　中城大整田林路，户户奔驰，老少丰颐，上下同行共燕飞。

自勉诗

　　人有退离时，天行莫尽期。
　　善持平日志，晚节万无亏。

霍　山

　　独山小镇怀亡友①，街外徘徊忆旧营②。
　　卅九年前驰骋路，得偿夙愿倍深情。

【注】
①独山，六安县之一镇。1947年南下地方干部曾在此遭袭击。
②与儿街，当年旅部曾驻此。

棕阳铁板洲

　　重寻铁板小勾留，连岁棉田喜阜收。
　　卅七年前大军渡，征途欢庆建邦秋。

访宣城

双桥驻马逾三月，转瞬回师卅七年。
除旧建新难辨认，那知小憩证前缘。

长相思·庚午初夏汴洛行

东王城，西王城。悟到中华千载名。油然豪
迈情。　　汴水清，洛水清。两地悠悠歌舞庭。
万民同乐声。

长相思·庚午初夏洛阳行

香山幽，龙山幽。伊阙穿桥伊水流。滔滔不
稍休。　　花城游，牡丹优。今惜花残忆昔不？
雄姿万绿稠。

江城子·宁蒗火把节

古稀而后尚康强。望狮冈，过金江。寒热频
更，急驶不嫌忙。心向凉山开拓路，奔宁蒗，早
临场。　　新颁条例焕霞光。聚群芳，跃红妆。
内合外联，经济共飞翔。喜看彝乡新气山果木，
瓦砖房。

江城子·庚午老年节

　　前冬"两奖"树新声①，立精英、榜题名。贤女奇男，随处道松龄。易俗移风伸正气，今胜昔，日蒸蒸。　　"未闲"一曲献长庚②。马飞鸣，促文明。体察前行，惟望乐群氓。料得年年临此日，高处眺，拓胸襟。

【注】

①指 1988 年全国老龄问题研究委员会在全国范围内开展的"老有所为精英奖""敬老好儿女金榜奖"活动。

②指云南省开拓老年事业有奖征文评选委员会编著的《未闲集》一书。

清平乐·茶花

　　悠悠鸣凤，广迓八方众。不到春城无伯仲，千百品优雅供。　　欣逢铜瓦春喧，茶花荟萃山园。万紫千红耀眼，花开步步蝉联。

清平乐·观踩街

风和天朗，一片繁荣象。不倡文明难转向，遥看军民飒爽。　广场人海喧腾，龙狮蚌蛤纷陈。笑语欢歌慢步，蕴藏干劲如春。

西江月·青岛

伞盖青松横扫，汪洋无极洪涛。每旬自转换清滔，奇景天然缔造。　老港新潮蜂闹，蛟龙得天云翱。河区扩展越城郊，不愧美名青岛。

喜春来·知几

微红微绿知春意，时重时轻暗知几，诗书丛里且探奇。勤润笔，烦闷也丰颐。

四块玉·游南坎

横渡江，登丰舫，两国风光一舟航。浮图各有奇风韵。美玉璋，精炼钢，常互访。

山坡羊·二访镇康

十年再会，面容殊异，山花红绽芳颜醉。缅
边回，看滇陲，通衢成线连三易。一片欢声飞过堤。
催，梯次随。追，挥汗归。

欢庆香港回归

旗开月涌满江红，乐引长龙舞碧空。

万国衣冠观庆曲，三军面目展雄风。

警钟不忘百年耻，宝鼎深镌旷代功。

两制嘉谟从此始，繁荣指日震寰中。

梅绍农

（1903—1992），原名宗黄，号南村，笔名梅逸，晚年自称白沙老人，禄劝彝族苗族自治县屏山镇人。1923年考入东陆大学。曾任禄劝县政协主席、金碧诗社社长、省诗词学会顾问。著有《梅绍农诗词选》行世。

观田家

父耕山上荒，子锄山下亩。

风起尘灰扬，父子悄无语。

可怜数月间，天无一日雨。

大地草不青，阡陌尽焦土。

世乱年复荒，遍地皆旗鼓。

何处非饥溺，岂独田家苦。

（1917年）

野老叹伤剿匪也

老夫家住南山曲，荒村夜夜闻鬼哭。天昏月黑秋风高，独自关门不敢出。前月大兵过，村人尽遭戮，老夫不足死，为是今年六十六。六十六，将就木，那堪风雨守破屋。邻家阶沿荒草生，饿犬寒鸡自出没。可怜鸡犬亦无声，长宵空伴死人宿。吁嗟呼！可怜鸡犬亦无声，长宵空伴死人宿。

（1919年）

武定圆觉庵即事

松声已静蝉声幽，天际闲云自在流。

最爱僧房贪午睡，绝无一梦到公侯。

（1937 年）

试上高崖

步马君静安（镇）马君幼初（曜）登狮子山原韵

万方多难此登临，难抑愁怀罢浅斟。

国势已成强弩末，中兴须赖小民心。

黄花到眼秋容淡，老桧拂云山气深。

试上高崖凭北顾，哀鸿声里夕阳沉。

（1938 年）

喜闻倭寇归降与同仁置酒高会醉
后以长律志盛

（一）

八年举国抱深忧，忽听凯歌众声酬。

杀气烟销余泪眼，欢声雷动复金瓯。

苍生九死当存恤，善政百端要熟筹。

今日一樽祝捷酒，料应痛饮遍神州。

（二）

薄海欢腾我亦狂，却怜喜极泪沾裳。
争城死事悲新鬼，浪迹征人说故乡。
八载艰辛争此日，千家笑语聚高堂。
客愁有限都消尽，醉倒金樽夜未央。

遗　兴

且喜秋晴日正长，新诗写罢未斜阳。
不焚笔砚留生趣，爱对山村缀短章。
一字难安髭砍断，千篇已订思欲狂。
遁翁怎比放翁健，吟到梅花万树香。

寄呈郭沫若先生

莽莽神州一代雄，泰山北斗万流宗。
虽非桃李门墙树，也在春风化雨中。

喜晤子华君成七律一首赠之

幽燕吴楚倦风尘，湖海归来物外身。
杯酒犹存新锐气，豪吟不改旧风神。
惊呼不禁悲兼喜，历史难言假与真。
花未落时春尚在，但抛心力作诗人。

吊郭沫若先生

（一）

日丽晴空万卉生，伤心文苑失长城。

新诗一卷女神美，创造十年海宇惊。

学集百家尊巨匠，裁成后进树先型。

献身革命老犹健，科学春天雷样鸣。

（二）

忆昔文旌驻广州，曾将诗卷托鸿邮。

一篇叙事怜奢格，两地春风阻远陬。

五十年来瞻北斗，万千里外起悲讴。

为公礼赞为公哭，后辈于今也白头。

【注】

①女神，为郭老第一部新诗集。

②创造，为郭老主办的一种刊物。

③科学春天，郭老在第一次科学大会上的书面发言《科学的春天》。

④郭老在广州中山大学时，我曾以所作新诗寄呈请教，其中叙事诗《奢格的化石》一篇，蒙复函嘉许。

吊刘淑清夫人

夫人为四川简阳县人，抗日战争时期，西南联大知名之士，多与夫人交往，有落拓困乏者，每得夫人相助，士林称之。

信是滇南女丈夫，柔肠侠骨济穷途。
当年多少昆明柳，历尽秋风总不枯。

悼念刘少奇主席七律二首

（一）

云锁京华失泰山，开封一去未归还。
英雄甘为民生死，魑魅欲消众怒难。
一代奇冤今纵雪，十年浩劫胆犹寒。
湘江呜咽洞庭暮，公在秋风北渚间。

（二）

欲赋招魂吊子规，晴空当时乱云垂。
无穷帽子漫天舞，一例黑鞭遍地挥。
篡党方多打砸抢，夺权巧计斗批追。
知公正气凌霄汉，狂吠声中不皱眉。

云波感怀

艾芜同志自成都来书言及《云波》旧事，喜赋七律一首奉赠。

一纸书来感慨多，云波事业恨蹉跎。
新诗犹记超人句，雅范初瞻洗马河。
几辈知交半作鬼，十年动乱痛横戈。
春城未睹长卿面，又向巴山忆廉颇。

【注】
艾芜1926年来滇，第一次向《云波》投稿，有新诗一首题为《湖滨》。

口占二绝赠施莉侠同志

（一）

漱玉才华自可珍，千秋慧业见精神。
思君爱煞荷花句，不嫁东风不染尘。

（二）

归从沧海忆前游，入岫闲云水上鸥。
广厦千间居不得，为君感慨为君愁。

醉流霞

癸亥 8 月 11 日为余八十整岁生辰喜成此诗

(一)

莫问无涯并有涯，此心安处便为家。

一庭花放苍松劲，八秩濒临稚子哗。

且喜山荆同皓首，还开笑口醉流霞。

多情明月娟娟照，听我高吟动白沙。

(二)

往事如烟八十秋，功名且喜未封侯。

戏拈彩笔添诗趣，欲向沧江弄钓舟。

人到暮年才渐减，心随孤雁去还留。

今朝笑对盈樽酒，醉伴山云自在游。

重游云大

至公堂畔海棠荫，旧梦依稀次第寻。

会泽楼台吟睡佛，东厢院落有同心。

千秋事业选编在，四载弦歌感慨深。

白发萧然凝望久，夕阳好处又登临。

读普梅夫兄《磨剑集》

（一）

磨剑诗成不锈刀，丹心一点是人豪。

铁窗风味文山曲，唱彻天风撼海涛。

（二）

沙场百战几春秋，垂老还乡已白头。

摒却风花儿女语，铜琶铁板遍南州。

贺新郎·题红杏书屋吟草

红杏枝头闹。醉春风，湖滨邂逅，顿成交好。风雨同窗师卧雪，东陆堂中佼佼。会泽院，几多欢笑。太保钟灵添秀气，料当初，头角峥嵘草。襟怀旷，滇池小。　　逋仙暂别孤山道。奋雄飞，温泉濯足，石城抒啸。一去十年怜宦迹，赢得半生诗稿。笔力劲，千军横扫。岭上苍松云际鹤，集华章，珍重付梨枣。歌盛世，留瑰宝。

鹧鸪天·滇缅公路通车五十周年

莫道云山不易通，初惊鬼斧讶神工。

劈开一线通滇缅，引入天涯海上风。

抗倭寇，惩枭雄。西南门户化长虹。

滇民著有奇勋在，血汗斑斑付史公。

黄惠焜

（1935—2001），四川成都人。1958年毕业于云南大学历史系，从事民族研究和民族教育工作。曾任云南民族大学副校长、云南民族研究所所长，硕士研究生导师。著有《从越人到泰人》等专著，诗著有《千田诗抄》。

景洪渡头

随"云南民族调查组"至西双版纳考察，于澜沧江边候船摆渡。时值初冬，满江浓雾。忽然走出傣家少女，肩瓮成行，谑笑相逐，都过来探问："比侬，从哪里来？"时1958年11月。

> 白露横一江，浪暖波不扬。
> 掬水无深寒，踏沙有余香。
> 婷婷肩瓮女，款款牧牛郎。
> 谑笑复相逐，竟问客何乡。

曼兴伐薪

> 东村扰鸡啼，北寨惊寒鸦。
> 叮咚才朝雾，坎坎日已斜。
> 千斤意未足，万步脚正跨。
> 一声喃喂喃，雨汗到我家。

游剑川石窟

灵山藏宝窟，幽壑隐石钟。
音协黄钟律，调颇盛唐风。
仪态思汉武，情趣想唐蒙。
开发两千年，秦皇首推功。

题剑川石窟异牟寻石刻造像

两朝兵败西洱河，只因乃祖疑心多。
自从倾诚一章奏，石壁千秋赞太和。

马嵬坡

绵绵此意竟若河，几度空觅魂断坡。
仿佛七夕长生殿，依稀千古离恨歌。
应叹恩情终是少，却恨文武枉自多。
香魂换得六军发，十万千戚亦滂沱。

过洞庭

一派清凉洗海空，阵阵帆飞夕阳红。
分明不是滇池水，洞庭波光更从容。

1976 年 6 月 2 日，由武昌去长沙，傍晚过洞庭。

诗琳通公主访民院

几时春花护驾临，满园青翠舞落英。
走笔殷殷问四部，驻足婷婷听五音。
已赞挥毫留翰墨，更叹染云出彤青。
五千学子拳拳意，来试乡音认故人。

芒市燃灯

芒市今夜人最忙，燃灯朵朵漫天光。
飘飘已到银河界，照醒织女唤牛郎。

普梅夫

建水人。1928 年毕业于云南省立美术专门学校音乐科。1937 年入延安抗日军政大学第三期学习。毕业后一直从事革命工作，先后主编《泸江月刊》《诗歌与散文》等。写有《磨剑集》。

邕城秋月

冲出云围仗剑游，乘风千里下邕州。
心怀北塞惊寒梦，月满西江照晚秋。
空许头颅舒国难，未将铁血靖民忧。
井冈东望重重阻，寂寞潜生只自羞。

（1934 年）

陕北行

斗争十载困天南，暗里光明独自探。
国难深危欲手挽，民瘼苦痛任肩担。
羁牵往岁栖滇桂，欣幸今朝入陕甘。
目越轩辕陵北外，延安遥望赤云涵。

（1937 年）

中　秋

祖国存亡系此秋，征夫何罪作阶囚。

淫威难夺烈士节，宝剑未诛倭寇头。

一片坚贞惟自矢，满腔热血暗奔流。

关情独有月华照，争共清辉浩气浮。

（1940 年于安徽金寨易狱中）

狱字释义

狱字折来仔细论，两犬挟伺难为言。

左右反正凭犬吠，人无余地可图存。

过龙陵与农民话抗战

劫后凋残亦可怜，十家九破熄炊烟。

颓垣败瓦埋尸骨，废地荒田湮陌阡。

竭力支援攻守日，生存难计乱离年；

茶余休论兵灾事，不忍村夫泪涌泉。

和曹默庵先生咏怀

奏凯他年谁放歌，勿须此日奈愁何。
休夸纳粹子孙众，漫道金圆力量多。
胜败非能凭刃利，兴亡有鉴在人和。
地层一震风雷起，荡尽妖氛掬海河。

（1946 年）

无题二首

（一）

揭发斗争一展开，泥沙俱下怎安排？
几人实事能求是，暗箭夹藏乱箭来。

（二）

山河壮丽诚堪爱，妻子温存未忍抛。
最是党的恩义重，三桩心事勉朝朝。

默贺邓小平副主席复职

革命一生私念无，升沉谤誉等闲如。
善于战斗真人杰，经得折磨乃丈夫。
堂庙运筹资总揆，国家梁栋建宏图。
祝公勋业更丰伟，障碍抛除任展舒。

七十初度

七十年间顾历程，韶华一瞬感浮生。

铁衣暗湿征夫泪，湘水轻流楚客情。

剩有鬓霜娱晚境，犹存剑气绕边城。

吟来叶帅名诗句，饱看青山夕照明。

浪淘沙·周总理逝世一周年祭

忆去年此时，百感交加，满腔悲愤心头压。默向广场悼总理，挥泪如麻。　　今朝《四害》灭，喜遍天涯。哀思无阻寄京华。总理有知应有慰，怒放心花。

望海潮

三年前事，不堪回首，斗斜星殒传哀。虎狼当道，忠良蒙祸，毁多少栋梁材。无计料兴衰，问清明节，清明何在？六合倾摇，浮沉谁主泪盈腮。　　人民奋扫除霾，喜中枢强固，大展雄才；上下同心。反正拨乱，把乾坤扭转过来。春意满天陔，新长征起步，笑逐颜开。遗愿彰彰，必争四化有吾侪。

【注】

又值4月5日，不禁忆昔思今，感慨与奋勉交加，命笔赋此。

倾　杯

少壮蹭蹬，飘零书剑，游踪留遍南北。万里只身，寻求革命，图重振家国。延河雪照学马列，归来奋杀贼。刀丛虎穴铁窗下，谈笑曾无惧色。　　盼到天安门上，红旗升起。历史启新册。为社会主义、耕耘何惜苦，朝朝夕夕。是非功罪糊涂账，云烟汗血迹。春秋笔，难书写人间黑白。

中兴乐·迎八十年代之春

（一）

十年劫后迎春还，三年大治奇观；更新万象，经纬千端，晚风柳舞梅欢。好春光！从今莫写断肠诗句，不奏猗兰。　　方兴四化涌天澜，雄图更向前看。摘星揽月，倒海移山，挥戈尽扫冥顽。好战场！纵然我已萧萧白发，犹恋征鞍。

（二）

良辰多少等闲看，春来春去无关。忧时心事，愁绪千般，当年残梦辛酸。喜今番，清澄碧宇，熏风送暖，换了人间。　　筵前相劝杯杯干，笑谈难止兴酣；争夸春色，指点河山；横空凤舞龙蟠。漫凭栏，轻舒醉眼，豪情缱绻，酒意阑珊。

多丽·怀念闻一多同志

曾读诗，天涯何处识荆！幸有缘风云聚会，一朝握手春城。为吾师、亦为战友，慕高风、胜慕诗名。湖畔评骚①，窗前论史，襟怀潇洒仰先生。自言诗人多英烈，爱国最深情；沥肝胆伸张正气，哪怕牺牲。　　忆拍案冲冠骂贼，横眉使敌心惊。踏西仓坡上血迹，万人收泪继斗争。血债还来，独夫覆灭，江山从此属人民。卅五年，翻腾世界，更迈步前程，想泉下英雄无憾，朗朗笑声。

【注】
①1945年端午节"诗与散文社"在大观楼集会纪念诗人节，由一多同志主讲楚辞研究。

贺新郎·游建水燕子洞

逶迤群峰路，走飞轺、寻幽访胜，闲云轻渡。空谷偏多风景好，霞客当年曾步；妙不是名山高处。碧洞重重山内山，看奔流穿穴扬长去，危栏外，燕飞舞。　　这边别有洞天府。巧神工、崇楼奇阁，瑶台玉宇。胜似金陵王谢家，画栋雕梁朱户。到今日都埋荒土。燕子逍遥呢喃语，在人间不染俗人趣，乐其乐，苦其苦。

赠陈明同志

久别三十八年又重逢，赋此以赠。

几番劫后幸余生，相见鬓霜同一惊。
日月消磨存道义，江河长远论交情。
并肩曾撼三山倒，齐步还期万里征。
才叙重逢无限意，举觞惜又送君行。

重　阳

不伤春逝不悲秋，莫把多情误作愁。

盛会龙山诚雅兴，赏花蜗屋亦风流。

孟嘉落帽由人诮，桓景囊萸徒杞忧。

节过重阳风雨少，登高爽目望神州。

答聂索同志

寄《滇海求珠集》赠聂索同志，承以七律一首回赠，语多慰勉，和原韵敬谢之。

过眼云烟事模糊，羞谈建树寸功无。

花香未抵妖娆柳，心直最愚老匹夫。

廉颇健餐思上阵，陆游苦咏看前途。

往年碌碌空磨剑，下里巴人不是珠。

敬悼叶剑英元帅

正是中原危急时，钟山一谒感相知。

荐书陕北求真理，受命江南倚战旗。

匡国勋高公望重，献身力薄我悔迟。

难忘四十九年事，堕泪碑前无尽思！

【注】

卢沟桥事变，国共合作抗战，余于1937年9月自桂遄赴南京，得谒叶帅，承多次长谈，并介绍到"抗大"学习。次年秋正值武汉保卫战前夕，又承介绍入党，即奔赴鄂东前线作战。

八十初度作于医院中写示小牧老弟

光阴弃我暗消磨，一梦苍茫白发多。

万里征尘刀下影，半生伏枥斗中过。

明时休唱离骚赋，处世高标正气歌。

扶杖楼头心自得，豪情不减看山河。

傅光宇

（1934—?），四川郫县人。云南大学中文系教授、云南省诗词学会常务理事。

沁园春·忆尹

塞北滇南，新约旧盟，枉负晴空。忆锦江春色，草堂花径；歌吟潇洒，指顾雍容。手足情深，鲲鹏志云淡风轻旭日红。柳丝直，系风情千种，水复山重。　　天涯节序匆匆，笑别后相逢唯梦中！任殷勤把臂，语欢双燕；披衣踯躅，影碎孤鸿。前度刘郎，三生杜牧，树自葱茏水自东。长天净，想霞飞碧海，雁抹苍穹。

白沙垂纶

春城无处不飞花，万里晴空映白沙。
玉镜浮天随俯仰，丝纶入水逗鱼虾。

汉白玉渡海滴水水月三观音像

洁白无瑕窈窕身，慈航普渡亦伤神。
何妨滴尽瓶中露，一梦悠然水月真。

伤洛汀

往昔相交四十年，风风雨雨但怡然。
滇池春漫龙门壮，浙海秋高鲈脍鲜。
继晷焚膏耀薪火，培桃育李任芊绵。
正期米寿称觞聚，岂料玉楼作上仙。

露天大佛

横空了世坐山巅，来了南天笠展缘。
足印手纹酬俗客，清风明月任流连。

江边吊脚楼

落日余晖古渡头，轻舟一抹逝中流。
风烟万里销魂处，傍水依山吊脚楼。

思茅梅了湖

十里长湖一鉴开，游人如织任徘徊。
不时鹭字随岚隐，几度梅香入梦来。

漫兴呈竹叟

饱经忧患觉寻常，惯把他乡作故乡。
修竹数竿时徙倚，京音一齣任宫商。
挥毫泼墨天成趣，丽句清词快意觞。
漫赏黄花遗雅韵，却看苍莽送斜阳。

猢狲箐摩崖

紫溪岚影正娉婷，小径苔深朽树横。
千古摩崖歌"德运"，但馀山鸟自呼名。

勐腊李定国墓

大厦将倾日，中流砥柱欹。
但求能定国，岂计力难支！
缅甸风云骤，南天羽檄驰。
江山留胜迹，凭吊夕阳迟。

整控江摩崖

整控江边古驿头，岿然怪石卧荒陬。
革囊一渡题摩后，赢得声名遍九州。

董云林

号边城秋翁（1927—2003），云南腾冲人。中学高级教师。曾主编《腾冲老年诗词》。腾冲老年诗书画协会副会长、云南省诗词学会会员。

腾北火山群

北去火山峰比蜂，腾云驾雾矫如龙。
照天湖镜飘霞彩，空腹岩台卧古松。

来凤古刹

白塔蓝天映彩霞，青松翠柏伴红茶。
山风断续传钟磬，云雾林中藏道家。

赞家乡巨变

边城处处看飞花，万紫千红映彩霞。
玉宇琼楼连片起，归来春燕不识家。

彭发兴

（1928—2003）云南江川人，云南师范大学副教授，从事古典文学的教学与研究。曾任云南语言学会副秘书长、云南诗词学会理事、云南楹联学会常务理事。与人合著《兰茂诗词新注》《安宁古体诗词选注》等书。

石林歌行

国人爱奇石，取象坚贞质。九州大地多石宝，昆明石林数第一。迤逦平铺百二顷，森然矗立如阵列。或如猛兽惊奔走，或如江海涛卷立，或如倚天剑，欲斩蛟龙鳖。剑峰离天不盈尺，莲峰巧作鸳鸯结。诗玛沉思情脉脉，观音出水笑可掬。苍黛碧玉多料实，粉态嫣姿映旭日。青藤蔓绕三千丈，飞鸟萦回觅山食。林间紫陌多花卉，茅草如茵潭水碧。雨过天晴千岩湿，元气淋漓翠欲滴。更有亭阁展翅出，红瓦画檐栏杆曲。石室石床凳，坐卧好憩息。鬼斧神工惊造化，风光尽日看不足。观止已教游客迷，星回欣遇火把节。石林年年火把节，各族人民大欢悦。火树银花锣鼓响，万方歌舞箫笙笛。百族团结如一人，同心建设新中国。

杨柳枝词四首

（一）

一身滇云分袂后，年年春色惹相思。
门前折断千条柳，不见行人乘月归。

（二）

却忆当年话别时，郡城湖畔柳依依。
但教心系故乡月，白首归来不恨迟。

（三）

断绝音书四十年，溪桥柳老不飘绵。
忽闻海外传消息，难禁涕泪涌如泉。

（四）

别时青鬓已成丝，相见如梦共嘘唏。
儿孙绕屋惊怅望，不知归客叫阿谁。

谭　锋

（1915—1997）又名久思，湖南长沙人。曾任铁道部书画研究会理事、云南省老干部诗词协会顾问、云南省诗词学会顾问、省文史研究馆馆员、云路诗社副社长。有《中国诗歌研究》《佩剑集》《信思诗本》《题画集》等著作出版。

赴京车中吟

边行同道去京华，邂逅通途逸兴赊。
车里笑谈如屋里，天涯何处不如家。

人世炎炎热气升，过崖飞瀑掠车清。
引来一涤尘凡虑，水碧山青尽画情。

回首滇池不一般，心悬日月照边关。
车中遥望画中画，云外迎来山外山。

袖卷长江方丈波，天风吹梦过黄河。
诗情滚滚流千古，化作新潮汇海歌。

旅途口占二首

(一)

现实人生好自持，邯郸旅梦是无知。
行云流水沧桑变，都似乾坤一卷诗。

(二)

山烟吞吐湿云生，疑是元晖画里行。
下笔忽惊风雨骤，银河飞落作涛声。

半坡村遗址

半坡霞照彩陶妍，坑屋方圆食具全。
社会雏形原始地，遗踪留证七千年。

农村剪影

(一)

碧桃花下鸟声多，山野田间笑语和。
三月春风吹不尽，陇头时送积肥歌。

（二）

牛蹄得得破春泥，村女初扶雨一犁。
大有风云儿女概，一鞭响彻远空低。

（三）

垅头一树掌云天，树下工休坐一圈。
老叟须如龙爪菊，喷珠吐雾话当年。

（四）

静看新树到细微，当家做主不分谁。
小桥流水斜阳道，放学儿童赶鸭归。

读史有感

（一）

读史无端识古人，风流人物任浮沉。
吹灯灭影形还在，走在身边活在心。

（二）

一火如星照楚丘，风吹兰芷夜香浮。
三千年史难回溯，唯有诗声入梦流。

（三）

一部藏弓烹狗史，衰亡兴盛有何凭？
几多岁月惊流逝，掌上乾坤任折腾！

（四）

四海鱼龙漫衍秋，雄心十亿壮神州。
石头不转乾坤转，辟地开天哪肯休。

心 声

与有胆人共大干，从无字处结诗缘。
险夷不变春秋志，道义争担奋铁肩。

八千里路景生情，一任天边橐笔行。
指点关山云树外，江流不尽是心声。

登雪山偶得

高原万仞强攀登，不负西来才壮身。
我与玉龙同一啸，满头白雪满怀春。

高原铁道吟

铁道穿流绕大山，蜿蜒起伏把天攀。
石开利箭飞云景，浪涌新潮展画坛。
斩断贫穷如落木，踏平荒旷出奇涵。
铿锵前进金钢隧，唤曙骄阳震宇寰！

铁甲山顶望雪山速写

云岭西行壮客怀，车旋万仞上崔嵬。
离天尺五寻仙去，览胜三千入画来。
铁甲冲寒风猎猎，玉龙飞影雪皑皑。
山川边气融豪兴，并作金江震螯雷。

谢萧乾老以丛书见寄

一卷丛书寄自京，回环捧读梦相亲。
过关顶闯三关险，不幸终存万幸人。
历记欧洲征战苦，归编现代史潮新。
何时杖履来云岭？笑醉滇池浩荡春。

在丽江应邀玉泉花园听民乐

得月楼前起管弦，悠然一曲胜钧天。
听来只觉天风荡，疑是飞龙下玉泉。

登天心阁

万家灯火万星金，足慰离乡幸抚今。
昂首故城一长啸，无穷诗意叩天心。

与文史馆同人游大理

（一）

参天三塔果奇观，艇掠微波笑影涵。
惊起海鸥冲雾去，棹歌飞上点苍山。

（二）

晴日奇云卷绿阴，水光如镜照天心。
喜闻各族同舟话，不尽诗情洱海深。

与文史馆同人结伴行

瀑飞雪岭玉龙奇，国际三边境险夷。
老壮胜游何气概，最高峰顶看天低！

由澄江江川至通海

抚仙烟水漾星云，夹岸飞车画里行。
只有沧桑难入梦，两湖满载古今情。

车绕尖山而下

何年北斗下人寰？天水飞虹影倒涵。
冲下梯田疑入海，倏然飞上彩云间。

重登岳阳楼

湖上依然八百涛，岂知人海换新潮！
撄心忧乐今非昔，放眼风波起自消。
气势尚嫌天地窄，腾飞不觉斗牛高。
神驰古话神仙境，航宇欣传现实超。

薛 波

（1916—2003），山西曲沃人。原中共云南省委宣传部副部长、云南日报社社长。中华诗词学会理事、云南省诗词学会常务副会长、省老干诗协理事长。云南省诗词学会创始人之一。

登龙门

久伴书堆少下楼，偶陪来客碧鸡游。
龙门直上三千尺，翠玉云烟一眼收。

太华寺

巍巍古刹绕丹霞，幽静庭园置百花。
望月楼台观草海，轻帆点点是渔家。

华亭寺

天王宝殿漫青烟，信女善男拜佛坛。
救世还须行马列，泥胎怎保汝成仙？

阆中县锦屏山

祠不有名山有名，锦屏秀丽蜀江清。
华光举目正春色，碧瓦红楼满阆中。

拜谒红军树

英雄血染红军树，大义昭昭铁骨铮。
翠柏苍松知旧事，丰功伟烈照嘉陵。

皇泽寺 （武则天祠）

旷古中华一女皇，安良除暴立新纲。
世人休洒宾王泪，钗阁流芳亦气昂。

过剑门关

悬崖峭壁立雄关，十万精兵攻亦难。
吼吼飓风人欲跌，如何一举凯旋还？

【注】

剑门关为"一夫当关，万夫莫开"之险隘，据说三国时曹兵十万攻取不下。1933 年我红军一举破关，为抗日北上扫清一大障碍。

吕梁女民兵写照

清脆歌声两耳闻，后山钻出女兵群。

武装都有长短件，年纪正逢二九春。

操作机灵身轻巧，精神焕发眼传神。

"姑娘意欲何方去"？"偷袭钩钩十九军！"

【注】

山西吕梁根据地群众蔑称阎锡山十九军为"钩钩军"。

观"二爨"碑有感

二爨名碑耀古今，雄浑隽逸见情真。

方家学者贞元会①，继往开来是笔魂。

【注】

①贞元乃陆良县贞元堡，亦称薛堡。大爨碑即爨龙颜碑，在此村小学内。1992 年 9 月省老年书画理论研讨会即在爨字碑故乡陆良召开。

克晋南重镇曲沃城

可笑匪闰太蠢顽，城坚怎抵我军攀？

云梯直架墙垣上，排炮齐轰碉堡沿。

捷足先登王班长，惊心裂胆伪专员。

新田解放头功建，直下长驱扫晋南。

途经五指山有感

巍巍五指气如虹，唤醒工农唱大风。
芭寨弟兄曾伏虎，椰林儿女又屠龙。
红星在脑艰为乐，皓月当空夜亦明。
黎汉苗回如手足，同兴宝岛固边城。

游滇池观鸥

喜见白鸥湖上飞，扶摇展翅显神威。
狂风恶浪全无畏，钻入漩涡不欲归！

大连喜会一清又别

匆匆一面又分离，五十春秋音信迟。
错去昆湖言旧事，赢来渤海话新题。
千山万水难相阻，厚意深情可永思。
今日临别何所祝？童颜鹤寿过高稀。

画堂春·祝党的十四大召开

风和十月菊花香，英才集会京堂。精研韬略
出新章，日上高阳。　　塞外江南齐干，紧跟沿
海开航。中华经济再飞翔，地久天长。

赠台湾诗人何南史博士

洒扫庭堂迎贵宾，切磋诗艺振诗魂。
春城一饮情常在，合璧联珠唱好音。

西江月·祝党七十周年大庆

（一）

漫漫百年长夜，惊雷震醒中华。南湖星火照天涯，遍地红旗如画。　　争战三山摧垮，勤劳致富千家。美好时光胜金霞，谁敢侵吾大厦！

（二）

忆昔峥嵘岁月，而今改革扬帆。乘风破浪勇向前，理想终能实现。　　革命征程尚远，同心协力登攀。光辉业绩七旬年，欢庆喜辰盛典！

四兵团进军云南四十周年

岁月匆匆四十年，歌声欢笑震云天。
大军边纵追穷寇，滇海哀牢歼敌顽。
先辈争来新社会，后人坚守好河山。
英雄血洒南疆地，勿忘豺狼犹未眠。

《阎红彦传略》读后感

（一）

将军豪爽气如虹，明月清泉肝胆通。

最鄙阿谀拍马者，一生百战事工农。

（二）

晋绥甘陕大名昂，北国"沙埃"①第一枪。

高竖红旗历八载②，家喻户晓夏伯阳。

（三）

讲话言谈语不惊，红心一颗透天明。

上书请命③英雄胆，敢掉头颅见赤情。

（四）

山河骤变卷狂风④，云岭滇池遍哭声。

萧瑟秋风人去也，名容犹在干群中。

【注】

① "沙埃"，指苏维埃。

② 1927年清涧暴动，晋绥游击队、反帝同盟军、陕甘游击队部分成员到苏联留学八年。

③上书请命：指阎于1961年5月不顾个人安危，向毛主席

写信建议解散公共食堂；1966 年在八届十一中全会上，阎与廖志高向党表白了对"文革"的看法。

④此句指"文革"开始。

参加山西新军二一二旅史料征集座谈会有感

寇铁蹄踏到"河东"①，遍地群英举义兵。

太岳会师艰苦日，苍龙缚就凯旋声。

追求半世人虽老，奋斗一生志更浓。

泼墨抒情言旧事，牺牲英烈奏奇功。

【注】

①河东，这里指晋南一带，山西南部地区三十六县旧为河东道。

温泉度新春

龙山山麓柏参天，清澈螳螂①一带牵。

"金马"东升虹彩起，"碧鸡"中照"宝镜"悬②。

木莲刚吐蜂将采，丹桂盛开蝶未眠。

第一塘泉天下美，春楼一觉到新年。

【注】

①此时螳螂川尚未污染，清澈见底。

②"金马"指太阳，"碧鸡"指月亮。"宝镜"，见溪寺有"宝镜高悬"匾额。

登六和塔怀古

六和雄巍立江头，阅尽沧桑八百秋。

民众有心兴宝塔，宋皇无志雪邦仇。

环观四野橙黄色①，唯见钱塘日夜流。

今我登临怀古事，武林②明日更高楼。

【注】

①当时正值夏麦丰收，从楼上下望，一片金色世界。

②武林即杭州古称，因武林山而得名。

罗平即兴

车入罗平扑鼻香，漫田遍地菜花黄。

山川锦绣何人造？劳苦农民日日忙。

游"小三峡"

（一）

高山幽谷嵌明珠，双象雄狮景色殊。

一线三峡连二省，轻舟荡漾绕长湖。

（二）

渺渺轻烟碧水涟，棹船犹兴日西偏。
层峦叠嶂疑无路，宛转回旋又一潭。

参观鲁布革电站

峭壁悬崖一壮观，工程浩大历时艰。
光明普照滇黔桂，经济繁荣喜胜天。

歌筑路工

遇水架桥戴日月，逢山凿洞度秋冬。
毕生高唱劳工曲，铲除人间路不平。

无　题

书案又堆三尺高，理文无底路遥遥。
驱车当想城郊外，一任清风细雨飘。

省精英奖颁奖大会受奖有感

虽说休闲未敢闲，无功受奖不心安。
愿挥余热嫌时短，老马奋蹄到九泉。

九七香港回归

炮舰英兵霸，香江入铁围。

三山摧毁日，十亿展雄威。

铁女图谋尽，邓公韬略辉。

时针循倒计，望眼盼回归。

清廷昏且腐，港岛洪茸伶。

宇宙沧桑变，炎黄天地新。

殖民经百载，自由驻千春。

丁丑回归日，欢歌带泪痕。

民军进港岛，猎猎五星扬。

群众歌完璧，洋人梦黄粱。

不堪离散泪，但见九州昂。

港陆如鱼水，同舟御外强。

百载辱凌地，港胞知苦寒。

高楼参差起，赤子胆肝煎。

历史翻新页，河山改旧颜。

一邦涵两制，华夏梦团圆！

薛友兰

（1896—1996），字梦如，云南凤庆人，祖籍南京。1923年考入东陆大学。1927年任顺宁县立高小校长。著有《梦如诗集》。

红山茶花

山含霞彩绚阳春，茶放红花一色匀。
叶影若非裁鸭脚，花光应是染腥唇。
频舒丹萼千株丽，齐吐朱英万壑新。
似此繁花城市少，宝珠玛瑙产奇珍。

游石洞寺

山连契嶂势崔嵬，绕屋苍苍松四围。
横沼曲虹盘地起，齐云双凤振空飞。
石生泰岳疑如此，身入天台是也非。
我欲长居知未得，清风明月送人归。

步杨桂五翁感时韵

杀尽倭奴候捷音，丈夫胡使泪沾襟。
誓将铁血消奇耻，早把牺牲下决心。
奋起中原追往古，雄飞东亚看当今。
金瓯得复称完美，从此休教丑类侵。

禹公尧阶《肆志轩诗集》题词

战老将军近八旬，豪吟肆志见精神。
芬芳此日留鸿爪，英勇当年虎化身。
逆炎方消扶汉族，妖氛悉扫救边民。
家声蒲郡称豪雅，武纬文经继有人。

游西山

路转峰回尽几湾，轻车驶过竹林间。
湖潭一鉴留清影，楼阁三山点翠鬟。
十载重游名士懒，万方多难老僧闲。
蓬莱胜景终无恙，古洞云归客未还。

画　兰

兰叶葳蕤借笔栽，芳姿纸上绝尘埃。
美人态度含情写，国士风神想象来。
有色殷留人赏玩，闳香引得蝶徘徊。
景开九畹随时好，吉梦宜男何用猜。

步友人秋日游象塘寺韵

千里河山一片秋，当年勐氏驱从游。
塘空象杳人何处，古柏苍黄几树留。

秋日即景

玉露飘飘降，名花芳草微。
莲房清坠粉，菊蕊艳含辉。
老树藏蝉韵，孤云夹雁飞。
流连三径晚，酣醉杖藜归。

魏书祝

1942 年生，字庆来，号竹庵，晚岁自暑竹叟。祖籍湖南衡阳。大学文化。在上海、北京、昆明等地国营企业从事秘书多年。中华诗词学会会员、中华诗词文化研究所研究员。著有《竹庵丛稿》一卷。

元日漫兴

飞雪传芳讯，梅开大地春。
凭栏吹玉笛，隔海唤归人。

丙申三月留别京华好友

三载京华客，痴顽属典型。
风生人不觉，棒喝梦初醒。
近墨难辞黑，观鱼易惹腥。
南池春水皱，离合感飘萍。

与海内外弟妹聚饮金谷村

难得重相见，欢声满画楼。
频斟金谷酒，一赏海天秋。
往事何堪说，年光不倒流。
举杯祝长健，好景在前头。

翠湖春晓

春暖鸡鸣早，园扉款款开。
和风嘘翠柳，薄雾润苍苔。
水软鱼争跃，花香蝶自来。
湖滨寻好句，扶杖独徘徊。

无 题

（一）

黄叶纷飞高地村，零丁父子黯消魂。
不知往事从何说，默对寒灯深闭门。

（二）

光明磊落心无愧，取信于人毕竟难！
搔首问天天不语，满城风雨一身寒。

离休漫兴

（一）

寒梅舞雪倍精神，大地春回万象新。
我唱山歌妻卖酒，白头同作太平人。

（二）

花满山窗月满廊，放歌不减少年狂。
樽前自拍红牙板，唱了西皮又二黄。

桃树村插队落户

桃花如浪柳如烟，抛却文章学种田。
一笠一锄牛是伴，日同耕作夜同眠。

七夕偕老妻游南湖

南湖渡口夜停桡，同祝双星会鹊桥。
萤火光摇千点灿，藕花红放一池娇。
望云欲借天孙锦，卧月聊伸处士腰。
莫笑白头老夫妇，几经劫难尚逍遥。

人民音乐家聂耳逝世六十周年祭

风雨如磐发浩歌，惊心动魄壮山河。
宁堪俯首为奴隶？曷若挥戈战鬼魔！
大海狂涛悲猛士，寒松流响拂云罗。
即今华夏腾飞日，举酒招魂涕泪多。

渔歌子·湖上

烟雨南湖荡小舟，吴音甜润越音柔。歌不断，水长流，悠悠一梦到杭州。

忆江南·岁月

秋夜月，凄冷照幽林。顾影难收游子泪，人怀常系故园心。江上独沉吟。

虞美人·偕老伴赏樱花有感

少年携手樱花下，不尽缠绵话。中年含泪看樱花，来日青衫漂泊又天涯。　老归林壑饶清兴，哪管霜侵鬓。樱花犹是旧时红，举酒相邀沉醉舞东风。

蝶恋花·江南行

姹紫嫣红春正好，三月烟花，烂漫江南道。柳岸似闻莺骂俏，白头游子归来了。　　惭愧人前遮破帽，衣上征尘，尽是新诗料。醉倚江楼难定稿，酒醒不觉东方晓。

蝶恋花·春怨

风扫残红飞柳絮，春去匆匆，目断天涯路。万唤千呼春不顾，萋萋芳草斜阳暮。　　燕子呢喃空怨诉，春太无情，忍把多情负。留得春愁愁几许，最难消受黄昏雨。

西江月·筇竹寺罗汉彩塑

莫赞犀牛宝象，休夸筇竹青狮。两堂罗汉最稀奇，个个神情迥异。　　或坐或行或倚，如颠如醉如痴；交头接耳笑嘻嘻，彩塑堪称绝艺。

念奴娇·游江川县抚仙、星云两湖

晓云烘日，试登临纵目，海天空阔。桥跨两湖鱼有界，一带嶙峋石壁。风卷银涛，烟笼碧树，隐隐舟相接。扣舷吟啸，南来多少豪杰。　　老兵闲话当年，移山倒海，费尽平生力。科技领先勤致富，今日陶朱谁及？玉藕飘香，银鲢竞美，金穗田间密。掀髯长笑，野鸥同我欢悦。

扬州慢·二十四桥重建竣工感赋

千树垂杨，二分明月，古城艳说扬州。过春风十里，尽绣箔朱楼。溯倭寇兴兵犯境，故园沦落，华屋荒丘；助凄凉、枯木昏鸦，呜咽邗沟。　　星移斗转，喜而今，又展新猷。看画阁连云，长堤涌翠，湖上波柔。二十四桥重现，凫庄外，桂楫兰舟。惹千邦豪俊，纷纷骑鹤来游。

金缕曲·乙丑秋寄旅台弟妹

　　海阔天无际，最难忘，异乡骨肉，相逢不易。犹记儿时晚灯畔，促膝谈经论史；更学写簪花小字。锦样年华随逝水，惜分飞，各展凌云翅。搔白发，吾老矣。　　多承青鸟殷勤意。喜今朝，书传云外，深情满纸。万树梅花二分月，同梦扬州故里；问可有长房缩地？但愿此生重聚首，瘦西湖、畅叙当年事。寄一曲，抒胸臆。

蔡 锷

字松坡，湖南邵阳人，清末毕业于日本士官学校三期，任云南省新军三十七协协统。于宣统三年（1912）农历九月初九日，率部起义，光复云南，任云南省都督。1916 年，袁世凯妄图称帝，蔡锷复与云南督军唐继尧组织护国军，唐任军都督，蔡任护国军第一军总司令，出师讨袁。

经雪山关

（一）

蜀道崎岖也可行，人心艰险唱难平。
挥刀杀贼男儿事，指日观兵白帝城。

（二）

绝壁荒山二月寒，风尖如刃月如丸。
军中夜半披衣起，热血填胸睡不安。

登五华山二首

（一）

双塔峥嵘拥翠华，腾空红日射朝霞。

遥看杰阁层楼处，五色旗飞识汉家。

（二）

东风吹彻万家烟，迎面湖光欲接天。

千载功名尘与土，碧鸡金马自年年。

下编

丁凤森

1942 年 1 月生，云南楚雄人。从事中学语文教学 37 年，特级教师。为省市诗词楹联学会会员。

咏茶诗三首

读书又教书，清俭又淡泊，长年以茶为伴，得茶诗古风数首。

(一)

手持一壶茶，漂泉泡春芽。
子曰复诗云，满腹沁锦华。

(二)

师生一壶茶，论学话天涯。
不羡甘如饴，真情汇香茶。

(三)

花间一壶茶，聚朋柳阴下。
彩蝶翩跹舞，喜看相与狎。

于　生

　　1931 年 11 月生，内蒙古赤峰市翁牛特旗人。中华诗词学会会员，云南省诗词学会原常务理事兼秘书长。著有《萤光集》《浪花集》。

不朽诗篇在险关

　　雨落柴桑酒结缘，风寒心暖雾中旋。
　　鄱阳浪接天池水，五老峰牵扬子船。
　　花径书香传四海，洞中玉液滴千年。
　　攀登绝壁寻神韵，不朽诗篇在险关。

瞻仰嵩明红军长征纪念塔

　　血铸丰碑世界殊，踏平堡垒变通途。
　　开仓赈济饥鸿喜，砸狱伸冤恶霸除。
　　促膝谈心迎拂晓，犁田播种绘春图。
　　窗外流连经雨雪，雾中探路苦追求。

母女团圆

贺 1997 年 7 月 1 日香港回归祖国

缄默分离两地愁，隔街相望几多秋。
女吟一曲苍天泪，母哭三更悲楚囚。
窗外流连经雨雪，雾中探路苦追求。
拆墙团聚迎红日，万朵紫荆簇九州。

南京静海寺警世钟

静海长鸣警世钟，高扬雪耻述离衷。
香江水澈英灵祭，警惕狼烟染碧空。

腊　梅

张灯结彩庆新年，梅蕊飘香腊月天。
飞雪迎春兴百草，清风品格化诗田。

谒杜甫草堂

肩担凄楚雨，忧患触肠鸣。
带女逃荒去，携儿入蜀行。
吟诗滴血泪，化雨润沧溟。
道破人间苦，声声诉不平。

白玉兰

怒放茫茫雪海中，冰心铁骨气如虹。
天宫送去清心剂，大地飘来净化风。

公仆清廉孺子牛

祝贺中国共产党第十六次代表大会召开。

星火燎原耀九州，红旗指处解民忧。
前贤洒血奠基业，后辈登高谋远筹。
神女高歌千载事，飞船寰宇万民讴。
江山永固传接力，公仆清廉孺子牛。

梦寻木屋

久居森林溪水滨，沧桑岁月自温馨。

红花笑送东篱雪，白鹅鸣迎南燕临。

熊拍柴门惊梦醒，鱼飞阡陌访农耘。

窗前獐子听新曲，群鹿扬尘落日昏。

卜算子·迎春花

绿叶暖新春，播洒晶莹露。缕缕东风挽丽人，
且听黄花诉。　　联袂乘春风，扫尽寒流妒。淡
雅清风不苟同，独自寻芳路。

万　亿

原名万立纲，1929 年生于云南墨江。中华诗词学会会员、中华诗词文化研究所研究员、云南省诗词学会会员、普洱市诗词楹联协会副主席、《普洱诗联》副主编、普洱市老年书画诗词协会常务副会长、《老年诗刊》主编。

［仙吕］一半儿·傣族姑娘丢包

哨泼水节丢包，往汉族军人处抛。伙伴要她如实招。"别唠叨！"一半儿佯嗔，一半儿恼。

【注】
卜哨，傣语即姑娘。

沧源佤族自治县班洪抗英纪念碑

抗英卫国碣碑存，万众嗟夸赞佤村。
水鼓雷轰天地震，梭镖臂举岳河吞。
千人挡道叱洋鬼，万弩穿林驱蛾瘟。
班老班洪华夏域，殖民鼠窜定乾坤。

念奴娇·澜沧江

巨龙飞出，澜沧江，凿石劈山穿谷。立马危崖舒望眼，唐古拉山驯服。云卷波翻，天长雷震，祜笛声声祝；雄才壮志，须为人世谋福。　我愿奉献终身，二湾生电，奔涌朝山瀑，糯扎喷珠光闪闪，再矗景洪星屋，西电东输。思茅港阔，千百船飞逐。湄公航运，利民偿愿归宿。

【注】
二湾，即小湾电站和漫湾电站。

满庭芳·生态农业村

戴帽山头，山腰抓票，饱肚全靠良田。满河肥鸭，青勃勃椒园，干净无腥猪厩，咖啡豆，密匝红鲜。苍林茂，鱼塘闪镜，照鸟影翩翩。　茶园。新农舍，家家沼气，不冒炊烟。立体农业户，牛壮鸡喧。生态平衡人富，民主选，村彦能贤。三弦响，歌场对唱，好舞劲情绵。

哈尼姑娘

笑采春茶素淡妆，流眸灼灼脉情祥。
怀春眉秀何须画，一曲茶歌音绕梁。

访佤寨

水酒醇甘露，人穷情更浓。
犷歌招鹊唱，木鼓舞龙踪。

安宁摩崖石壁

隶水篆烟增古雅，飘云溅雨走龙蛇。
字如人品显风骨，敬法前贤创大家。

版纳月

版纳月飞椰树梢，薰风入户滚歌潮。
章哈脆笛倾衷曲，卜少银杯斟绿醪。
凤尾森森藏倩影，竹楼隐隐揽芭蕉。
村村象鼓铓锣骤，镜闪沧江裙浪飘。

悼腾冲抗日烈士国殇墓园

瀑水惊天震墓园，彩虹现地吊忠魂。
匹夫有责全腾越，壮士无私卫国门。
殇骨三千捐巷战，塔碑百尺比昆仑。
峰云缟素山悬练，吊我中华好子孙。

万栋才

字之拯，又名杜成禄，号金江庶人，巧家县人，1948 年生。毕业于云南师大，云南昭通党校副教授。中华诗词学会会员，昭通诗词学会原会长，主编出版《昭通诗词》一至六卷。曾任云南诗词学会理事、常务理事。

山村巨变

山村户户沐春晖，小院红楼锁翠微。
游子省亲寻草屋，徘徊路口不知归。

巧家白沙井

梓里流沙井，故人生命源。
清甜如母乳，澄碧似镜奁。
泻石涓声远，滋松晓雾寒。
枝头栖喜鹊，喳破水中天。

访别贫困户

忍别贫困户，新年难度荒。
炊烟纱漏屋，残雪照夕阳。
饿犬声幽谷，饥雀惊晒场。
山高"皇帝"远，何载余尧粮。

甲寅小住绥江大汶街

汶溪水涨汇金江，小住街头兰溢堂。

绿竹有情斜古渡，沱湾无语浮幽香。

夕阳酒馆客猜令，明月虹桥人纳凉。

身寄异乡如梓里，红笺锦句写诗行。

过盐津石门关

石门五尺锁南夷，千古拓疆马印蹄。

唐使刻题涯壁险，悬棺斜挂翠岚低。

乌蒙峻岭摩天立，津渡洪波入眼迷。

难得横江明月夜，过关远悔夜留栖。

沁园春·鲁甸

莽莽乌蒙，千山戏争雄，万壑竞苍。惟银乡毓秀，金生红土，玉蕴断岸，果悬春阳。壮丽城垣，新兴市貌，林立云楼火凤翔。繁荣甚，践为民宗旨，虎步龙骧。　　曾经汗竹辉煌，通五尺轨同拓大荒。有凿山唐蒙[①]，溉田文齐，诸葛孔明，安抚夷疆。历代贤臣，朱提胜地，史鉴今人胆识昂。樱桃节，荟八方宾客，乐奏华章。

【注】

①古人名破格。

马仲伟

1947 年 11 月生，云南个旧人，回族。中华诗词学会会员、云南省诗词学会理事。

感　怀

碧水东流三万里，年年白发紧相催！
壮心未逐烟云减，豪气岂容酒盏违。
梁父吟时月正满，严陵钓处鲤初肥。
东篱把酒夕阳里，醉末如泥莫道归。

无　题

休言碧水逝如斯，美景自堪重见时。
数缕荷香撩醉梦，广轮月影泛清姿。
此心耿耿同春老，前路茫茫共月驰。
正是孤灯寂寞夜，细分红豆数相思。

山居二首

（一）

莫道黄昏芳意违，青山自是有斜晖。
红蕖带露花初展，翠柳遮溪鱼正肥。
婉转谁家歌溢耳，温馨小院酒盈杯。
又逢一日好心绪，携得清风皓月归。

（二）

移得桃源此地来，四围芳草应时栽。
攀枝花自空中绽，黄鸟声从涧底来。
修竹影摇观鲤处，彩霞光洒诵经台。
奇花搜到素笺上，五色羊毫细剪裁。

鹧鸪天

万树桃开艳似霞，一年好景是春华，柳柔花
媚逗早燕，水浅波轻唤小鸭。　　山远近，路横斜，
参差农舍倚山崖。当年醉处依稀在，慢数溪桥第
几家。

马培祥

1954 年生于重庆市石柱县，土家族。就职于云南铜业集团。云南省诗词学会会员、常务理事、副秘书长。著有《巴云楼诗稿》。

题昙华寺

清纯雅趣秀含光，春绿秋红染画梁。
元帅风流碑记在，年年故地拥梅芳。

【注】
朱德在 1922 春游昙华寺时，写过一篇文章赠给映空和尚，映空全文刻上石碑以志纪念。

游海埂公园

白浪轻风洗面尘，人来画阁影先登。
乘船嬉戏蓝天处，物我两忘月上升。

游筇竹寺

玉案山深绿竹湾，尼僧五百广言传。
人来佛寺合求福，空付香烟与碧山。

咏文山天生桥

龙河数曲导山行，宇内仙桥卧画屏。
天界神工圣贤手，雕风塑石卓然精。

红　叶

展望春荣日见残，楼前独坐忆江南。
霜天雾冷依然秀，自是红英不畏寒。

游阿庐古洞

五彩珍奇列艺丛，洞中有洞第相通。
人间天上浑如梦，梦里神游题玉宫。

东川杂咏

雄山险水织晴空，雾海云蜂日暮笼。
旭日迎春先牯岭，乌蒙万里看秋红。

马福民

回族，现年 70 岁，云南漾濞人。大理州群众艺术馆副研究馆员。云南省诗词学会原理事。

南疆吟

万里南疆耀彩云，花红柳绿色缤纷。
佤山迷雾吟诗画，茶地层峦系锦裙。
洗马河边思汉相，凤凰树下响笙群。
蛮烟瘴雨终消尽，入眼风光处处昕。

山茶咏

飞起玉龙百里趋，枝头吞火竞丰腴。
名邦文献天工画，洱海苍山龙嘴须。
疏影横斜歌夜月，芳姿逸秀论赢输。
茶花大理甲天下，遍种自家千万株。

咏 梅

何谈风雨骤，数点冠群芳。
瘦影铮铮骨，疏枝淡淡香。
玉姿镶雪岭，冷蕊报春光。
一抹炎黄血，千秋正气彰。

临江仙·大理吟

玉带云霞横翠岭，白帆依恋清波。丝丝烟柳舞婆娑。层楼高望远，最喜听渔歌。　　不尽乡思常入梦，名城户户花多。苍峰溪水泻银河。情斟洱海水，奋进莫蹉跎。

踏莎行

三月边陲，令人沉醉，嫣红姹紫芳菲萃。槟榔树下舞蹁跹，傣家孔雀风姿媚。　　五彩缤纷，花飘果坠，奇葩簇拥竹楼翠。依依月影弄清风，高升竞放迎新岁①。

【注】
①高升，傣族人使用的一种竹制土火箭，可射至数十米空中爆炸，每逢新年隆重燃放。

鹊桥仙·春游财山

团山春早，芳丛依旧，风暖轻衫香透。对诗觅句洱苍间，饱欣赏，山明水秀。　　波清帆静，屏开锦绣，鸥鹭齐飞水皱。画中人笑画中人，照花影，红肥绿瘦。

虞美人·勐龙风情

　　勐龙处处花开早①，日丽风光好。芭蕉椰果竞芳菲，边寨丛林万朵彩霞飞。　　竹林幽径婵娟现，看异葩争艳。柔情脉脉傣姑心，最喜丢包泼水觅知音②。

【注】
①勐龙，在云南景洪市境内，傣族聚居区。
②丢包为傣族青年觅偶的一种方式，某女如看中某男，即向对方投包示情。

人月圆·咏大理茶花

　　苍蜂秀丽龙关美，烟景驻谁家？蝶泉喷玉，巍哉三塔，万树茶花。　　温柔妩媚。凌寒独秀，一片云霞。千红万紫，高标性格，才溢横斜。

王 坚

山西绛县南官庄人，1923年10月生。曾任省诗词学会常务理事，中华诗词学会会员。

采桑子·孟连县泼水节放高升

年年泼水高升起，今越苍穹。跃起飞龙，穿雾托云探月宫。　　铜锣象鼓齐声响，人面春风。江面春风，朵朵琼花绽夜空。

忆江南·西盟好

西盟好，红日早登楼。脚下茫茫云海布，山尖点点绿舟游，春意暖心头。

梅湖仙子

进入梅子湖公园大门，即可看到对面站立的梅湖仙子雕塑，仙子指向天。

梅湖仙子指蓝天，启示游人向上攀。
白鹭收肢图万里，苍鹰展翅欲千旋。
登山木杖沙途窄，戏水龙船水面宽。
有趣尽情观胜景，勿忘僻壤尚贫寒。

游普洱莱阳河国家森林公园

区区三十里，何以两重天。
城内热流袭，山中凉气旋。
森林千里阔，密叶万枝繁。
绿色人人爱，一生生命联。

诗人畅游梅子湖

营湖几十年，骚客喜空前。
白鹭高飞去，游船远渡还。
诗吟林榭动，笔落性情安。
宾主心心印，梅湖醉意阗。

游景东县哀牢山杜鹃湖

杜鹃湖畔杜鹃浓，风韵雍容少妇容。
一树花开千万朵，青山绿野点胭红。

拜西双版纳周总理视察碑

丰碑一座见忠魂，总理深情看傣人。
革命毕生功盖世，兴华万世德常春。
奔波国际诸邦睦，走访边陲各族亲。
遗爱长留边府地，庶民百代感鸿恩。

云南省诗词学会第五届年会暨第二届中华诗词理论研讨会在思茅召开祝愿

春风一夜到思茅，低壑高崖绿野娇。
但等红花金果挂，千枝万树更妖娆。

王开先

1926 年生，云南省师宗县人。现为师宗县老年书画诗词协会会员。

抒　怀

烈日西风催白发，黄花夕照蕴生机。
还当捉笔倾心墨，晚烛长明志不违。

王 琼

生于 1965 年 10 月，云南镇康人。现为云南省诗词学会会员。

玉竹篇

竹有千千节，玉无点点疵。
坚贞肝胆照，两物最相知。

新村乐

新村绿树映繁花，落户寄居今个夸。
何必卜观风水吉，放心此地发新家。

风雨柏子亭

古木苍苍柏子亭，浓云密雾绕山青。
鸟飞空际声传耳，叶落枝头影入庭。
目尽千川风雨厚，酒斟万斗海江馨。
高瞻远瞩观天象，不动岿然五蟑屏。

登 高

步步登高向紫霞，山腰自有鸟穿花。
抬头仰望云遮路，笑语还多最上家。

王文芝

女，1939年生。在小学教书，自己创办育才幼儿园七年。云南省诗词学会会员。

悼念烈士文达兄长

大道先行摧旧世，丹心一片换新天。
忠魂犹念江山秀，鲜血流辉青史间。

夕阳美

莫愁花谢深秋进，道似回春美景间。
巧染夕阳红烂漫，霞光一片映蓝天。

玉龙雪山牡丹花

穿岩生命战寒风，雨打霜滋更郁葱。
不管它花争斗艳，自开自赏乐山中，

王玉寿

笔名华卿，1927年12月生，牟定县人。现为中华诗词学会、省诗词学会会员，楚雄诗词学会常务理事，县诗词学会名誉会长。著有诗词集《华卿诗文选》《梅岭摘叶》。

茶山女 （新韵）

红日高天挂，青云闲在家。
龙王穷躲债，玉女巧浇茶。
"土地"开颜笑，山神点首夸：
"凡人施霈露，绿海冒香芽。"

【注】
施霈露乃茶园喷灌。

彝山访友

云树沐新雨，响泉走白沙。
苍松门掩翠，红杏径飞花。
黄犬迎摇尾，金蜂拒进家。
新联笑接我，入室自烧茶。

云龙山玉泉

云曲绕云树，瑶池泻玉声。
依依辞翠鸟，急急拜新城。
雷响浊流犯，霞飞琼液清。
登门轻笑语，厨下做汤羹。

悼普星明等五烈士

雨泣风嚎八月秋，忠魂碧血溅城头。
绿云痛悼飞红泪，更涌洪波卷浊流。

【注】
1949 年 7 月，牟定人民举行火把节起义，迎接解放，遭国民党反动派血腥镇压。普星明、张志高、杨志仁、李开能、朱有忠五同志被反动派杀害于县城西门外。

望江南·彝山美

彝山美，岭上打歌声。舞步翩跹弯月笑，笛音清脆晚蝉鸣。诗酒醉群星。

江城子·观地掷球赛

南园嚷嚷老梅香，爱她颠，喜他狂。对对双双，喜笑练球忙。斗雪顶风寒亦暖，身心健，寿元长。　　初战失利不慌张，且稍息，整戎装。飒爽英姿，挥臂上沙场。若问冠军谁是主？半边天，红旗扬。

浪淘沙·抗战史常温

风暴扫残云。天地更新，千红万紫尽皆春。乐业安居来不易，时念忠魂。　　抗战史常温，告诉儿孙：飞机大炮太欺人。魑魅魍魉今尚有，倚剑昆仑。

琼液溪

我家屋后云崖口，琼液龙涎日夜流。
田满三秋金谷乐，水驱九夏旱魃忧。
晨帮靓妹浇园圃，夕饮青牛卧草楼。
万代千年无索取，小溪教我为人谋。

春　节

雪化春回早，百花山寨开。
迎新人得福，辞旧柜存财。
祝酒香风醉，听歌云鸟来。
姑娘长辫甩，演艺上高台。

王永康

云南永德县人，曾任小学教员、校长，镇长，书记，纪委副书记、监察局局长、土地局局长，县烟草公司经理等。临沧市诗词协会会长、云南省诗词学会理事。

鹧鸪天·颂公安局长任长霞（新韵）

十里长街泪水洒，登封百姓送长霞。
地天同泣人同祭，无字丰碑悼警花。
嵩岳下，女杰她。打黑除恶扫人渣。
为国为党倾心血，情系人民好警察。

纪念香港回归十年

香港回归十秩整，九州同庆喜洋洋。
百年奇耻烟消散，两制同行国运昌。
万里江山披锦绣，千秋完璧宇添光。
龙传一脉擎天地，永固金瓯靠自强。

纪念中国远征军 （新韵）

中国军队英雄汉，两次远征闯险关。

战士挥刀杀强盗，将军跃马斩凶顽。

滇西除寇军威壮，缅北驱倭获胜还。

碧血英杰千载颂，人民不忘好儿男。

游沧源勐来峡谷感赋 （新韵）

落水洞中石笋立，古崖画里写传奇。

一幅国画悬岩挂，千亩董棕坡地青。

奇峰壁峭通曲径，幽谷林深淌小溪。

班考佤族情意盛，杯杯水酒润心脾。

千秋岁·临沧城沧江园 （新韵）

花团锦簇，草地呈新绿。枝叶茂，常青树。排排新凳子，道道卵石路。迷人处，水飞广场飘轻雾。　　清早阳光露，翁妪长剑舞。精神抖，真威武。东山升玉兔，百姓纷纷入，弦声起，千人同跳团结舞。

鹧鸪天·鸡年春节观临沧民族风情展演（新韵）

唢呐三弦伴玉箫，威风锣鼓挂红绡。五旬老妪金龙耍。花甲渔翁船桨摇。　穿闹市，踩高跷。秧歌扭起乐陶陶。观声阵阵惊天地，笑语声声起浪潮。

长相思·塘平社区重阳节游园活动

（一）

话悠悠，语悠悠。翁妪相逢乐不休。相携郊外游。　爱悠悠，意悠悠。敬老精神永不丢，社区关照周。

（二）

爱浓浓，谊浓浓。卜哨园中喜气隆。妪翁带笑容。　党有情，政有情。老有所托心里宁。晚年享太平。

王亚平

1949 年生，四川人。曾在新疆工作多年，云南红河学院副教授。现为中华诗词学会副会长、《中华诗词》编委、云南省诗词学会副会长，著有《说剑楼诗词》《当代诗词研究》等。

金缕曲·留别塞上诸诗友

水击三千里。负青天，蓦然回首，莽苍而已。三十年前初出塞，小试扶摇双翅。问几度、云飞云起。直上冰峰观沧海，竟轰然醉倒青云里。题断壁，写豪气。　　老来忽动图南意。羡滇池、苍山洱海，四时凝翠。摘取南天春烂漫，海角天涯频寄。长梦绕、西游故地。临别何须挥浊泪，笑阴晴圆缺寻常事。将进酒，拼一醉。

水调歌头·过洞庭湖登岳阳楼

日月出其里，万里气吞吴。长天秋水一色，托我片帆孤。直上层楼高处，觅取称贤遗梦，歌哭且唏嘘。浪打瘦蛟舞，云涌鸟相呼。　　少陵诗，范公记，尽愁予。对花溅泪，书生无用老江湖。黎庶城乡贫困，硕鼠官仓肥死，天网漏而疏。凭槛浑无语，泪眼渐模糊。

水调歌头·秋过汨罗江

一曲汨罗水，无语送烟涛。我来草木摇落，风雨正潇潇。断壁丹枫如火，夹岸寒云困柳，雁唳满江郊。雨歇数蜂紫，有鬼唱离骚。　　餐落英，饮进露，步兰皋。黄钟弃不鸣兮，瓦釜任喧嚣。魂系都门烟雨，九死其犹未悔，千古此风高。听罢咨嗟久，吹裂手中箫。

金缕曲·墨竹

何事凉生屋？听萧萧、摇风壁上，一丛修竹。墨海波翻惊湍泻，满纸流云飞瀑。料写自、潇湘巴蜀。日暮溪喧归浣女，又瑶琴远送春光曲。频拂梦，一枝绿。　　斯人好道心诚笃。借丹青、浮槎收取，落霞孤鹜。造化阴阳钟神秀，笔下风生云逐。倚绝壁、苍藤古木。对竹陡生湖海气，觉诗涛欲卷天西北。夜不寐，更燃烛。

金缕曲·谒孙髯翁墓

孙髯翁祖籍三秦，流落滇中，生前曾撰大观楼长联一百八十字，名满天下。身后萧条，其墓在滇南弥勒县髯翁公园内……

高卧丛篁里。叹斯人、生前踏遍，暮云朝雨。泾渭寒涛滇池月，长夜都来梦底。曾写进、云笺茧纸。兴尽恬然酣睡去，任莺歌雁唳呼不起。歌未绝，散成绮。　　长联百字惊神鬼。伴危楼、流光溢彩，气吞千里，九夏芙蓉三月柳，满目烟波翠苇。看不尽、残碑旧垒。秦汉楼船唐宋铁，尽一时化作苍凉水。回首望，夕阳美。

金缕曲·三峡屈原祠

断壁长虹挂。正清秋、流云西卷，大江东下。万树霞红秋无际，满目江山如画。帆影送、竹枝潇洒。琴瑟悠扬山鬼过，尽云为广带风为马。流韵远，漫山野。　　黄钟毁弃雷鸣瓦，问离骚、冰心一片，有谁知者？坠露落英清而婉，堪恨曲高和寡。虽九死、痴情难罢。我草汨罗招魂稿，听高江急峡风雷咤。天柱折，怒潮打。

金缕曲·重登黄鹤楼

更上层楼去。倚危栏、云横九派，浪摇吴楚。黄鹤白云过无影，但剩迷离烟树。不忍问、登临意绪。柔橹如歌云帆远，听秋声呜咽生南浦。沉夕照，起孤鹜。　　江潮澎湃催金鼓。忆当年、中流击楫，浩歌起舞。万丈豪情燃似火，走笔虹霓吞吐。休道是、霜销媚妩。斫取潇湘清瘦竹，且持之闲钓今和古。托旅雁，寄金缕。

玉楼春·听风楼

楼在南湖之滨。抗战期间，西南联大部分女学生寄宿于此。

画檐犹挂当时月，曾照壮怀坚似铁。谁知婀娜女婵娟，皆是桃灯看剑杰。　　拼将腾沸一腔血，补就金瓯千里缺。登楼遥望夕阳红，往事浩茫云海阔。

浣溪沙·南湖

湖在蒙自古城城南，辟于明。后经四百余年扩建，终获滇南明珠之美誉。湖周七里。湖心有闻一多纪念亭。

云影天光共一湖，三春风软鸟相呼。汀花如火雨如酥。　　波底鱼吹千顷浪，霞边雁篆数行书。闻公亭上月轮孤。

虞美人·桃花山

山在蒙自城东南。春来花发，万树桃红，游人如潮。

谁裁云锦来霄汉，化用花枝乱。其华灼灼满枝梢，四野云飞云起涌如潮。　　人流十里歌漫路，都说看花去。探春直上白云中，笑指桃花人面夕阳红。

临江仙·闻一多纪念亭

亭在南湖芳洲之上。冰心题匾："斯人宛。"闻公《红烛》诗："请将你的脂膏不息地流向人间。"

亭外繁花燃梦，中天冷月生辉。斯人宛在水之湄。断无奸佞过，为有好风吹。　难忘如磐风雨，一腔血染缁衣。曙光初露惹深悲。千秋流烛泪，万代仰丰碑。

渔家傲·万亩石榴园

蒙自甜石榴名传遐迩。城南石榴万亩，夏花发，如火如荼。

深入榴园吾忘我，沉荫滴翠烟云裹。枝上花燃千万朵。微风过，骤然掀动燎原火。　把酒临风花下坐，枝头时有飞花堕。巧笑红裙飘婀娜。歌远播，这边唱了那边和。

鹧鸪天·异龙湖

湖在石屏县城之东。岸九曲，周七十里，景色宜人。

占取滇南春色多，泥融沙暖柳婆娑。
云天倒影鱼吞月，渔唱摇帆玉泻荷。
携美酒，泛沧波，微风拂面燕穿梭。
才疏愧对平湖色，聊以清词答浩歌。

破阵子·碧色寨

碧色寨为昆河铁路小站。蔡锷将军曾在此遇刺，替身副官死焉。

十载洪炉铸剑，一腔豪气凌云。血溅霞光凝夜紫，魂绕南枝恋旧根。关山万里春。　　蛱蝶穿花寻梦，无边月色如银。昔日悲歌犹在耳，断壁空余旧弹痕。谁招月夜魂？

蝶恋花·燕子洞

燕子洞位于建水古城之东，群山环抱，洞深十里，栖燕百万。洞壁钟乳千姿百态，妙趣横生；洞底暗河汹涌，涵澹澎湃，如吴楚之编钟云。

十里寒涛频拍岸，大吕黄钟，滚滚扑人面。洞壁乌衣栖百万，轰然而出云天暗。　　瑶草琪花争烂漫，虎踞龙蟠，倒插英雄剑。游罢身心轻似燕，挑灯狂草溪山恋。

鹧鸪天·梨花沟

新安所距蒙自城南十里，明清时为屯兵重镇。一水绕镇而过，注入南湖。夹岸梨花万树，灿若云锦，微风过处，花飞如雪，故人称此水为梨花沟。

夹岸缤纷万树花，天章云锦美如霞。
微风过处花飘雪，明月来时浪拍沙。
花弄影，水浮花，落花流水向天涯。
我来摘得枝头句，十里香飞百姓家。

【附记】
惜乎当今流水渐涸，花木稀疏，昔日之旖旎，已不可复睹也矣。悲夫！

桃花山放歌

桃花山距云南蒙自经济开发区东南二十里，早春二月，万树桃红，游人如织。

君不见桃花山上桃万树，早春二月花满路。君不见十里人流歌如潮，争赴花山看花去。遥看红雾迷山峦，村村寨寨掀红澜。近看青枝托红萼，千朵万朵红欲燃。谁割云锦落霄汉，化作满山红烂漫。谁植珊瑚衬青峰，玲珑参差光灿灿。百鸟探春逐花飞，歌喉婉转情无限。八面风来花枝乱。流云低拂万花丛，千树万树花气浓。花下踏歌红裙过，人面桃花相映红。鹤发童颜花前立，静听鸟歌鸣绿叶。兴来聊发少年狂，健步登高谁能及。此身欲共彩云飞，千崖万壑赏芳菲。何事物我两相忘，对花对酒对斜晖。对花对酒诗蓬勃，落笔涛惊波澜阔。直上云崖题壁去，春心欲共花争发。题罢纵目醉流霞，我非我兮花非花。我本山阿桃一树，红红白白满枝丫。噫！桃源深处无今古，风吹花落花如雨。化作春泥也护花，来年更看新花吐。吁嗟乎！春愁何须待酒浇，我欲呼酒壮诗涛。君不见桃花山上万树桃红花似海，拍天滚滚涌春潮。君不见吾今魂系南天灼灼其华云万里，梦中犹自吟《桃夭》。

听风楼放歌

云南蒙自南湖颐园，宋周敦颐后裔柏斋先生之宅第也。一九三八年间，西南联大为避倭西迁，设商法文学院于南湖之滨，柏斋先生揖让颐园楼阁供联大女学生下榻，遂更名为听风楼焉。联大学生曾创南湖诗社，闻一多、朱自清先生皆为诗社导师。噫！听风楼！其非陆放翁"夜阑卧听风吹雨"之遗响也欤。

抗日烽火燃卢沟，炎黄四亿呼同仇。为寻五十年前梦，吾今更上听风楼。凭栏沉吟且放眼，烟波浩渺云天远。嗟乎八百女裙钗，曾此卧薪而尝胆。挑灯看剑何壮哉，欲把乾坤力挽回。夜阑卧听风吹雨，铁马冰河入梦来。家在松花江上住，万里流亡江南路。山河破碎草木深，杜鹃声里斜阳暮。转徙滇南一路歌，追随导师闻一多。南湖之畔秋水碧，欲将长剑十年磨。南湖诗杜应运生，指点江山意纵横。鹃啼龙吟热血沸，落地尽作金石声。闲来偶作游湖乐，笑指小荷尖尖角。燕子斜飞雨打萍，游鱼吹浪风敲竹。游罢归来草新诗，案头明灭浊泪垂。风景不殊山河异，云笺难寄断肠词。倚轩更向东北望，云海苍茫孤月亮。流离身与月同孤，夜夜悲歌梦惆怅。八年抗战卷风云，枪林弹雨多红裙。试听听风楼上曲，声声皆是民族魂。讵料敌机来天半，高空弹落酿凶险。百尺楼台一角坍，浓烟滚滚风云惨。噫！往事如烟已成尘，黑发人变白发人。登楼寻梦无觅处，唯见依稀旧弹痕。慷慨悲歌为国死，同学少年今余几。

风萧萧兮易水寒，国殇长眠呼不起。逝者如斯长已矣。登楼唏嘘百感生，拂檐烟柳正青青。欲问凭栏何所忆，于无声处听雷霆。嗟乎！当阳楼高漳水绿，仲宣曾赋怀乡曲。鹳雀楼边日色昏，登之可穷千里目。岳阳楼枕洞庭波，忧先忧兮乐后乐。吾今直上听风楼，欲以长歌当一哭。吁嗟乎！所幸国耻尽烟消，华夏声威步步高。试上听风楼上望。一统江山涌春潮。南湖风光美，云树依春水。夜来满湖星，笙歌因风起。听风楼畔枇杷黄，缅桂花开飘馨香。更有百年菩提树，长伴清风话兴亡。吁嗟乎！前事不忘后事师，登斯楼者应深思。万众一心可御侮，民族分裂招陵夷。暂凭杯酒酹流云，每说相思每伤神。海涛深处一岛孤，今宵可有登楼人。登楼人，登楼人，记否其豆本同根？当年幸得与子同袍枕戈待旦保疆土，今朝堪恨未能携手登高把酒赋招魂。吁嗟乎！登斯楼兮生悲壮，国耻家仇不敢忘。君不见五十年前斯楼回荡木兰辞，骏马长缨何高亢。君不见五十年后我来狂草登楼歌，草罢更向青天唱！

西双版纳行

丙子初春，余偕妻远游西双版纳，采得红豆十余粒，归而藏之。月白风清之夜，万籁俱寂之时，每与妻共赏澜沧玲珑之豆，长吟辋川《相思》之章，同忆南车比翼之游，温情豪气，齐上心头。因走笔作歌，遥寄天涯知己云尔。

澜沧江畔春不老，四季花红莺歌绕。携妇将雏探春来，江水如蓝波浩渺。沿江绿染树婆娑，人称东方多瑙河。"黄金水道"通南亚，直泻沧溟发浩歌。傣家竹楼出乔木，藤蔓纷披花簇簇。芭蕉叶大栀子肥，花信风摇凤尾竹。欢声笑语动江隈，傣家卜哨①赶街来。花伞倚肩腰摆柳，柔情似水春满怀。紧身罗襦红深浅，对襟春衫窄袖短。五彩筒裙稳称身，版纳春光惊独占。噫！傣家独占版纳春，版纳春光销人魂。试入热带雨林望，古木苍藤日月昏。凌云百丈望天树②，枝叶峥嵘掩朝暮。树冠长啸八面风雄峙南天第一柱。千年铁树枝叶新，万岁血竭③罩红云。藤缠藤兮树缠树，枝连枝兮根连根。芒果金黄棕榈绿，缅桂花开香馥馥。炮仗花红满天霞，菩提树下栖麋鹿。红豆春来发青枝，人道此物最相思。愿君南游多采撷，莫负青春少年时。我采红豆且长吟，南国春浓情意深。妻采红豆清歌发，《相思》一曲绕唐音。嗟夫！兹游堪谓平生冠，版纳风光看不厌。云海苍茫林海深，林涛汹涌云烟卷。蝴蝶园中蝶缤纷，万千成阵天地昏。蝶如潮兮花如海，漫天飘拂五彩云。群猴出没花枝乱，腾跃攀援何烂漫。一声清啸去如飞，四顾茫茫皆不见。三岔河清象戏水，罗棱江寒鱼弄苇。葫芦岛上听鹿鸣，流沙河畔看雕起。惊心最是鳄鱼湖，湖中恶物本非鱼。怒狰狞腥风起，万千鳞介血模糊。不忍观鳄仓皇去，去时日落远山暮。登车方觉寸心宽，鸟歌如雨洒满路。驱车更访傣家村，傣家竹楼衬黄昏。池塘绕宅鱼泼泼，果木飘香散氤氲。须臾月自东山上，锣敲月何清亮。象脚鼓舞动地来，欢歌如潮浪打浪。何物甘甜余味久，竹筒米饭香满口。何物温润寄情深，糯米香茶醇于酒。听歌击节醉微微，一杯一杯又一杯。舞低杨柳楼心月，归来犹梦彩云飞。归来红豆摩挲久，温情豪气暖胸口。共忆壮游意兴飞，欲酌月华以北斗。吁嗟乎！西双版纳远蜚声，我来果不虚此行。游罢陡觉诗思旺，走笔欲令鬼神惊。手之舞之足之蹈，踏遍青山人未老。君不见灯前红豆何玲珑，君不见中天明月何皎皎。君不见我草相思寄明月，草罢不觉东方晓。

【注】

①卜哨：傣家语，少女。

②望天树，常绿大乔木，高达八十米，冠如巨伞，八大珍稀植物之一，国家一级保护植物。

③血竭，又名龙血树，树龄长达八千岁。其汁殷红如血，故名。

至公堂浩歌

至公堂在今云南大学校园内，闻一多先生曾在此作最后一次讲演。先生诗人兼学者而心系国运，后终以热血为新中国奠基。先生真人杰，亦真鬼雄耳。新中国五十周年国庆前夕，余谒至公堂归，思接千载，夜不能寐。因作长歌，谨以遥祭一多先生在天之灵。

至公堂上悬皓月，至公堂下沙似雪。环堂绿拥万树花，花枝尽染英雄血。绕花踏月久低回，且对清风酹一杯。我有深悲无寄处，欲招先生魂归来。先生之诗我常诵，先生之魂频入梦。一声"我是中国人"，海比深兮山比重。蜡炬成灰泪始干，先生真如红烛燃。烛泪悠悠流不息，天地长存寸丹。一寸丹心为民主，和平自由与进步。志坚欲雪耻千秋，气壮何愁楚三户。卢沟桥上血风腥，感时恨别走春城。三千里路云和月，梦中歌哭为苍生。为诗憔悴为诗死，国风楚辞诵不止。平生所爱史之诗，平生所重诗之史。抗战诗坛发新声，靡靡之音那堪听。民族危亡需鼓手，铁马金戈卷雷霆。休道是书生手无缚鸡力，挥毫顿见风云色。休道是寒儒清贫两袖风，热血亦能化为碧。血肉长城千万里，八年惨胜来不易。讵料独夫行独裁，内战烽烟萧墙起。和平协议成废纸，寒夜荒鸡鸣不已。先生拍案一声呼：不自由则勿宁死！法西斯蒂争喧嚣，春城平地起寒潮。君不见联大师生猝不及防皆徒手，君不见党国爪牙白昼行凶榴弹并刺刀。学子四人同日夭，教授居然血染袍。党国武功真盖世：腥风血雨"一二一"！烈士尸骨停未稳，民主先驱惊又殒。李公血溅青云街①，是可忍孰不可忍！先生恨自胆边生，挺身直向虎山行。至公堂上字字血②。民不畏死死可轻。大丈夫心一寸铁，易水悲歌荆轲血。敢凭只手挽狂澜，欲将肝胆补天裂。呜呼！补天大业恨未终，神州痛失万夫雄。西仓坡前风云惨，先生血染夕阳红。悲夫！屈子行吟影枯槁，少陵贫病江湖老。如今党国重流氓，专家教授贱如草！悲壮哉！须知野火烧不尽，怒潮汹涌春雷震。愚公并力喊移山，精卫同声呼雪恨。风萧萧兮日月昏，四万万人赋招魂。君不见大江南北千树万树花飞雪，君不见长城内外千里万里雨纷纷。吁嗟乎！往事真如东逝水，弹指五十三年矣。我央含泪唤公归，千呼万唤呼不起。忆公音容哦公诗，公之遗愿此其时。世纪之交春潮涌，改革开放风劲吹。九七港九珠还浦，九九澳门归疆宇。两制并存一统成，民主进步信可睹。噫！但有一弊恨难已，公若知之定切齿：山乡黎庶未脱贫，官仓硕鼠皆肥死！长太息以掩涕兮，哀民生之多艰。先天下而独忧兮，谁更继夫前贤？欲震聋而发聩兮，时代仍需鼓手：我特以此长歌兮，哭祭于先生之灵前。一篇哭罢气如山，先生仿佛在眼前。携先生诗登山诵，满腔热血沸欲燃。噫吁嚱，危乎高哉！先生本是民族魂，神州故土有深根。先生之诗千秋唱：

我是一个中国人！

【注】

①1946年7月11日晚，李公朴先生被国民党特务暗杀于青云街学院坡。7月15日上午，闻一多先生在致公堂作最后一次讲演。当天下午先生在西仓坡被枪杀。

②闻一多先生诗《我是中国人》："我的心里有尧舜的心，我的血是荆轲聂政的血。"

王汝弼

白族，1932年12月生，云南省大理市人。曾任大理市黄花诗社副社长、大理州诗社常务理事，现为中华诗词学会、云南省诗词学会会员。著有《苍洱吟草》集。

纪念十一届三中全会召开廿周年

二十年前红海洋，澄清玉宇费评章。
三中决策震天地，四项坚持扫雪霜。
真理论明唯实践，航灯拨亮步康庄。
与时俱进千帆过，改革春风硕果香。

缅怀邓小平

曾经浩劫罪无端，三度沉浮志更坚。
重振神州甘受命，拨开迷雾正航船。
春天故事歌风采，特色旌旗传后贤。
冥诞百年情万缕，小平理论焕人间。

抗击非典感赋

非典袭来频折磨，神州上下抗瘟魔。
白衣战士奔前阵，赤胆英雄谱浩歌。
同德同心忙昼夜，群防群治壮山河。
千千患者转无恙，唤起人间关爱多。

大　理

南诏故都地，人文蔚起陈。

风驱千载憾，花放四时春。

雪映银苍醉，月姣玉洱淳。

彩云迎旭日，三塔境更新。

洱海天镜阁

天镜谁磨照白州，湖老山色画中游。

阁高但任霞飞过，洱秀能将春挽留。

云石传奇醉骚客①，金梭织锦隐仙楼。

向阳花木吟风月，南诏夏宫竞唱酬。

【注】

① "云石传奇" 指苍山望夫云与洱海中石骡的爱情殉难传说。

迎九九昆明世博会

金马碧鸡喜气盈，五洲园苑汇奇珍。

南疆锦绣三江月，云岭花潮四海春。

适应自然扬国粹，交流科技惠民生。

蓝天白雪本无价，绿水青山皆有情。

王志伟

纳西族，1940年生于云南丽江市。云南省诗词学会理事、丽江玉泉诗社副社长。

纪念抗日战争胜利六十周年

日寇欺凌永不忘，八年抗战战施杨。
春秋六十人间易，兴废三千国运昌。
自力更生成伟业，高歌猛进走康庄。
常怀辱史勤磨剑，保卫和平与自强。

丽江市一中百年校庆赋

志庆百年放眼看，沧桑巨变喜空前。
悠悠岁月育梁栋，灿灿群星耀九天。
数代园丁争奉献，满园桃李续新篇。
征程漫漫从头越，华夏复兴担重肩。

永胜程海行

（一）

程河如镜照蓝天，一马平川映眼帘。
大蒜飘香新产业，满怀希望在人间。

（二）

隆冬滴滴水成冰，艳丽阳光热气升。
往日师生情意重，投桃报李感吾心。

（三）

云山文化溯根深，书画幅幅寄情心。
泼墨挥毫抒壮志，童叟共济和清音。

赏耀星兰园

满苑幽兰着意栽，主人识见不凡哉。
三江一绝凭呵护，信有奇香天外来。

咏古城博物院

古城逸韵至今传，"天雨流芳"育后贤。
一曲《白狼》怀德泽，六公妙笔耀山川。
袭来灾难人心聚，把握良机面貌妍。
来者多谋兴大业，琼宫新丽胜于前。

咏阿喜村

龙蟠名胜不虚传，背倚玉龙气势玄。
林茂松涛神妙境，山清水秀乐心泉。

王劲松

1969 年出生，云南昆明人。毕业于云南财经大学，经济学学士。春城晚报记者、云南省诗词学会理事。

盘龙寺

苍天万树松，古寺镇盘龙。
遥望滇池畔，徐行鹫岭中。
百花争秀逸，三教共繁荣。
红线风前系，往事人不同。

重游秀山

不见尼郎面，烟尘多少年。
田町山水卷，杞麓雨花天。
吟赏应无恙，归来自有缘。
松风吹卧榻，一梦醉南滇。

秋游紫溪山

紫溪十里蜂，郁翠入苍穹。
归鹤逸清影，流云迷旧踪。
林深藏古寺，路静绕寒松。
长啸一声起，回音山谷中。

山茶花

滇云万种花，最艳是山茶。
结伴初春际，凝妆二月家。
层层披绿叶，朵朵吐红霞。
堪令游人醉，美名天下夸。

曹溪寺

回望螳川水，山门次第开。
昙幽花欲现，梅老子堪裁。
日暮流光去，天心映月来。
沾衣一叶落，可以寄诗怀。

白水台

东巴传古乐，白水下瑶台。
风雨八音并，云霞五色开。
任其流岁月，径自浣尘埃。
一去归沧海，灵山梦里来。

满贤林

石乃山中宝，冥顽人世来。
空怀填海志，不是补天才。
幻化千狮会，凭临万壑开。
松涛长啸傲，得意忘形骸。

王顺义

笔名雪亭，1939 年生。云南云县忙亚人，高级教师。
云南诗词学会会员。

无　题

艰难岁月雨兼程，风烛残年爱晚晴。
小院桃红春烂漫，长堤柳绿水澄清。
心交淑媛三生愿，盟结园丁万古情。
带女拖儿家业计，老来没事一身轻。

咏夜来香

避嫌白日未曾开，僻地安居不自哀。
绿叶含烟涔泪眼，青枝过雨洗尘埃。
怜她意绪扬诗韵，慰我情怀入梦台。
半夜方知花寂寞，五更才送暗香来。

回乡杂咏

家乡梦里别魂牵，归路崎岖照紫烟。
老眼朦胧花影外，白头蓬乱晚风前。
合欢婉转林中鸟，解渴清甜柳下泉。
莫道痴人横傲气，狂言水酒醉诗仙。

游蝴蝶泉

清潭作镜照梳妆，五朵金花恋故乡。

幻起春心生蝶梦，寻来月夜会鹏郎。

云笼远岫轻雷动，雨过苍山自卉芳。

古国文明多学士，民间淑女著诗章。

王儒昌

　　1924 年 9 月生，临沧市临翔区人。云南省诗词学会会员，临沧诗社创始人之一，并任一、二、三届副社长。著有《沧浪集》。

菩萨蛮·邂逅

　　偶然路上同行步，友人间我记清不。少小谢培栽，晚风情意裁。　　溯追游梦路，但愿朱颜驻。一叙笑开怀，重逢鬓已衰。

奉和广西覃秀裕

　　喜与雪山共鬓斑，延年益寿感苍天。
　　吟诗颂雅恋乡锦，议政秉诚随鸟喧。
　　智力师陶年更盛，骨魂文铸老愈坚。
　　一生言志情难了，惹起虚名愧世间。

石　榴

　　雨淋枝茂绽红花，腹内孽生宝石娃。
　　纵是居高不自傲，久居园苑共荣华。

澜沧江桥

春风遍染远峰青，欲访绿踪一水横。
桥上行人桥下浪，不经此道向谁行。

临沧傣寨 (新韵)

万山丛错弃荒冷，民族时和结一绳。
拂暖气流通野寨，澄明云絮笼边城。
亦今亦古换笙调，随世随心易罗裙。
水色风光迷客恋，鸿来雁往永相盟。

蚂　蚁

蚂蚁群体足堪歌，行路紧跟一股索。
搬食筑巢齐协力，安全地窖储藏多。

山乡巨变

莫道山高云雾深，荒村巨变使人惊。
中央广制扶贫困，群众合谋挖苦根。
治贫启愚重文教，科研培育长才能。
城乡满目新风韵，庭院书声伴笑声。

王伯麟

笔名梁子，1956 年生，云南梁河县人。云南省诗词学会会员。

醉花阴·德宏建州五十年

半世纪光阴汗漫。面貌天天变。古道换新途，银燕飞天，传讯勿须线。　　开屏孔雀真璀璨。游旅如鱼贯。电视电冰箱，户户新装，个个欢歌赞！

王瑞佩

1940 年生，云南腾冲人。文化馆退休干部，省诗词学会会员。

兰都花市

花团锦簇精英荟，艺苑芳馨好醉人。
菊竹梅兰呈异彩，永昌景色绣天庭。

木 枢

纳西族，1930年1月生，中国人民解放军昆明第三步兵学校毕业。云南省诗词学会会员、丽江市老干部诗书画协会常务理事、丽江玉泉诗社理事。

三江风情

三江流峡谷，四海画堂春。
鸟语花香艳，诗书墨色新。

游虎跳峡二章

（一）

万丈悬崖立两山，江流峡谷入仙关。
抬头一眺惊魂魄，急浪千翻往复还。

（二）

秋江峡谷浪吟哦，水拍云崖起伏歌。
步踏凌空随意望，寒山竹茂画融和。

丽江风景

金江绿水流，玉岳路悠悠。
翠碧云杉秀，银屏景色幽。
苍松迎白鹤，宿鸟唤林鸠。
四季花天日，三春涌客游。

玉龙山水三章

（一）

玉岳银屏太古风，金江绿水日方隆。
高峰峻岭仙台月，白雪披装映彩虹。

（二）

高峦结露润银川，万水千山别有天。
远野田禾丰两熟，长春不老濯清泉。

（三）

晴空万里丽华妆，雪麓春曦百卉芳。
峡谷劈流裁碧玉，仙江入梦客游长。

木忠和

纳西族，生于 1937 年。退休教师，丽江市老干部诗书画协会、玉泉诗社、云南省诗词学会会员。

奥运驰怀

圣火传情连广宇，神龙直上九重天。
银河星系觅知己，牛女双双巡故园。

接力圣火

圣火点燃万里涯，风流人物集京华。
和平友谊传天下，古国文明锦上花。

嵌雪楼

嵌雪楼中聆雅乐，净莲寺内忆诗僧。
玉声清韵人酩醉，老骥驰怀自沸腾。

程海吟

湖光山色映蓝天，海市蜃楼若许年。
道是蓬莱仙会处，果然蓝藻惠人间。

秋菊吟

含霜蕴露傲秋风，金甲芳魂清气浓。
晚节沉香凝玉雪，夕阳暮雨彩霞中。

丽江狮子山

雄狮威镇丽江城，木府园林瑞气生。
万古楼台承雨露，三清阁绕旅潮声。

三江并流

一从大地起三龙，石破天惊出水宫。
越岭穿山神气壮，丛林幽谷展雍容。

束河吟

青龙河畔农家乐，聚宝山前古镇昌。
文笔斐然钟毓秀，群英蔚起自荣芳。

木霁弘

纳西族，1961 年 4 月生于云南昆明。云南大学中文系教授，从事古汉语、民族文化、茶马古道文化方面的教学和研究，主要著作有《滇藏川大三角揭秘》《茶马古道中的民族》等 21 部。云南省诗词学会秘书长。

看《茶说》

茶说一夜观，山月含窗域。
皓齿挂余香，醒来仍不去。

冬　趣

凛冽寒风至，小阁乐无涯。
笑谈陆羽事，待雪煮陈茶。

云

云从何处起？邈邈漫石根。
隐隐长空浅，皎皎鹤翅痕。

北　海

苍茫海溟虚为水，可比吾心是一空。
九万风鹏齐皓月，三千破浪贯长虹。

兵马俑 (新韵)

壮士魂归去，俑威卫劲秦。
风吹灞上柳，雨抚阿房琴。
铠亮明星拭，矛锋暖日侵。
秦军活在此，千古固常新。

读王维诗集 (新韵)

只好林荫静，松涛月色闲。
柴扉隐日影，旷野鸟归喧。
幽谷得禅味，明田有酒恬。
欣欣出武陵，梦寐入终南。

风　筝

丽日思何在，清凉自可求。
筝飘云半片，烦暑伴溪流。
山河天眼里，心脑法身留。
素手太虚看，碧空一线游。

永昌思杨升庵

大魁天下倾葵藿，君侧文臣不爱钱。
祸由大礼独善已，路途渺渺向西前。
桂湖水暖黄娥字，沧浪云寒清照笺。
太保于今有奇句，六百年来讲升庵。

金　殿

只为红颜一怒哀，河山万里不复来。
关宁铁骑独飘帜，坐断云南待再还。
金殿黄屋道士隐，莲花碧水美人呆。
凤鸣溅泪缘难续，钟响惊心恨不该。

洞仙歌·七夕

云合光散，都随星天愿。万里长空有桥现。
佳人约，素月一眸分辉。相携手，情有灵传河
汉。　　年年秋叶落，唯有荷芳，玉骨冰肌清高
远。试问夜七夕？大醉三更，时光逝。相思互转。
恨人间无缘太薄情，化一缕和风，云中自暖。

孔庆福

1926 年生，云南弥勒人，云南大学毕业。中华诗词学会会员、云南省诗词学会顾问，著有《五言短诗选》《离离草》《积跬室诗稿》《五七言小律和六言绝律》诗文集。

书斋暑闷

莫向云天问暑消，青城门外避尘嚣。
凭窗闷对梧桐翠，隔院闲闻风竹萧。
独守寒斋攻课业，空营学位养清操。
满街狼犬难言事，泪湿青衫诵屈骚。

自题而立年小像

三十春秋浑不觉，半生岁月几蹉跎。
死书读了几千卷，大米空餐百担多。
投鼠偏将瓶打碎，断章便把罪名罗。
真金不怕火来炼，璞石久磨成玉珂。

铁路养路工之歌

养路工区岁月稠，风吹雨打度春秋。
严冬霜雪寒侵骨，盛暑骄阳晒出油。
力壮身强多奉献，耐劳吃苦取低酬。
忠心赤胆英雄汉，默默无闻做老牛。

赠荆妻王淑珍

唇齿相依二十年，琴声瑟调奏和谐。
知心伴侣同呼吸，患难夫妻互悯怜。
火烈难销金闪烁，岁寒方识柏贞坚。
桃红李白人夸美，怎及梅花斗雪妍。

寄居台老同学陈克义先生

一衣带水共春晖，双眼望穿伤久违。
骨肉亲朋思缱绻，炎黄胄裔盼回归。
坚冰不破鱼书杳，岛禁初开雁字飞。
大陆山河非旧貌，难寻故里拜庭闱。

大理抒情

日落苍山掩夕晖，云浮洱海带霞飞。
群蜂窈窕千秋白，三塔娉婷百尺巍。
蝴蝶泉寒花灼灼，望夫云涌雨霏霏。
销魂最是山茶树，万朵红英映翠微。

饮茶知雅

问君何事意飞扬，彻夜长谈夜未央。
为有香茶作媒介，沟通心曲架津梁。

青　藤

窗外青藤亲手栽，龙虬凤卷绕阳台。

满枝翠叶映墙壁，无数绿心帷小斋。

白日幽幽增爽意，黄昏寂寂送香来。

凭栏独坐消清夜，明月窥帘诗已裁。

感　怀

血色黄昏妆晚境，心程路漫旅艰辛。

青春苦恋成悲剧，落魄生涯履棘榛。

踏遍靠山风景美，攀登陡径险峰嶙。

羊肠小道通伊甸，柳暗花明又是春。

满江红·西南联大五十周年校庆感赋

抗日烽烟，燃遍了，幽燕蓟热。神京陷，倭骑践踏，五朝宫阙。学府三家多学士，南征万里志南折。到昆明，联合八年余，如胶结。　　蒿莱折，荆棘辟，弦歌诵，英才集。共同仇敌忾，壮怀激烈。民主发扬称堡垒，提倡科学立圭臬。为云南，播火奠新基，功无极。

孔宪谦

1953 年生，云南通海县人。毕业于昆明师范学院，中学语文高级教师。云南省诗词学会会员。

重游秀山公园

故园阔别又登临，秀甲南滇满目春。
宋柏幽香青竹挺，元杉苍劲玉兰淳。
尼郎景色如仙境，古刹茶花似彩云。
联海匦山游客醉，涓涓泉水润黎民。

【注】
秀山乃云南四大名山之一，秀山有"三绝"，即宋柏、元杉、明玉兰。

丽江行

金风送爽丽江行，南国名城列画屏。
清澈兰溪环镇淌，巍峨雪岭缆车登。
纳西古乐悠扬曲，木府花墙典雅庭。
戴月披星勤致富，龙潭桥畔踏歌声。

石林行

佳节轻车惬意行，撒尼待客笑盈盈。

地栽石笋如神箭，天造奇观似垒营。

日照千峰诗玛美，春荣万壁石林琼。

围着火把翩跹舞，孔雀聆听跳月声。

踏莎行·玉溪新貌

潋滟三湖，青山拥抱，明珠璀璨游人笑。市容清秀耸高楼，车流绿树华灯皎。　　引水工程，州城变貌，银溪如带花枝俏。广场宽阔好休闲，健身歌舞花灯闹。

【注】

"三湖"指滇中的抚仙湖、星云湖和杞麓湖，属玉溪市所辖。

人月圆·盛世华章

庆祝香港特区十周年。

　　紫荆绽放明珠亮，香港喜洋洋。十年风雨，金融胜算，非典消亡。　　东方海港，繁荣市场，"两制"芬芳。特区斐绩，和谐稳定，盛世华章。

西江月·赞"嫦娥一号"探月

　　上古嫦娥奔月，动人故事流传。婵娟皎洁照人间，骚客吟诗盛赞。　　火箭流光溢彩，"嫦娥一号"巡天。月球广袤有资源，期待中华建站。

毛国屏

1950 年 2 月生，云南宜良县人。省诗词学会理事。

忆宜良岩泉寺二首

（一）

梦里依稀忆旧踪，摩崖悬挂玉皇宫。
凉风亭畔禅房净，道长茶香色味浓。

（二）

苍苔曲径绿荫浓，古木虬缠掩碧空。
卧听潺潺潜入梦，晓钟敲出一轮红。

和文勋老论诗教①

兴观群怨古今同，振铎金声激聩聋。
益世功能期大化，以人为本不离宗。

【注】
①文勋老指张文勋教授。

月涛寺诗会

幸结诗缘自乐观，抒情言志有余闲。

佛门不二听涛韵，龙甸无双弄月痕。

字意推敲思贾岛，楹联拜读仰兰泉①。

诗声回荡灵霄殿，野老恰如活半仙。

【注】

①窦塘为月涛寺题长短联各一副。

《珠源清风》读后感

世人嗔怒鼠虫凶，面罩撕开敲警钟。

官不藏污循法纪，黄河也可现清容。

水库咏

大肚能容天地水，襟怀好像米粮仓。

常年积蓄任吞吐，泽惠人间若奶娘。

渔家傲·赞华西村吴老书记

　　壮丽人生情未了，弄潮又掌扬帆棹。勇进激流何惧倒。钱非宝，六千万奖无需要。　　教授慕名来报到，金山拥有三餐饱。华屋一张床便好。心不老，要惊碧眼华西跑。

瞻闻一多先生故居

　　学府搬迁国运衰，河山半壁兽行灾。
　　长沙徒步南湖岸，不见先生楼下来①。

【注】
　　①先生住蒙自南湖岸，旧海关一幢二楼上，一段时间先生不下楼，教授们戏称不下楼先生。

尹文仪

1941 年 12 月生于湖南邵东县，中专文化高级经济师。云南省诗词学会会员。

青藏铁路通车

雪域高原腾巨龙，大千世界笑西风。
保罗止步昆仑怯①，灵谷悬桥拉萨通。
万丈豪情穿冻土，一条天路问巅峰。
无人区内鸣车笛，气壮山河泣鬼雄。

【注】
①保罗·泰鲁，西方火车旅行家，曾说：有昆仑山脉在，铁路就永远到不了拉萨。

怀地矿部门"三光荣"

白雪封山树挂须，红炉沸水半开壶。
雄心撼地三千米，赤胆齐天百子图。
月下机鸣惊穴兔，晨间炮响走浮凫。
探油钻塔红旗舞，列酒温杯火旺湖。

陆良沙林行

雾锁深门竹掩花，红霞初露闹轻车。
纵横壑谷刀裁岭，耸立沙峰鬼凿崖。
风鼓将台怀孟获，弓悬魔洞听胡笳。
村姑指路天低树，摇橹平湖影更佳。

临江仙·纪念谭嗣同诞辰一百四十周年

志在冲天匡社稷，京都聚会枭雄。龙泉出鞘指坤宫。扬鞭风号号，策马雾重重。　　可恨萧墙生内乱，披枷怒入牢笼，拼将一死效西戎。断头何所惧，碧血育寒松。

鹧鸪天·荷

薄雾轻纱罩锦城，小荷拔节恰蛙鸣。
暖风拂面卿云灿，出水芙蓉旭日迎。
浆玉露，庆新生。婆娑起舞戏娇莺。
人前无悔污泥淖，一岁枯荣不矫情。

凤龙湾初探二首

（一）

深闺藏秀未名峰，世外桃源果不同。

出岫彤云间瘦竹，跌崖银瀑鼓虬松。

飞虫鸣镝茅庐外，野鹤闲游兰蕙中。

霞客若能来此地，也当持杖酹黄封①。

【注】

①黄封，古酒名。

（二）

怪古嶙峋峡谷封，慕名人瑞复西东。

喊山声动悬羊壁，注目风标立马峰。

十万青松天际柱，九皋紫葛玉珠重。

野餐苗寨干红醉，胜比江南春意浓。

方淑苓

1940 年生于昆明。退休前供职于昆明市动物卫生监督检验所。中华诗词学会、云南省诗词学会会员，省老干诗协常务理事。出版诗集《未名吟稿》。

忆江南·张家界景原生态

峰林立，怪石峋嶙雄。灵水奇山原始现，远山隐秀有无中，水绕绿荫濛。

枫之韵

深秋赏景何方去？植物园深泼赭濛。
手捧落枫情已醉，日醺斜照漫山红。

竹　语

先笑心空城府浅，又夸有节志清标。
舒枝我自临风舞，碎语花言随雾消。

野象谷

倒木横斜兰蕙隐，藤缠古树绕薜苔。
月窥溪壑碎银乱，杜叶沙沙疑象来。

热带植物园

罗梭江绕葫芦岛，碧黛张狂紫雾盈。
异木奇花仙境醉，希陶心血染渲成。

泼水节

咚咚象舞鼓声急，桶桶清波卜哨掀。
傣族风情弦韵动，欢歌载舞水花翻。

赏　鸥

颜白发翠湖滨，不看风光赏绛唇。
照飞鸥人共舞，还童忘老朴归真。

韦 斌

笔名大卫，壮族，1937年生，广西横县人。云南省诗词学会会员，著有诗词集《抛砖集》。

贺新凉·悼启功书家

书法兴亡簿。记千年，龟文甲骨，久埋尘土。曲水流觞亭序，已葬唐皇坟墓。想墨迹，难存一缕。才叹后人无继续，见启功椽笔从头举。横似铁，竖垂露。 丹青正染神州路。忽传闻，大师乘鹤，悄然西去。八宝山头添新冢，淡白花圈无数。长太息，杏坛倾柱。六尺徽宣嫌太短，把哀思，融入新凉谱。凭此曲，悼文甫。

满江红·反腐倡廉赋

和暖春光，催苏醒、蜜蜂蝴蝶。同化蛹，苍蝇蚂蚁，细菌虫乂。蚀柱朽梁高厦险，营巢凿洞城堤裂。见几多，高官变囚徒，前途折。 惩腐败，倡廉洁；兴法治，除妖孽。让山明水秀，海清河澈。公仆理当尊百姓，当官切记留名节。盼将来，纲纪更严明，全民悦。

水调歌头·探矿曲

　　自入勘探队，惯出玉门关。远离热闹都市，孤旅向高寒。曾去祁连踏雪，又至乌蒙蔽雨，南北走征鞍。脚步遍沟壑，篝火映山峦。　　辨铜迹，翻铁岭，找煤田。金银钾钠，呼苏醒莫长眠。重现迷人光泽，释放无穷热量，功绩献人间。祖国图飞跃，合力使高旋。

令狐安

山西平陆县人。北京工业学院毕业。长期供职于各级国家机关。1993 年秋至 2001 年秋，任云南省省委书记。在云南任职期间的诗词作品，结集为《情系彩云南》，于 2005 年 2 月出版。

登鸡足山

奇峰卓立唱金鸡，一岭插天百岭低。

最忆登临风满袖，半空霞赤晚阳西。

临江仙·金殿吊陈圆圆

疏雨夜来红落尽，窗前惜送春归。风流人物已尘灰。香消苔绿，未见彩蝶飞。　　绝代红颜干占曲，新仇旧恨谁知。因何缘尽悔情痴，冲冠一怒，国破断肠时。

【注】

此词用变格。

访贫有感

茅顶泥墙旧板床，面青肌瘦破衣裳。
春城一席红楼宴，深山十载贫家粮。

风流子·苍洱之恋

春燕弄池塘，涟漪里，塔影舞岚光。望一川烟水，半峰残雪，北翔鸿唳，南去风狂。登临地，岭高深几许，径入暮天凉。千载梦回，叹说今古，悲叹多少，满目沧桑。　　云雾缭绕处，迷青海，曾有玉女心伤。何日倩魂，新妆重会石郎。想寄恨泉中，年年三月，粉蝶千万，身殒花乡。情泪和雨，汇成一片汪洋。

踏　春

鸣声婉转觅春情，笑入花丛问百灵。
井畔夭桃枝染碧，塘边曲柳叶生青。
炊烟袅袅闻鸡犬，布谷声声唱太平。
偶遇倚门多老幼，村中不见少年行。

题岳王坟

汗青阅遍问天公，自古忠良几善终。
奸佞误国多富贵，小人得志易穷通。
舟临西子悲壮士，潮起海宁悼英雄。
多少后人空切齿，千秋遗恨总相同。

题丽江古城

家家流水杜鹃生，户户垂杨柳色新。
桥下方塘花映雪，满天星斗放河灯。

娶新娘

忽闻酒酿入鼻香，笑指炊烟问老乡。
云是左邻光棍汉，绿阴浓处娶新娘。

再上若聪山

乐见新宅起山梁，猪羊满圈谷满仓。
最是小儿颜色好，手舞足蹈上学堂。

别大理

平生最爱雪峰松，伫立山南望海东。
浪落舟轻穷碧影，云腾雾重漫青空。
城乡万户夕阳下，暮树千层暮霭中。
雁云鹰翔别大理，秋浓愈见晚霞红。

话　别

西来逝水正东流，岁尽巴山日已秋。
露重寒生黄叶落，别离最怕月当头。

石鹏飞

上海人，1948 年生。云南大学教授、《云南大学学报》
（成教版）主编，云南诗词学会常务理事。有《老子读》《漫
话漫画》《杞庐说诗》等著作。

大理团山公园

凭栏一俯仰，天地自悠悠。
塔影鸟雏外，云光海子头。
沧远风识逝，帆近渔闻讴。
底事不归赋？斜阳招小楼。

山　中

时闻麋鹿至，翠色每相侵。
午树春眠足，依蛩秋气深。
水流意俱惬，云起寺常沉。
莫道长安好，此中日月真。

山区某中学

偶入桃源里，风光果不同。
市无车马杂，野有陌阡通。
一牖竹分绿，满庭叶剪风。
隔篱令最忆，邀醉是村翁。

夕 陟

夕陟兴何浓，风光催短筇。
连峰跃细浪，回霭飞芙蓉。
岚起鸟频唱，日沉天欲熔。
布帆遥望直，杳杳出葱茏。

游石林兼怀远人

寂寞正清秋，驱车作小游。
望峰千石怪，临水一池幽。
山簇尖遮目，泉流细语愁。
雁来书不到，天际自凝眸。

题盘龙寺

山势欲盘龙，飞甍挂碧空。
海天浮岸阔，径路入云穷。
日暖松间碎，夜凉竹下浓。
黄粱非不熟，一杵听疏钟。

张公歌

　　张公苇研系一老画师，与我识于盘龙寺，交谈之间，我知其生平，喜其慷慨，席间得此首两句，后完全篇，遂名《张公歌》。

　　张公手持董酒呼："难得千金买糊涂！文章而今不值钱，赖有贤东女丈夫。"①酒酣且披襟，胸胆自开张："一生尤爱杯中物，坎坷何必费惆怅。风流达夫是吾师，西子湖畔恋酒侍；②仁爱子恺亦同事，风雨故人酒一卮。③少岁丧马颇轻狂，岂期老去转苍黄，一十八载缧绁苦，唯有黑甜遣时光。可怜老妻哺稚子，半世辛苦身太忙。为报眷眷情，每欲戒酒浆，迩来物价飞，更不亲杜康，只缘欣逢此盛会，举杯与君累十觞。"久闻张公名，有幸山寺见，倾盖如重逢，喁喁各忘年，我钦张公贤，更喜张公健，山径险仄何足惧，一路寻芳到山巅。为记兹游乐，故作张公歌，藐予小子口雌黄，张公张公一恕我！

【注】
①是日酒宴，系一女施主做东。
②张公曾师事郁达夫。
③丰子恺曾是张公同事。

菩萨蛮·赠别

相思无计留春住，劳劳亭畔柳无数。秀色为谁妍，今生竟错缘。　　扶头醉又醒，知是心中病。无语独凭栏，凭栏多少山。

柳梢青·题驿

薄雾销尘，险峰摩日，车出边城。江左风光，心头事业，又付离樽。　　匣中秋水粼粼，恨夜夜，悲歌自吟。我劝天公：宽些尺度，谁说无人？！

诉衷情·寄友

吴门少岁事清游，飞盖过城头。夜深联床听雨，今古说风流。　　贾子笔，周郎谋，且休休。此行何去？唱彻《阳关》，"收拾地球！"

石亚男

女，1936 年生，安徽宿松县人。退休后客居昆明。云南省诗词学会会员。

寄　友

弹指天涯春复冬，寒宵冷月伴萍踪。
纷繁世事如苍狗，苦乐年华似落鸿。
楚水伊人思不尽，边关倦客憾无穷。
围炉煮酒知何日？水远山长一梦中。

登大观楼

访景寻芳上画楼，风光史迹两悠悠。
三春杨柳依堤荡，九夏芙蓉贴水浮。
不尽青山云霭漫，无边碧海锦帆稠。
四围佳景情无限，千载长联笔底收。

学　诗

陶冶性灵解寂寥，抒情言志费推敲。
青灯皓月伴寒暑，墨海书山度暮朝。
枕上搜词难入梦，窗前觅句每忘庖。
生花妙笔何从觅，有愧诗才七步遥。

冯秉衡

1927 年生，广东省惠州市惠东县人。现为省老干部书画协会理事、省诗词学会会员。

谭嗣同精神永存

变法康梁谭嗣同，六君子乃大英雄。
晴天霹雳惊寰宇，黑夜高歌百代崇。

翠湖春晓

翠湖杨柳发新芽，明媚春光阁影斜。
飒飒清风翻绿叶，霏霏细雨润红花。
海鸥飞走添莺燕，野鸭游来觅鲫虾。
林竹荫浓佳景色，碧波荡漾众人夸。

欢呼神舟六号飞船成功返回

神舟六号喜成功，发展高科意志雄。
发送双人惊海外，五湖振奋乐融融。

航天英杰贯长虹，五昼飞行宇宙中。
升降回收无闪失，寰球朝野赞声隆。

咏　竹

深山修竹绿优柔，万木丛中第一流。
笔直坚长枝叶茂，寒冬霜雪不低头。

神州绘新图

千锤百炼党中枢，班长胡公众望孚。
会议召开商善策，神州处处绘新图。

冯海尊

1944 年 8 月生，辽宁省海域人。省诗词学会会员。

观腰鼓表演

羊皮小鼓挂红绡，彩带轻扬任逸飘。
花甲阿妈舒绣腿，五旬老妪展蛮腰。
欢歌阵阵惊天地，笑语声声起浪潮。
观鼓一朝心喜悦，阴云愁绪顿时消。

登翠峰

唤友呼朋上翠峰，居高致远豁心胸。
仰天宝殿云中逸，俯地巍城雾里嵩。
古木参天擎玉宇，雄关拔地傲苍穹。
引吭高唱歌方尽，遥见夕阳似火红。

喜登寥廓山

喜登寥廓自悠然，心旷神怡向野天。
近赏鲜花花带笑，远观翠柳柳含烟。
奇葩艳丽千霞染，绿树葱茏百鸟喧。
待到秋枫红烂漫，再攀高处放飞鸢。

缅怀彭德怀元帅

平江义举震南天，壮志英年浩气煊。

北上陕甘驱日寇，东征鸭绿扫狼烟。

疾呼劲鼓民心暖，立马横刀敌胆寒。

今日缅怀彭大帅，神州崛起慰先贤。

听爨乡古乐

和谐社会乐清平，古乐滇东爨地生。

大洞①经歌惊九域。珠源神曲动天庭。

西江皓月②将军令③，巨浪淘沙柳耀金。

游客流连难舍去，何时再听管弦声。

【注】

① "大洞"为锠调曲目。

②③西江月，将军令，浪淘沙，柳耀金，均为古乐曲目。

叶 芃

楚雄市人，生于 1925 年，楚雄彝族自治州工业学校离休干部。现为云南省诗词学会、楚雄州老年诗书画协会会员，楚雄诗词楹联学会常务理事，《楚雄诗词》编委。

春游峨碌

春风初荡尚微寒，峨碌氤氲气万千。
日丽和煦神智爽，樱棠姹紫共争妍。
蜂飞蝶舞寻芳艳，鸟语蝉鸣近管弦。
山道兴修连胜景，兴隆雄峙接云天。
游人谈笑心舒畅，诗友踏歌步韵圆。
无限景观成画卷，晚晴潇洒还少年。

咏龙江公园

北浦朝烟瑞气祥，满园景色翠苍苍。
丝丝杨柳随风舞，荡荡湖波映日光。
水榭庭前鱼戏藻，江心楼傍花弄香。
芙蓉朵朵妃红秀，林竹枝枝送爽凉。
忆昔原河多逶迤，三排桩挡激流狂。
泛区喜变携游地，造福人民功德彰。

望海潮·咏十七大

神州中外，高歌欢舞，京都喜气洋洋。盛会召开，人才荟萃，中枢筹定良方。代表聚华堂，集思特新路，论证磋商。高举红旗，复兴民族，铸辉煌。　　塔灯闪亮明航。建和谐社会，关爱襄匡。主为庶民，仆乃政府，以人为本兴邦。万里舜天昌，共享平安福，国运昌强。各族同舟其济，同步迈康庄。

南歌子·龙翔九天

云破曙光现，尧天万里春，登天梦想尽成真。喜看龙翔霄汉载人巡。　　坚毅环球绕，巍然博众尊，太空科技立功勋。堪赞九天揽月五洲钦。

鹧鸪天·庆祝香港回归十年抒怀

香港回归历十秋，港人治港展宏猷。咨诹善道扬民主，两制施行解众愁。　　今日好，乐无忧。难忘百载受蒙羞。喜看今日繁荣景，经贸中心誉寰球。

边继武

1937 年出生于云南。大学文化，中学高级教师，云南省诗词学会会员。

神州遍地舞笙歌

千秋华夏多坎坷，万载唯今势炜峨。
力胜贞观康盛世，威趋欧美与英俄。
山河一统全民愿，民族天开大睦和。
十亿小康非梦幻，神州遍地舞笙歌。

立党之宗永不忘

绽笑黄花分外香，金镰玉斧耀霞光。
振兴民族惊寰宇，巨变沧桑百业昌。
大治依德亿民幸，扬清杜浊富尧疆。
千秋伟业金汤固，立党之宗永不忘。

沁园春·辉煌中国

万里河山，蓬勃生机，壮丽富强。看西原东壤，百行兴旺，南疆北国，五谷溢仓，经济腾飞，开来胜往，一派繁荣万事昌。勤催马，快速朝前闯，大道康庄。　　中天红日尧邦，屹立五洲言重位昂，忆往时创业，天灾人祸，惊涛骇浪，何等艰难，半世求寻，纠偏拨乱，才有民安国泰康，抬头望。祖国春常在，前景辉煌。

龙保飞

彝族，云南石屏人，1936 年 12 月生。云南省诗词学会理事、普洱市老年书画诗词协会会员、宁洱老年诗书画协会会长。

赤胆忠心铸军魂

大震殃庶民，情牵子弟兵。
号令一声下，奔赴灾民村。
人命心头系，救治伤病勤。
排险拆危房，冒雨搭帐篷。
挥锄清废墟，顶日汗湿襟。
力排庶民难，赤胆铸军魂。
灾民妥安置，整队回军营。
群众寨前列，含泪送亲人。

彝家火把节

千支火把照天明，寨后村前声沸腾。
小妹躬身邀我坐，阿哥斟酒话农耕。
广场响起三跺脚，弦子激昂情谊增。
彝家欢欣奔富路，火红日子逐年升。

傅帝凡

生于 1932 年。曾任原东川市粮食局、市政府办公室秘书长，市级机关党委副书记。云南省诗词学会会员、春蚕诗社名誉社长。

马关条约一百周年感赋

甲午风云战舰倾，马关订约庶民惊。
公车上事终遗恨，志士捐躯为复兴。
宝岛归还咸庆幸，国人把酒祭英灵。
沧桑巨变乾坤定，岂让倭魔再霸横。

苏幕遮·牯牛寨采风

碧云山，红土地。雨后初晴，古木参天际。云海雾松方滴水，樟树温馨，都是青山意。　牯牛行，当日至。通道平安，社友心欢喜。风景区来年聚会，登上顶峰，观赏新天地。

卢彩文

云南腾冲县人，1925年生。大学本科学历，黄埔军校十九期毕业。云南省诗词学会会员。

腾冲县老年诗书画·协会成立十周年

腾城老辈俊才多，艺苑同欢共切磋。
宋调唐诗深领会，草真隶篆细琢磨。
精心点染成山水，刻意精勾绘蟹荷。
十载耕耘垂硕果，光阴如宝不蹉跎。

左　向

号小牛，1923 年生于云南陆良县。著有《小牛诗友》。

重阳乐

九九重阳敬老翁，金秋时节暖融融。
当年战地黄花艳，今日遍山枫叶红。
初见小康增福寿，更期大众脱贫穷。
诗书向晚陶情趣，乐在欢言笑语中。

刘 旭

女，回族，1937 年生。高级工程师，曾任处长，从事广播电视技术工程至退休。现为云南省诗词学会会员、省老干诗协理事。

龙泉探梅

瑞雪洁尘后，清新透玉泉。
访梅情切切，闻蕊气纤纤。
顾影芳姿瘦，横枝傲骨寒。
蜜甜蜂展翅，色透蝶嗫咽。
借水藏娇丽，依山谱韵旋。
与君共厮守，珍重两相欢。

秋游路逢洱源赶街

细雨蒙蒙下，乘车行路忙。
赶街堵进道，停步看村庄。
蓑笠蘑菇涌①，梅瓜乳扇香。
金花佩彩帽，小伙着新裳。
五谷丰登果，蜚声四海扬。
繁华历历目，远足在白乡。

【注】
①披蓑衣戴斗笠和打伞的人群。

画堂春·丁亥大观楼第五届荷花节赞荷花

满塘翠盖伴花稠，荷花玉立姿柔。冰清容洁住淤州，岁月悠悠。　　柳舞绦丝堤岸，人潮恋莒花优。秋波洒向芙蓉洲，如此风流。

画堂春·荷花老年证

丹霞翠羽景多娇，绿红一片香飘。引来蝶堰闹花潮，人海滔滔①。　　菡萏久违牵挂，爱心将我来邀②。芙蓉国里竞妖娆，盛世光韶。

【注】

① 2007 年 7 月 17 日大观楼赏花人很多，尤其老年人为甚。

② 从 2007 年 7 月 1 日起。云南省政府决定给六十岁以上的老年人颁发优待证。持优待证可免费进入公园，持爱心卡可免费乘公交车。

巫山一段云·"三八"圆通山赏花

春到螺峰早，群芳吐艳时。垂丝串串坠弯枝①，唯恐赶来迟。　　人海如潮涌，樱花抹粉脂，婷婷伫立在天池，争抢摄风姿。

【注】

①垂丝海棠。

醉桃源·采购新平嘎洒古镇

仲秋漫道哀牢山，莺歌燕舞嫣。峰峦叠嶂翠如烟，桃源一片天。　　针绣美，贸繁荣，土楼敬客隆。鸡枞篾帽意无穷，花腰兄弟拥。

兰州览胜

黄龙穿市过①，大厦如玉林。
白塔铭昔事②，铁桥说古今③。
摇篮儿女育，黄水慈母亲④。
漫漫丝绸路，悠悠华夏魂。
滨河镶绿带⑤，沙漠传驼音。
北域浑雄驻，南疆秀丽臻。
盛世西疆旅，新颜醉客心。

【注】
①兰州市区南北群山环抱，东西方向黄河穿城而过。
②白塔始建于元代。
③黄河第一桥称中山桥。
④黄河母亲塑像。
⑤是我国最长的滨河带状公园长 10 公里。

游云南民族村赋

村村寨寨搭戏台，宾客蜂拥万里来。
卜少竹楼米酒敬，金花场院舞歌裁。
纳西基诺乐声醉，阿佤苗彝笑口开。
绿树成荫百花艳，民居纷彩异妆排。
依山傍水天堂景，立地擎天云岭怀。
二十六族园里聚，高翔展翅不徘徊。

刘 焯

1943 年生。云南省诗词学会会员。

刘公岛邓世昌塑像

执镜凝神视远方，风吹日晒卫神疆。
倭船早已无踪影，一片波涛尽向阳。

老树桩

树干半成薪，盆居土铁贫。
身残根不展，仍献一枝春。

刘 藻

字春华，斋号留龙轩。工艺美术师。中华诗词学会、云南诗词学会会员。

天安门

偶登宸阙试凭栏，也似先贤感百端。
华表曾经蒙国耻，丰碑永远纪狂澜。
合当共识金瓯重，不枉长期玉镜完。
万众一心方一统，解铃怎比系铃难。

故 宫

逐鹿群雄溃若川，飞龙凿在玉阶前。
虫生百足炫金壳，纸寿千年鬻马鞭。
土木堆成三大殿，雷霆来自九重天。
门庭作市宫闱冷，不见香炉生紫烟。

颐和园

依山筑阁费经营，载道曾传鼎沸声。
万寿何堪千古唾，九门忍受一杯羹。
铜人不识苍天老，玉苑应怜白发生。
朗朗阿房空有赋，秦皇遗梦几回惊。

街　头

匆匆行色上京华，左右常因一念差。

路线频寻图欲碎，风光未领日将斜。

逢人强作高声语，临渴初尝大碗茶。

驻足依稀闻杜宇，长安虽好不如家。

刘文芳

字子芬，生于 1929 年 11 月，云南腾冲人。云南省诗词学会会员。

寄 情

挺拔苍劲看青松，修竹情长四季同。
自有芝兰高洁在，寒梅傲雪舞春风。

燕归来

冰封大地费疑猜，风雨沧桑情满怀。
从头说尽山河恨，春晖时节燕归来。

【注】
1997 香港回归获省书法三等奖。

咏 莲

红莲本是水中栽，矫健英姿展玉台。
不染淤泥清白体，群芳颔首笑颜开。

腾冲观瀑

晴空万里雨纷纷，但觉雷公怒吼声。
举目银河天上泻，奇观七色彩虹生。

西江月·春游妙光寺

古刹雄姿庄重，洞经鼓乐悠扬，文昌圣诞现
祥光，如此佳期共享。　　绿树茵茵飞鸟，青烟
缕缕飘香，诗词好友聚西厢，即兴心波荡漾。

云峰晨曦

翠鸟声声幽谷边，山花点点露娇妍。
晨风瑟瑟飘寒意，雾海茫茫笼岑巅。
霞彩抹红褐石壁，金针刺亮青松帘。
似真似幻仙山境，秀色身随入画篇。

刘永靖

女，1939 年生于昆明市。大专学历，主治医师，中华医学会会员，省石油公司退休。现为省诗词学会会员、省老干诗协理事。

翠　湖

清晨上翠堤，斜日照东篱。
曲径通幽处，欣闻悦鸟啼。

荆州古城

古风美景荆州韵，远见长江分外明。
史记兵家争战地，往来游客故园情。

刘传伟

男，1967 年生于重庆，1986 年来云南楚雄定居。云南省诗词学会会员。

赞朋友枫叶

枫叶灿如花，临霜映彩霞。
春风虽不助，一样绽奇葩。

赞贾医生

贾老医生七十多，选林种药满荒坡。
支支翠竹刺天剑，朵朵鲜花引蝶蛾。
枝上蟠桃添寿序，悬崖葛根荡藤萝。
朝耕夜赋身心爽，除草扶苗时纵歌。

丽江 (新韵)

丽江风景胜桃园，处处清泉拨管弦。
城堡怡心留古韵，茂林漫步听秋蝉。
夏观白雪生凉意，冬赏鲜花破岁寒。
醉卧锦毡仙境地，笑看云彩任悠闲。

龙川江边的三角梅

十里长堤披锦纱，四时不断着繁花。

龙川染尽碧波水，寰宇映红万丈霞。

榕树 (新韵)

独树成林势浩然，一轮华盖可擎天。

狂风雷电何曾惧，兄弟同心如石磐。

刘启正

云南永胜人，1959 年生。1989 年评为全国部级优秀教师。云南诗词学会会员，现任华坪诗词楹联学会副会长。

庆祝三江并流申报世界自然遗产成功

三江并进断横山，造就世稀一大观。
岭峻谷深呈壮景，水激浪滚起白烟。
冰川雪嶂古生态，异兽珍林博物园。
物种基因活宝库，自然遗产不虚传。

庆祝青藏铁路全线通车和建党八十五周年

长龙呼啸入云间，雪域高原鼓乐喧。
昔日南湖船起桨，今朝赤县道通天。
昆仑起舞拉萨笑，寰宇震惊华夏欢。
锦绣前程无限好，扬鞭跃马勇登攀。

浪淘沙·回顾邓小平南方讲话

那是个春天，空气新鲜，邓公巡视下江南。面对河山频指点，远瞩高瞻。　　讲话九州传，化作能源，革新开放更空前。华夏腾飞公去也，福在人间！

鹧鸪天·永远怀念邓小平

北战南征过大江，川音少帅早名扬。三遭不垮真君子，两手高擎红太阳。　　清理论，正船航，狠抓发展创辉煌。推行两制归游子，华夏腾飞国富强。

满江红·庆祝五十周年国庆

滚滚长江，卷巨浪，污泥涤荡。新中国，顶天立地，蒸蒸日上。火箭熊熊忙运载，卫星闪闪接连放。反霸权，核弹又成功，欢歌唱。　　迎改革，民兴旺；家富裕，邦强壮。澳门和香港，俱归无挡。三峡二滩修水库，天涯海角交通畅。新世纪，乘势再腾飞，途无量。

满江红·梦回征程

午梦苏来，登高望，夕阳如血。云雾走，顺州①遥远，傈乡②山褶。十载寒窗艰与汗，卅年从教光和热。冒风险，教具测沟渠，华章写。　　蹲山寨，迎风雪；轻名利，精师业。为穷乡奉献，党群关切。游览滇池金殿秀，观光渤海长城月。继而今，盛世唱新歌，心欢悦。

【注】
①顺州：指永胜县顺州乡，是我的故乡。
②傈乡：指我从教三十四年的丁王树，隶属于白姑河傈僳族山乡。

刘体操

1934 年生，广东人。毕业于中国人民解放军洛阳外国语学院。云南省诗词学会理事。

虎跳峡

寻幽访景结群行，劲烈江风扑面迎。
两岸山峦峰耸拔，一条峡谷浪轰鸣。
悬崖绝壁天工巧，怒水狂涛地震惊。
好似蛟龙欢闹海，金沙虎跳险闻名。

通海秀山行

赏心悦目秀山行，景物逢宾笑脸迎。
花木如云鲜绿色，匾联似海美真情。
禅林寺庙香烟绕，亭阁楼台紫气升。
杞麓螺峰光彩照，尼郎胜境古城兴。

行香子·抚仙湖

万顷晶莹，岭翠山青。看烟霞，画意诗情。仙湖胜迹，遐迩闻名。有春风暖，夏风爽，晚风轻。　　旅客扬波，游艇穿行。度休闲，未艾方兴。渔村乐趣，人醉心铭。正歌声阑，掌声起，笑声盈。

登澄江梁王山

滇中叠嶂最高峰，险峻山巅接太空。
俯视群峦惊小小，仰观铁塔闪瞳瞳。
千坡林海情千斛，万顷良田粟万钟。
胜景雄奇傲今古，巍巍罗藏舞春风。

【注】

澄江梁王山，古称罗藏山，海拔2820米，素有"滇中第一峰"之称。云南省电视台转播塔即建于此。元梁王把匝剌瓦尔密在此设大小教场，屯兵练武。在山顶眺望，滇池、阳宗海、抚仙湖、星云湖尽收眼底。

游历史文化名城丽江

云岭高原有丽江，名城文化显辉煌。
东巴经卷成瑰宝，古乐纳西奏典章。
寺庙山茶开茂盛，方街流水响悠扬。
玉龙起舞迎宾客，中外游人坐满堂。

莲花喜伴五星

人民亿万奋图强，四海同胞赞国昌。
离子澳门回故里，莲花喜伴五星扬。

刘茂棣

1935 年 1 月生于四川省蒲江县。大专语文专业毕业。云南省诗词学会会员。

自 谦

教书数十年，弟子逾三千。
岂敢称夫子，辛劳应自谦。

朱 籍

1964年1月生于昆明。上海工业大学肄业，云南大学中文系毕业。现为云南省诗词学会常务理事、副秘书长，《云南诗词》副主编。

吊项羽

谷城葬骨土犹丹，草绿乌江水尚寒。
力拔山兮功盖世，何须勒石后人看。

咏陈涉

叱咤风云变，千秋仰令名。
王侯宁有种，志士岂佣耕。

咏夷齐

慕贤轻入彀，螳臂挡兴亡。
五谷原无姓，何须饿首阳。

呈诗老

鹤立依稀今可辨，当年正气溢才情。
并州刀快羞追笔，江汉风流岂为名。
泰斗回车酬绝唱，王侯把盏压心惊。
几番霜雪摧花后，霁月清辉坠露明。

题江南民居

院外春联院内花，青砖乌瓦映烟霞。
悠长小巷通津要，燕子飞来住我家。

古桥暮春

暮春人罕至，夹岸柳丝长。
桥上飞红雨，清溪十里香。

景阳伏虎行

休说三碗不过冈，英雄偏爱透瓶香。
一十八碗鲸吸海，渴如夸父饮琼浆。
不信白虎隐玄雾，取笑酒家留客住。
昂藏出门上景阳，纵见榜文肯反顾。
未行十里醉腾云，晚卧青石逢山君。
虎啸风行草尽偃，山林震悚退千军。

一扑一掀复一剪，壮士躲闪如戏犬。
哨棒先折添传奇，赤手搏虎古今鲜。
泰山压顶凭双拳，锦毛大虫身难旋。
兽王刨泥何曾见，骑虎抡拳雷惊天。
斑斓王字亦染血，可怜虎毙威风灭。
阳谷倾城看武松，从今天下仰豪杰。
却恨蓝贼乱乾坤，历尽沧桑遁空门。
愿借龙泉除苛政，山中猛虎何足论！

游八达岭

关锁帝都风撼岭，雄兵未设亦难登。
今看千古兴亡事，万里长城不足凭。

渔歌子·大观楼一隅

水抱山环爽气浮，飞云入梦醉南楼。
依碧柳，钓芳洲，归来堂下系扁舟。

西江月·早春

梅染青溪如画，鸥随桂棹堪题。春联万户溢
金泥，客岁匆匆略记。　　柳叶垂帘楼外，桃花
织锦桥西。东君吩咐乳莺啼，唤起山川灵气。

朱占荣

曾供职曲靖师院，云南省诗词学会会员。

咏沾益

得天独厚占源头，鼎鼎大名传远陬。
播乐义旗扬四省，珠江甜水惠三州。
龙舟竞渡满江闹，山地赛登数岭讴。
建县十年天地变，簇新大县展鸿猷。

【注】
播乐，播乐中学，曾爆发九五起义。

咏曲靖

麒麟仙子①降江滨，街道呈祥畎亩欣。
寥廓巍巍披彩锦，珠江滚滚惠羊城。
三元一夜明灯炯，四化全区面貌新。
规划宏图沾马并，源头大市靓滇门。

【注】
①传说麒麟仙子降到曲靖后，风调雨顺。三元宫在曲靖西郊，1935年4月27日，中央军委驻此，召开军委会议，决定渡金沙江北上抗日。曲靖市政府把建设新农村具体为三村四化。"十一五"规划，把沾益曲靖马龙合并建成珠江源头第一大城市。

圆通寺

圆通古寺何巍然，洪武至今六百年。
大殿四重庄相俨，信男万众如来参。
却遭僧侣八方散，福享马牛四处拴。
今喜梵宫重构建，和谐普渡广随缘。

【注】
圆通寺在曲靖城边，始建于明洪武年间。

家　咏

建房物局近方家，边是短垣边是蛙。
独座高楼成胜景，五层小室不豪奢。
舒筋漫步两球架，悦目随观四季花。
十载三迁步步好，喜同社会共繁华。

【注】
曲靖市物价局宿舍建在方家园。

弥勒大佛

遥观大佛甚庄严，今日有缘往上攀。
觉悟插云梯万级，莲花覆水桥三弯。
南天法相无双寺，西驿翠屏第一禅。
大肚慈悲堪效仿，助人为乐爱心宽。

汤文俊

号白坡处士，1958 年生，云南昭通人。1960 年昭通地区师范毕业，曾从戎。云南省诗词学会会员、昭通市诗词学会副会长。著有《月坡诗文集》。

棕榈赞

玉根簇聚叶葱茏，咫尺立身拒雪风。
任剥千衣犹自笑，英姿铁干尚峥嵘。

清官亭

一池活水惠黎元，赢得贤名后世传。
若使人间无墨吏，何须到此说清官。

大龙洞抒怀

关山气势傲苍穹，绿柳红桃染劲松。
碧水晶莹流沃野，芳亭典雅浴春风。
文齐创业千秋事，龙女行云万代功。
我欲凌空观翠岭，骄阳普照十三峰。

【注】

文齐子公元三年"凿龙池，溉稻田，为民兴利"。龙女：传说殷纣时，火妖助纣为虐，要捉拿凤凰进献，龙女相救不得，遂请八个哥哥前来助阵。在九龙山战败火妖，她就降居龙洞，后生九女十三子，化为九箐十三峰。

渔洞水库

洒渔河内水悠悠，千载兴衰未善谋。
岸柳生烟空作态，山花着色自含羞。
截流大治天心顺，置景频添洞壑幽。
梁杜归来依画阁，笑看稻菽满西畴。

【注】

据华阳国志载，"天堕奇男止朱提，游江源纳梁民女利为妃"。奇男乃第一个有姓名的昭通人杜宇，后北上入蜀称望帝。

游南京玄武湖赋

奇葩异树隐华堂，碧水飞舟荷正香。

曲干苍松成画意，穿波锦鲤写诗行。

彩龙现瑞升平世，游客风流斗艳装。

不愧六朝名胜地，园林巨笔大文章。

少年游·执勤

飘香蒲艾映流霞，战士过农家。雄黄烈酒，甜甜玉粽，燕羽逆风斜。　　今年佳节军情急，忙碌在天涯。汗湿征衣，无闲潇洒，但愿醉干家。

汤继红

女 1952 年生，江苏南京人。1969 年下乡插队知青，1971 年调云南大学参加工作，先后供职于云南大学中国西南边疆少数民族经济文化研究中心和云南大学国际关系学院。系中华诗词学会会员、云南省诗词学会副秘书长兼学会办公室主任。

咏花十题

春　兰

花开集市摘盈筐，瓦罐泥盆种亦芳。
清品不为尘垢累，出山也似在山香。

白　荷

碧叶银花拥素妆，披珠滴露沐阳光。
莫言些许轻盈物，默默赢来池上香。

秋　菊

色胜胭脂火球①灿，绿如翡翠莹光②焕。
嫣红姹紫聚群英，百态千姿炫烂漫。

【注】
①②火球，莹光皆为两种菊花的品名。

冬　梅

落影清池花事迟，梅花春末半盈枝。
暗香浮动融融月，细蕊轻飘足自持。

木兰花

谦谦不与艳争红，洁白无尘啸傲中。
最喜平生持有志，凌空绽放伴春风。

栀子花

绿叶参差乳白花，不辞薄瘠显芳华。
懒随群丽争颜色，静偎庭栏饰晚霞。

银桂花①

清霜凝树立秋晨，枝上银镶似雪痕。
如此芬芳如此韵，风霏花雨涤烦尘。

【注】
①桂花有金桂、银桂之分，金桂为黄色，银桂为白色。

月季花

花中皇后①展娇容，誉满神州情独钟。

月月留春春永在，清风着意露华浓。

【注】

①月季花位居我国十大名花第五位，被誉为"花中皇后"。

牵牛花

串串琳琅篱上娇，栅前栏后紧相邀。

粉红蓝紫迎风摆，怒放欣然标自高。

芙蓉花

翠幄临溪映艳芳，多情常伴菊花香。

纵然冷落清秋后，留得柔姿傲雪霜。

许世鹏

　　1976 年出生，凤庆县凤山镇人。任教于凤山镇平村中心学校。现为云南省诗词学会会员，临沧市诗词协会、凤庆县诗词楹联书法美术协会常务理事。

览　史

　　皇皇巨著启吾侪，博古通今治鉴开。
　　大道由人弘最久，自强不息赞雄才。

论　书

　　初入书林迷景幽，层层密叶障双眸。
　　豁然开朗乾坤大，身在千峰极顶游。

临沧诗会感赋

　　嘉宾远至送春风，好似红花入绿丛。
　　凤岭迎河名手赞，蒲门山水壮滇中。

登　高

时行令节动秋风，连日阴霾一扫空。
驻马登高光宝塔，澄怀望远小平中。
书生事业文章在，经济舍田尘土蒙。
又是佳音传八月，要移丹桂出蟾宫。

《三国演义》读后

刀光剑影论英雄，忧患元元痛士农。
黩武蚩秋非义战，修文黎庶被仁风。
三分贾诩笑谈外，一统宣王谋略中。
叱咤风云龙虎会，观成永定太平功。

丁亥元宵

月光匝地明如昼，又是新春到上元。
北地骤寒风雪舞，南疆渐暖燕莺喧。
天中正上一轮满，都下时逢两会繁。
国是共商凭众智，凌云彩笔绘乾坤。

山　行

山行春尽万风光，妙处何人与熟商。
宜雨云烟峰淡淡，适晴翠碧日煌煌。
精神享受鲸吞海，物质追求虎扑蝗。
泰岱嵩华行未到，他年收取入诗囊。

咏苍溪

长征留胜迹，慷慨有苍溪。

鏖战风云壮，谈兵星斗低。

当年飞竞渡，今日稳居栖。

幸际昌明世，争光日月齐。

丁亥春节

似知年味重，作美有天公。

连日阴霾净，一朝晴暖充。

紫阳高玉宇，喜气满寰中。

短信情长久，条条慰五衷。

《学海钓珠》读后并次韵

展卷鸿文启迪新，华章拜读久逡巡。

钓珠学海津梁在，细品还推学问醇。

【注】

该书系杨世光先生文集。

许官乔

1935年生，云南石屏人。1962年毕业于云南大学中文系，曾任华坪县委宣传部副部长、组织部长。现为云南省诗词学会理事。

游云南普者黑风景名胜区

天生地设蓬莱乡，境界空灵日月光。
秀水绕山通古洞，奇峰环泊护汪洋。
满湖菡萏传馨远，一曲渔歌送谊长。
游客流连忘返棹，农家风味又飘香。

骄阳颂

千歌万曲颂骄阳，十亿神州奔小康。
让座前贤功赫赫，接班后俊志昂昂。
排云扫雾日高照，破浪乘风轮远航。
高举红旗三代表，振兴华夏祉无疆。

纪念邓小平诞辰一百周年

全面小康念邓公，百花怒放笑芳丛。
扬鞭策马功勋著，扫雾领航党业宏。
霞现西疆华夏壮，珠还南海国威雄。
弘文三卷光辉耀，飞跃巨龙升九重。

辛勤创业步芳春

河东建设小康村，产业先行喜事临。
优果生金奔富裕，甘泉引舍促温馨。
图书室内学科技，电视银屏听党音。
公路两条伸寨里，村规民约冶仁心。
明珠水库风光秀，沼气家中景象新。
确定方标拼命干，辛勤创业步芳春。

访古树湾小康示范村 (新韵)

走进天星古树湾，小康建设动心弦。
农家屋宇衣装秀，优果山坡生态妍。
养畜养禽沼气制，节柴节电笑声碹。
稻菽丰产民生富，电视图书益智源。

吕征棘

1925 年生，山东龙口人。长期从事民族教育工作。云南省诗词学会、中华诗词学会会员，云南省老干诗协常务理事、顾问，《彩云新韵》《高山诗刊》主编。

建水文庙赋

临安孔庙，九域前茅，二十五纪宗师，吉星高照；七百多年史迹，文气芳飘，学士望门思折桂，官宦晋见竞折腰。廿二屏门，画凤雕龙绣锦；四棵金柱，俨然穿屋通宵。八代御题之额匾，天人相引，七进恢宏之院落，道冠历朝。殿中圣像周围，吉祥图案，隔扇楹联雕彩，花样呈娇。双龙分水，喜鹊登梅，三阳开泰，鸿雁南飞。全国文庙千八座，建庙排名居亚魁。　汉满文碑，民族和贵，园林文雅，历代相随。元柏明茶清桂。石羊白象龙骓。书山有路宜探宝，文海无涯可钓龟。千秋师表，万古功垂，大成至圣礼门，育成高手，义路达天文道，造就贤猷，教化在兹，奎阁发人奋勉：太和元气，贯通沫泗源流。

迎春乐

环山花卉知多少？惟唐梅、最娇巧。傲冰霜，早把春来报。芳草地，闻啼鸟。　　陟高岭，景观绮妙，旭日升，霞光万道。姹紫嫣红争艳，难比红梅俏。

刘公岛赋

人间仙境，海上明珠。国防要地，游览景区。巍巍乎不沉母舰，杳杳乎战国遗墟。东隅珍宝岛，国土自然保护地；甲午海战馆，民族历史教科书。　　渤海湾烟威渔场，刺参衍衍，国家项森林公园，墨柏苍苍。滨海谷场，游人如织。钓鱼台上，巨石清长。海珍品养殖场，洋洋闪亮；动物园驯鹿苑，蔼蔼安详。百龄龙柏木，三兄弟如胶似漆；高耸眺楼亭，万道光灿烂辉煌。刘公雕像刘公庙，动人传说，龙王幽阁龙王殿，神话悠扬。刘公泉水质柔滑，味甘淳美；铁码头泊万吨船，坚固优良。　　清代炮台六座，大炮五十八门，雄姿尚在；英人基督教堂，英监六米高墙，帝迹犹存。北洋海军忠魂碑。如刺天宝剑；甲午战争纪念馆，激励华魂。

浪淘沙·菊展

风雨扫残花，散落天涯，菊花吐艳放奇葩，
昂首挺胸霜雪下，独领风华。　　菊翠映朝霞，
龙凤乘槎，东篱花苑胜西家。万众步随花影动，
醉赏名花。

登文化宫绝顶

旧阁劫灰新阁起，小桥流滞大桥伸。
寰中旭日蒸蒸上，照得南天遍地春。

春日登龙门

滇池最数龙门美，岁岁登临翠嶂中。
目送黄莺穿碧海，身随紫燕上青峰。
春风杨柳春风雨，古寺山茶古寺松。
百丈悬崖惊脚下，达天危顶见魁雄。

吕翠仙

字素馨，女，1936年生于昆明。中专毕业。中华诗词学会、云南省诗词学会会员，云南省老干诗协副会长。

秋　月

明月中秋爽透怀，轻风凝露菊初开。
松筛月影伴花醉，淡淡清香馥郁来。

西江月·贺溪洛渡截流成功

渡口截流在望，频频广电相传。难关攻克万千重，重整金江两岸。　　改道截流筑坝，工程雄伟奇观。一声令下众欢腾，梦想成真巨变。

蝶恋花·春雨

　　昨夜东风吹细雨，阵阵连连，窗外悄悄语。唯恐樱潮花落去。又思润物清泉与。　　今日田边风韵喻，布谷声声，农事春播举。好雨知时人识趣，天明雨后情思缕。

秋　菊

　　秋来黄菊绽重阳，朵朵枝枝露靓妆。
娿娜芬芳盈斗室，幽馨伴我嚼诗香。

安宁生

女，云南省腾冲县人。1955 年云南大学历史系毕业。云南省诗词学会会员。

游北海湿地

登上草排轻点篙，似云飘渺自逍遥。
桨声欸乃银鳞跳，坦荡绿茵飞鹜高。

青　海

群峰怀抱诲渊深，青色波光可鉴人。
古树千年潜水底，龙孙龙子任浮沉。

龙川江头第一湾

龙川第一水湾汪，紧护良田灌溉忙。
坝展棋盘村掩翠，金镶玉砌米粮仓。

游兰城梨花坞

绿掩禅房叠翠深，但闻风送雅铃吟。
飞檐经阁琉璃瓦，暮鼓晨钟霁雪林。
浩劫十年花溅泪，佛门多难鸟惊心。
人间几度阴晴转，古刹依然响磬音。

江山宁

反腐倡廉泾渭明，扬清击浊暖风薰。
荡开雾障千蜂朗，万里江山万里宁。

三吟叠水河

叠水奔腾来宇外，雷鸣虎吼巨崖开。
狂澜欲卷仙桥去，砥柱旋驮太极来。
击石银涛飞细雨，沾山甘露润苍苔。
诗明丽日邀相聚，共赏奇流瀑底台。

咏保山腾冲昌宁等五县书画联展

化雨春风过怒江，群英五县聚腾疆。
高山流水胸谐韵，雅竹芳兰语蕴香。
纸泼墨花渲异彩，笔挥紫气溢祥光。
欣逢盛世红霞美，余热丹心报艳阳。

乔　松

云南省楚雄市人，1929年1月生。大专文化，经济师。云南省诗词学会会员，楚雄诗词楹联学会常务理事、副秘书长，《楚雄诗词》副主编。

宿紫顶寺

细雨蒙蒙游紫溪，万楹苍翠隐招提。
鲜花烂漫院堂静，殿宇辉煌景色宜。
浥露充盈增爽气，岚烟密布挡云曦。
三餐素馔具情趣，一宿雷声伴客栖。

春游水目山

览胜邀游水目山，石坊次第寺庵连。
梨花初绽千株白，繁艳古茶万朵嫣。
宗殿楹联文采丽，担当霞客话当年。
群巍海慧存舍利，飘渺梵音宛若仙。

龙骨花

浑身刺护体纤绵，能屈能伸任折弯。
冬耐寒霜秋耐旱，春来绽笑献斑斓。

大理崇圣寺

点苍山麓佛都建，南诏君王九位禅。
历尽沧桑兵燹毁，今逢盛世扩修全。
庄严雄伟震心坎，金碧辉煌耀眼前。
中外游人深赞叹，升庵地下定欣然。

牟定化佛山

兴高牟定访招提，逶迤游途不觉疲。
九叠瀑泉珠散溅，千年古树罩云曦。
丛林岩峣松涛啸，幽谷葳蕤爽气怡。
碑志担当传轶事，风光秀美遐思奇。

沁园春·耄寿感

斗转星移，八秩残年，倏落夕阳。靠忠诚德信，坎坷岁序，艰辛奋进，遇难呈祥。聚会亲朋，梨园祝寿，设宴"天龙"客满堂。同祝酒，赞光风霁月，喜气飞扬。　　悲伤往事难忘，虎豹舞，狂风暴雨殃。任电惊雷乱，阴霾密布，精神桎梏，不可思量。雾散天青，百花争艳，正本清源国运昌。习诗翰，晋文明素质，淡泊留芳。

吉永华

1964 年生。云南省诗词学会会员、昭通市诗词楹联学会会员、镇雄县诗词楹联学会理事。

夏日访农家

炎炎烈日访农家，屋宇辉煌夕照斜。
婆媳皆言科技好，还夸易地务工娃。

今日镇雄

一大二穷归历史，古邦发展仗英才。
班联玉笋丛新竹，魁占琼芳艳早梅。
花事同商莺婉转，香巢久盼燕归来。
眼前红紫缤纷最，和煦春风细剪裁。

赞镇雄县万人劳务现场招聘会

古邦处处沐春风，劳务外输气势雄。
南北沟通传捷报，东西对接建奇功。
百家企业情如海，数万农工志若鸿。
应聘尤须凭技艺，企劳携手傲苍穹。

【注】
镇雄县 2007 年 4 月 7 日至 9 日，举行了万人劳务现场招聘会，此次万人劳务现场招聘属全国少有，云南首次。

羊瑞祺

1953 年生、白族、云南兰坪县人。省诗词学会会员。

纪念邓小平诞辰一百周年

睿智大勇狼烟扫，起落坦然亮节高。
拨乱反正平冤案，精英正名挺直腰。
承包鼓励勤先富，姓社理将贫帽抛。
建设慎定三步走，循序稳进江山娇。
改革开放创特色，招商引资列前茅。
互利互惠人世贸，和平发展正涨潮。
独破天荒行两制，港澳回归国耻消。
平生俭朴凡人样，人民心中树楷标。

云南诗会期间游普者黑二首

（一）

诗会端阳纪屈原，联欢篝火舞翩跹。
情人桥下轻舟过，域内桃源涌诗篇。

（二）

碧水潾潾如玉带，蜿蜒飘落翠峦镶。
荷花怒放民心喜，吟友难忘彝族乡。

成绍统

1945 年生,云南镇雄人。大专文化,镇雄县经贸委退休干部。云南省诗词学会会员、镇雄诗词楹联学会副秘书长。

参观昆明晋龙如意园随笔

晋园风水若画图,八卦易经透舆书。
卧虎盘龙相叩首,明堂玄武互照湖。
凤凰展翅腾空舞,象鼻延身绕地箍。
寺庙松涛添韵致,钟灵毓秀甲中枢。

坪坝景观

秋月平湖景点悠,城门四座锁苍帱。
九狮二象关溪口,一水三桥系阜丘。
定海神针穿晓雾,马蹄印迹挂岩头。
金丝玉带连科第,万卷诗书播五洲。

盐津豆沙关胜景

峭壁奇峰一大观,悬棺高挂半岩龛。
苍松翠竹青纱荡,游客喜宾栈道攀。
五尺道途思秦汉,巨门山顶压黔川。
僰人拂袖腾空去,紫电青霜变福环。

镇雄平坝春耕

一坝田畴水映天，人牛劳作彩云间。

插秧少妇抒纤手，执耙耕夫甩细鞭。

万顷银沙呈倩影，千重碧浪展娇颜。

乡村美景如诗画，黎庶勤劳谱丽篇。

清平乐·长沙

秋高气爽，岳麓峰蓬涌，红叶满冈风击漾，一派迷人景象。　　湘江秀水波光，潇山书院芬芳，爱晚亭前碧夜，宾朋品味茗香。

浪淘沙·苹果园

旭日透秋枝，众老驱驰。晴空万里彩云追。四野风光无限美，果实丰垂。　　群岭似蛇迤，碧水涟漪。扁舟荡桨喜开眉。笛伴芦笙篝火艳，翩舞多姿。

孙树诚

　　笔名孙逊，云南省腾冲县人，1937 年 8 月生。云南省诗词学会会员。

学书感悟

不辞万里进京城，只为学书作苦行。
换去凡胎天地大，方知人道要长征。

毕 铉

江苏吴江人，1911 年生。1956 年毕业于圣约翰大学英文系，云南师范大学教授。

早 梅

昨宵寒月下，梅萼一枝新。
岁晚厌霜雪，宁知中有春。

登 高

登高望断青山外，转眼愁滋白露中。
六代离宫凋玉树，几星渔火冷江枫。
晚芙落尽伤残盖，弦月生初泣塞鸿。
谁踏胭脂井畔路，林间乱放烛花红。

轻 梦

轻梦落春前，斜阳压翠钿。
花间一回首，柳色几重天。
离别生秋雨，梧桐冷暮蝉。
杏红衫子薄，莫上采莲船。

夔　门

百川到此无歧路，万里如今况独行。
水落舟从危礁出，年来草与故城平。
大王风歇花还舞，神女梦深月自明。
最是秋江欺客子，断猿声里夜潮生。

白帝城

风烟万里接高城，危阙曾屯蜀主兵。
霸气当年干北斗，大江终古怨东征。
犹传雄略鼎三足，怅望谯门月两楹。
却忆夔中飞旆日，一声塞马乍开营。

古　意

悠悠白云驰，黯黯飞鸟度。
鸟过犹遗音，云去不相顾。
相顾亦难见，相见在梦寐。
密雨下成川，中有梦中泪。
泪尽复如何，血滴阶下土。
取土范作合，作君胭脂府。
朝看两颊红，暮看两颊赤。
朝朝与暮暮，只见好颜色。

柳枝词 (七首录二)

万虑撄心强自持，客中有泪梦中知。
断魂已怯杨枝影，细雨无端又一丝。

几见春风上柳梢，吴门烟雨忍相抛。
遥怜燕子归来日，不识新泥是旧巢。

三　愁

一愁绝卿久，再愁梦卿多。
三愁见卿日，憔悴奈卿何！

渝昆道中口占

梦逐东流去，人随南雁飞。
时艰为客早，宦薄返乡迟。
秃笔三生侣，离骚一卷诗。
巴山今夜雨，寄语莫相思。

昆明竹枝词

金马牌坊对碧鸡，阿郎坊北侬坊西。
朝朝相望难相见，旧日坊头乌夜啼。

终日荡舟海子边，杏红衫映翠花钿。
犹言不及蜻蜓好，得在荷花深处眠。

洪庐诗剩代序

生逢覆地翻天日，身历三朝二纪辰。
堕溷勋名原粪土，如磐风雨黯冬春。
千章诗愧千秋业，百炼钢凝百岁人。
歌哭无端君莫笑，能歌能哭已难能。

古　意

君家吴江头，侬住金陵郭。
同是江南人，且说江南乐。
江南可采莲，莲开红灼灼。
采莲不采叶，叶是鸳鸯幕。
幕上秋风生，露下青枝落。
枝落丝仍连，人去心相托。
相托江水长，相送风波恶。
赠君双莲子，心苦好为药。

张 凡

1929 年生于师宗。初中毕业，云南省诗词学会会员。

草 鞋

建国初期，区邮递员陈友才，从罗平县城至瓦鲁一百多里山路，每周徒步往返两趟，数年如一日。他在沿途放草鞋备用。余忆及此事，感慨良深。

道路崎岖百折弯，绿衣使者走乡山。
披星戴月经风雨，早起晚归食素餐。
肩挎邮包身负重，脚菇鞋肆履冰霜。
春晖党播人心暖，常忆当年事一桩。

我爱菌子山

我爱师阳菌子山，多年隐蛰踞高寒。
春开美景千花艳，夏出蘑菇万朵鲜。
秋叶经霜红似火，冬天飞雪白如棉。
年年花会汇人海，仙子广寒来世间。

九乡溶洞奇观

访胜寻幽到九乡，谷深林茂卧龙潜。
奇峰怪石悬崖遍，狭水轻舟荫翠间。
栈道神田关独险，狮厅仙聚瀑双连。
神工鬼斧天生就，记下星球演化篇。

难忘丘北普者黑

荷月驱车访普乡，人间仙境不虚传。
天生峻岭峰峰秀，地造湖江水水连。
含笑芙蓉迎远客，荡舟男女闹声喧。
流连最是观音洞，百态千姿法相严。

【注】
佛家谓观音有庄严的三十六法相。

鹧鸪天·痛斥赌博风

恶习千年未绝踪，贪财心重眼珠红。通宵达
旦方城筑，算尽机关两手空。　　朝夕恋，孔方兄，
伤风败德法难容。三申五令风加剧，祸国殃民众
矢攻。

浪淘沙·野餐

郊外暖风凉，喜到春江。龙乡儿女老犹狂。
垒石支锅调野餐，设宴河床。　　走出自居房，
放眼观光。谈天说地话家常，垂暮应欣沧海变，
笑看斜阳。

颂"嫦娥一号"二首

（一）

碧汉玉盘万里遥，蟾宫洞府见仙聊。
嫦娥一号亲临访，欲要琼浆慰众曹。

（二）

嫦娥奔月占今传，人类飞天梦未圆。
且看今朝圆好梦，高科引上九重天。

张　富

1936 年生，云南昆明市人。现为普洱市及澜沧县老诗协会员、理事，云南省诗词学会会员。

西盟佤山勐梭龙潭

佤山峻岭勐梭妍，珠玉绝尘容静泉。
日映波光霞似锦，山摇倒影水如天。
鱼群戏浪千层彩，雁阵掠空万里缘。
远眺竹楼邻傣寨，好山好水任流连。

澜沧江糯扎渡泛舟游

翁妪踏青勐撒游，沧江银浪荡轻舟。
苍松峭壁烟霞笼，翠竹清泉鸟语稠。
碧树深幽铺伟岸，奇石璀璨遍沙洲。
山川箐谷奇葩艳，一路风光不尽收。

张　蓁

字西苓,1928 年生,云南大姚石羊人。楚雄一中高级教师。中华诗词学会会员、云南省诗词学会理事、楚雄诗词楹联学会副会长兼秘书长、《楚雄诗词》主编。著有《柳丝集》。《枫叶集》《苍松集》。

纪念毛主席诞辰一百周年

巨宿降临现曙光, 东方破晓显祯祥。
星星微火燎原野, 浩浩狂飙上井冈。
遵义挽危初掌舵, 延安立足始兴邦。
明灯照耀标航向, 一览神州赤帜扬。

一剪梅·辛未春回石羊参观孔子铜像有感

君问何方是故乡？东苑竹青，西岭梅香。香河沿岸柳丝长。紫燕穿梭，红杏出墙。　　孔学精华永放光。昔历胡批，今又弘扬。千金难买好文章。杏圃耕耘，桃李芬芳。

水调歌头·登岳阳楼

才渡洞庭水，今上岳阳楼。长江千里游后，三峡险全收。今日登临名胜，背诵《岳阳楼记》，忧乐为民谋。犹见小乔墓，公瑾著风流。　　君山近，湘妃泪，眼前浮。时空缩短移换，历史忆从头。滕氏斯楼重建，范相两言千载①，三醉吕仙游②。俯仰古今事，不觉兴悠悠。

【注】

①范仲淹《岳阳楼记》中有"先天下之忧而忧，后天下之乐而乐"之名句。

②岳阳楼长联中有"吕纯阳三过必醉"之句。

张正华

字曲皞，云南昭通市人。中华诗词学会会员、云南省诗词学会会员、云南省文联委员。原昭通市文联主席，现任昭通市诗词学会名誉会长。

运河登船夜航·从苏州至杭州古风

晚霞散绮洒虎丘，别友乘舟运河游。
昨日枫桥觅诗句，今晨船已靠杭州。

悼世纪伟人邓小平

能征善战智超人，为挽狂澜正航程。
黄浦江头留履迹，南巡路上荡强音。
蓝图宏伟惊寰宇，史册辉煌载国魂。
忠骨悠悠归瀚海，浪潮滚滚伴龙腾。

悼国学大师姜亮夫①教授

怀若竹虚品似兰，楚风逸韵宇寰传。
功深百练经纶著，才具千钧锦绣篇。
述作古今归瀚海，博通国学誉文坛。
方言疏证乡音辨，梦绕魂牵恋故园。

【注】

①姜亮夫先生是云南昭通人，浙江大学一级教授，我国著名的国学大师，1996 年去世，享年 93 岁。

纪念抗战胜利六十周年

思绪如潮忆国仇，挥毫泼墨著春秋。
卢沟晓月怀幽愤，日寇枪声战未休。
抗战烽烟燃广宇，捐躯志士卫神州。
八年浴血垂青史，国耻勿忘展鸿猷。

纪念红军长征七十周年

征程万里非平坦，蹈火赴汤挽巨澜。
浴血滇黔存浩气，横戈川陕感苍天。
乌江抢渡英雄事，雪岭争攀震玉峦。
西战东征惊宇内，千秋壮举记人寰。

张文勋

云南洱源人，白族，生于 1926 年。云南大学教授，著有作品《华夏文化与审美意识》《诗词审美》《滇云诗钞注释》《儒、道、佛美学思想探索》《刘勰文学史论》《张文勋文集六卷本》等二十余部。系中国作家协会会员、中华诗词学会常务理事、云南省诗词学会终身名誉会长。

寄闽中友人

钟声塔影水悠悠，话别燕园几度秋？
白发频添惊岁暮，华章每诵羡风流。
依稀旧梦湖边月，拓落新诗海上鸥。
伏枥犹怀千里志，烟波浩渺驾飞舟。

西山睡美人和霍松林教授睡美人诗

一睡千秋晓梦凉，清风明月伴孤芳。
美人不解沧桑事，犹对滇池照晚妆。

昆栋楼晨起远眺

香江如镜碧山横，灿烂晨光耀眼明。
水底楼台天作画，林间鸟雀树为声。
风平浪静扁舟缓，海阔天空晓雾轻。
闹市纵虽咫尺近，红尘不乱读书情。

珞珈山访文生

万里寻知己，白云黄鹤间。

江横轮渡急，径曲步行艰。

患难多愁绪，强欢少笑颜。

小楼一夕话，常忆珞珈山。

［附记］

一九七五年，处境艰险，忧心如焚，冠心病发，赴京治疗。途经武汉，访晤文生于珞珈山，躲进小楼，促膝长谈，嬉笑怒骂，感慨万千。追忆其事，成此五律。

与良沛君对榻夜谈诗

莫笑苦吟太瘦生^①，名篇自古血书成。

寻章觅句悲人事，绝假纯真见情情^②。

愤世常思民疾苦，歌功每念士牺牲。

敢存正气冲霄汉，笔扫妖氛神鬼惊。

【注】

①李白《戏赠杜甫》："借问别来太瘦生，总为从前作诗苦。"②李贽《童心说》："夫童心者……绝假纯真，最初一念之本心也。"

初冬重访燕园

1989年初冬，赴沪参加中国古代文化学会年会，顺道晋京，重访燕园。

未名湖上又冰封，小径徘徊觅古钟。
落叶无声垂旧梦，征鸿有泪怨寒冬。
当年景物难追忆，此日风光足动容。
纵是苍凉堪悦目，翰林气象自葱茏。

泰山玉皇顶观日出

群山拱岱岳，海宇一鸿蒙。
天地苍茫外，乾坤混沌中。
情怀追太极，气象满长空。
忽跃曈曈日，神驰万里风。

端午怀屈子

凿枘难容是耶非[①]？伤时愤世寄蛾眉。

情怀戚戚登庸后，谣诼嚣嚣放逐时[②]。

浪起汨罗江水恨，风摧木叶洞庭悲[③]。

行吟泽畔人憔悴，日月同光见楚辞[④]。

【注】

①《离骚》："不量凿而正枘兮，固前修以菹醢。"

②《离骚》："众女嫉余之蛾眉兮，谣诼谓余以善淫。"

③《湘夫人》："袅袅兮秋风．洞庭波兮木叶下。"

④《史记·屈原传》："屈平之作《离骚》，盖自怨生也……推此志也，虽与日月争光可也。"

访泰杂咏·访泰阿育王朝林园

园林寂寞静无人，殿宇荒凉蔓草生。

漫道释迦留足印[①]，堪怜风雨蚀金身。

空门岂是涅槃路？净土原来阿育城。

烽火无情千古恨，歌楼舞榭旧苔痕。

【注】

①阿育王朝进古夺林园，保留完好，殿宇辉煌。相传释迦牟尼布道于此，留下足印，佛寺即在足印上建成。

自　勉

得失成亏我自知，虚名有愧暮年时。

迷津未改春风志，歧路还吟红烛诗。

造化多情甘雨骤，耕耘无憾夕阳迟。

生平不羡麒麟阁，愿作春蚕永吐丝。

甲子秋日登西山龙门

龙门一啸岸圜冠[①]，摇落霜林旧梦残。

丽日常曛秋色暖，西风乍起雁声寒。

登高远眺丘山小，闭目沉吟卫地宽。

万象纷纭皆自得，忘言得意久凭栏。

【注】

①《庄子·田子方》："儒者，冠圜者知天时，履句履者知地形。"

[附记]《当代诗词点评：通篇情景兼行，而中寓议论。非唐非宋。亦唐亦宋。非吟坛老斫轮手不敢轻易作此。《庄子·田子方》云："儒者，冠圜者知天时。"诗人披襟岸帻，忘言得意，岂不知"天时"者欤？（蔡厚示）

访美诗抄·游大熊山

　　大熊山为加利福尼亚州自然保护区。此地峰峦起伏，灌木丛生，山回路转；终年积雪，虽赤日当空，却无夏日炎炎之感。山顶有一小树木翳荫，旁有一小湖，水清如镜，余特称之为天池。

　　　　层峦多起伏，天净绝尘埃。
　　　　白雪环山积，黄花夹道开。
　　　　林深岚气入，岭秀日光来。
　　　　忽见瑶池水，宛如明镜台。

感通寺吊担当坟

　　　　诗僧圆寂处，山水伴奇才。
　　　　雾合双峰隐①，云收一鉴开。
　　　　感通凭妙悟，写韵仗灵台②。
　　　　名士今安在，几人识大来③？

【注】
①感通寺后为苍山圣应峰和龙马蜂。
②感通寺后有写韵楼，今已不存。杨升庵曾在此研究音韵。
③担当，俗姓唐名泰，字大来。

读史有感

逆耳忠言绝，常闻谄媚声。

黄钟宁毁弃，瓦釜竞雷鸣。

雅曲无人问，庸音满座惊。

世间多错位，块垒自难平。

念奴娇·故乡情结

凤河依旧，杨柳岸，映带满江风月。阡陌纵横，千嶂里，绿水青山翠叠。洞号清源[1]，山名鸟吊[2]，妙境称双绝。樵歌渔唱，桃源深处名邑[3]。　　青梅竹马童年，荷锄初学稼，蓑衣斗笠[4]。苦读寒窗，尽五更，一唱雄鸡激越。生性愚顽，求田问舍事，早羞言说。沉浮人海，冰心一片空阔。

【注】

[1]故乡有凤羽河，源出清源洞。

[2]鸟吊山，又名吊鸟山。《水经注》中早有记载。

[3]我出生的村子称包大邑。《徐霞客游记》中称波大邑。

[4]余幼习农事，能从事多种农活。

六州歌头·寄兴

　　星移物换，造化最无私。芭蕉绿，樱桃熟，正当时。举空卮，道是千杯少，多少事，注心头，人渐老，秋霜白，起愁思。冷暖阴晴，踏遍关山路，瘦马长嘶。任春来冬去，衡浦雁参差。行道迟迟，雨菲菲。　　濠梁意趣，乐天命，沉吟久，觅新诗。蜡未尽，光犹炽，草萋萋，柳丝丝待到花开日，同欢笑，喜扬眉。抬望眼，云天阔，梦魂驰。无愧生平，往事难回首，功过自知。是非宜记省，毁誉亦良师，莫笑吾痴。

［附记］

《当代诗词点评》：张兄为著名白族学者，且擅诗词。读此长调，即可知其襟期、才识。"冷暖阴晴，踏遍关山路，瘦马长嘶。"其自咏乎？然其著作等身，卓有建树，方之骥足，亦不为过。"瘦马"云云，盖自谦耳。（蔡厚示评）

渔家傲·即兴

长夜漫漫风雨骤，寒灯摇曳光如豆。冷月盈窗风满袖，人清瘦。闻鸡起舞五更后。　　衣带渐宽终不悟，求珠未得功难就。岁月悠悠销永昼，眉稍皱，平生淡泊人依旧。

赠维达

去智离形意趣殊，谁知罔象得玄珠。

澄怀虚寂存三昧，大美不言有若无。

游杜甫草堂

工部草堂迹未泯，锦江春色句常新。

星辰作伴谁凭吊，天地为心孰望尘。

茅屋秋风多饮恨①，关山戎马倍伤神②。

文章千古情难尽，万丈光芒照后人。

【注】
①杜甫有《茅屋为秋风所破歌》。
②杜甫诗《登岳阳楼》："戎马关山北，凭轩涕泗流。"

访格雷本教授山居

奈尔森·格雷本教授，美国著名人类学家，执教于伯克利大学人类学系。家住山林间，于阳台上眺望旧金山，海湾碧浪，金门大桥，一览无遗。

曲径高岑草木茵，层林深处结庐人。
万家灯火繁星乱，千朵云霞曙色新。
明月清风常作伴，山鸡野鹿久为邻。
门庭小道苔痕绿，满屋书香早绝尘。

古琴意趣

尘劳一悟佛缘深，冷月寒漂伴素琴。
万家纷纭归正觉，千山寂寞发清音。
雁来雁去无留意，云卷云舒自在心。
弦外忽闻天籁起，三空月色照禅林。

蜀中诵学赠诸学子

学海无涯埃，登舟有后先。
前程风浪里，彼岸水云边。
立志宜舒眼，扬帆必正舷
一朝能悟道，日月照中天。

读《篱边稿存》寄施老

物我同玄德，湖山处处家。
新诗存意趣，旧梦付烟霞。
月下岂无酒，篱边自有花。
安贫宁乐道，一笑蔑浮华。

游九龙池

万象纷纭景色殊，明心见性乐何如！
澄潭照影禅心定，古寺闻钟俗虑除。
大道乾乾龙作雨，清泉潋潋水含珠。
中和妙在天人趣，物我齐观意自舒。

张文锦

1935 年生，广东人。毕业于工科大学机械系本科，曾任铁路高级工程师。现为中华诗词学会、云南诗词学会会员。

桂林独秀峰

仰观独秀峰，高入白云中。
努力登峰顶，悠然对碧空。

昆明海源寺

山门向野开，兰若倚山隈。
游屐随缘到，浮云寄兴来。
尘寰寻净土，禅境比蓬莱。
试饮海源水，灵台涤垢埃。

鸥　影

蒙垢明珠剧可哀，一年一度费疑猜。
凉风昨夜起天末，肯有灵鸥海上来？

翩翩鸥影忒多情，万里来归证夙盟。
记得年时湖上翠，春衫银羽共喧腾！

重游桂林

旧梦依稀到桂林，卅年鸿爪一追寻。
多情最是秋江水，犹识清波动客心。

开远南洞游

开远城南十里程，市声远去听涛声。
闲看涨绿澄如镜，坐对青山绿满亭。
望月犀牛情切切，踏枝黄雀唱嘤嘤。
优游竟日尘心净，不向桃源觅落英。

【注】
犀月望桃源洞均为其中景点。

昆明西山

西山朝暮吸流霞，百里滇池一望赊。
山色湖光晴正好，螺洲蟹屿翠无涯。
云横百仞龙门立，巇叠千寻石径斜。
载酒几时重问讯，漫吟新赋忆年华。

步韵题一九五五年毕业合影并通讯录

人生离合岂无缘，世事纷纭付烬烟。

五十周星风雨过，八千里路水云连。

幸因鸿爪认前迹，别有衷肠读旧篇。

天亦有情天未老，春花秋月一年年。

鹧鸪天·南昆铁路

阻隔关山八百重，高原望海路难通。微茫云岭千年梦，缥缈蜃楼万里空。　　开绣户，沐春风，美人含笑展姿容。今朝约请歌仙去，云雾山中奔铁龙。

【注】

美人，指昆明西山美人峰，代指昆明。歌仙，刘三姐，代指南宁。

登塔赋

　　游昙华之古寺兮，悦草木之葳蕤；临后山之瑞应兮，登宝塔之崔巍。喜凉风之习习兮，有爽气入吾襟怀；拾级盘旋而上兮，凭高纵览宁不快哉！瞰城郭之累累兮，如童稚之积木，远滇池之水色兮，聊慰余之心曲。忽举目以四顾兮，触处而怅然；周遭山峦之层叠兮，千载而蔽吾瞻望焉。予久居处坝子之底兮，犹一蛙之局促于大井之中也；日观此小天地常自得其乐兮，曾不知井外广宇之无穷也。噫！孰能跨越此井壁之重重兮展望眼至于天宇之无尽头；或藉鹏翼之抟扶摇兮，上九霄云外而恣意遨游！

张仙权

白族，1979 年生，云南省云龙县人。文学学士。《滇池晨报》责任编辑，《都市时报》专栏作家。系云南省作家协会会员、云南省诗词学会理事、《云南诗词》编辑。

题黄鹤楼

极目云浓不见天，风神落魄越千年。
桃花一梦今安在，放鹤归来已惘然。

大理无为寺吊段宝姬

旷古奇殇别弟诗，幽芳自是有情痴。
兰阁桂苑今安在，唯见空山蛱蝶飞。

游新平磨盘山

草海花山我未来，林森雾霰向天开。
仙游最恨春来晚，石烂风枯一日哀。

登华山

天下名山已自多，丹书铁券没长河。
飞身直上苍龙岭，腹隐千秋快意歌。

玉溪吟

飞花三月恨来迟，锦绣繁华醉玉溪。
旧梦闲情随俯仰，流觞漫雨好吟诗。

五华山

长风半寐五华山，一树梅花始得闲。
束口偏听寒号鸟，荒茫万里月初圆。

五华山山居

小住华阴已数秋，浅吟低唱自风流。
山丹雅韵侵西牖，万卷书香百尺楼。

咏大理

南国梅化已半开，风城柳魅舞瑶台。
飞鸿万里传芳讯，雪隐苍山我又来。

游大理洱海湖畔龙山应海庙

寒门半闭迓仙客，漫雨飞花送暗香。
一夜秋风吹浪白，长天独立啸苍茫。

张玉梅

女，1968年生，云南临翔人。中华诗词学会、云南省诗词学会会员。现为临翔区妇联主席，著有《阑夜笔耘》。

小草吟

置身何处不风流，绿遍天涯兴未休。
笑看百花争艳丽，自甘默默度春秋。

笼中鸟

此心原本在天涯，金笼豪华不是家。
何日乘风破雾去，一冲霄汉伴云霞。

咏　松

万绿丛中看劲松，春秋冬夏绿荫浓。
几番雨打风吹后，依旧舒枝展笑容。

园丁颂

教坛默默奋挥鞭，冬去春来年复年。
三尺讲台培后秀，一方净土润心田。
豪情依旧青丝改，岁月迁流师道沿。
回首征程心有慰，千花百草竞鲜妍。

苏幕遮·雨后

雨初晴，花带露，碧草茵茵，春色使人妒。粒粒珍珠镶满树，剔透晶莹，恰似群星驻。　　看鸣禽，争献舞。上下翻飞，欲把春来妒。漫道穷乡无所有，水碧山青，尽是怡人处。

鹊桥仙·春夜

月华似水，娇花似梦，枝影随风轻舞。呼朋引伴相吟，都道是，春光莫负。　　观声笑语，穿庭出户，飘到云天深处。嫦娥听后暗心伤，凭谁诉，乡思别苦。

张兆钫

云南省南华县人，1930 年生。南华县教育局退休干部，楚雄诗词楹联学会、楚雄州老年书画诗词协会、云南省诗词学会会员。

敬老节观老年文艺队演出

老年佳节乐融融，歌舞笙箫剧目丰。
鬓颊霜花风韵美，声声同赞夕阳红。

习诗感吟

耄耋乐尧天，朝晖映暮年。
吟咏多自悦，得句喜心田。

退休居家偶感

瓦屋数椽平无华，庭院二分喜栽花。
竹菊兰梅养清气，夕阳犹映五彩霞。

张吉武

云南省华坪县人，于 1932 年生。云南省诗词学会会员。有著作《岁月诗影》。

纪念香港回归十周年

旗落灰遛岁月逝，十载庆归正历时。
壁返珠联儿女愿，花明沃甸紫荆枝。
洗清屈辱百年史，谱就光辉两制诗。
家国和谐情永驻，繁荣稳定展雄姿！

成都武侯祠

丞相祠堂昭烈宫，君臣鱼水义情通。
蜀汉一部忠贞史，尽在古柏庭院中。

峨眉天下秀

天下名山观秀景，林涛雾海百花欣。
忙乘空道游金顶，喜瞰府天万里云！

张佐诚

1933年生，云南弥渡人，中专文化。云南省诗词学会会员。

澜沧江湄公河航赞

一江疏浚好通航，客货往来连六邦。
经济繁荣民众乐，和平共处万年长。

长相思·生当若兰（新韵）

岁匆匆，月匆匆，一梦童年变妪翁。今生未
是风。　　岭重重，水重重，名利烟云不可崇。
欣作兰一丛。

鹧鸪天·刺贪官（新韵）

厚禄高官搞特殊，鬼迷忘却是公仆。
边穷老少难温饱，酷吏鲸吞变狱徒。
三代表、一心无，花天酒地走歧途。
铲除硕鼠江山固，正本清源绘彩图。

张启坤

1930 年生，湖北省黄梅县人。云南省诗词学会会员。

吟诗感兴

喜爱吟诗学作诗，胸无点墨费神思。
祈求今夕成幽梦，借得江郎笔一支。

夜来香花

绿叶青枝衬白花，不思斗艳显芳华。
风清月朗沉沉夜，暗送幽香到万家。

张宗鹤

彝族，1934年生于云南省砚山县。青年入伍，壮年转业，今离休。云南省诗词学会会员。

手　杖

古稀陡添脚一支，世人听罢慢笑痴。
待到秋霜叶黄时，勿须耳提君自知。

丽江石鼓渡

纪念红军长征胜利七十周年。

霞蔚岭云山千重，涛惊长江第一湾。
江流到此成逆转，奔人中原壮大观。
贺龙振臂擂石鼓，三军拼力抢险滩。
从兹精神更抖擞，鹰搏长空龙潜潭。

梁河恋

我住南甸三十年，身去意留倍情牵。
难忘回龙绿茶酽，最羡盈江花鱼鲜。
勐养风光梦中醉，芒锣傣歌润心田。
人情缱绻期无绝，来生仍结梁河缘。

〖中华诗词存稿·地域专辑〗

中华诗词学会 编

云南诗词选

（二）

云南诗词学会 编

中国书籍出版社
China Book Press

图书在版编目（CIP）数据

云南诗词选.二/云南诗词学会编.—北京：中
国书籍出版社，2020.9
（中华诗词存稿）
ISBN 978-7-5068-7928-6

Ⅰ.①云… Ⅱ.①云… Ⅲ.①诗词—作品集—中国
Ⅳ.①I22

中国版本图书馆 CIP 数据核字 (2020) 第 141725 号

云南诗词选·二

云南诗词学会 编

责任编辑	李国永	
责任印制	孙马飞　马　芝	
封面设计	采薇阁	
出版发行	中国书籍出版社	
地　　址	北京市丰台区三路居路 97 号（邮编：100073）	
电　　话	(010) 52257143（总编室）(010) 52257140（发行部）	
电子邮箱	eo@chinabp.com.cn	
经　　销	全国新华书店	
印　　刷	北京虎彩文化传播有限公司	
开　　本	710 毫米 × 1000 毫米 1/16	
字　　数	320 千字	
印　　张	30	
版　　次	2020 年 11 月第 1 版　2020 年 11 月第 1 次印刷	
书　　号	ISBN 978-7-5068-7928-6	
定　　价	798.00 元（全 2 册）	

目　　录

张承德

1938 年生，云南省南华县人。1958 年参加工作。云南省诗词学会、中华诗词学会会员。出版《晓仁诗书》。

退休乐趣

退出公门景自舒，学诗学画学庖厨。
清晨闹市兜蔬菜，白日小斋歌玉壶。
釜底有汤空煮尽，笺中无句岂甘输。
幼儿园里归来晚，一股焦烟饭又糊。

街心广场庆元宵

共庆元宵会，同抒盛世情。
烟花天上散，歌舞画中行。
皓月当空照，雄鸡①昂首鸣。
九州归此夜，一样颂升平。

【注】
①鸡年元宵夜。

阿亮农家乐

傍水依山本自然，农家小院气新鲜。

屋高屋矮多成趣，客去客来半是缘。

百味佳肴招四海，十年老窖醉群仙。

但从薄利兴生意，小本经营也赚钱。

龙江公园

几人漫步喜同行，故地重游寓晚晴。

丽日当空人影影，方塘投饵鲤兢兢。

楹联多是名家笔，亭阁高悬巨匠心。

游子寻芳还有幸，江山处处最多情。

庆祝建军八十周年

谁放南昌第一枪，周朱叶贺①战玄黄。

平倭威震天皇殿，建国名垂纪念堂。

八路三军欣有帅，九州万里喜无狼。

雄关百二坚如铁，敢有胡群犯我疆。

【注】

①周恩来、朱德、叶挺、贺龙。

读《墨韵斋吟草》呈魏文乾先生一首

千里赠书感万千，通宵达旦未成眠。
曾经世路三千里，未负心灵一瞬间。
云岭新声常见韵，思茅古道暂无缘。
将来有幸茶山去，细认门墙拜个年。

黑井镇

好山好水岂能忘，走马观花又一乡。
五井感盐腌虎豆，一溪甜水自龙江。
武家大院公输巧，夫子殿前兰桂香。
史迹斑斑当保护，九州游子更牵肠。

好客的哀牢彝家

柴扉轻叩喜相迎，萍水相逢当远亲。
火腿家鸡盛满桌，山花野菜耐回津。
举杯合饮小锅酒，携手共交兄弟情。
大碗清茶深品味，彝家多有好客心。

张顺清

大学文化，云南省泸西县人，1933年5月生。云南省诗词学会会员。

珠江源二首

（一）

马雄一水滴三江，峰顶千支六十方。
南北盘江奔粤桂，洪波巨浪入南洋。
牛栏径向深溪涧，金水浇灌故梓桑。
一览群山皆是小，风骚独领彩云乡。

（二）

珠源胜境恋游人，满目青山滴翠林。
伏地松针明月朗，杜鹃花艳满天醇。
流泉清澈明如镜，行道曲弯宛若云。
神韵珠江情浪漫，溯源霞客有来人。

抗日将领吉鸿昌

著名将领吉鸿昌，出鞘刀光闪四方。
善战立功担重任，搜山打虎保家乡。
家财变卖收枪械，旧部联盟组武装。
正大光明擎大纛，铁心抗日志安邦。

张桂艺

女，昆明人，1935年生。大专文化，中学教师，省诗词学会会员。

建筑工人礼赞

汗水泥浆月复年，重锤频举立高檐。
大盆盛菜食多味，小屋挤身酣睡甜。
荒地变园多靓丽，新城换貌好休闲。
城区快速延开去，现代高楼景物妍。

游昆明宝海公园

碧水蓝天桥隐东，环湖幽径树葱茏。
唧啾彼此梢间语，举目窥寻未见踪。

茵茵草地一群鸽，红爪银装小眼窝。
踱步闲适无吵扰，春城新貌趣味多。

热　海

天地玄黄大滚锅，烟蒸气绕冒银螺。
声如虎吼山川动，烹日煮天奈如何？

九龙池

层峦叠翠覆西区，隐殿藏宫疑太虚。

古树千寻穿碧落，莹泉汩汩溢清湖。

张泰安

1941 年生，原思茅地区群众艺术馆副研究馆员、美术摄影书法部主任。中华诗词学会会员、云南省诗词学会会员。

演兵归来

露宿在深山，演兵昨夜还。
家书传喜讯，明月照边关。

云南九乡行

云南有九乡，妙景美名扬。
映翠奇观秀，狮厅巨洞凉。
神田寻奥秘，石笋赏姿芳。
飞瀑雌雄恋，影留传四方。

饮江城牛洛河玉雾生态茶

清心香醇美，陶醉饮茶人。
最是云深处，采来嫩绿春。

赠西盟高旗先生

高山四季水流清，云海翻波日丽明。
立岁春风吹百寨，旗飘五彩是盟城。

吟　竹

青枝沐雨又经霜，龙竹虚心节自康。
始茂芳林常叠翠，漫山碧绿泛清香。

昆明黑龙潭赏梅

寺嵌深林古木苍，彩鱼嬉戏黑龙藏。
游人不断醉仙境，万树梅花一路香。

景洪勐龙行

勐龙锦绣如诗画，田野竹楼映彩霞。
无限东风花烂漫，胶林似海绿无涯。

张镇东

1937年1月生，云南会泽人。大学文化，中学高级教师。中华诗词学会、云南省诗词学会会员，东川春蚕诗社常务副社长（兼昆明分社社长）。

沁园春·金沙江大峡谷自然风光

云淡天高，朝日和煦，诗友乐悠。看青山滴翠，瓜熟地里，流泉布堑，榴上枝头。峡谷深深，壁坡陡陡，怒吼金沙涌急流。三江口，恰一区三县，象鼻牵头。　　多年夙愿今酬，更难得采风合影柔。瞰京铜运道，匠房杳杳，小江电站，工厂幽幽；植物园林，清醇果木，热带温泉洗万愁。喜自然人类，意合情投。

金沙江赋

金沙江长 2308 公里，奔流于川藏滇边境，至云南丽江县急转北流，深切高原，深壑飞瀑，蔚为壮观。著名的乌东德（禄劝）、白鹤滩（巧家）、溪洛渡（永善）、向家坝（水富）等四大电站选址均处于金沙江下游。

高原雪域化灵津，破壁穿崖走巨鲲。
岳裂峰倾掀恶浪，山鸣谷应遏行云。
碰崖打石声敲磬，撞壑冲滩韵击金。
惊涛阵阵飞银絮，浓雾沉沉渡野村。
宏堤巨坝高天落，制服孽龙热光存。
激情永伴轮机转，豪志终随塔线奔。
花放四围潇潇雨，鸟鸣高下洒洒文。
金沙一首水龙赋，斗转星移两岸春。

越溪春·禄劝云龙水库采风

禄劝采风逢丽日，诗韵漫天涯，云龙水库清波漾，穿山越岭进松花。碧绿高峰，巍峨大坝，伫足观霞。　　风情小院彝家，生态啖鱼虾。探琼掘玉，摘涛采浪，地灵人秀，高崖尽睹风华。满腹珠玑返市，唱和吟咏皆佳。

观东川高级中学文艺演出

歌音绕屋梁，弦管协宫商。

蜂蝶翩翩舞，梅兰郁郁香。

挑眉莲欲笑，抿嘴燕初翔。

红烛光辉脸，紫衫姿映墙。

水欢山跃醉，起伏掌声扬。

会泽娜姑镇云峰古驿道

道送东西客，碑留汉魏辞。

踏痕斑累累，蹄印驳丝丝。

驿路蜿蜒状，石阶横纵姿。

纵然形泯灭，魂化助驱驰。

溪洛渡电站工地夜景

溪洛繁星洒满坡，远山映衬叹巍峨。

如龙似线行行列，亦果还花朵朵罗。

油绿金黄永善舞，火红水碧四川和。

江流滚滚波光涌，疑是银鳞抢渡河。

竹

气节亮如虹，从容抗酷冬。
成群铺绿黛，独立向苍穹。
根细凝肥土，枝青舞翠龙。
虚心纳万物，管乐颂春风。

张毓庆

1935 年 1 月生，曲靖市麒麟区三宝镇人。云南省诗词学会会员。

观赏罗平油菜花

罗平坝子好风光，四野金黄花海洋。
地沃人勤油菜长，蜂飞蝶舞送清香。
游人乘兴观风景，拍照争先喜欲狂。
万里晴空春色艳，和谐免赋灿仙乡。

教师新村即景

教师大院好风光，景秀楼高胜故乡。
绿树荫浓添爽气，花开草长送幽香。
池鱼戏水媪翁悦，亭子乘凉笑语扬。
场上升平歌舞闹，休闲养性乐无疆。

张德全

四川人，大专文化，1952 年生。云南省诗词学会会员。

纪念小平诞辰一百周年

抒诚救国追真谛，三度沉浮奋不休。
沥胆披肝昭日月，殚精竭虑写春秋。
鼎新革故纠偏误，重教兴科绘壮猷。
特色南巡挥巨笔，人民儿子最风流。

笑傲瘟神奈我何

非典疾魔休肆虐，除妖仗剑有华佗。
和衷共济回天力，笑傲瘟神奈我何。

游玉溪九龙池

滇中胜景九龙秀，冬暖夏凉宁静幽。
潭碧池深鱼戏水，山高林翠鸟抒喉。
龙涎汩汩喷薄出，泉水涓涓欢快流。
滚滚溪流何处去，千畴菽麦绿油油。

浣溪沙·缅怀朱老总

正气浩然冲九天，讨袁护国斗凶顽。南征北战凯歌旋。　　勤政爱民昭日月，丹心慧眼识忠奸。是非面对镜高悬。

长相思·玉溪赞

玉烟香，国曲扬，歌舞花灯压众芳，高原鱼米仓。　　百业昌，人和祥，四季如春水云乡，招来金凤凰。

杨 仪

重庆市人。军转干，1990 年退休。楚雄诗词楹联学会、云南省诗词学会会员，著有《尘露集》。

沁园春·神舟

玉舸凌霄，千日枕戈，万仞扶摇。看蓝天碧透，群星闪耀；广寒静谧，娥袖抒飘。地动春雷，人歌清韵，千里山河欢浪滔。扬眉日，听醒狮怒吼，声振云霄。　　吴天科技升飙，喜无数英雄志气豪。颂骄杨费聂，九天探宝；后勤志士，半世辛劳。领导含辛，运筹帷幄，誓把"神舟"着意雕。游天阙，与美俄联袂，共创新高。

洞庭春色·母亲

五十年前，春雷惊天，五星旗飘，看天安门上，英雄会聚；九州域内，赤子呼号。旧国东流，新天焕彩，旭日凌空光九霄。叹观止，颂雄鹰展翅，万仞扶摇。　　鲜红花朵多娇，须各族人民巧手浇，要蓝天展纸，海涛取墨，折峰为笔，举臂挥毫。振奋精神，同心进取，共把蓝图新绘描。征途远，再扬鞭跃马，千里腾蛟。

鹿城颂

锦绣哀牢威楚天，环蜂暖翠筑城垣。

东瞻福塔凌霄箭，西望阳园托日园。

北带龙川河瀚渺，南储国粹鼓钟喧。

高原璞玉精雕琢，绚丽鹿城朝日暾。

杨　渡

白族，1930年9月生于凤庆县城。省、县诗词学会会员，著有《碌碌华年》诗文集。

赠吟友

经国文章千古事，开来继往发新枝。
为民呐喊称佳作，无病呻吟不算诗。
善恶是非常系念，风花雪月次萦思。
精神境界臻高雅，匡正颓靡只待时。

赞解放军抗洪

恶流袭来似敌侵，冲锋陷阵救星临。
兵民奋战志如铁，鱼水相依情胜金。
节义高时知士气，江河险处见人心。
惊天动地抗洪业，有口皆碑解放军。

山　行

采樵高岭上，心系白云飞。
薄暮山林静，偏怜倦鸟归。

题凤庆石洞寺

茶园万亩寺居中，胜地名区曲径通。
双阁凌霄千载峙，百花耀日满天红。
修真石洞小仙境，留墨危岩大雅风。
推助旅游添景致，古香新韵互为功。

勐库秋晨

大地罩轻纱，高山映彩霞。
河边娇傣女，背谷进芦花。

赞雷锋

望城英杰数雷锋，甘献青春享誉隆。
生命旅途原有限，为民服务自无穷。
黄牛风格人同敬，钉子精神世共崇。
优秀典型昭万代，九州大地起春风。

杨　武

昆明大学高级讲师。中华诗词学会会员、云南省诗词学会会员。

蓝　天

辽阔蓝天似海洋，白云朵朵沐春光。
乡村城市楼房美，绿色家园颂百章。

白　云

美丽蓝天碧色优，银河洁净水纹浮。
白云万状如仙境，美梦成真玉殿游。

杨习源

丽江市古城区人，1952年5月生，纳西族。现为丽江市玉泉诗社理事、云南省诗词学会会员。

咏　松

云松映日破星辰，郁郁葱葱四季春。
铁骨铜枝舒翠叶，寒风瑞雪笑红尘。
喜瞻落落擎天柱，每念铮铮济世人。
热血儿郎当立志，义无反顾为斯民。

咏　竹

庭前绿竹吐心声，夜夜琴弦伴月鸣。
翠叶盈盈翻玉露，金枝袅袅弄新晴。
虚心识得板桥画，浩气赢来苏武名。
一曲清歌情切切，凌风寄语祝升平。

咏梅

玉龙山下吐芬芳，点点奇葩淡淡妆。
疏影婆娑迎雪月，道枝峭拔傲风霜。
严寒耐得花长好，清气飘来人寿康。
待到青梅珠缀玉，端宜煮酒话沧桑。

春分雷雨偶成

破晓数声雷，相思梦不回。

和风鸣绿竹，细雨润红梅。

雪岳金光映，桑田玉锦裁。

谁家楼阁上，一曲《到春来》^①。

【注】

①纳西古乐曲牌名。

咏　兰

三春好雨酿春华，九畹暖风催嫩芽。

丽郡家家无俗韵，江城处处着奇葩。

一枝雪素通灵玉，数朵星荷驻彩霞。

有客携来茶马道，香风一路播天涯。

杨士纬

云南临沧市临翔区海晏村人，1916 年 10 月生。中华诗词学会、云南诗词学会会员。著有《夕晖集》《夕晖续集》。

迎接一九九九喜庆多

悠悠成败百年中，外侮频频局已终。
世纪交辉圆旧梦，金瓯合璧颂东风。
神州炳焕千秋灿，世博高明万国通。
野老生逢跨世纪。心潮澎湃傲苍穹。

临沧城

沧怒之滨栖凤凰，琼楼广厦耸山乡。
花遮市路街容美，柳护南汀岸草芳。
文化宫中笙管奏，郊原地里稻粱昌。
敞怀且举丰收酒，共祝边城倍发光。

故乡青华正腾飞

挺秀青华父母邦，前临汀水背旗山。

得天独厚民生裕，人杰地灵文采彰。

万顷平川犹碧海，千家仓廪闪金光。

尝闻遐迩口碑誉，夜半公车游客忙。

人民苦恨骂驽骀

黎民苦恨骂驽骀，敢有豪言动地哀。

混世庸才堪误国，滥竽南郭岂良材。

扶廉反腐兴中计，简政精兵至上裁。

杜宇声声啼夜半，东风荡荡唤春来。

杨文明

　　字雁峰,云南楚雄人,生于,1928 年,楚雄市财政局退休。楚雄诗词楹联学会主席、楚雄彝族自治州老年书画诗词协会副会长。著作有《雁峰诗文选集》《石鼓文全集》。

咏楚雄茶花童子面

满树童颜艳艳姿,太真出浴华清池。
何当又染胭脂色,疑是醒觞筵宴时。
雨露熏陶柯劲健,风霜作伴花亦奇。
沧桑厉尽六百载,名冠南中第一枝。

咏　荷

冰肌玉态势雍容,茁壮婷婷淤泥中。
百卉何当争艳丽,满池翡翠竞丰隆。
青莲一品号君子,誉奉千秋映日红。
自洁身心循大道,河清海晏万民躬。

咏　菊

火炼金丹气势昂,艳姑含笑懒梳妆。
枝枝敬献南山寺,不惧风霜雨露狂。

咏牟定化佛山二首

(一)

悬崖飞瀑玉泉淳，幽壑林深岚瑞臻。
猴过天桥无险阻，奥秘奇洞怪嶙峋。

(二)

旃檀蝉咏鸣知了，彩焕袈裟不染尘。
古塔群碑佛化处，山花烂漫鸟迎人。

百花山庄咏百花

庄园旗布巧安排，异卉离离遍地栽。
木槿林檎虞美人，玉兰含笑仙客来。
金钱灯盏凌霄庆，银杏旋复丹桂开。
百态千姿红烂漫，群芳荟萃醉心怀。

龙江公园咏梅

滚滚龙江边，幽轩隔市尘。
风袭枝挺健，雪霁花簪棉。
嫣素相晖映，紫姹尽婵娟。
凌冬春探早，香郁岁寒天。

题画劲松图

铮铮铁骨笑苍穹，历尽风霜气度弘。

姿态无休生死斗，巍然雄崎五云中。

褚成律求山水画题其诗曰

音度成律律应钟①，彤云焕彩晚霞红。

山光灵秀谁先觉，滚滚松涛唱大风。

【注】

①褚公成律，字应钟，择居楚雄灵秀湖畔。诗画缀意以赠。

贺君寿而康

魏金铎老师求"坐虎针龙"图，绘就，戏题"藏头"一首以衬。

委鬼宣药王，金牌不用张。

铎声惊翰苑，长笑看风凉。

欢娱无病苦，乐道灌园忙。

敬绘针龙图，贺君寿而康。

杨开明

1932 年生，云南省临沧县人。曾在本县计委、财办、监察局等政府机关工作，历任副主任、副局长等职。临沧诗协常务理事，著有《青山吟草》诗词集。

临沧世纪大道夜景吟

夜来世纪长街亮，疑是银河落此方。
月里嫦娥惊探望，临城新景似天堂。

赞临沧城南郊林场 （花果山）

辛苦造营三十载，坍山变作美林场。
参天大树密密长，遍地小花阵阵香。
曲径幽深飞笑语，草坪清净听歌簧。
人能战胜天灾害，花果山庄美誉扬。

春游攀枝花

久念金沙今已到，雄关峻岭锁攀钢。
悬崖合抱金沙水，天栈横江渡口行。
炉火熊熊新厂市，攀花艳艳美金江。
当年彭帅指挥地，钢水如洪铁路长。

三上临沧大雪山

结队攀登大雪山，立巅四眺宇苍蓝。

明山暗水千重浪，伏虎藏龙万道关。

古树阴森覆旷野，杜鹃艳丽放层峦。

山川永在人生短，造极登蜂乃自宽。

南乡子·饮水思源

纪念邓小平诞辰一百周年。

华夏满春风，锦绣河山傲宇穹。民富国强昔怎比？兴隆。更往前程舞巨龙。　　饮水思源中，妙手回春颂邓公。破了天荒功盖世，英雄！迈步小康气势宏。

忆秦娥·漫步临沧步森街

临沧好，丰饶坝子山环绕。山环绕，两条河水，涌来拥抱。　　步森装点老城俏，辉煌街景升平调。平格调，琳琅商品，满街珠宝。

杨天祥

白族，1948 年生于凤庆。大专文化，现任临沧市旅游志主编。云南省诗词学会会员。

玉龙雪山

玉龙奇秀十三蜂，座座晶莹峻峭容。
雪盖风吹现玉笋，云蒸霞蔚走蛟龙。
早迎晨露山峰朗，晚照斜辉岳顶红。
神韵丰姿宁静致，仙乡至境旅人崇。

虎跳峡

巨龙腾骜浪飞花，猛虎惊天跳峡霞。
峭壁连天猴止步，石礁林立犬交牙。
急流涛怒冲屏蟑，深古风摧回险崖。
百瀑千层戌彩画，一江万古誉中华。

杨文谦

女，重庆市人，1938 年生。高级工程师，云南省诗词学会会员。

过零丁洋怀古

万里魂飞豪气存，海天碧血写丹心。
沉浮时世烟云散，一统山河笑语频。
惶恐滩头说惶恐，零丁洋里觅零丁。
丹心泽润中华地，彪炳汗青启后程。

杨成才

字江龙，笔名石门人，1930 年生。云南省诗词学会会员，著有《石门人诗书文选》。

题牟定龙虎水库竣工

青山三面墙，高坝锁龙王。
造就天湖景，引流滋富乡。

杨世光

纳西族，1941 年生于香格里拉县。大学毕业。历任云南人民出版社编审、副总编辑，《家》杂志主管终审。现为云南省诗词学会副会长、全球汉诗学会理事、云南省文史研究馆馆员。出版有诗词集《壮游中华》《金沙集》等 5 部，另出版有散文集、论著等。

中华巨龙颂

头角峥嵘出大川，挟云直上九霄旋。
横冲霹雳身犹健，挺驭狂飙甲更坚。
雄魄拔荒开富域，赤心酿雨播康年。
新鳞壮彩辉三界，亿万龙孙气拍天。

访杜甫草堂

踏访浣花溪畔奇，骚坛师表见风仪。
奔波俗世言真事，忧患萦心出大诗。
翠竹万竿酬凤志，清潭三尺鉴豪眉。
朝风夕雨难移去，千古草堂一巨碑。

游沈园

南宋名园探古香，新容半改旧时塘。

水吟不断陆游壁，柳舞生姿唐婉妆。

一片芳心悲命薄，千秋浩气慨情长。

今来敢读钗头凤，料没痴人会断肠。

【注】

陆游娶表妹唐婉，两相情笃，只因陆母不喜而离异，唐改嫁，陆另娶。其后二人邂逅于沈园，陆游感慨题《钗头凤》一词于壁，唐婉和一词，内有"世情薄，人情恶"之句，不久积郁而死。

古邮差塑像

信差传影到今朝，高笠浓眉双目昭。

跺雨踢风飞铁脚，敲山叩水挺钢腰。

邮包挂起千金价，扁担搭成百里桥。

敢赴人先豪气在，万家忧乐一肩挑。

【注】

云南第一个邮政局出在蒙自，今存古邮差照片，街边有其高大塑像。

版纳泼水节

暑至南陲四月天，红铺绿漫一江连。
盈街花伞开霞路，满地彩裙舞月仙。
圣露千盆喷昼爽，晶珠万斗泼人颠。
龙舟竞浪呼喝过，心逐高升上日边。

【注】

高升：发射土制火箭，谓之"放高升"。

登黄山

一线横空索道寒，曲阶无数玉蛇盘。
松风竹影陪行路，泉唱禽歌伴倚栏。
恣意浮沉青嶂海，敞胸吐纳白云团。
奇奇阅尽心盈甚，天下他山不用观。

满江红·香港回归十年赋

壮剧开篇，轰轰烈，十年震世。依国盾，金涛决胜，驱疫化瑞①。险障全平升实力，英风无畏真神气。稳繁荣，凤舞又龙歌，丰碑丽。　　功比岳，环球佩；驾时势，追飞骥。两地同胞肩并立，一腔豪志图新绘。再添花，锦绣好香江，千秋媚。

【注】

①：金涛：指金融风暴；疫：指"非典"。

东风第一枝·春城赋

地吐奇虹，天裁绚绵，花都莫辨寒暑。四围诗塑青山，千景画飞彩语。池盈仙水，织片片、渔舟鸥羽。享习习、养腑和风，处处翠歌红舞。　　曾响过、拓滇铜鼓，不胜数、历朝文举。改容玉耸珠环，满眼龙腾凤矗。扩新周域，壮百业、丰辉冲宇。看进取、卓越人先，美构福居春府。

东风第一枝·普洱茶赋

地赋茶名，茶彰地著，滇边蔚领源祖。先驱植岭栽山，后继耕云播雨。琼林遍起，看不尽、万重繁圃。惊更有、千岁华株，四季绿香飘举。　珍宝味、旷扬海宇，茶马道、网行今古。青红浓淡争芳，沱饼方圆竞谱。品甘饮健，怎舍守、朝俦夕侣。新作势、火了人间，胜概倍添威武。

美酒行

丽江"狼翻锅"酒传奇。

君不见，丽江雪山昂雄首，玉鼎列天待仙酒。
君不见，金沙江水发巨吼，欲化神酒待好友。
神酒仙酒何处有？狼翻锅酒醉星斗。
何狼翻锅何成酒？趣名由来怪且久。
古时外敌犯边陬，木氏军酋征西走。
发兵鲁甸大山口，忽降大雪雪如藕。
天寒地冻临渊薮，眼望高山山更陡。
弓弩刀剑成冰帚，兵士缩如小蝌蚪。
酋领急谋造烈酒，大山坳里请酿叟。
掘灶支锅烧栗火，锅腾酒气冲高岫。
半夜火光照黝黝，将士守酒魂不舍。
雪冷难禁浓香诱，有人伦尝喝个够。
千兵蜂拥跟其后，锅锅喝尽皆翻扣。

酋领晨起问巡守，兵士心藏小九九。

嬉言夜半狼抢酒，群狼翻锅是祸首。

酋领明知故不究，攀山令下如雷吼。

将士如龙卷雪走，好酒暖肚神抖抖。

杀声震天越山头，挥刀摧敌如割韭。

自此扬名传千秋，狼翻锅地成不朽。

数百年后重运筹，地名化酒起智者。

丽江后生创名优，酒成香韵世无偶。

男士喝了虎抖擞，女士喝了媚如柳。

一酒交来天下友，此酒真是知己俦。

友酒同显好身手，佳话飞彩竞风流。

杨世伟

1944 年 1 月生，云南腾冲人。大专文化，中学高级教师。现为云南省诗词学会会员。

和顺怀古

尘封抹去岁月煌，南州冠冕熠生光。
追溯始祖元明至，来创文明和顺乡。
深宅旧院显典雅，百年铁窗①示堂皇。
图书馆里忆崇新②，益群校中觅拓荒③。
隔娘坡④前挥泪别，洗衣亭畔儿情长。
侨乡精英誉中外，蕉溪⑤清水润心房。
雨洲亭前思树声⑥，弯楼子下谈太昌⑦。
数代游子勤耕耘，和谐人居胜苏杭。

【注】
①和顺民居有的窗花则由十几扇西欧产的铁艺窗连在一起。
②即崇新社。1928 年经崇新社同仁努力，全乡各界捐赠，把读书社扩建为和顺图书馆。
③即拓荒者，学校创办者。
④和顺一地名，走过隔娘坡出门的男人就彻底完成了自己的"精神断乳"，没有后退之路。
⑤蕉溪．和顺水碓村古名，著名哲学家艾思奇出生地。
⑥即寸树声，字雨洲，曾任益群中学校长，云南大学副校长。
⑦和顺较早著名侨商。

杨全仁

1926年生,大理市人,白族。云南普洱县邮电局退休干部。普洱市老年书画诗词协会、普洱市诗词楹联协会、云南省诗词学会会员。

自 勉

新朋老友喜相逢,论古谈今趣意浓。
鹤发童心人未老,古稀耄耋不龙钟。
诗词歌赋抒心绪,泼墨挥毫绘彩虹。
莫叹桑榆夕照晚,斜阳灿烂更鲜红。

诚信做人

忠诚守信古今同,莫学贪馋懒蛀虫。
不义之财须缩手,勤劳致富应尊崇。
为官正派清风树,办事秉公声誉隆。
得失浮沉无足道,终生奉献映苍穹。

普洱茶赞

春风吹绿美南疆，满岭茶芽绿满冈。

银剑毫峰喉感润，谷花雀舌齿留香。

诗词曲赋常吟咏，影视书刊广赞扬。

可口生津添雅兴，神怡心旷寿而康。

咏普洱民族团结园"民族团结誓词"碑

饮水思源牢记忆，辱荣苦乐紧相连。

誓词字字千钧重，咒水杯杯心意虔。

杨志华

1947 年出生。系中华诗嘲学会会员、云南省诗词学会常务理事。由云南省美术出版社和中国文联出版社出版过两本诗集。

纪念南社成立一百周年 （新韵）

百年南社筑高楼，誉满山河遍五洲。
俊彦相逢风雅会，诗篇不绝弄春柔。
激扬文字歌新世，涤荡浊污为国忧。
启后承前诗不绝，丹心一片写春秋。

游边城腾冲 （古风）

秋晴时节边城游，热海蒸腾景色幽。
清涧柔和鸣鸟翠，新村林荫隐高楼。
花香鸟语春常在，碧水蓝天情永留。
满目风光无限好，诗情不尽上心头。

布依姑娘

布依村寨门开半，伶俐姑娘坐石阶。
三月桃花添秀色，围裙彩线绣将来。

游桂林两江四湖有感

桂邑漓江幻梦思，千姿百态喜逢迟。
神仙来去已知醉，水秀山清若妙诗。

杨春华

笔名天冬。中华诗词学会会员，出版诗集《归真》。

永遇乐·免除农业税有感

免税兴农，开天辟地，功盖千古。文景民丰，贞观物阜，怎比当今富。昨颁文件，神州轰动，黎庶打锣敲鼓。庆升平、南疆北域，高歌猛进狂舞。　　中华历史，农民凄楚。从此眉扬气吐。美梦成真，昆仑昂首，泰岳舒心府。创新开拓，国家强盛，党政高瞻远瞩。人为本、和谐社会，迈开健步。

三峡大坝

激流浩浩有雄风，大坝巍巍锁巨龙。
治水丰功盖禹舜，惠民福祉愧羲农。
光明远照三千里，翠色遥瞻十二蜂。
天水相涵明镜阔，江山尽美画图中。

畹町桥抒怀

（一）

关外绿杨霞隐隐，寨前朱槿雨霏霏。

丝绸古道通南亚，满载邻邦友谊归。

（二）

狼烟烽火起边关，血雨腥风暗碧天。

将士远征奔缅甸，平倭激战壮歌还。

（三）

朝旭凝丹孔雀鸣，铿锵锣鼓喜相迎。

阁揆两辈迈骄步，总是牵肠中缅情。

丝绸南路

竹影拖金日色黄，晚霞吐艳照牛羊。
边关更喜春风度，古路犹闻缅桂香。

民乐悠悠情浪漫，绢丝缕缕质优良。
商潮席卷南洋海，万里轻舟导远航。

毗邻接壤互存依，古道丝绸旷世稀。
日照八关腾紫气，人行九隘枕青矶。

风梳塞柳观云彩，雨润缅桃出玉闱。
拟借崇峦抬望眼，风光似锦诱人归。

杨贵全

1955 年生。中共昭通市交通局总支委员会副书记。云南诗词学会会员、昭通市文联委员、昭通诗词学会秘书长。

读陈嘉棣先生《率吟新集》

磕碰平生路，率吟情最痴。
歌因时事唱，泪为庶民垂。
乐府风当采，庙堂人渐知。
新编醒世录，一咏一沉思。

内昆铁路通车志喜 (新韵)

内昆接轨日，客货畅流时。
越涧隧桥壮，翻山云雾低。
百年圆旧梦，三省启新机。
僻野歌潮动，心追车旅驰。

镇雄南广大桥

行车桥上过，雾霭罩荒沟。
幽壑悬高拱，雄州接贵州。

落　叶

绿献人间欲隐身，秋风护魄漫归尘。
今朝化土存精气，付与来年蕴好春。

蝶恋花·飞天

圣地酒泉通浩宇，展翼神舟，再历和平旅。号令一声神采聚，军中勇士腾空去。　　自古中华行健履，火箭家乡，信念高高举。月里桂花香缕缕，嫦娥喜奏迎宾曲。

杨锐高

白族，1963 年 5 月 10 日生，洱源县凤羽镇兰林村人。中专学历，小学高级教师。云南省诗词学会会员。

白杨树

壮志凌云品节高，一身正气不弯腰。
而今落叶非风劲，孕育明春上九霄。

病中有感

不幸一朝病染身，床前不断问安人。
人生世事千般变，唯有亲情爱最真。

斥狂徒鸟吊山捕鸟

又是天边雾锁岗，狂徒半日整装忙。
可怜众鸟频遭劫，只为多添一味香。

致兄长

莫怨风云幻，阴晴本自然。
何须敲庙鼓，雨霁艳阳天。

杨照昌

白族，云南省云龙县人。现为云南诗词学会会员、中华诗词学会会员。

访赤卫队员

莹莹醇酿满杯斟，缕缕心声笼院庭。
墙挂雕弓张秉性，桌陈野味荐深情。
华颜霜发公尤健，豪语山歌曲亦精。
忆趣当年迎胜利，难忘歼敌唱红缨。

访云南富宁县甘邦红军洞二童

盛夏远征

南疆旭日映天骄，万缕金辉赛火燎。
含韵流泉鸣涧底，消声热浪漫重霄。
兼程无雨征衣湿，充耳凭空知了嘈。
几度披襟云外路，毅然捷足更登高。

甘邦即景

山头才现祥云绕，村口欣迎彩蝶娇。
四壁奇峰嵌画戟，平川黍浪响波涛。
频频归牧泉边饮，缕缕炊烟廓外缭。
不绝猿鸣潜入夜，萦回寰宇应声高。

叱咤重霄强者风

抗日战争胜利六十周年昆明"驼峰航线"浮雕落成感怀。

英雄"飞虎"御驼峰，叱咤重霄强者风。
不负青春辞故土，愿将碧血化长虹。
人间纵有妖和鬼，世道终须善与忠。
今立丰碑青史鉴，谨防魑魅再横冲。

腾冲国殇墓园六十年祭

墓园重塑立边亭，跨世丰碑壮士情。
青冢尤排军列阵，忠魂已化彩云升。
煌煌浩气垂千古，猎猎旌旗唱大风。
雪罩贡山妆素洁，经年披白悼英灵。

时序翻新思旧事

忆母校学生运输队支援滇西松山战役。

书声寂寂炮声沉，学子匆匆出校门。
汗湿青衫牵晓雾，血浸革履刺伤痕。
临危始觉肩挑重，救国尤珍故土亲。
时序翻新思旧事，仍闻香果济三军。

杨灏武

1936 年生，云南鹤庆人。系中华诗词学会会员、云南省诗词学会理事。

昆明护国路漫步有感

弹指风云几度秋，路名护国系金瓯。
南疆义举红旗展，滇海波平黑雾收。
大盗心怀恢帝祚，将军剑利碎皇旒。
凛然浩气惊天地，风雨沧桑百绪浮。

大理苍山大峡谷

层峦何逼窄，石脉涌清溪。
谷狭流云滞，林深细雨迷。
藤长知嶂古，壁峭觉天低。
到此尘缘绝，心随时鹤栖。

飞天梦圆

十年磨一剑，励志入青虚。
桂月嫦娥诧，长空夸父嘘。
银河留倩影，寰宇纵轻舆。
千载圆佳梦，飞天正自如。

滇南胜境坊

一坊界定两重天，景象奇殊倩大千。
箕伯喜滇红土燥，雨师恋贵绿苔鲜。
林中驿道轻烟软，垄外青山省域连。
思接流云翻古意，幽情自发在关前。

车行高黎贡山

驱车直上高黎贡，曲折回旋易暑寒。
天助纱绢妆树杪，云携急雨净尘峦。
香风剪剪长空荡，木叶森森翠羽安。
无定阴晴无定景，娜環仙域画中看。

一剪梅·蜡梅

一束梅花着素妆，斜插银瓶，静缀南窗。严冬独绽蕴清纯。但讯阳春，亦送祯祥。　玉洁冰心朴实藏。点破平林，高傲冰霜。个中秀色结情缘。雪里疏狂，室内浮香。

瑞鹧鸪·雨后行车沾益大坡道中

无风无雨也无晴，绿裹轻车逐画行。

浣透层峦云梦静，高低远近湿烟横。

平畴禾稼涵香韵，村落粉墙衬翠屏。

但与天心同感悟，撇开羁缚纵闲情。

行香子·鸡足山浓雾中乘缆车

钢索高悬，系九重天。缆车中，身裹罗纨。四周混沌，视野遮拦。觉风来来轻，云来急，雨来寒。　　峭壁危峦，峡谷流泉。正升腾，柔絮争翻。俗情尽弃，飞入仙寰。遍树生萝，石生藓，道生烟。

杨德辉

1944 年生。中华诗词学会、中国诗歌学会会员，云南省诗词学会常务理事，东川春蚕诗社社长，《春蚕诗词》主编。著有诗词选《春阳秋实集》、抒情理趣诗选《空白》等。

咏　萤

懒与骄阳夺，何须炽处燃？
秋风摇影俏，寒露润光纤。
一星留煜火，十里绕高天。
大路从明照，贞心豁亮宽。

看某农村文艺队演出

锄犁放下赶登场，曼舞轻歌喜欲狂。科技农民夸《果实》，文明姐妹《唱家乡》。　　《庆丰收》后《探干妹》，《修大沟》时《盼小郎》。景象升平新面貌，流金岁月散泥香。

【注】
《果实》《唱家乡》《庆丰收》《探干妹》《修大沟》《盼小郎》均为文艺节目名。

鹧鸪天·聂耳广场

巨型提琴，注缀玉弦，民魂国魄响高天。湖光潋滟清风畅，云影参差碧水甜。　　树绿绿，草芊芊，生机勃勃漫池掀。天人合一和谐地，笑语欢声翠色添。

【注】

聂耳广场造型为提琴形状。

吟东川红土地

东川红土地，独厚得于天。
野岭锦般秀，山原海样宽。
土红红似火，雾白自如烟。
色彩新奇靓，风光绚丽鲜。
云飞山色冷，鸟鸣树影寒。
清晨幽莽莽，向晚灿娟娟。
春夏秋各替，赤橙黄绿全。
暖风含紫气，翠雨带苍颜。
燕麦播齐岭，菜花铺满山。
丰盈开画卷，壮阔殿诗篇。
全国奇为首，三迤美在先。
千顷红土地，妩媚粹东川。

八声甘州·谒袁嘉谷故居

趁寻奇访胜意难收，从容往随游。正园深径冷，空冥阒寂，满院清幽。砌下花闲叶淡，寒翠欲成秋。款款胸怀静，悄自登楼。　　遥想状元才气，为功名利禄，几多追求。果荣居榜首，儒雅震神州。作精英，高天秀出，纵云涛彩碧也沾愁。何如我，繁华以外，别样风流。

李 山

1927 年生于云南省石林县。1991 年离休，云南省诗词学会和云南省老干部诗词协会会员，著有《云山诗文集》和《云海青山》。

狮山情

云崖古寺树葱茏，壮丽风光挂险峰。
万丈绝峰书奥秘，三分斜径印驴踪。
云游岭上山浮动，影映湖中水峥嵘。
果老神仙虽远去，雄狮昂首啸长空。

李 桥

白族，1929 年生于云南鹤庆。现为云南省作家协会、中华诗词学会、云南省诗词学会会员，省老干部诗词协会理事。已由民族出版社出版《心影集》。

香港特区紫荆花红旗颂

百年血育紫荆花，玉蕊复苏出海涯。
香溢全球扬正气，鲜红特色耀中华。

大理、丽江、铁路开工喜赋

苍山玉岳脉相连，茶马飞腾越百川。
开辟边疆添物阜，前程似锦瞩新天。

赞任长霞

坚贞女杰爱人民，执法尽忠甘献身。
品似红莲香海宇，彩霞不落色长新。

掌鸠河引水工程颂

百里长龙穿险舞，飞流一路溅珠花。
为民解愠争分秒，甜美清泉润万家。

都江堰

水旱无从扰蜀川，千年凭堰护良田。
蛟龙驯服解民困，先哲功勋代代传。

赴西山农家乐迎春

溪回路转看山霞，举步穿林进酒家。
自是红梅知雅趣，筵前争放数枝花。

过三峡大坝

巫山横切水东流，放眼平湖任畅游。
忽觉渡轮升百丈，浪花助我上坝头。

谒南京中山陵

苍翠钟山势枕天，玉阶人涌谒先贤。
高陵仰卧虽无语，惦念何时月尽圆。

登上海东方明珠塔楼

神梯眨眼上苍穹，透过浮云看浦东。
商海兴潮惊世俗，新区热浪卷雄风。

李 祥

生于 1931 年。一生从教，小学高级职称。现为省诗词学会会员。

清平乐·秀山游

滇南甲秀，静地无尘垢，岚气氤氲山满透，古树森森叶厚。 时逢日朗天青，宽衣缓步攀登。看看停停又走，游观惬意舒情。

夏日晨观

早起风光赏，欣然漫步游。

山腰缠玉带，田野布青绸。

禾叶晶珠洁，丛林翠鸟啾。

朝阳融晓雾，晨景韵悠悠。

游普者黑

普者风光秀，奔临兴致稠。

山从湖里出，人在画中游。

荷叶张新伞，莲花伴小舟。

神奇三洞景，观赏意难收。

爨苑生辉

展现芳容苑景妍，诗词书画若星繁。
文精艺湛珠源耀，韵雅风淳爨地轩。
耄耋传薪培后秀，韵华接力效前贤。
弘扬国粹潜心奉，奋创高标誉古滇。

壮乡王龙随笔

观光乐往王龙乡，壮景风华冠一方。
秘谷幽深藏洞府，丹蜂耸峙入穹苍。
清溪纤绕山川秀，植被葱茏花果香。
喜见山村新面貌，竹楼瓦舍换高房。

李 琼

1942年生，云南昆明人。中共党员。现为云南省诗词学会会员、普洱市老年书画诗词协会副会长。

渔歌子·西盟佤山云海

七彩苍崖漫罩烟，山峦环翠缀青鲜。情不断，雾绵绵。层层云海绕山间。

学习诗联感悟

（一）

学问功夫应早修，书山诗海任寻求。
莫停脚步昆仑顶，还有青云在上头。

（二）

十五年瞻簇锦猷，征程万里济同舟。
披肝沥胆丹心血，酌韵寻诗写彩秋。

游西双版纳漫步澜沧江畔

四面云山碧玉丛，沧江流水浩雄风。
芳华翠萼霞光护，迷眼椰林曙色笼。
堆绿原为毛雨润，嵌红料是火云烘。
棕风榈韵遐思广，醉得诗情梦里通。

踏莎行·孟连新貌

一马平川，稼翻绿浪，郊原岁岁桑麻壮。傣家何处不新妆？竹栏已向玻砖让！　　南马春光，生机万象，千秋大业奔兴旺，日新月异蠹南疆，山河异彩凭栏望。

李文彧

笔名洱澈，号三余浪子，1956 年生。小学高级教师。云南省诗词学会会员、大理市双岛诗联学会理事。

敬赠赵克恭先生并序

忝居凤羽镇清源河畔之江登村。赵老先生家住双廊，滨洱海而居。水源一脉，情系两地。我承先生奖掖，加入先生创建的双岛诗联学会，情感如诗，韵味悠悠。

公居玉洱畔，我住清源头。两地人文蔚，同源水脉幽。识荆欣缘会，联袂好交游。寄趣千川水，骋怀万岭丘。寻源探古洞，泛洱纵兰舟。射雕虹当弩，钓鳌月作钩。踏青溜野马，把酒盟沙鸥。遣兴吟双岛，敲诗颂九州。清时康且泰，盛世乐无忧。物阜民勤奋，国强庶荷麻。鸿猷兴古诏，佳景胜瀛洲。稻黍肥乡野，松柏绿岭陬。风情盖世美，花卉逐时优。雪映苍山顶，月辉洱海流。迎宾三道茶，消客九肠愁。振玉金花曲，遏云文献楼。三塔书锦绣，五彩绘图轴。玉洱涛扬意，清源水润喉。引吭风荡漾，振樾鸟啁啾。君唱桑榆美，我讴桃李稠。陶然度日月，潇洒忘春秋。天地为覆载，云霞作袄裘。相知长唱和，万籁共悠悠。

李中枢

生于 1957 年 11 月，云南省鹤庆县人。中学高级教师，长期从事中学语文教学工作。中华诗词学会、云南省诗词学会会员，丽江玉泉理事，《玉泉》诗刊副主编。

教师节感赋（新韵）

学海泛舟阅历深，广征博采乐耕耘。
胸中摄取芳菲景，笔底撰修锦绣文。
留得丹心存教史，赢来学子步青云。
毋言我辈榆桑晚，光焰满天夕照明。

游北京海底世界

吾等于今非是梦，居然步入水晶宫。
波光熠熠迷人眼，视野茫茫失足踪。
水草珊瑚皆得所，鱼虾龟鳖自从容。
空蒙浩渺新天地，仙境人间未不同。

北　窗

玉岳消融退素装，诗人最爱北窗凉。
清吟微辨旧诗律，细嚼闲抄新曲章。
秀木披纱春已去，晴云敛絮日初长。
明朝重返梓桑地，又与友朋频举觞。

立诗僧妙明故里碑有感

清代诗僧号妙明，幼年从叔听梵声。
幽居古寺志高远，眷念萱堂情笃恒。
胜地云游襟袖阔，骚坛笔走鬼神惊。
流传瑰宝有多卷，文采飞扬含玉瑛。

【注】

诗僧妙明，系清代丽江纳西族诗人，曾云游天下，撰写了上千首好诗。

程　海

云淡风轻气朗开，苍穹倒挂影徘徊。
仰观天海玉兔走，俯视湖心娇娥来。
群峰披银沉海底，丘壑抢碧映天阶。
明灭可睹河汉处，璀璨能现参商台①。
互答渔歌乐阵阵，争渡船帆呈排排。
已惊圣地产蓝藻，更喜佳境拥银鲐。
质朴伟岸堪奇矣，深幽清远更壮哉。
第二故乡多绮丽，河山万里尽蓬莱。

【注】

①参商：为星宿名，即参星和商星。

鹧鸪天·鹿城福塔之今昔

福塔巍巍立楚城，纾灾消祸荫苍生。
龙川水患腾蛟锁，千载空怀虚幻情。
天地转，福光灵。万民跟党众心诚。
铸成金锁洪魔缚，五谷丰登颂太平。

【注】

福塔，又名锁水塔，始建于明代初年，年久坍塌，2005年又重建，塔高九层。

大理行吟

无边春色暖风扬，绿柳依依桃李芳。
妩媚晴光辉万里，空蒙天海鹭双行。
苍山焕彩白云漫，洱海扬波碧漪汪。
如织游人接踵过，魂牵梦绕在他乡。

重游虎跳峡

一江奔泻两山间，峡谷奇峰一线天。
前接崔嵬群岭崮，后依峻蜡玉龙山。
腾蛟怒吼出深壑，猛虎咆哮越险滩。
鬼斧神工竟似此，回肠荡气地天间。

李长虹

重庆市垫江县人，1935 年 11 月生。中学高级教师。中华诗词学会、云南省诗词学会会员，普洱市诗词楹联协会理事，普洱老年诗书画协会副会长，著有《长虹诗选》。

浪淘沙·矿难眷属泪

噩耗电传媒，桑梓惊雷。寻夫千里捧寒灰。梦里见郎呼不应，娘唤儿回。　　负重总难维，敢问阿谁？黑心矿主倚陈规。问责官员严法纪，众望于归。

【越调】寨儿令·绛帐——囚装

官一任，管一方，重担勇挑展智囊。严寒酷暑，劈波领航，为政现忠良。　　涉尘世糖弹无妨。色迷利诱，枉法贪脏。昨天升绛帐，今日着囚装。怆！谁教尔得志轻狂。

访普洱困鹿山"皇家古茶园"放歌

普洱贡茶数"金瓜"①，瑞贡天朝皇上夸。皇宫贵族知多少，供需总是不等价。官府临制尤保密，不见史籍来迎迓，但见"红楼"公子曾喝"女儿"茶②。　　古园遗落深山久，一展英姿漫天霞。东风劲吹春光好，困鹿古树茁新芽。茶树成林漫村寨，茶树掩村透碧纱。村姑负青篓，攀枝立树杈。纤纤翻转几来回，倾筐雀舌制好茶。　　我来岭上访庄主，竹楼茗饮论耕稼。忆昔贡茶京帝时，乾隆传佳话：雪烹普洱倍清绝，陆羽品泉未足夸。金露沁心消俗虑，兴来走笔咏琼花。到于今，"百年贡茶"荣归故里③。史为鉴，茶都儿女意气风发。天道酬人勤，文运催物华。茶为国饮十大家，普洱香茗称奇葩④。昔时进贡帝王赏，马帮茶道通天下。当今中外皆青睐，勃兴茶业事可嘉。待到榴花红似火，白云生处植新茶。植新茶，酽好茶，茶为龙头腾诸业，茶都普洱荡飞槎。

【注】

①金瓜：普洱困鹿山旧时制作的紧压茶——"金瓜贡茶"，在京都，皇家称"万寿龙团"。

②女儿茶：困鹿古茶园由少女采摘的春芽，经蒸热压制的方茶、沱茶。

③百年贡茶荣归故里：经报请国务院批准，原思茅市更名为普洱市，2007 年 4 月 9 日前行庆典两天，原陈列于北京故宫的"金瓜"贡茶荣归普洱，陈列在市府所在地的"普洱茶博物馆"。

④"十大家、称奇葩"：明清以来，普洱茶居我国十大名茶之冠。

李文谐

　　1935年生,白族。曾任小学校长,县委副书记兼党校校长、政法委书记,县人大常委会主任,云南省第八次人民代表大会代表,临沧诗词协会常务理事,云南省诗词学会会员。

三峡大坝竣工感赋

截江一坝狂涛锁,碧水扬波润垄畴。
稻海茫茫翻巨浪,村庄处处建洋楼。
声声汽笛横空荡,闪闪银光遍邑陬。
神女惊呼奇绩创,天堂怎会落神州。

怒江龙镇大桥通车

临江两岸居龙镇,鸡犬相闻见面难。
飞架彩虹连两地,北南天堑有桥牵。

李兰生

女，1927 年生，嵩明人。原思茅报编辑、记者。中华诗词学会会员、云南诗词学会会员。曾任普洱市老年诗词协会副理事长。

浪淘沙·游信房忆旧

风细独凭栏，大雨涟涟，信房湖上雨如烟。风雨潇潇八十载，甘苦尝连。　　大坝绿芊芊，景色鲜妍，难忘筑坝汗斑斑，乘筏渡湖抬柴去，沉重压肩。

金缕曲·抒怀

白发风中舞。念人牛、小舟恶浪，儿番倾覆。浩劫空前人尽晓，垂首受欺蒙辱。霜雪凛、双儿早殁。死别生离肠百转、更那堪、前路多折处。秋夜雨、听凄苦。　　山穷水尽真无路。沐东风、云开雾散、柳明花馥。妖氛散尽心坦荡，得失沉浮渐悟。尽岁月、镜中霜雾，泼墨挥毫夕阳乐。晚晓天、家有书为富。悠闲态、效鸥鹭。

采桑子·边寨新貌三首

佤女多种经营

声榕修竹云深处，老寨新房，春漾山庄，电视手机百叶窗。　　机灵娜很善谋划，谷堆粮仓，鸡鹅禽场，红辣丰收销外乡。

傣女种蔗致富

青浮翠盖连一片，碧绿蔗田，滴翠茶山，妆扮田园四野鲜。　　新楼栉比新铺路，霞瓦辉砖，彩壁粉垣，卖蔗机车驰骋还。

彝女经济作物发家

清溪绕户风光丽，嫩柳抽芽，药草含葩，庭院彝家四季花。　　山村不见炊烟起，夜读娇娃，沼气烹茶，清洁能源众口夸。

李正宇

1936 年生，云南省牟定县人。出版个人诗歌专著《白丁杂俎》。现为中华诗词学会会员，云南省诗词学会、省老干诗协理事，楚雄州老年书画诗词协会副会长兼秘书长，《楚老翰墨》常务副主编。

和谐颂

和谐理念古今通，凝聚民心向大同。
天地人文齐济济，鱼虫鸟兽自融融。
公平公正持公道，共建共赢享共荣。
日月辉光司博爱，寰球万类竞丰隆。

希望篇

探路学林须涉远，无人迹处有奇观。
侧峰横岭非全貌，度势审时贵智殚。

感受虎跳峡

气胜雷霆万马喧，青龙咆哮吐飞澜。
未临峡谷心惊颤，虎跳金沙举世观。

见旧知

少年雁塔同窗别，五秩花开始面君。

世事纷纷难自料，人情漠漠独沉喑。

千家寥落干戈后，万物复苏大日昕。

休叹蹉跎伤往昔，再将白发著斯文。

鹧鸪天·紫甸河

紫甸①清清河道弯，湾湾河道米粮川。十年没雨无干碍，岁岁丰收不靠天。　　林木茂，畜群欢，鱼肥虾大芦芽鲜。姑娘小伙常相伴，骑马上街壮大观。

【注】

①紫甸水好，老人有"天干三年紫甸河人骑马上街"之说。

沁园春·日出东方（新韵）

　　日出东方，磅礴彩虹，晓露菁。看黄河咆哮，长江涌浪，龙腾虎跃，狮吼禽鸣。五岳峥嵘，千帆竞渡，铁马金戈唱响晴。乾坤振，还圆天方地，浑沌廓清。　　蓝天赤旆高升。踏坎坷，挥马斩棘荆。喜尘霾涤荡，晴岚润岭；宏猷前瞻，砥柱中兴。翠柏蓁蓁，苍松莽莽，华夏巍巍揽月星。中天日，正春风和畅，九万鹏程！

水调歌头·游南华宝珠寺

　　久别宝珠寺，今日又重游。时隔五十余载，宝刹灿峦陬。过去危危小庙，瓦破墙坍门损，朝觐也担忧。老袖依枯树，悬磬唤孤瓯。　　国昌达，民致富，展嘉猷。宝珠自兹呈宝，萧寺客游稠。紫殿琉璃画栋，斗拱飞檐叠院、观象甲南州。老刹古今事，时势造风流。

鹧鸪天·出席省诗词学会五代会有感

　　筚路蓬门筑雅堂，群贤广聚咏寒窗。拂尘涤垢无冬夏，掘玉淘金有栋梁。　　心切切，志刚刚，滇池研墨写繁昌。培根固本勤耘作，云岭新芽竞吐芳。

李正朗

1946 年生于四川广安。原为云南省大理市饮食服务公司职工。云南省诗词学会会员、中华诗词学会会员。著有个人诗词专集《诗国西吟》。

下关风

星光皱洱绕城流，竟响檐铃醒鼓楼。
西谷行云拥剑客，东堤荡柳拂渔舟。
难留晚月松挥臂，喜接朝阳竹点头。
岭草田禾欢摆舞，轻歌万载韵悠悠。

宾川鸡山天柱佛光

漫游天柱览低丘，雨后云封没岭头。
雾海平峦铺缟素，斜阳折彩染罗绸。
外环复色霓辉显，中镜虚明瑞影留。
一阵清风吹散去，佛光蜃景顿时收。

昆明筇竹寺

玉案山苍筇竹林，梵宫香火散芳芬。
彩雕一院二三阁，罗汉千姿五百尊。
皇帝平民同觉悟，书生武士互传神。
仙园充满人间气，喜怒哀伤俱可亲。

宜良九乡溶洞

断落河床谷水清，岩溶峡穴转多层。

窟依白象伸长鼻，乳积雄狮守巨厅。

神女宫中仙共舞，卧龙洞里瀑分鸣。

双桥跨壑霓虹叠，地下梯田似可耕。

沁园春·宾川鸡足山

百里鸡山，群峦拱岭，天柱崴嵬。仰高巅塔耸，巉岩路绕；危崖阁立，峭壁帘垂。寺庙庵庐，桥亭洞窟，景趣天然入志碑。九州内，论雄逾雁荡，秀比峨眉。　　转悠金顶多回。凭栏望，心驰神欲飞。俯东霞托日，南云列彩，西岚摇镜，北雪生辉。谷雨忽来，电花闪烁，华首晴峰踏霹雷。刹时静，又佛光雾影，思绪难归。

少年游·拉萨八廓街

　　高原闹市历千秋，老式藏房稠。店排铺列，新奇百货，与世共潮流。　　街边炉火弥香气，客磕等身头。信士虔诚，大昭寺外，朝圣绕三周。

鹧鸪天·玉树草原

　　绿草如茵缀小花，绒绒毡毯望无涯。
群羊慢步移云影，骏马飞驰闪电霞。
逢盛会，聚商家，彩篷遍野赛豪华。
通宵达旦风情舞，依绰锅庄接热巴。

李世宗

　　纳西族，1926 年 8 月生，丽江古城人。曾从事家乡中小学教育工作近四十年，后调丽江地区文联。中华诗词学会会员，有诗集《雪麓吟》《雪麓吟续集》出版。

赏菊致友人

万卷山前餐菊英，此来难却故人情。
风摇绿影飘琴韵，露湿黄花待月明。
晚景开怀忘白发，耋年在目记书声。
机缘得失何须问，秋净寒潭一片清。

古城小景

小桥古巷布星棋，户户枕流听竹丝。
景物堪怀情执着，艺坛相递笔淋漓。
翠浮狮岭融斜日，铃响马帮记昔时。
又见山城来海鹤，梳翎起舞照清漪。

园丁二首

（一）

一瓢一杓意从容，树木原非旦夕功。
任是风飘千里雪，小楼夜夜一灯红。

（二）

夭桃艳李正争春，兰蕙芊芊不染尘。
令我青丝永不白，此生幸作灌园人。

玉龙山之歌

故乡风物寓情浓，金沙南来会玉龙。
山依水恋越千古，共与人间忧乐同。
漫漫长夜何由彻，山色凝愁水呜咽。
千村万落盼晨曦，千呼万唤情切切！
曾记雄师渡金沙，红旗白雪映彩霞。
江山有幸传佳话，春风一夜到天涯。
迎接黎明战正酣，玉龙儿女别家园。
枕戈梦回云岭雪，豪情不负此江山。
江山如画沐初晴，红缨秧歌动山城。
春秋从此翻新页，会当风发逐鹏程。
何期一夕风云变，天将倾兮地欲陷。

大地百花凋，碧落群星颤。

风雪之夜北斗沉，神州九亿血泪溅！

我问玉龙历千秋，如此浩劫几曾见？

留剑在，锷未残，澄清玉宇偿遗愿。

玉龙千载经风雷，依然铁骨铮铮雪皑皑。

借得铁骨肩天下，捧来白雪涤襟怀。

更有金沙流碧玉，青松翠柏遍地栽。

君不见，烟波万里远游子，攀来月桂

拜崔嵬。

保卫边疆洒热血，昨夜古城毅魄归！

一草一木皆含情，山山水水尽生辉。

玉龙景色自多娇，未见风华似今朝，

玉柱擎天立，任它风暴不动摇。

游龙拔地起，万钧雷霆不折腰。

万马欢腾奔四化，玉龙昂首万里遥。

寄语占风卜雨辈，试看两间顶立之高标！

香港回归吟

当年割爱别慈亲，风雨路遥遍莽榛。

顾影行行牵白发，计期夜夜盼归人。

鼓旗百载烟尘靖，诗礼故园气韵新。

今日归来抱母膝，开颜一笑万山春。

红军长征过丽江六十周年感赋

两脚芒鞋万里行，誓师北上斩长鲸。
笙箫鼓角金沙暖，箪食壶浆雪岭晴。
黑夜如磐悲大地，青春似火殉黎明。
而今豪宴风光足，岂惜江山血铸成！

抗洪感赋

作恶蛟龙肆噬吞，人墙挺立胜昆仑。
从来斯土多忧患，铸就岿然民族魂。

一丝一粒见真情，往事回头百感并。
且看洪峰犹滚滚，又闻朗朗读书声。

潇洒流连歌盛平，临觥铁骨响铃铮。
中华儿女情凝处，玉宇无尘江海清。

住是泞泞云水隔，天涯处处有亲人。
即斯一点情无价，酿作人间万代春。

李兆凡

白族，1937 年生。从教 40 年，中学特级教师。云南省诗词学会会员。

园丁情

四旬执教忙，心血伴阳光。
许身从教业，执意培栋梁。
蜡尽余温在，墨干梨案香。
伏枥闻音问，时时慰情长。

李羽尧

女，1937 年生，湖南长沙人。武汉大学物理系毕业，昆明冶金研究院退休高工。系云南省诗词学会会员、云南省老干部诗词协会常务理事，《翠湖春晓》《丹霞》诗刊及《世博情韵》《翠湖鸥翔》等诗集编委。

沁园春·世博园

世纪花钟。千葩竞秀，万木争荣。看五洲展馆，内涵丰富；七园技艺，乐趣无穷。荟萃奇珍，纷呈异彩，靓丽光鲜豁臆胸。丰碑树一焦全球精品，巧斗玲珑。　　昆明春意常浓，借世埔赢来硕果丰。喜搭桥引路，友朋济济；宣传开放，声誉隆隆。四海游人，沓来纷至，饱览奇观赞语同。追求那，与自然相处，水乳交融。

念奴娇·月山凭吊

月山凭吊，缅怀我，航海先贤三保。走出九州观世界，开辟远洋航道。破浪扬帆，披星戴月，何惧惊涛扰？英雄无敌，重重障碍全扫。　　七次远下西洋，抵非洲国，遍南洋诸岛。传播文明通贸易，广泛结交友好。船阵冲波，弦歌撼宇，华夏威名晓。辉昭史册，中华引以为傲。

清平乐·赞中国民族服装服饰博览会

鲜花竞放，掀起春城浪，各族人民齐亮相，来把霓裳曲唱。　　神奇瑰丽恢宏，温馨淡雅雍容。织女凌空惊叹：人工巧夺天工！

翠湖美

春花斗艳柳丝柔，夏口观荷喜荡舟。
秋菊千姿迷乱眼，冬晴万食喂红鸥。
拱桥画栋回廊曲，赤鲤清波嬉戏游。
一颗明珠常作伴，流连忘返乐悠悠。

浪淘沙·老年书画乐

鹤发戴尧天，春满人间，同挥妙笔谱新篇。饱吸江湖河海水，翰墨香绵。　　竞绘好山川，颂正歌廉。凉风重彩更增妍。悦目赏心情趣旺，益寿延年。

天净沙·黑龙潭

唐梅宋柏明茶，晓岚暮霭烟霞，道观龙潭古塔。此间幽雅，休闲环境殊佳。

李阳成

1936 年生，汽车高级工程师。云南省诗词学会会员、东川春蚕诗社副社长兼秘书长、《春蚕诗词》编辑。

会泽映象

一梦悠悠何许年，醒来不识旧山川。
下车羞问归家路，上市疑游上海滩。
横竖新街连广宇，巍峨大厦触青天。
车如流水人潮涌，会泽惊奇大变迁。

会泽易通河遐想

宛如信步到苏州，流水弓桥曲径幽。
翠柏垂杨行道树，凉亭古舍小山丘。
登楼倚案听鹃叫，坐石临溪看鲤游。
乘兴茶厅寻雅趣，洞经一曲解千愁。

登牯牛山

攀登何惧险峰高，碎步羊肠犹兴豪。

雾岭观佛天颜俏①，苍鹰捕猎自然娇。

虚掩绝壁门双扇②，实藏山中宝万挑。

今日修身戍大道，八仙桌上把诗敲③。

【注】

①佛——牯牛山的二道岩山峰上有一尊石菩萨。

②门——牯牛山有一景点称两扇门，传说内有宝藏无数。

③八仙桌——牯牛峰下板壁岩上一景点，形如一张八仙桌。

红土地吟

谁巧织成百鸟裙①，旁观正视色缤纷。

无须重彩丹青绘，凭借天然锦绣茵。

春夏秋冬景色美，晨昏午酉画图新。

不知安乐娇公主，敢否新田斗伪真。

【注】

①唐中宗女安乐公主使尚方合百鸟毛织二裙，正视旁视，日中影中，各为一色，百鸟之状，并见裙中。

贺新郎·嫦娥盼归家

望断归家路。悔当初、吞丹自误，哪堪寒处。后羿郎君常射虎，曾记丰收唱赋。枉有这、青春常驻。闭月羞花陪玉兔，且高歌，跳曲霓裳舞。擦泪眼，看乡土。　　正逢故国深秋肃。俯凭栏，冲天竖柱，见喷霞雾。破碧空神舟六号，宇宙飞船再赴。喜得我、神摇心毳。倒计时归期日近，不须差、翠辇和从扈。还去国、宝船渡。

李异常

字凡夫，云南省凤庆县人，1930 年 5 月生。系云南省
诗词学会会员，金碧诗社、临沧诗社社员。著作有《红尘滚
滚》。

题凤庆琼英洞

寻幽此地胜桃源，鬼斧神工一洞天。
乳盖垂珠声漱玉，梯田流水冷凝烟。
潜龙卧虎云中鹤，画栋雕梁石上仙。
参透琼英玄妙景，何须空泛武陵船。

题石洞寺

狮蹲虎伏径通幽，仙境碑林眼底收。
高阁巍巍栖彩凤，红茶楚楚接苍虬。
石桥水映梨花影，翠竹声惊玉露秋。
盛世升平多喜事，清虚胜地任悠游。

为赃官题照

腐败贪污坏世风，赃官面貌总相同。

伪装廉洁称公仆，表里肮脏赛蛀虫。

爱色爱财真浪子，无行无耻是尊容。

人间若有包公在，定教铡刀见血红。

再过双桥，缅怀涂惠芳烈士

昔日青山旧日桥，花容似比月容娇。

新诗再寄泉台路，歌舞升平慰寂寥。

李应升

重庆荣昌县人,1918年生。云南省诗词学会会员,著有《诗词浅论》《巴山野草》。

春节感吟

斗转星移一岁过,喜逢佳节煮如何。
门庭祥瑞千家乐,邦国兴隆盛事多。
把酒临风迎奥运,航天绕月有嫦娥。
百花竞艳春潮涌,万象欣欣入网罗。

庆祝云南省诗词学会·成立二十周年

历夏经冬二十年,百花园内独鲜妍。
潇潇雨润千竿竹,熠熠丹凝五色莲。
尘世虽无彭祖寿,诗坛岂乏杜公篇。
借来滇海笔耕意,浪涌波翻接吴天。

题沾益花山水库

源自珠江出，平湖景象殊。
潺潺清邃底，滚滚润遥途。
鱼跃翻金浪，鸟飞入画图。
烟波笼远树，呈望一天舒。

游曲靖翠峰明城吊崇祯帝

赫赫王朝百代传，新陈代谢本依然。
开基万里虽非易，继统千年实更难。
自毁干城倾社稷①，不怜民命坠龙幡。
晓筹无复宫廷冷②，长使游人吊景山③。

【注】
①干城，指袁崇焕等。
②晓筹，古代皇宫中不准养鸡，由掌管报时的卫生（称鸡人）敲击更筹报晓。
③煤山，现名景山。

游曲靖麒麟公园

林荫夹道水迢遥，楼阁亭台次第高。
四季鸟鸣音啭啭，一湖莲动影摇摇。
绿波荡漾浮轻舫，垂柳依稀挂彩桥。
野色迷茫残照远，城西归路晚风飘。

中国文学史读后

读经览卷看前朝，历史长河逐浪高。

一代宗师歌小雅，千秋神笔赋离骚。

秦书汉简开先导，宋韵唐风启后曹。

玉律金声传久远。九州处处咏旗摇。

感　怀

苦雨经风久逐尘，凭轩独坐意纷纷。

春残花瘦休弹泪，手拙肠枯乱抚琴。

才倾史郎诗五步①，学昭陶氏宅三层②。

一生碌碌还多事，尚作遥遥万里行。

【注】

①唐代史青，自幼聪敏强记，上书自荐能诗云："子建七步，臣五步之内，可塞明诏。"明皇试以除夕等诗，他脱口而出，上称赞，授左监门卫护军。

②陶氏，即南朝陶弘景，其住宅有楼三层，他住在第三层，门徒住第二层，有客来访时，只能却步于第一层，由门人接待。自己潜心研究学问，遂成大儒。

甲申初夏游荣昌海棠公园感怀

故乡景物入朦胧，此日登临访旧踪。

八载烽烟怀古寺，百年沧海寄疏钟。

苌弘化碧昭青冢①，碑碣流芳薄太空。

肃穆园林千树柏，迎风挺立益葱茏。

【注】

① "昭青冢"句，指"十烈"革命烈士墓。

李畅阳

大理州洱源县凤羽镇起凤村人。云南省诗词学会会员、理事。

渔家傲·春

时令立春风物变，罗山余雪如银练。柳绿桃红花竞艳。初来燕，春光明媚农家院。　　田野春耕歌浪漫，勤劳致富黎民愿。植树栽花增体健。勤俭惯，添光门第笔和砚。

鸡足山

久有登山志，终临鸡足巅。
世间清净地，林苑蔚蓝天。
梵寺如镶玉，游人似逸仙。
一消尘俗累，圣境爽心田。

偕友人入山采药寻兰

荷锄戴笠上山冈，采药寻兰汗湿裳。
树树杜鹃红似火，声声布谷脆如簧。
心宽体健穿云雾，国泰民安话梓桑。
偕友登临多意趣，夕晖伴我入苍茫。

村　居

花径常迎师友访，谈诗论艺赋新章。
小池恬静花留影，绿叶扶疏月透光。
培植芝兰六七树，收藏蜂蜜两三箱。
怡情悦性昌明世，春酒频斟野味香。

李绍贤

昆明人，生于 1928 年 2 月。中专文化，经济师。云南省诗词学会会员。

玉湖晚景

日近黄昏夕照妍，茨装翁媪舞蹁跹。
喷泉银柱冲霄散，疑是珍珠洒九天。

重游秀山

匾海联山面貌新，尼郎胜境焕青春。
人文重振几多士，无愧拳拳赤子心。

读报有感

一席豪门宴，花销世万金。
谁知贫困户，温饱尚难临。

尊海彦

1964 年 9 月生，云南宣威人。大学文化。云南省诗词学会会员、理事。

喜见樵公

2008 年 3 月 5 日，凤樵公（张文勋先生）莅临我所托办一事，送我诗书一幅，有感而赋。

> 雨后天清敛翠微，滨湖桂苑紫云飞。
> 漫听老凤轻声语，欣沐兰枝蕙雨垂。
> 大美凝成平淡句，真情化启坦诚扉。
> 樵公厚爱传诗作，满眼玑珠满室辉。

回乡心情

> 一年四季气清新，茂密松林日影深。
> 绿色山珍营养好，农田青菜味弥真。
> 溪旁架火烧山芋，罐底烘茶醒六神。
> 闹市居多心事累，回乡更比在都城。

题故乡向阳

千里绵延元起峰，云岚腾瑞树阴浓。

欢歌百鸟娱天地，傲瞰苍鹰过碧空；

万亩松林衔远色，一声放曲舞长风；

寒来暑往春依旧，踏遍九州何处逢。

题奇石"荷塘恋歌"

石出奇潭更有神，灵蛙荷恋用情真。

黄毛美少羞含目，冷月清辉照可人。

并蒂多情交绿翠，连枝有意载红尘。

移来荐客添诗兴，一笑颜开满座春。

题奇石"仙女归来"

曾经盟誓在花前，逸发飘飘衬靓颜。

舞袂弄身思并影，月光抚水道孤寒。

相思忘却寒潭瘦，巧艺摘来密语甜。

妩媚千年芳影动，今生来续往生缘。

游小凤山吟

小凤春山碧草芳，巍巍迤岭雾苍茫。
金关玉顶天生道，彩叶银杉自扮妆。
谷底清音声有色，丛中翠露水含香。
我抒胸臆高声唱，情系红霞万丈光。

咏　春

才说今岁已春迟，便见新黄满树枝。
处处湖山舒眼笑，花苞遍野喜吟诗。

李泽敏

白族，1950 年 4 月出生，云南大理人。文学硕士，中学高级教师。中华诗词学会会员、云南省诗词学会会员。

努　力

人去人来岁月催，何妨朋友尽余杯。
江间暮雨潇潇下，亭里凉风飒飒吹。
面对秋光堪感慨，人凭志气可生辉。
劝君万里征鸿愿，化作千章碧玉瑰。

高阳台·忆友

遍地春光，丝丝柳绿，涟漪暗动池。蝶翅翩翩，花间顾盼依依。双双携手林荫处，对双眸，心有灵犀。放歌喉，婉转缠绵，一往情迷。　　当年旧梦风吹散，但秋深暮雨，草暗踪迹。岁月堆愁，夕阳留恋清溪。无心再唱豪杰句，任诗情，随意漂移。小园中，细数飞花，侧耳莺啼。

醉花间三首

（一）

深描黛，浅描黛，描黛招人爱。绿叶伴花红，脉脉含情态。珍珠头上戴，雪月风姿在。心灵水样清，歌唱如天籁。

（二）

风飘过，雨飘过，飘过天辽阔。半百阅炎凉，默默窗前坐。如今无困惑，翰墨随心落。灵台四季清，陶醉星空烁。

（三）

摸霜鬓，抚霜鬓，霜鬓流神韵。年岁码层层，苦乐都休论。生唯上进，努力加坚韧。夕阳几度红，骐骥犹发奋。

念奴娇

　　登高望远，见碧空云淡，故乡何处。秋色满山归雁远，带去芳思无数。撞破青山，大江东去，不见曾留步。山川如画，此中神韵天助。　　我欲展翅高飞，琼楼玉宇，陪伴嫦娥住。梦醒归来风飒飒，吹动晨钟暮鼓。苦海茫茫，扁舟一叶，还是俗尘物。花开花落，草尖一点轻露。

浣溪沙·三塔

　　永镇山川护泰安，千年屹立碧云间。三支巨笔写诗篇。　　雨顺风调滋五谷，花明日丽庆丰年。人间仙境月婵娟。

念奴娇

　　凝眸月下，见秋波明澈，星光微妙。笑靥初圆眉细扫，惊叹人间仙貌。慢吐珠玑，轻飘软语，雾里花枝俏。童年神话，莫非随叫随到。　　如醉如画如痴，流连幽径，晨鸟叽叽叫。瀑布清泉一样亮，只管开心欢笑。好梦如风，光阴一去，只剩夕阳照。雪堆双鬓，悟人生深和奥。

李宗舜

1925 年生，笔名辛夔。大学文化，云南省诗词学会会员。

紫溪山游

岭上松涛急，蜿蜒一路通。
晓烟轻锁雾，旭日映山红。
雨过鸟声闹，岚迎紫顶风。
梵钟惊寺侣，游客乐其中。

云南省大姚县昙花山彝族"插花节"即兴

旭日攀云峰，千峦翠几莹。
马樱带露滴，野卉映霞彤。
瑞气氲幽壑，鸣禽噪小邛。
松风拂袖冷，昙岭夏如冬。

南桥虹影

遥见南桥卧碧波，霞光虹影舞婆娑。
蓝天寥廓纤云淡，瑶寨忽闻对调歌，

游楚雄西山公园

（一）

松深竹茂鹿城西，书友诗朋相共携。
挂翠振衣攀绝顶，踏青看景上危梯。
烟波淡淡岚生岫，鸟语啾啾应谷啼。
墨客骚人抒雅趣，华章锦句兴中题。

（二）

峨碌登高乘兴归，兴隆禅寺坐霏微。
探幽披翠尘心远，即景赋诗豪气飞。
凹底泉声传万籁，山间瑞霭巧裁衣。
晚来览胜轻烟外，款款山鸡伴落晖。

赞楚雄紫溪山茶花童子面

紫溪山上童子面，枯风冒雪六百春。
飒爽英姿三千尺，葱茏翡翠一树烟。
参差霞佩排空出，烂漫芳鳞拥醉颜。
白玉华冠镶宝顶，赭珠围带嵌彩边。
宫粉妆成雪里素，胭脂染就绛彤裙。
光摇晨曦晴露滴，风回幽壑暗香生。
岭上红梅添妒忌，江边粉杏掩娇颜。
非是骚客夸妄口，的是茶王冠古滇。

李荣芳

1936 年生，云南临沧人。中学退休教师，临沧诗社社员、云南诗词学会会员。著有《山花集》。

啄木鸟

头大嘴尖眼亮明，林中除害忙搜寻。
啄开树洞伸长舌，钩出蛀虫就地擒。
早起晚归医病木，披星戴月护森林。
目标专注无移变，病树棵棵又绿阴。

咏 马

老马出征途不停，爬山涉水过泥町。
日行百里沙场赴，夜报千分火急情。
奋不顾身南北闯，出生入死东西行。
功劳不论知多少，奉献无私不计名。

咏 牛

千斤重担压肩头，俯首躬身奋战稠。
早起晚归成品性，忍饥挨饿少闲休。
勤劳到底无私念，奉献终身不计酬。
默默无闻熬岁月，一生苦累有何求。

咏骆驼

昂首挺胸向远方，不知何处是家乡。
荒沙大漠能穿过，暴雨狂风难阻挡。
丝路劈开兴贸易，心连广漠跃敦煌。
晴空烈日当头照，无限征程脚去量。

李树烈

中华诗词学会会员、中国电力诗词学会会员、云南省诗词学会常务理事、云南电力诗词分会秘书长。

晨 景

旭日探头笑，林间小鸟闹。
悠悠牧子歌，令我还年少。

咏玉兰

玉树银锋向碧空，千姿百态笑春风。
不沾尘土身高洁，暗发清香万卉中。

咏木本海棠

正是青春华茂时，却遭斧锯解胃肌。
再埋土内重生长，滴滴殷红洒满枝。

【注】
木本海棠系二月前后将开花时切枝栽培。

登泰山

晨飞天柱峰，夜宿碧霞宫。
挥手云龙舞，开怀美酒冲。
迎阳出大海，送月落西空。
能有凌云志，群山拥戴功！

乘仙女号客轮夜过三峡电站

夜幕掩真面，狂涛泛紫光。
千车奔两岸，万众战长江。
峡谷平湖碧，高天明镜煌。
中华添锦绣，神女好梳妆。

青玉案·汤池回首

汤池转眼十年过，但回首，青春付。事业功名曾几度？三春花雨，眼前频顾，问有知心否？　　东风缓缓春将暮，凝脂温泉洗尘处。涤尽愁思无限雾，一轮红日，九霄呵护，为我留春驻。

念奴娇

石龙坝水电站，系中国第一座水力发电站。始建于1909年，至今已百年，西门子水轮发电机组仍可运行，感慨万千。八十周年大庆，填词以纪念。

石龙情滚，喜跟人诉说，生平八十。出世之时正遇上，国难当头时节。生在欧洲，嫁来云岭，尝尽冰霜。山沟深隐，世间曾几人识？　转眼欣喜如今，儿孙满国，华夏增春色。高压巨机兴盛世，未忘老身残骨。青史留名，问心有愧，敢不朝前越？余辉尤愿，再温田野山谷！

李琼华

女，1950 年生。从事民贸经济研究，编辑民贸经济研究刊物。云南省诗词学会会员。

初夏滇池

槐下醉涪池，楼台映海澄。
水吞村寨白，山接龙门青。
彩蝶翩翩舞，黄萤片片轻。
移舟晴镜里，岸柳花如屏。

大观楼春

水映蓝天低，柳枝绕岸堤。
海鸥临水立，题鴂出林啼。
燕子归巢栋，小舟挂彩旗。
三春织丽画，情景两相依。

中秋无月

飒飒敲窗翠竹风，蒙蒙细雨隐苍穹。
举杯仰问云间兔，何故婵娟到梦中。

浪淘沙·春日作诗

春日倚窗看，流水潺潺，小庭玉树斗芳妍，红是桃花青是柳，点缀蓝左天。　　伏案把诗研，敲字心绵。此生侬本是书颠，白首老当心亦壮，情寄骚坛。

鹧鸪天·蜡梅

细蕾纤纤梅萼鲜，暗香犹动翠微间，新涂鸦绿迎风舞，淡抹额黄魂梦牵。　　三月暖，九天寒。疏姿花影月光含。霜浸雪打何生惧？玉骨冰肌更觉妍。

李景煜

字叔光,云南临沧市临翔区博尚镇人,1924年生。出版《志说》《西河诗文集》《班洪事件与西南边防民众义勇军》等书。

水仙花

伏案惺忪望眼抬,温馨莹洁水仙开。
爱君白发犹勤奋,甘把荣枯伴不才。

归去来

退休尤为著书忙,不计日暮五更寒。
但求省志贯《设想》,甘为人作嫁衣裳。
难窥《吕览》千金价,勉修滇乘一代传。
流水落花归去也,西河漫访田子方。

李锦明

1938 年生，墨江县人。云南省诗词学会会员。编著有《夕阳拾贝》一书。

赏孟连宣抚古乐舞 （新韵）

下凡仙女舞蹁跹，天籁之音古乐喧。
疑是王宫行盛典，除非里手演笛弦。
柔情似水人陶醉，妙韵如仙耳畅酣。
省市登台倾满座，金杯褒奖遍滇传。

鹧鸪天·思房 （新韵）

从教终身乡下熬，退休企盼进城逍。日思斗室安居所，夜想尺床酣梦销。　　包未鼓、寿先高，年年等待有新招。琼楼春笋碧空映，闹市无房心最焦。

李蔚祥

云南宣威人，1945 年生。云南省诗词学会奋臣副会长、《云南日报》原副总编辑，高级编辑。出版有诗、词、联会集《滇乡咏胜》，诗文记《人在社会》。

登蛇山远眺昆明城

三月春风岭上行，喜从大处看昆明。
四山挽手环丰甸，一水扬波托古城。
陌畔挑花新雨湿，云边村舍晚烟横。
骋怀游目韶光好，诗赋登高半日情。

昆明西山三清阁

罗汉山头薄雾蒙，三清阁上透灵空。
直从翼宇浮天际，任挽轻凉入座中。
不欲寻丹成道骨，偶来得句有仙风。
江山毓秀多才俊，佳韵何须李杜翁。

登鸡足山金顶

天柱峰头早放晴，秋空直泻大光明。
东阳西海澄波叠，北雪南云玉带横。
眼阔觉同千谷小，气雄看似万山平。
把栏一赋心如水，借得高风送远行。

巍山吟

邪龙王气著蛮滇，地理人文具两全。
红水清流千万里，巍蒙霸业十三传。
山关鸟影迷秋月，丝路足痕带夕烟。
寻到独逻耕牧处，道家宫阙意缠绵。

吊杨升庵

新都公子屈边行，云水滇山蔚杰英。
著足终牛十牛汗，诗来一气百篇成。
剪裁圃苑人文秀，融汇廷疆翰墨清。
莫道曲高和者寡，荒村也响状元名。

腾冲国殇墓园

万名将士一坟丘，盈眼苔碑诉国仇。
生既挥戈同勇猛，死犹列阵共豪遒。
林泉默默尘音绝，日月姗姗世念休。
此我中华灵圣地，青山不老史长留。

景洪泼水节

岚气蒙蒙薄雾低，黎明城里起虹霓。
忘情劲泼心先醉，得趣狂欢眼尽迷。
体态娇娆金孔雀，衣装剔透落汤鸡。
年年四月春江水，如意吉祥新话题。

长江抗洪

银屏日夜浪排空，震魄揪心抗大洪。
天水茫茫晴雨里，城乡漠漠有无中。
京华号令三番急，全国支援八面同。
唯我军民钢铁志，英雄必定胜天公。

纪念邓小平诞辰一百周年

少小辞家历苦辛，远登欧陆缀经纶。

马前夺路开山斧，雾里行船掌舵人。

一论千秋兴社稷，九旬永世焕精神。

如今作赋怀先哲，检遍新词总觉陈。

咏　菊

枯叶残根是所依，一年一度觉来迟。

争华已入春三月，破土才将绿几枝。

有幸碧挑堪上苑，无缘金甲寄东篱。

或因高祖违青帝，故配重阳作嫁期。

陈云飞

字畸人,号曲阳布衣,珐南曲靖市人。1945 年生,现为中华诗词学会会员、云南省诗词学会理事。著有《励志堂吟稿》。

偕三迤诗友登楚雄万福塔

九级浮屠矗宇空,霞披彩错傲苍穹。
两江流韵千峰秀,万福征祥四境融。
威楚繁华收眼底,骚坛胜事入诗中。
河清海晏人间世,野有心歌唱寸衷。

云南省诗词学会学术研讨会在楚雄召开

三迤英才会楚雄,推骚榷雅越巅峰;
挥毫落纸豪情放,咳吐成珠国粹弘。
艺苑和风催锦绣,诗坛化雨溉芳红。
同心共奏和谐曲,播火传薪振聩聋。

谒成都武侯祠

风帽尘衫谒武侯，枫丹柳瘦惠陵秋。
匡时虎略恒千古，济世龙韬誉九州。
帷幄运筹持睿智，疆场决胜仗奇谋。
鞠躬尽瘁酬三顾，羽扇纶巾盛德留。

《励志堂吟稿》自题

（一）

浴德澡身种砚田，布衣素食志弥坚。
躬耕不惜容颜瘦，啸咏偏求格律严。
风月收罗归韵稿，烟云吐纳入诗笺。
冰心一片莹如玉，克绍书香慰九泉。

（二）

野鹤闲云自在身，焚膏继晷振骚魂。
谦恭作本知书礼，大度为怀判伪真。
静室墨香情入境，芸窗日暖韵怡神。
钩沉史海观今古，笔走龙蛇灿晚春。

冬　雪

柳絮因风昨夜飞，飘飘洒洒梦初回。

银妆世界无尘垢，粉饰乾坤失翠微。

脱俗梅花开玉树，超凡处士敞心扉。

吟怀似雪晶莹透，不懈孜孜笔奋挥。

九寨沟礼赞

仙境人间信是真，风光独秀白天成。

蝉歌鸟唱幽林醉，雪盖云封圣岭峥。

叠瀑流银声似曲，裸鱼戏石韵怡神。

身临恍入蓬莱岛，如画如诗举世闻。

陈文举

1964 年生于镇雄。镇雄县诗词楹联学会会长、云南省诗词学会和昭通市诗词学会理事。

读令孤安同志《访贫有感》后奉步原韵

（一）

兴高采烈购新床，喜地欢天著礼装。
一定富民宏策后，中华大地尽朝阳。

（二）

阳春沐暖遍城乡，处处枯山上绿装。
牧子击鞭歌盛世，老牛回嚼卧溪旁。

有感于镇雄诗词楹联学会在风风雨雨中成长壮大

盖紫藏红物候新，百花园里竞争春。

雨风有意滋培暖，笺纸舒心赋唱频。

坷坎虽曾前例断，诗词还向坦途伸。

今朝喜有吟坛誉，不负同仁十载辛。

国共合作寄愿

雁行折翼经风雨，二合三分久隔持。

放弃阋墙今有日，埙吹篪奏正逢时。

陈文衡

1938 年生，中学高级教师。云南省诗词学会会员。

周总理赞

"八一"南昌义军红，英雄浩气贯长空。
让贤克敌长征路，扬善驱邪赤县中。
重庆和谈烽火熄。万隆会议感情通。
功高五岳无私念，撒洒骨灰播大公。

纪念邓小平同志诞辰一百周年感赋

文武双全举世雄，南征北战建丰功。
挥师上阵歼顽寇，泼墨书章化巨龙。
治国安邦兴伟业，循经立论树新风。
回归港澳金瓯固，民众时时缅邓公。

西江月·赞长防工程

昔日秃山荒岭，今朝翠柏垂杨。造林植树建
长防，处处清泉涌淌。　　原野蝶飞蜂舞，林间
燕语莺翔。莽映霞光，喜看山河变样。

浪淘沙·北戴河观日出

　　红日出幽燕，碧海霞天。星星点点往来船，破浪乘风穿海面，一望无边。　　回首进公园，赏析诗篇，铿锵韵句扣心弦。万里晴空光灿灿，春满人间。

念奴娇·品味腾越文化

　　逾高黎贡，步丝路，乐赏名州腾越。翡翠中心，南诏地，古寺道观高屹。木板桥新，滇滩口丽，得胜云峰崛。千秋碧血，国殇园祭先烈。　　和顺书馆超群，藏书达七万，供人常阅。水映群雕，精巧技，文庙魁星晋谒。美好侨乡，观思奇故居，令人心悦。多元文化，沐春光，谱新页。

陈兴和

1936 年生，云南宣威人。云南省诗词学会会员、师宗县老年书画诗词协会理事。

痴

日思寅夜想，梦里咏诗文。
惊醒忙收录，奇芳出自勤。

游菌子山遐想

百花仙子降凡间，观景台前欣结缘。
欢舞群芳箫笛奏，倏惊胜景醉心田。

放风筝

和风丽日送轻烟，蜂蝶鱼虾飞满天。
无影碧空奇一线，翻飞双燕彩云间。

寻

野径深山迷路行，欣闻谷底牧童声。
抓藤追影攀岩觅，唯见潺潺溪水滢。

陈守敦

1943 年生于云南省师宗县。高中文化，1963 年参加工作，云南省诗词学会理事、师宗县老年书画诗词协会会长、《师宗老年诗词》主编。

渔歌子·盐津五尺道

古道盘山万里长，南方丝路系中央。兴汉室，富边疆，铃声远去印蹄香。

渔歌子·盐津袁滋摩崖

帝国声威盖世强，中丞刊石豆沙乡。经雨雪，历风霜，谁人至此不思唐。

忆江南·家乡

家乡好，绿树隐山庄。翠竹随心风伴舞，红花着意院留香。碧水泛春光。

老 山

昔日硝烟壁画呈，如今绿树遍山生。
登高满目春常在，多少鲜红血染成。

神舟六号载人飞船

神六五天绕地行，高科试验满全程。
准时定点平安返，破译通关密码形。

菌子山

茵山春暖百花开，红紫白黄任剪裁。
要问景区精彩处，八方四面敞胸怀。

村中小景二题

（一）

鹳叶枝头声韵扬，鸭浮水面荡波光。
岸边杨柳随风舞，绘画师生笑脸张。

（二）

山高水冷人心热，林茂风凉空气鲜。
夜静鸡鸣天破晓，相邀好友进田间。

曲靖市老书协成立二十周年

五届经营实绩佳，爨乡无处不飞花。
诗坛雅韵阳春雪，书法妙言下里巴。
对子清词扬国粹，丹青重彩颂名家。
时和景泰艺园茂，加瓦添砖更物华。

陈尔骏

1929 年生，云南宣威人。云南省诗词学会会员。

颂师宗书画诗词活动

诗词书画广交流，苦练功夫无尽头。
有志事成休歇步，登高放眼上层楼。

纪念党的诞辰

茫茫长夜苦研经，照套照搬教训深。
实践真知行正道，承先启后力躬行。

陈灿山

字子谦，1938 年生。云南省诗词学会会员、临沧市诗词学会常务理事。

鹧鸪天·中秋述怀

又是中秋赏月时，情同苏子赋新词。
一行秋雁穿云汉，几处村灯照碧池。
登古阁、漫吟诗，天涯何处不相思。
嫦娥也晓伤离恨，信手无端折桂枝。

佤山首届文化艺术节

佤山儿女喜空前，百卉丛中一树妍。
木鼓声声传海宇，艺锣阵阵震云天。
沧江岭上飞金凤，汀水河边舞杜鹃。
昔日弯弓曾射虎，今朝艺苑敢争先。

吊屈子

年年五月祭端阳，常使后人泪满裳。
浊世焉能尊圣哲，昏君岂可重贤良。
诤臣无奈怀沙去，梁栋含冤饮恨长。
烟雨六朝何处是，离骚千古壮辉煌。

红楼梦

千古兴亡感慨同，红楼一梦去匆匆。
侯门萧瑟荒烟里，朱户凋零夜幕中。
月有阴晴多变幻，人因冷暖各西东。
当年歌舞升平地，唯见夕阳照落红。

耕　农

疏桐蝉噪日高悬，蛙隐寒塘正可眠。
阵阵子规催播种，山山人语竞耕田。
东洼小麦才收尽，西岭青茶又吐鲜。
席上珍馐何处得，农家汗水总相连。

茶　赋

日暖风和正好时，春来一夜发琼枝。

香飘四海舒胸意，情系五洲传放诗。

待客何当须纵酒，品茶自可使神驰。

滇红滇绿皆珍品，贫富无欺共饮之。

看清宫银库盗劫案

百载奇文感震惊，官仓老鼠任横行。

手持御赐上方剑，头著皇封顶戴翎。

盗取库银昌府第，争来名利振家声。

民膏尽落贪臣手，难怪人间恨不平。

陈炎华

1939年10月生，广西客县人。大学文化，现为楚雄市诗词学会会员、云南省诗词学会会员。

春城胜景大观楼

春城胜景大观楼，优美风光称一流。
鸟语花香蜂蝶舞，长联韵律誉全球。
湖波绿柳人陶醉，馆阁亭堂消百愁。
空气清新环境秀，五洲四海慕名游。

青藏铁路

青藏铁路世奇迹，胜利通车风笛鸣。
历史禁区传喜讯，环球创举远扬名。
天南海北拉萨访，绿水青山献热情。
哈达披肩深祝福，腾飞华夏永繁荣。

上下齐心贵执行

八荣八耻记分明，上下齐心贵执行。
两袖清风高亮节，一心奉献受欢迎。
神州十亿切身事，万代千秋益世情。
锦绣河山添美景，中华儿女乐升平。

延　安

振兴华夏谱新章，艰苦精神大发扬。

风雨同舟齐富裕，和谐大地创辉煌。

延安二字金光闪，勇往直前斗志昂。

永远紧跟共产党，太平幸福万年长。

陈荷芬

女，1932年7月出生，昆明人。现为个旧市老年诗书画协会会员、云南诗词学会会员。

鹧鸪天·学画山水有感

漫漫长年说退休，无情岁月笑中求。
拜师学艺消三夏，结友高歌迎九秋。
山峻秀，水清悠，何须万里与天谋。
轻描淡彩随心洒，无限风光画里留。

春到重庆九锅箐茶山

谁带春歌进箐岗？春风细雨雾生香。
春茶才吐五分翠，春叶又催十指忙。
不等春阳掀晓幛，春尖装满小花筐。
三沟茶舍青煮水，九箐茶姑绿作汤。
半桌野肴茶胜酒，一席茶话醉他乡。
且借茶山春几片，染出四海尽春光。

伞

双腿不支思杵杖，心难服老伞相牵。
晴时替脚三分力，逢雨挡风一片天。

咏木舟

与水结缘飘四方，天生我木载风浪。
明知东去路遥远，笑对惊涛随海洋。

端午节赶花街

端午入城遇雨疏，小街有约会芳姝。
金粟习习香如故，玉蕊亭亭性亦孤。
曾在深山人不识，今来繁市品难估。
痴翁有意留仙梦，信手描成作画书。

满江红·振兴中华

世纪欢歌，声声颂，东风消息。牵万绪，党旗高举，再争朝夕。执政兴邦三代继，为民开创千秋绩。特色路，有几多新题，须寻觅。　倡廉政，除痼疾。磨利剑，金瓯屹。绘宏图贤聚，振中华翼。继往开来酬壮志，与时俱进书宏业。盼一统。两岸共繁荣，谁能敌。

为纪念三领袖逝世三十周年而作

难忘那一年，风凄雨绵绵，惊雷声沉闷，大海亦无言。周公先辞世，长号悲折翅，蜡烛烬成灰，天公妒才智。赤胆为国忧，寸心为民愁，君不见，十里长街倾泪难相自留。　又哭朱帅别，星沉月也缺，井冈曾举缨，长城洒热血。战马常嘶鸣，何时再远征，君且听，神州失良帅夜夜悲声。　主席乘鹤去，江河顿化雨，谁来挽狂澜，谁来擎玉宇。捧读磅礴诗章，当信千古流芳，回忆雄文五卷，至今仍放华光。看苍天雄伟，何以三星同坠！恨"四害"蔽日，叹忠魂离去怎慰。　人间三十年，仙岛几多天？多少思情何处诉？改革新事寄那边？今日五星谁守，接班三代旗手，昨日阴霾已除，朗朗乾坤依旧。青藏天路通，动脉贯西东，两会定高策，务实更惠农。生产翻几番，大道奔小康，村野泛新绿，城镇着亮妆。神舟早已开步，直向九重深处，明日银河月宫，人间天上可渡。虹桥一路两相牵，但愿中华英灵从此常开颜。

青玉案·忆同窗

（少年同窗赴新疆五十五年未见面）

　　翠湖堤畔弯腰树，问记否？朝和暮。数载同窗相聚处，小桥疏影，绿杨轻舞，唱向天涯路。　　少年昂首新疆赴，稀古何曾老朋顾。试问乡思情几许？北都冰韵，春城花赋，寄予飞鸿诉。

陈清华

生于1944年，曾任中学教师。原东川市姑海区区委书记、市粮食局党委副书记、市政协第五届文史委主任、市第九届人大代表。现为云南省诗词学会会员。

清平乐·牯牛山缅怀

雄峰元立，陡峭如屏壁。三夏时飘冰雪积，迷你风光奇异。　　萦思抗日航兵，别妻离子飞行。牯岭捐躯壮烈，忠魂永驻天庭。

如梦令·桂林

水秀洞奇山碧，金桂满城香溢。独秀览群峰，轻雾逐风飘逸。如意！如意！仙境系怀心藉。

【注】
独秀，指桂林市城中独秀峰。

陈靖宇

又名靖舆，笔名阿宇，白族，1937年生，云南剑川人。中华诗词学会会员、玉泉诗社理事。

退休抒怀

年逾半百一回眸，往日艰难岁月稠。
北渡金沙从改革^①，长留僻壤效黄牛。
严求学子心掏去，乐做人梯愿已酬。
淡泊平生无俗望，归游诗海度金秋。

【注】
①"改革"系指1956年党在藏彝地区实行的民主改革。

乐在其中

身居陋室亦风流，一枕诗书伴梦游。
翰墨怡情悬四壁，吟成妙句赛封侯。

赠老骥先生

才华璀璨贵清高，办报挥毫不为钞①。
自古诗坛崇奉献，历来文道有高招。
一腔热血扶奇葩，两袖清风冠尔曹。
古韵生辉扬国粹，东方焕彩慰辛劳。

【注】
①"办报"系指老骥主编的《东方诗词》。

畅游云南泸沽湖

高原胜景五洲通，有幸三游兴更浓。
七岛葱茏民俗古，一湖浩淼卧狮雄。
槽船喜坐八方客，妙曲轻随四面风。
纵览湖光山色景，天然韵味绘难工。

书艺半解

诗书画印本相通，少小临池五秩功。
欲建高楼基石起，传承书艺寸心忠。
合开侵让抒胸臆，敛纵欹斜用笔丰。
妙趣横生新耳目，书无定法去平庸。

咏三江并流自然景观①

三江滚滚并流滇，气势磅礴宇宙间。

万道惊雷轰峡谷，千狮恐后举神鞭。

苍天古木多奇葩，珍兽稀禽极乐天。

开发资源尊法制，景观盖世有鸿篇。

【注】

①"三江"即指怒江、澜沧江、金沙江。

抒　怀

欣逢盛世已成翁，痛惜年华"浩劫"中。

卸任还乡非下海，临池炼句梦攀峰。

休言在职一生苦，不悔当权两袖空。

翰墨有缘今得志，奋蹄沃土浴春风。

华坪春早①

引人注目是河东，三角梅开一路红。

近看英姿潇洒状，生机勃发浪潮中。

【注】

①华坪县城河东是上世纪 90 年代扩建的新城区，高层建筑均为私人建造。在党的改革开放政策指引下，华坪经济发展很快，被誉为"云南的温州"。

登临剑川金华山顶

倾心探胜两相随，曲径雄关好展眉。

鸟瞰狮王疑是鬼^①，文峰塔下白云追。

【注】

①满贤林景点的石"狮王"，高 18.6 米，周长 28 米，堪称世界之最。

陈虞鑫

镇雄县人。云南省诗词学会、昭通道诗词学会会员，镇雄诗词楹联学会副秘书长。

丁亥秋游毕节城

金秋有幸到山城，天赋好奇探纵横。
四面翠峰呈玉色，一方流水爽心情。
茫茫人海匆匆过，幢幢商楼慢慢行。
问得奔忙营业女，勤居闹市乐新生。

春　耕

春雨绵绵万物苏，农家起早备犁锄。
上山下地耕希望，努把晨光换玉珠。

冬　日

深冬飞雪不言寒，素裹银妆好景观。
围火闲聊新旧事，滑冰嬉闹乐山川。

陈德霖

中教高职，云南省诗词学会会员、昭通诗词学会理事。著有诗文集《园耕录》《昭通乡土对联集》。

读《烽火余生》，忆抗战伟绩

烽火余生百炼钢，高歌抗日纪沧桑。
如闻铁马金戈勇，似见英雄斗志昂。
血沃神州书壮伟，泉滋大地泪苍茫。
篇篇铭刻征程迹，字字鸣钟警示长。

纪念孙中山先生诞辰一百四十周年

先行革命艰难甚，压顶乌云似逞凶。
看透天边朝日起，高呼惊梦万人同。
千年帝制空山倒，一世精神浩气弘。
后继牺牲多壮志，睡狮今醒热腾龙。

盐津石门关

长空秋叶映雄关，古道逶迤霜路寒。
石壁悬棺悬万仞，马蹄印迹印千山。
袁滋题字先承逝，大地增辉后继传。
俯视车龙驰骋过，尤思统一绘河川。

谒岳麓书院

如幽潇湘橘子洲，登阶岳麓俯江流。
千年学府人才济，百代文宗巨柏幽。
博览明思兼习武，远观务实蓄深谋。
荫浓古院书香境，启迪今朝报国猷。

昭通罗炳辉广场将军铜像

驻足广场春阳昕，铜像神威如日明。
伟岸雄姿惊敌胆，扶刀柱立可天擎。
戎装鏖战征程迹，大地回扬进击音。
赤水淮南书毅勇，枣庄鲁域献忠心。
终身奋斗沧海志，五岳乌蒙颂英名。
回看游人花似锦，将军仍犹念庶民。

鹧鸪天·登临凤凰山顶

旭日朝霞映九重，绿衣凤岭与天通。高承玉露居云海，俯瞰川原赛帝宫。　　岚霭淡，慢纱笼，城乡近览咏"豳风"。千家叩问晨安好，袅袅炊烟荡碧空。

何永生

字德峰，白族，1937年2月生。曾任中共南华县供销社党委委员、副主任等职，统计师职称。现为中华诗词学会会员、云南省诗词学会会员、楚雄诗词楹联学会常务理事。

高阳台·奥运创辉煌

圣火高烧，欢歌共唱，人民切盼祯祥。海外扬威，金银勇夺争强。全球雅典欣相聚，技艺超，世界飞扬。热心肠，友谊情深，代代繁昌。　　五洲四海扬风采，有精英跳水，力士流芳。射击乒坛，年轻小将翱翔。羽球举重光芒耀，女排优，记者奔忙。好新闻，再见京城，续创辉煌。

鹧鸪天·丙戌春即景

满面春风描几篇。山欢水笑鸟声甜。乡间男女秧歌跳，崖下飞来滋润泉。　　蔬果嫩，众心连。娃儿嬉耍自婵娟。荷塘跃起鳅鲢鲤，轩道黄牛欲下田。

渔歌子·游丽江

丽江景致任君游，远古名城数一流。

泉水美、荡悠悠。东巴文化誉神州。

何克振

1937年生，江苏海门人。毕业于同济大学铁道建筑专业，高级工程师。中华诗词学会会员、中华诗词学会理事、云南省诗词学会副会长。

元　日

新春元日赋新诗，秃笔今持却乏词。
月下踌躇思绪乱，花前彳亍醉神迷。
声声爆竹迎龙瑞，点点梅花寄雪枝。
蜀水巴山静无语，江天云树梦魂驰。

闻广明老弟退居二线，戏作七律一首

四十年来事捉刀，舞文弄墨作脂膏。
染红一个庸官顶，催白万茎小吏毛。
俸薄未萌弹铗念，位卑不惮挽车劳。
但得俯首无羞愧，不负人间走一遭。

游大关黄连河

闲秋晴日乐远游，清水黄连喜人眸。
云烟竞秀无边景，瀑布争流几度秋。
向导巧言情洽洽，游人回味兴悠悠。
山川若解平生意，莫怨相逢已白头。

无　题

悲欢离合十余年，往事如烟感万千。
难得几回花共赏，不知何日手相牵。
常将有意当无意，莫道无缘却有缘。
一片真心终未悔，何妨沧海变桑田。

赞柳宗元

放官任任总为公，百姓代代惦河东。
橘园祭坛今犹在，民铭清廉恶贪风。

牧　鹅

手执长杆一曲歌，青山绿水好婆娑。
村夫也有羲之好，春草萋萋放白鹅。

读"万言书"

落笔沙沙血写成，万言字字书丹心。
无私方能无畏惧，为国为民可舍身。

除　夕

又是新桃换旧符，万家欢乐暖屠苏。
千门任是愁温饱，弱势群体谁与呼。

采桑子

1998 年 12 月 26 日，适值春城艺术节偕秋野君夜游盘龙江长堤，观灯有感。

繁星闪烁盘江荡，溢绿流红，腾凤游龙。翡翠珍珠映远空。　春城今日升平乐，灯也玲珑，心也融融。十里长堤耀彩虹。

长相思·送别

1999 年 2 月，秋野君从蓉城来。正值世博盛会，邀其同游。临别时填词于西藏馆外。

聚匆匆，散匆匆，对坐长亭泪眼红，含情不语中。　　来西东，去西东，心有灵犀一点通，何时能再逢。

何统清

75岁，云南文山人。云南省诗词学会会员。

乘索道上老阴山

七五老翁学悟空，腾云驾雾半空中。
但求借得芭蕉扇，煽灭人间腐化风。

砚　情

耳已失聪眼老花，砚情依旧好涂鸦。
秋凉笔醉千张纸，春暖心开万朵花。
左按右提随己意，东歪西倒任它斜。
友来漫品三杯酒，无客独喝二碗茶。

笔　悟

兴来笔也狂，点画至情藏。
放胆行天马，痴心宗二王。
随心抒我欲，任意舞锋芒。
碧水钓云趣，无须较短长。

春　梦

春风送暖畅吟怀，绿水青山任剪裁。
北国涛声冰解冻，南疆燕语散阴霾。
千山腐叶随风扫，万树含苞带露开。
昨夜酒酣合醉眼，一宵春梦映红腮。

游元阳梯田

爬到田头已近天，彩云相伴舞翩跹。
嫦娥含笑频招手，把我当成天上仙。

宋 河

1924年生，安徽泗县人。1949年安徽大学英文系毕业。现为中华诗词学会会员。

改革开放赞三首

（一）

茫茫浩劫十年终，万物更生破冻封。
实践方能验真理，维新已见脱贫穷。
三通争说千家暖，两制行看九域同。
左氏休谈"资社论"，大江依旧水流东。

（二）

腾飞神马奋扬鬃，跨越关山几万重。
科教繁荣诸子出，人文蔚起百家雄。
经邦有策开新路，济世和衷向大同。
天下汹汹吾独健，炎黄四海正归宗。

（三）

炎黄四海正归宗，特色花开别样红。

伟绩已光华夏史，兆民争做主人翁。

图南壮志迎新纪，揽月豪情上太空。

万里江山臻大治，巍峨泰岱立寰中。

江城子·己巳秋女儿立平赴美国哈佛大学留学有赠

横天一燕去家邦，恰重阳，菊花黄。负笈匆匆，憾未别爹娘。策杖高岗频仰望，云水处，数班航。　　来舐犊勖坚强，涉重洋，抗风霜。万里关山，乡月照芸窗。纵有乱云飞渡过，晨曦现，看东方。

渔家傲·癸酉冬西双版纳行

云海茫茫望不断，胶林绿透沧江岸。冬至边关挥热汗。高髻颤，夏装傣女新裙短。　　市列珠玑招客满，京杭两广行商远。最是黄昏人款款。邀相见，卡拉 OK 长街遍。

鹧鸪天·彭德怀元帅百年冥诞

少小曾经乞路途，英年伐罪效前驱。开元更把江山保，鸭绿江边拥万夫。　　思老帅，望匡庐。坦陈民瘼解兵符。身经百战功勋著，不死沙场死上书。

踏莎行·石林阿诗玛答问

目断云山，谁传尺素？情天恨海茫茫路。春来秋去几千年，阿哥依旧凄清否？　　"石烂犹坚，海枯如故。此身无悔佳期误。何劳多事问相思，侬心不死君须悟。"

玉楼春·昆明大观楼

清霜一枕知何处？难觅疏钟听几杵。狂来直欲改长联，不识髯翁啁我否？　　滇池水涌千帆路，四海波云岭舞。游人争上大观楼，寥廓长天新韵谱。

如梦令·秀山宋柏吟

　　历尽雪霜枝俏，饱览庙堂昏晓。身在此青山，
一海月明怀抱。谁老？谁老？飒飒风来还啸。

过南湖口占

　　如磐夜气压神州，风雨南湖起壮猷。
一叶舟摇天地转，萧萧落木秣陵秋。

宋光先

1934 年生，云南省保山市人。现为云南省诗词学会会员。

滇西抗战感赋

中华儿女战旗扬，雪耻图强斗志昂。
东北天寒驱虎豹，滇西地热打豺狼。
松山顶上埋忠骨，腾越城中建国殇。
碧血千秋抒壮志，流芳百世铸辉煌。

长相思·忆今昔

风萧萧，雨潇潇，民不聊生百业凋。乌云何
日消。　　红旗飘，战旗飘，奋起千钧除魅妖。
江山分外娇。

满江红·镇康县城搬迁庆典感赋

庆典搬迁，传喜讯，山欢水笑。迎远客，彩
旗招展，炮声呼啸。大厦高楼平地起，旅游商贸
齐飞跃。县门开，四面客商来，财星照。　　续
开放，见实效：思发展，修通道。有黄金口岸，
上天神造。水电矿藏支柱业，蔗糖茶叶双争俏。
展英姿，改变旧山河，全新貌。

宋廷英

云南师宗人,1927年生,中专文化,云南省诗词学会会员。

怀念彭德怀元帅

叱咤风云彭老总,一生戎马战功丰。
为民请命丹心献,正气一身举世崇。

观建水朱家花园感怀

朱氏花园气宇昂,楼台亭阁伴回廊。
恢宏宅第群芳艳,矿工血汗筑辉煌。

苏幕遮·引瞻仰窦垿故里

凤山青,溪水绿。点缀淑基,环境生机护。蔚起人文春永驻。聚集贤才,兰桂房中育。　　善耕耘、勤苦读。户户家家,均筑成材路。五桂七雄中宪屋。一脉相承,代有才人出。

省市文友莅师宗

良师艺友莅师城，凤舞龙飞花笑迎。
饱览师阳名胜地，齐观匿弄展新程。
天人共洽敞胸臆，景物交融涌激情。
相互取经传瑰宝，弘扬国粹意真诚。

【注】

2006 年 3 月书画诗词楹联学会、市老年书协先后到师宗参观采风。凤舞、龙飞指丹凤。五龙，龙庆镇和乡，匿弄——师宗城古地名。

浪淘沙·瑞雪

瑞雪舞长空，展现新容。银装素裹景奇丰。原野茫茫银世界，剔透玲珑。　　落霰引顽童，老也情浓。欢声笑语塑翁公。神态安详欣盛世，雪兆年丰。

贪官的下场

位显官高党性忘，违民宗旨饱私囊。
贪赃枉法填金库，纳垢藏污姘丽娘。
巧织天衣思美梦，伪编地网想黄粱。
东窗案发身名毁，罪恶昭彰耻下场。

吴广甲

　　彝族，云南宣威人。1964年云南大学中文系毕业。云南省诗词学会会员。

割胶工

恰是他人入梦乡，驱车整束上山冈。
头灯闪闪飞萤火，形迹匆匆绕树行。
手握胶刀轻巧运，神凝踮步技能张。
如期管养肥施足，汩汩流来自乳浆。

春游花山湖

走近花山秀净湖，春风骀荡拂明珠。
青山环抱波光漾，丽鸟喁啾各自呼。
碧水连松舒望眼，轻舟破浪赛飞凫。
池盈灌溉无需虑，满腹忧思顿觉无。

仰观鸡足山金顶楞严佛塔

佛塔楞严入紫清，浴光耀眼影斜横。
传钟阆苑惊仙客，含吐烟霞到海瀛。
三宝虔诚痴意系，千峰戮力举刀兵。
远离火宅高天近，怎怪南邦有盛名。

游腾冲火山地质公园

高黎贡顶戴银冠，远近青峰入黛峦。

放眼锥丘相竞出，欢咳玉池向云端。

岩浆凝就梯台地，喷物淤成堰水澜。

节理六方形柱状，无穷奥秘在腾刊。

【注】

①玉池，道家以口为玉池。

②节理，喷物冷却先后不同，凝六方形，状如柱子，叫柱状节理，竖者成林，横堆成垛。

游腾冲北海湿地

苔草千张水上浮，盘根错节一平桴。

花团锦簇齐争艳，鸳鸯鸢飞竞自由。

胆大遄驰犹可走，心虚迟缓不胜愁。

亲临湿地惊无险，禀性知之任去留。

吴肖澄

1928 年生，安徽桐城义津桥人。现为云南省诗词学会会员。

大理行

悠悠古南诏，白族世居家。
入目千寻塔，迎宾三道茶。
苍山雪何洁，洱海月尤华。
智者常留迹，痴翁亦泛槎。

昆明世博园题咏

铲却荒山化绿洲，人天共处乐怡然。
匠心移植千重树，妙手呵成百座园。
雨润红玫容窈窕，风含翠筱舞翩跹。
传闻青鸟曾来探，报与瑶池欲访滇。

夏游海埂

子女双休日，驱车海埂前。
湖平四岸阔，岭峻一崖悬。
着意寻芳草，临风听嫩蝉。
闲谈天色暮，老少别堤烟。

望　月

今夕是何夕？清辉照我居。
平生多险阻，此夜得宽舒。
古柏柯犹绿，春风病若苏。
时乎不复返，努力莫踌躇。

内昆铁路全线铺通感赋

凿劈内昆经百年，桑田沧海话今天。
旌旗风卷豆沙隘，科技花开横水边。
不是京华秋月朗，难教叙府梦儿圆。
西南经济腾飞际，看我先行更着鞭。

登安宁凤山森林浴场

龙钟也学少年狂，随友优游一浴场。
斗胆攀援凌凤顶，童心萌发走羊肠。
云松满眼峰峦秀，离子弥空花草香。
无限风光情激荡，低吟投纸入诗囊。

丙戌重阳大观公园赏菊

登高望远插花黄，少小重阳犹未忘。
今岁重来访华浦，满园秋菊傲秋霜。

吴崇灿

字光辉，云南省曲靖市人，生于 1925 年 4 月。云南省诗词学会会员。

中秋赏月

乙酉中秋月色优，银光皎洁照神州。
晴空万里婵娟共，碧海千帆昆仲游。
起舞嫦娥舒广袖，欢欣玉兔放歌喉。
吴刚斟满桂花酒，祝愿升平再上楼。

丙戌迎春

耄龄健步常春天，老马识途志更坚。
钓渭闲情因奉献，弹琴遗志同加鞭。
寻章摘句舒心愿，时弊针砭寄拙篇。
伏案深思知过错，精工凝练笔耕田。

梅王树

梅王生长在东山，翠盖小园花自芳。
飒爽英姿霜雪傲，妖娆神态朔风狂。
红星闪闪春来报，玉背横斜弄影昂。
千载馨香专暗送，任它蜂舞蝶飞翔。

归鹤洞

攀藤附葛过飞泉，再上险坡寻洞天。
翠盖青松荫绿蔽，春波巨鳌仰头悬。
千年犬牙石交错，万载叮咚玉碎喧。
唯有宿缘归照鹤，预知仙境美无边。

昆明行

八旬夫妇上昆明，公路翻修绕道行。
隧道三重飞渡过，途程二百驾流星。
金黄稻穗波浪滚，垩白粉墙村寨迎。
人在图中观美景，健忘衰老反年轻。

沈 杰

1944 年 10 月生，山东文登市人。中华诗词学会、云南省诗词学会会员，普洱市诗词楹联协会副主席。曾任省诗词学会第三届理事会理事。主要著作有诗词集《松风柳韵集》。

庆回归

清廷遗恨总难消，热血忠魂化碧涛。
梦断香江千顷泪，情牵故国百年潮。
几经桑海兴华夏，更展宏图作玉桥。
喜见骊珠还合浦，巨龙昂首奋重霄。

师　颂

学海春秋起一经，满园桃李满天星。
扎根边塞甘为竹，直面风霜耻作萍。
豪杰纵横凭骏马，群芳斗艳赖园丁。
曲终犹觉情难老，我亦披襟效壮青。

咏三塔

管领山川百世功，沧桑历尽仍从容。
情钟洱海千重浪，更爱点苍十九峰。

沁园春·毛泽东颂

　　一代风流，百世英名，开国首功。有湘江评论，振聋海岳；井冈烽火，照彻苍穹。万里征程，千军碧血，赤县河山一片红。诚如是。论文韬武略，谁可争雄？　　东风压倒西风。兴伟业东方腾巨龙。树导师风范，光辉寰宇：鸿篇巨制，气贯长虹。继往开来，英才辈出，马列毛周基业隆。堪告慰，正云蒸霞蔚，如日方中。

沁园春·周公颂

　　万丈丰碑，一代明公，四海盛名。想南昌黄埔，雄姿英发；西安重庆，谈笑风生。剑指江南，笔挥河北，大将胸怀百万兵。登临处，正春风破晓，旭日东升。　　浩繁国计民生。公总理神州百废兴。看泰山秦岭，凤歌鸾舞；黄河珠水，虎跃龙腾。国事沧桑，鞠躬尽瘁，亮节高风举世称。情难尽，赋颂歌　曲，海岳同声。

临江仙·邓公颂

四海浩波歌不尽，邓公旷世功勋。毕生智勇为人民。三中兴伟业，两制定乾坤。　　玉镜重圆躬尽瘁，丰碑日月同存。雄文三卷长精神。巨龙腾玉宇，直薄九霄云。

水调歌头·大理行

造化钟神秀，美誉著千秋。银苍玉洱如画，辉映古城楼。百代风花雪月，宝塔名泉古刹，巨笔写风流。盛世添新景，胜迹任君游。　　沐晨雾，游沧海，泊龙舟。登临苍岳峰顶，放眼赏金瓯。面对晴川沃野，荡荡清风碧浪，杂念尽然休。宠辱偕忘矣，物我两悠悠。

采桑子·泸沽湖

泸沽湖上风光好。山色青青，水色青青，万顷晴波任我行。女儿国里传佳话。藤也多情，树也多情，几度良宵月照明。

沈正稳

1945年生。高中毕业。曾当选凤庆县总工会主席,主编《可爱的茶乡》诗文集,作曲《名诗名词百首曲》。现为云南省诗词学会会员。

大观楼长联

来看神州第一联,折腰投体拜长篇。
文翻今古千重浪,字吐山河万道光。
尽抒南天天国画,情牵人世世间沧。
长联伟伟乾坤动,举我中华锦绣章。

神　舟

万里长征万丈光,中华巨笔写文章。
千秋炼出龙魂胆,五号神舟此意扬。

长江第一湾

来看长江第一湾,湾如盘磨水磨山。
玉龙峰顶千秋雪,磨出中华万里江。

人　生

人生到老有何求,一曲清歌一醉休。
不老青山心作伴,长江滚滚涌东流。

余嘉华

1939年生于云南丽江。云南师大教授、云南文史研究馆馆员，从事中国古代文学及云南地方文化的教学与研究。著有《云南风物志》《古滇文化思辨录》等十余种。

甘肃河西走廊

堆琼铺玉景千层，一径穿云万里腾。
汽笛惊醒天月梦，驼铃摇醉九秋鹰。

青龙谷即兴

雨洗千山翠，云拖一壑封。
欲寻游者迹，绿海笑声浓。

辛丑重九与同人登大观楼

茫茫云水抱名楼，玉岛琼宫一望收。
疏柳影移皴淡墨，岚山气暖画中流。
美人环佩歌新曲，秋雁排空唳远洲。
遥念南天鏖战处，廓廖海宇思悠悠。

沧源行二首

竹

　　边寨多竹，情依千家，丝连万户，因缀此短章，赠当地的朋友们。

　　森森万杆入云新，劲节凌风倍有神。
　　欲借青枝濡大砚，尽书南域建功人。

古　榕

　　南疆多古榕，俗称大青树。根札大地，绿叶蔽空，尤其是班洪抗英纪念碑旁耸立的两株英姿挺拔，令人难忘。

　　铁干凌空百丈身，蘸云和露染繁春。
　　愿培青树三千万，立作南疆守护神。

咏杨一清

　　治国兴邦一代雄，连然故里有遗踪。
　　长鲸碧海奇才展，明月襟怀遗韵中。

清　明

　　清明雨净天阶路，千里归乡祭祖勋。
　　群卉含珠犹常笑，心香一瓣寄青云。

邱少龙

1945 年生，中专学历，退休教师。临沧市诗词协会、云南省诗词学会会员。

南歌子·山茶（二首）

楚楚英姿妙，婷婷满树花。红冠红萼放烟霞。
五彩缤纷，艳丽著芳华。

脱俗超凡种，开颜含露葩。情思万里寄天涯。
点缀河山，神韵灿迤逦。

渔家傲·"嫦娥一号"探月

火箭凌空飞"一号"，卫星探月蟾宫绕。气
势雄豪苍昊啸。神采耀，中华科技全球眺。　寂
寞嫦娥迎客到，七仙姐妹争相告。织女牛郎河汉
笑。炎黄傲，千年神话今圆了。

山林秋色

云绕群峰万仞岚，碧穹阵阵雁声寒。
空林寂寂争诗趣，韵染秋枫几叶丹。

陇兆麟

字曦仪，彝名莫布麟，斋名自立。彝族，1941 年生于云南镇雄。中华诗词学会会员、云南省诗词学会理事。

咏镇雄乌峰山

翠柏青松缀峻崖，雄冠八景向天涯。
长笼瑞霭迷如画，大展风光灿若霞。
迹有塔楼传电讯，人因历史继灵槎。
七峰忘却沧桑事，晦朔不分自个华。

述　历

闻鸡即起手推窗，夜色沉沉盼曙光。
趁早扶犁耕瘠地，适时驱犊上高冈。
信将科技肥瓜果，敢把黄连变蜜糖。
培土育苗数十载，幸凭大块写文章。

隐贤村居

隐贤松柏傍门栽，小院花红映绿苔。
倚枕无闻车马响，举头正视雁鸿来。
蓬莱梦得周公礼，南亩诗成屈子才。
世事沧桑无我问，贻谋祖训训儿侪。

《鸡鸣诗苑》创刊有感

祝愿鸡鸣诗苑昌，文章千古价难量。

诗情畅吐山川气，四意飞扬草木光。

旨效前贤讴盛事，趣求知己赞农桑。

谁言僻域无芳草，自有梅兰菊竹香。

获《云南日报》"我说我的民族"征文奖感赋

中华民族谱新篇，三省鸡鸣报晓天。

半世农耕挥汗雨，一篇心得述酸甜。

呕心沥血教儿辈，品洁行端仰祖贤。

明镜昭昭分黑白，是非公道在人间。

苏继泉

1929 年 5 月生于云南大姚县，云南大学文史系肄业。现为云南省诗词学会会员。

咏怀二首

（一）

何须衰鬓叹蹉跎，只为当初识字多。
岂肯违心翻鹿马，不堪泥首拜神魔。
牛衣甘卧卅年冷，傲骨能经百样磨。
且喜目明身尚健，《离骚》一卷细吟哦。

（二）

少小从军胆气横，依稀犹记旧旗旌。
风餐露宿无寒暑，弹雨枪林忘死生。
五十春秋惊白发，一腔热血见丹诚。
夜深梦觉心潮涌，耳际还闻喊杀声。

读敖惠琼著《王甲本将军》二首

（一）

书生投笔苦追寻，讲武堂前报国心。
淞沪挥师驱敌寇，鄂湘纵马挽沉沦。
身经百虎威名著，血洒东安遗恨深。
空掌夺刀伤透骨，长编一读一沾襟。

（二）

历史尘埃拂又多，将军死国究如何？
寻踪山口亲瞻墓，访旧村农说抗倭。
万丈豪情胸次起，千秋雄鬼梦中过。
借将女史班姬笔，好写人间正气歌。

克炳珍

女，生于 1937 年 12 月。云南诗词学会会员。

观央视香港回归十年庆典

紫荆花放十春秋，喜见生机万绿稠。
海港旗扬昭丽日，香江浪涌促行舟。
港人治港宏图绘，华脉兴华壮志酬。
后盾坚强民意聚，一国两制创神谋。

渔家傲·唱云南

云岭滇池春意早，山茶笑雪红梅俏，气候宜
人花卉茂。风光好，山清水秀藏丰宝。　　金马
碧鸡文化妙，众多民族同荣耀，舞美艺奇人手巧。
声萦绕，歌星竞唱云南好。

蝶恋花·博园览胜

万紫千红迎客到，异彩纷呈，园馆多风貌。
巨树奇葩千里调，南邦北域相连绕。　　蔬果珍
稀盆景妙，药草仙株，根叶皆神效。孔雀开屏游
客闹，博园景胜天工造。

满江红·海峡涛声

海涌波涛，山河怨，风声怒号。看华夏，熊熊柴焰，尽烧顽蚤。日月潭深怀祖训，长城壁固防倭盗。岂容他分裂散狂言，如狼叫。　　神圣地，台海岛，华血脉，炎黄宝。历经灾难遍，频道侵扰。世纪史新民志聚，中华崛起逞新貌。众思归，共建美家园，何时到？

杞顺昌

1952 年 7 月生于昌宁县。1972 年参军，中校军衔。1998 年转业到楚雄市工商行政管理局任副局长。云南诗词学会会员。现任楚雄诗词楹联学会常务理事。

采桑子·老兵

虽然年迈鬓毛衰，英气犹豪，心志犹高，为国戍边不惮劳。　　当年血战双堆集，弹雨如潮，炮吼如涛，枪管打红拼刺刀。

南京大屠杀

龙盘虎踞徒天险，倭寇压城四面开。
卅万生灵卅万鬼，半江血泪半江哀。
康王纵马杭州去，总统拖旗重庆来。
安内何须迟攘外，官绅黎庶共遭灾。

苏幕遮·中秋

玉盘圆，天碧翠，夜色如银，歌舞琴声碎。月上东楼花映水，烟锁池塘，斜柳轻轻坠。　　举金樽，邀月对。千古今宵，多少英雄泪。离合悲欢谈笑里，莫负年华，乘兴相拼醉。

十月感怀

太平天下民安乐，每到金秋喜庆多。

盛会筹谋商远计①，嫦娥奔月贯银河②。

康乾兴旺无需论，文景繁华有几何？

故国焕然新气象，神州响彻大风歌！

【注】

①中国共产党第十七次全国代表大会。

②10月24日，西昌卫星发射中心发射"嫦娥一号"探月卫星。

永遇乐·澳门回归

千古神州，忽遭惊变，山水残缺。割地输银，卑躬礼逊，海盗愈饕餮。英葡争霸，垂涎港澳，激怒万千豪杰。战沙滩，长矛舰炮，壮哉海浪涌血。　　星移斗转，红旗翻卷，总到扬眉时节。国运昌明，年丰民富，青史开新页。邓公高远，巧思两制，足教世人称绝。西风去，烟波浩淼，扁舟一叶。

邹延代

1931 年生，重庆市长寿区人。大专文化。曲靖市老年书画诗词协会、云南省诗词学会会员。

鹧鸪天·纪念周恩来总理逝世三十周年 (新声韵)

处险红岩扫旧尘，长征青史照丹心。
声威早已播中外，才智真堪烁古今。
勤政务，爱人民，鞠躬尽瘁九州春。
莲花朵朵因君放，神放飞天慰伟魂！

蝶恋花·告别农业税 (新韵)

废却千年农业税，种地人家，个个喜流泪。全意为民谋福祉，神州九亿皆蒙惠。　　大地春回无限美，构建和谐，共享人人醉。鞭炮声声分外脆，龙狮滚滚迎新岁！

严英冕

74 岁，云南华坪县人。云师大毕业，县督学。现为县诗词楹联学会理事、云南省诗词学会会员。

海峡咏 (新韵)

一衣带水弟兄情，两岸炎黄鼻祖根。
双赢当推和为贵，人间正道理长存。

缅怀朱总司令

救国戎装讲武堂，云川勇将虎名扬。
寻求真理抛官禄，起义南昌赴井冈。
力挽狂澜归陕北，扫除日寇战沙场。
鞠躬尽瘁为民众，大帅功勋永世芳。

缅怀邓公

小平理论导航程，正本清源创鼎新。
三步蓝图华夏秀，五洲赞策智谋精。
宏文两制千秋亮，伟略三书万代明。
建设小康筹强盛，回春妙手拓复兴。

陆树槐

安徽省枞阳县人，1928 年生。云南省诗词学会会员。

颂小平

邓公唤醒炎黄梦，伟铸丰碑展略韬。

为国为民甘蹈火，兴邦兴智敢迎涛。

胸无桎梏思何远，腹有经纶气自豪。

长使中华昂首笑，新潮澎湃接天高。

沙 聪

回族，1933 年生，大理人。云南省诗词学会会员。

回文七绝·高原孪镜

玉溪境内之双湖（抚仙、星云）以及澄江，孤山、笔架山、抗浪鱼、鹭鸶等清纯无染，和谐共融，构成奇异风光，令人陶醉而击拍吟咏。

沐熹朝日练江澄，美镜双湖架笔横。
雾罩孤山知抱水，鹭迎群浪抗环风。

风环抗浪群迎鹭，水抱知山孤罩雾。
横笔架湖双镜美，澄江练日朝熹沐。

邵可勤

　　女，1944 年生。昆明工学院毕业。云南省诗词学会会员、省老干诗协常务理事。

蒙自南湖游

重游故地喜开颜，丽质山湖迥异前。
昔日尘埃今不见，春光一片映蓝天。

秀甲南滇

青山叠翠鸟啁啾，古木参天荫护稠。
三教和谐居美景，八方纷至仰名流。
佳联处处清心智，秀匾张张荡眼眸。
不尽文邦传雅韵，花香曲径又通幽。

周宗孟

字居仁，号晓夫，1937 年 12 月生，云南省牟定县人。现为中华诗词学会会员、云南省诗词学会会员、楚雄州老年书画诗词协会理事、楚雄诗词楹联学会常务理事。

题大学同窗陈庆年教授所著《中华石文化管窥》

地壳全由石构成，石人相伴展鸿程。
石经运用开人世，人得生存赖石情。
怪石千姿人遂意，灵人百意石成莹。
难分难舍人和石，地老天荒忠又诚。

楚雄州老年书画诗词协会年会感赋

春夏秋冬四季悠，诗书画印得丰收。
与时俱进耕耘畅，结伴相磋技艺优。
老马识途当迈步，劲牛陷阵莫回头。
传承国粹和谐现，奋斗终身乐不休！

沁园春·研读毛泽东咏雪词敬步其韵

壮丽词篇，盖世风华，豪气畅飘。把山河展绘，情思永驻；帝王点议，心意长滔。博古通今，空前绝后，巨笔如椽列势高。惊天地，真出神入化，何等妖娆。　　轩昂器宇无娇，对大作人人乐折腰。喜金言浩浩，犹如《史记》，玉音绵绵，恰似《离骚》。处处褒扬，声声唱和，竞逐风光劲刻雕。新世纪，看神州强盛，远胜前朝。

浣溪沙·长征系列火箭第一百次发射卫星

多类卫星上太空，长征火箭立丰功。百番无误照天红。　　举世皆夸新技术，人才辈出亮高风。中华赢得万方崇。

（中吕）山坡羊·看市民广场歌舞

春风吹遍，鲜花开艳，山河壮丽华光现。妁人间，乐无边，欢歌纵舞笙弦伴。且颂平安无患怨。心，真灿烂；情，真浪漫。

（正宫）双鸳鸯·端午节

过端阳，意深长，万户千家粽子香。每诵《离骚》怀屈子，诗词声荡汨罗江。

周绍明

1927 年生，云南玉溪市人。中专毕业。云南省诗词学会会员。

玉溪新咏

碧玉清溪汇大河，三湖潋滟柳婆娑。
珠楼耸野添奇彩，聂耳家园处处歌。

纪念聂耳逝世七十周年

歌声嘹亮震天涯，唤醒人民捍国家。
敌忾同仇歼顽寇，光荣胜利属中华。

周育贤

1929 年生，云南保山人。曾任中共东川市委宣传部副部长、中共东川市委党校校长兼党委书记。中华诗词学会、云南省诗词学会、云南省老干部诗词协会会员。

游保山龙王潭

层林古刹若仙都，漱玉萦沙境界殊。
几派清泉声似沸，一泓哑水亮如珠。
穷幽霞客书游记，选胜村民绘彩图。
不必龙潭敷粉黛，天生丽质是仙姝。

北戴河纪游

神驰宝地岂辞遥？渤海湾滨坐看潮。
放眼天光连水色，静听松韵逐波嚣。
联峰山上观奇景，鹰角亭中尝日骄。
胜地盛名传广宇，游人如织暮如朝。

爱庐吟

厅堂皆字亘，满屋尽诗书。
风雅酬宾友，清茶当酒蔬。
山岚常入户，树影自扶疏。
结合牛山下，痴情爱吾庐。

读《红楼梦》怀念曹雪芹

红楼梦里百科全，六合包容演大千。
满腹经纶堪济世，超群才艺可齐天。
伤时骂世奋椽笔，咏物托怀著巨篇。
潦倒穷愁悲晚岁，招魂泪酒悼红轩。

一剪梅·游昆明黑龙潭

胜地龙潭别样幽。三面环丘，景物无俦。巍峨殿宇似琼楼，岁月悠悠，古迹星稠。　　宋柏唐梅骨力道。历尽沉浮，笑傲春秋。梅园烈士英名留，千载风流，万众同讴。

周宪章

现年 69 岁，云南祥云县人。楚雄师院副教授，楚雄诗词学会副会长、云南省诗词学会会员。

澜沧江峡谷

山高烟厚倍清凉，峭壁悬崖兰蕙香。
芳草萋萋山道险，露珠闪闪鸠声扬。
野鸡成对低飞激，山兔寻欢奔跳忙。
峡谷林深溪水唱，游人陶醉不思乡。

大　理

文献名邦地，滇西大理城。
苍山横玉带，洱海含山清。
文笔书天赋，金梭织翠坪。
中和峰带帽，一片望夫情。

丽江玉龙雪山

玉龙峰冷银鳞长，遮面云纱半透光。
全露真容实少见，略抒半面不平常。
缆车飞上雪峰凹，漫步畅游白水塘。
曲道通幽杉气冷，金江雪岭共天长。

鹧鸪天·绿色梦

欲镇黄沙降孽龙，沙丘植树净苍穹。黄河不断水清冽，绿梦依稀春酒浓。　　山绿绿，树葱葱，玉门关上杏花红。何时沙暴喧嚣歇，万里长城碧海中。

忆江南·火把节之夜（二首）

弦声震，歌舞满街头。月夜龙川光织锦，礼花飞伴行人游，火把醉彝州。　　轻雷动，携手共情柔。左脚欢歌音韵美，激情似火兴难酬，民俗自风流。

周崇文

云南楚雄人，1951 年 2 月生。云南师范大学本科毕业，高级经济师，云南省诗词学会理事。

鹧鸪天·独步大观楼

慢步清波垂柳间，万千新绿带朝烟。缤纷夹道樱花放，滩上沙鸥对对眠。　　风乍起，柳绵绵，轻扬红雨映蓝天。落英怅对增诗兴，羁旅春城又一年。

澳门感旧 (古风)

楼屋陈旧街狭窄，凌乱灰暗天晦涩：陋俗犹留殖民迹，赌徒博彩眼充血。独步久仃海上望，雾霭岸礁惊涛裂；长桥横空连三岛，高标插云光明灭。却忆当年环澳游，壮岁心海与天接；赤湾歌叹林则徐，伶仃洋怀文信国。志洁思与前贤齐，浩气敢比忠魂烈；珠江风雨南海浪，大潮激荡情激越。改革敢为天下先，奋勉唯惜光阴迫；欲向海天试一跃，罔顾苍蝇间黑白。灵均心事呼天问，武穆忠愤何须说？吁嗟乎！行高毁来非时势，莫须有处云遮月；难将强颜作媚态，曾教虚耗一腔热。虽云浮云终难蔽，已忍风华霜欺折；弹指一十七年过，盛年难再鬓飞雪。

张家界纪游（古风二首）

登 览

久住尘世车马喧，今且世外访桃源，十里画廊自在游，张家界内做神仙。壮哉黄石寨，凉彻金鞭溪；清容峻茂雄险秀，山水树石境幽秘。瀑流飞悬烟云绕，天下独绝叹观止。复叹绝妙佳山水，久藏深闺人未识，天生丽质非自弃，但乏文豪如椽笔。天造地设大盆景，今方举世称神奇。在山清新出山浊，面世福兮抑祸兮？原始本色自大美，人工雕琢损有余，唯愿规划得其人，无使开发毁野趣。一路峰林石径斜，风生足下飘飘举。登攀渐与红日近，回首但见白云低。

神 游

野鹤闲云天子山，松风寂寂数千年；我来登临看不够，一十八载重往返。挥汗直上南天门，暮霭浮动吐月轮；恍如羽化升仙境，道骨仙风飒飒生。对月欲邀李青莲，把盏似酌陶渊明；心境已然古人会，神游当共高士亲。眼前分明万籁寂，耳中却似仙乐鸣。苍松云鹤呈祥瑞，天宇澄碧夜云轻。

游坝美 (古风)

群山隔世外，洞窟通红尘，乘船循水入，暗河钟乳深。豁然平坝美，晴光照眼明。桃杏满蹊谷，水车转竹轮。牧童牛背横，田畴秧苗青。榕荫掩村寨，篱畔闻鸡鸣。小憩农家饭，扑面午风轻。

西江月·读《项羽本纪》

项羽兵屯垓下，汉军十面包围。拔山盖世气难平？叱咤英雄末路。　　宝剑美人骏马，江山黎庶霸图，自将一刎了恩仇，拯却生灵无数。

清平乐·普者黑荡舟

山环水绕，雾露清波晓。万亩亭亭烟浩淼，桨橹惊飞禽鸟。　　早年壮气豪情，晚来月白风清，今且扁舟一叶，荷塘直入幽行。

周彩尧

1942 年生，中学高级教师。现为云南省诗词学会会员、临沧市诗词协会副会长、临沧诗社社长。从事教育工作近40 年，著有《豆灯拾英》，合著《陲地放歌》。

渔家傲·送友人

戎马生涯相倾忆，几多坎坷从头叙。激浊扬清挥浩气。春无际，躬耕播撒南山地。　　艰苦征程风骤雨，蹉跎岁月豪情寄。娇艳珠光融万绪。丹霞里，温馨笑语萌声誉。

江城子·与诗友共勉二首

夕阳辉映似绵长。写文章，作诗忙。老聪扬蹄，勤奋苦寻芳。灿烂阳光桑梓照，秋送爽，气高昂。

抒怀言志倾衷肠。体安康，尽思量。惺忪醉眼，热语话荣昌。心系珠帘情意重，千百句，颂康庄。

赏桃花

娇颜粉面戏春浓，玉立亭亭展笑容。
瓣蕊芳菲垂晓露，轻风曼舞满山红。

周雪波

1942 年生，通海县人。云南师大中文系毕业。云南省诗词学会会员。出版有诗集、散文集，文学评论集、中长篇小说集等。

大观楼

百感浮大观，今日重遨游。
往来寻故地，泊舟上高楼。
长联翰墨香，骚人情怀幽。
三潭映明月，柳杨绿屿洲。
东园茶花肥，西苑秋菊瘦。
冬雪尚未归，春色满阁秀。
游兴方酣甜，落霞惊白鸥。
放歌滇池里，碧水荡悠悠。

登西山龙门

西矗碧鸡玄妙境，人扶危石走如丸。
龙门直上惊回首，滇海爽然见大观。

游曹溪寺

高寺幽花映日肥，螳川绿透碧泉飞。
文章自古藏山水，拾得丝丝灵气归。

登郑和公园三宝楼

白玉凌空构伟楼，松高竹挺万重幽。
中华百代昭航史，海客千辛跨异洲。
壮志伏龙酬古国，宝船载谊结新俦。
啸吟一曲怀英杰，郑氏丰功耀永秋。

游碧云寺，登莲花峰

一峰开作入霄花，日照莲台涌翠霞。
且扮神仙莲上坐，碧云相伴奏琵琶。

游普者黑

鬼斧神工玉笋峰，如诗如画入怀中。
涵天一水南连北，挽臂两村西接东。
火把洞中悬月亮，彝家楼上坐仙翁。
龙船飞荡明波里，映日荷花四面红。

丘北行

一路高坡披彩霞，田园似锦望无涯。
人来车往迎开放，紫丽红香遍地花。

周锦章

1941 年生，云南腾冲人。中学退休教师。云南省诗词学会会员。

国魂星光

谒畹町南洋机工抗战纪念碑林。

　　萋萋秀木掩碑林，雪魄冰魂护国门。
　　熠熠镌文铭义举，莘莘志士现金身。
　　补天浴月除顽寇，伏虎降龙驱鬼神。
　　忠骨茔茔安故土，匪躬之节壮昆仑。

浪淘沙·腾冲火山群

　　百里缀璠冠，旖旎嫣然。几多鸾凤舞翩跹。又似荷莲初绽蕾，笑口朝天。　　娲女撒钿丸，遍地斑斓。金丝银线织河山。不见洪荒留创意，绝世奇观。

鹊桥仙·登保山易罗池濯缨亭

九隆山麓，阁飞塔耸，柳翠草鲜景雅。一泓碧水戏亭台，倒影曳，潜图伏画。　　顾亭内外，浮思不绝，疑见子龙立马①。镇边将士凯旋归，玉池畔，英姿潇洒。

【注】

①子龙，即邓子龙，明朝永昌府安边参军。传说，邓曾带兵到易罗池濯缨洗足，后人建此亭纪之。

浣溪沙·枫叶

时近老秋别样红，荧荧火火竟天公，燹波浪韵无穷。　　装点园林情切切，育肥后茬意佺佺，归根化土自从容。

画堂春·游陆良彩色沙林

琦峰瑜壁彩莹莹，沙雕爨刻纷呈。岫宫曲径遍岑陉，半自天成。　　试问神州大地，几多稀世文明？江山处处富风情，笑傲乾坤。

郎本驯

1936 年 11 月生，云南省昆明人。大学文化，原在省、地新闻出版印刷部门任编校职务。现为云南省老干部诗词协会会员、省诗词学会理事。

重修唐陵感怀

会泽唐公墓，圆通叠翠藏。

当年多壮丽，近岁遇灾殃。

起义兴民国，平袁得众彰。

千秋功过事，盛世定馨香。

宜良九乡游后感

暮春三月好时光，健步轻装到九乡。

洞府清幽田玉佩，神宫璀璨殿金镶。

古今名胜知多少，中外游人忘返航。

莫道天台刘阮醉，此问奇景迩遐扬。

春游安宁楠园

酉岁春光多绮丽，陶情遣兴任从容。

轻装健步登仙境，悦目舒心入圣宫。

轩榭亭台分布巧，山池花草构思工。

匾联精制添风韵，赢得游人赞语隆。

行香子·暮春游昙华寺

金汁河边，瑞应山前。望从林殿宇庄严。优昙开寺，宝塔辉滇。看山茶过，海棠谢，杜鹃妍。春城胜地，古刹新颜。步园中、游目亭栏。钱公画像，朱总碑传。觉心舒畅，生诗意，谱词篇。

郎祖培

满族，1928 年生于昆明市。现为中华诗词学会会员、云南省诗词学会会员、云南省老干部诗词协会理事、普洱市诗联协会理事。

沧江松

巍巍沧岭松，挺拔傲寒风。
手捧诗书画，青山夕照红。

真诗蒲叶剑

一首真诗蒲叶剑，寒光闪闪刺中天。
赃官见了心惊跳，勤奋清廉自奋鞭。

诉衷情·沧江情缘

青年时代到边疆，千里负行囊。年华旧梦何处？思往事，忆沧桑。　花甲过，鬓毛霜，又何妨。此生随缘，生在沧江，乐在沧乡。

不争名利只当牛

西疆开发起宏猷，万马千军入铁流。
晚年再献微薄力，不争名利只当牛。

回　眸

漫漫人生路，心中有盏灯。
向前勤奋闯，踏破浪千层。

罗 云

云南巍山人。现为中华诗词学会、云南诗词学会会员。曾任大理州诗词楹联学会副会长、大理诗社副社长。著有《旅踪》《人生之旅》及《岁月情怀》。

农家乐

一路农歌一路烟，欣骑摩托下田园。
漫夸城市风光美，劳作置身彩画间。

茶姑春采

春满茶山笑靥开，莺飞烟雨醉心怀。
春尖篓篓采难尽，阵阵欢歌过箐来。

罗开映

生于 1962 年 1 月，云南师范大学中文系毕业，双柏县第一中学语文高级教师。系楚雄州作家协会会员、云南诗词学会会员。

普者黑泛舟

一竿雨雪碎青天，岸树高阳转夕烟。
风剪远山霞万朵，轻香淡月茭田田。

读霍松林教授《唐音阁诗词选集》感赋

独上层楼望海头，栏杆拍遍未筹谋。
东风不赋先秦史，原野难分大汉秋。
水击云根三万里，良颠文界一扁舟。
夕阳写满相思豆，肯付驹光掌缝流？

青　冢

苍茫草色接荒流，塞外中原战事休。
大漠狂沙沉落雁，夕阳雪影暗貂裘。
家山万里家山月，故国千年故国秋。
忍看边关淋血雨？酣然一觉固余瓯。

崆峒河瀑布

涧深藏野树，瀑泻半天飞。
壑险山尤旷，声沉远翠微。

林 柄

1939 年 12 月生，昆明市人。大学本科。现为云南省老干诗协理事、云南省诗词学会会员。

和谐吟

春沐生机勃，细雨润苍冥。
国祯兴九鼎，正气漾千城。
熙洽昭仁爱，有序共眸倾。
真诚襟怀阔，信义通衢明。
盛世钟礼让，文明谱新声。
重续尧舜风，天地和谐生。

游东湖行吟阁

落日江头送客轮，荆巴水泻楚天春。
诗人逐浪冲霄去，浩浩清魂万古新。

滇池晚眺

垂杨影透远山微，百里平湖浸落晖。
载客渔舟横一楫，嘎嘎水鸟望空飞。

丁亥游新安所镇

万亩红榴入眼来，千山客汇贸商开。
盈盈硕果财源聚，昔日荒村新出台。

林惠珠

女，1929 年生，昆明市人。云南省诗词学会会员。

齐心合力创辉煌

一邦两制大旗扬，港澳回宗夙愿偿。
犹盼台湾归一统，齐心合力创辉煌。

国歌颂

一曲醒炎黄，全民斗志昂。
黄河掀巨浪，赤帜映朝阳。
八载降倭寇，九州达小康。
聂公应有慰，华夏正飞翔。

迎接香港回归题自制根艺"雁回归"

春风骀荡飞何急？嘹亮声声唳太空。
赤子天涯偿夙愿，迢迢万里报归鸿。

全建甲

1945 年生，云南省师宗县竹基村人，中学退休教师。现为云南省诗词学会会员、师宗县老年书画协会副会长。

咏何桂珍①

凭窗怀古久沉思，痛惜英才不遇时。
学海乘槎登榜位，书坛纵笔作王师。
张纲弹劾奸邪惧，爱国忠贞天地知。
一代文宗风范在，仰贤独咏桂珍诗。

【注】
①何桂珍：师宗人，清代进士，曾作咸丰帝教师。居官多年，遭奸臣陷害，一代文学宗师 38 岁含冤身亡。

楚雄福塔公园

巍巍宝塔矗云间，飞阁雄昂灿大千。
日丽山明舒望眼，松青竹翠促吟篇。
福星拜谒尘心净，寿苑赏观诗意添。
圣殿鸣钟消厄运，红光瑞气透霞天。

游泸西阿庐古洞

绿水清波映阁亭，洞天福地不虚名。
玉厅乐赏青龙影，秀壁欣观彩画屏。
霞客仙游留墨迹，骚人景恋寄诗情。
娇姿美态神工造，四海嘉宾赞誉频。

夏日吟

夏日炎炎绿染天，远峰耸翠漫云烟。
芳林经雨流岚气，紫燕临波戏浪尖。
河畔风吹飘柳絮，畦边蛙鼓闹禾田。
更深犹恋千山影，秀色多情入梦间。

编《师宗历代诗词选》感赋

编辑三年魂梦牵，丹心倾尽集鸿篇。
明珠耀彩承先辈，瑰宝重辉启后贤。
博录春秋详注校，旷怀今古细思研。
诗书一部光青史，俏丽华章万代传。

岁暮感怀

已逾花甲又逢春，艺苑文朋寄语深。

敲韵品茗陶雅趣，观霞赏景醉芳心。

功名利禄年年淡，喜乐情思月月馨。

性效荷莲泥不染，身仪篁竹节留贞。

临江仙·拜谒窦墭故居

虽褪朱颜风韵在，威仪古宅犹存。窦公宦海搏风云。黎民忧乐共，朝野振英名。高洁情怀天地永，书香世代相承。格言古训启来人。长联千载颂，文采出斯门。

【注】

窦墭：字兰泉，师宗县人，清代御史，岳阳楼长联作者。

奉 征

1932年生,湖南道县人。湖南大学毕业。云南省诗词学会、个旧老年诗书画协会会员。

纪念毛主席诞辰一百一十周年感赋

湘南大地育英豪,伟业毛公令世骄。
粪土侯王怀大志,遵师马列战洪涛。
推翻旧制乾坤转,崛起新华疆土饶。
谋略才情烁亘古,千秋万代史中标。

水调歌头·重游漓江

一别漓江久,犹自梦魂思。乘兴经桂重访,意恐再迟迟。子美吟哦宛忆,邓拓诗章存录,情系古今痴。且喜倩容健,不负慕人知。 青山秀,碧水净,正逢时。山娇水美人美,曾是旧相识。岸上城乡巨变,建设蒸腾接轨,相竞展雄姿。无限归帆意,晴牖赋新词。

江城子·缅怀慈母

幼年失恃倍堪伤，遇严霜，泪汪汪。褐少完装，虮蚤尽猖狂。顽童相欺无处诉，性孤怯，进学堂。　　星移斗转鬓毛苍。溯心房，断肝肠。怀缅萱恩，德懿誉街坊。岁岁清明遥祭日，春晖念，地天荒。

癸亥再过绍兴谒秋瑾纪念碑

两番幸过绍兴府，凭吊轩亭仰伟魂。
奇女越中惊二代，须眉世上逊三分。
樊笼突破飘东海，革命躬行震帝墩。
壮志未酬先饮恨，勋标青史颂瑶琨。

个旧——第二故乡

物藏天生锡矿砂，彩云绚丽颂天华。
农耕特喜三春雨，城建兼筹四季花。
苑囿饱亲林兽草，庭堂细品酒诗茶
如今未见饥寒叹，地美人和好治家。

夜游秦淮河朱雀桥

六代古都伴古淮，乌衣咫尺入眸来。

豪华往景随波去，今日繁荣畅我怀。

武景贤

楚雄诗词楹联学会、云南省诗词学会会员。

咏 松

铁骨铮铮气势宏，岗峦挺峙傲苍穹。
青针刺破碧天海，根柢深藏大地中。
滚滚风涛疑虎啸，茫茫霭雾隐龙朦。
挚携梅竹号三友，誉满岁寒尊太翁。

登龙门

穿岩拾级到龙门，锦绣春城眼底存。
浩渺湖光天一色，千层蚌网靓乾坤。
灵仪妆点空尘净，神骏奔驰气势浑。
栩栩魁星催奋进，图强励志勉儿孙。

鹧鸪天·建水燕子洞

万丈悬岩腹内空，深潭碧水隐潜龙。嶙峋径石擎天柱，梦幻厅堂散雾濛。　　惊鬼斧、叹神工，千姿百态不雷同。隆冬紫燕南归去，频叹观光未展容。

秋波媚·路南石林

　　四季如春彩云乡，赞誉满华疆。奇峰径石，嶙峋莽莽，无限风光。　　倚天宝剑池中屹，曲径走羊肠。望峰亭上，心潮澎湃，神采飘扬。

鹧鸪天·重游大观楼

　　浩渺清波景色幽，披襟岸帻隐螺洲。飘香黍稻边寰绕，电动轻舟尽兴游。　　芦苇茂，驻归鸥，髯翁留句大观楼。前人往事随烟逝，举步登临话不休。

浣溪沙·洱海游

　　万顷烟波映彩霞，苍山脚下隐渔家，操舟驭桨扑鱼虾。　　白族歌声迎客至，热情接待靥如花，品茶三味众人夸。

和瑞尧

纳西族，1931年出生，云南省丽江市玉龙县石鼓镇人。现为丽江玉泉诗社社长。

丽江古城赋

通天河水，出自昆仑。与怒江澜沧并下，切洪荒而瓜分。长峡飞瀑，咆哮乾坤。彼独于此奇转，携金沙以东奔。裂巨谷之无底，剖雪峰作双门。玉龙山其南扉也，恍惚太虚，纵横恣肆。罡吞辰，辉煌屹峙。排银剑其恢宏，照八表之福祉。五更日生，泛荧映紫。弥漫烟霞，幻衍海市。光彩驰骋，或灭或炽。绽菡萏于长空，翔扶摇之鹏翅。崖富金铂，闪耀炳烁。冈布莽林，绵延辽阔。原草茵茵，雉雏鹿踔。兰茂谷阿，芝参蓬勃。以其高冽也，积凝日月之精华，承接银汉之纯粹。结万古之绿冰，堆百丈之品玮。尔乃伏岩作泉，环麓进汇。原坞东西，象狮向背。神渊丁百，汩汩溢璀。二思凛泠，九鼎两隧。青溪汪洋，白马涌沛。玉湖鉴雪，润玉柱而擎天，文笔吮溟，滋文峰以点奎。至于黑龙之潭，是其尤最。古木蔽空，伏虺藏魅。嘤嘤鸣禽，淙淙叩珮。百亩空明，漾青移翠。映繁葩之娇新，照亭阁于涘沕。波摇玉龙，影舞银卉。潜天深沉，浮月细碎。燕凌波而逐飞花，鱼跃浪以戏漂蕊。游凫偶其灰翮，栖翡翠之丹喙。沉升

晶珠，串续链缀。瀑生晴虹，柳刮秋毳。值隆冬
而返温，腾氲氤之若沸。民朝夕以游憩，共怀抱
之相慰。五里玉河，经村庄而藻荇益鲜，三分渠水，
入古城乃　缕幻邃。其城踞雪岳之阳，偎大江之
湾。黄峰西屏，金虹北盘。肇乎夏商，籍著宋元。
巷符八卦，了无城垣。宅第高下，循依冈峦。萦
坡带壑，抑扬翩跹。曲径交织，石级贯穿。庭园
顾盼，沟涧回旋。清流轻吟而当户，细渠潺湲乎
厨间。逾墙樨桂，香邻蕙兰。苤苢铺道，青草入帘。
任造访其无冒昧，门虽设而不关。盈庭除之花木，
共翰墨其馨恬。扉列六瑞，楣渡八仙。院嵌福寿，
池溢清涓，陌生主客，娓娓寒暄。颜容文采，言
辞斐谦。抒议典籍，每发灼见。经纶世务，指点
超然。逢谈论之入港，常剪韭以设筵，呼左邻作
陪对，辄尽醉而同欢。忘秦汉与魏晋，若渔者之
入桃源。观夫瓴瓦互接，檐牙相迭。厨味交香，
雨水共泄。匏藤一根则五户俱系，荼蘼三春而四
合同烨，夜灯红处共案子弟，庙会兴时互托锁钥。
蔬鲜荐尝，声响自节。乞索盐茶，分赠姜芥，岂
计物利，旨寓亲切。是知德为邻，老少悦，十二
为里，晨昏乐。圣贤文明之道，良有以也，涵泳
久矣。或若廛市朝夕，临流凭轩，恍归羲皇故都，
顿展清明画卷。白水桥梁，乌衣巷院，彳亍而汲，
赤足而浣。担蔬村姑，悠悠小辫。策杖矍翁，飘
飘长髯。孩童负笈，赪颊采卯。妪媪筐簋，垂环
鸣钏，壮夫昂扬，气魄凛健。淑女俊秀，星月披肩。

邯郸步俏，吴侬语软。而其市井布局，别具奇端。街铺五花之石，摩挲而文采益辉。涧蜒九曲之巷，徜徉乎灵境洞天。店肆揖让，水光晃动而照槛，木桥参差，门垂半掩之柳帘。若夫商旅当年，枢纽茶马古道，出筇杖自博南，通大夏之迢遥。铃韵崖回，锥锣峡邈。越云岭以逶迤，映斜阳于土堡。陟戈壁之茫茫，历雪域其滔滔。归古城之老店，销风尘之烦恼。沸油茶，醉窨窖。负荆薪，送刍草。栈灯朦胧，塘火烟袅。虽别离之经年，更敬信而友好。于是贸易通康藏，商贾称富饶。麦饼豆粉，名传遐迩。杯水勺菽，以业走俏。来宾中外，口碑崇褒。若乃寻溯文风，故知传承远久。洛阳汉殿，白狼王引吭高歌。神川隋唐，铁链桥横跨江喉。千文载誉，赞金沙乎丽水。万里轻骑，泅革囊于崖陬。千年土官，与中州团结一体。万家各族，为亲戚容与优游。实亦丽质天生，彬彬在道。基因禀赋，和善自传。与唯争斗残暴之理，迥然不侔。又有本民族之仓颉，创独特之篆籀。形状昂箕，象拟神兽。纹类木石，意喻详周。成篇章而书写，作牒册以传流，吟哦咏唱，祭祀春秋。言混沌之初开，述人祖之奋斗。牒帙遍存村寨，典籍何止汗牛。且能三藏两仪，容兼收。教义参照，采妙融修。刻金经百箧，宝藏大昭佛寺。贮善本万卷，清香洋溢柏楼。扬芳名由礼义，播文化于五洲。著作每成一家之言，学术代有列空之宿。即妇孺诉说家常，言词竟如歌讴。比兴诗骚，铿锵随口。

或月上柳梢头，人约黄昏后。谈情说爱，雅尚雎鸠。应答协律，平仄对偶。每令闻者忘形，不觉击节脱手。惊飞湖上鸳鸯，羞散花前好逑。又若丝竹管弦，怡情养性。胡琴羯鼓，羌笛秦筝。琵琶箆片，埙叩钟鸣。集师挚方叔之众雅，融创新声。合群族之天籁，缭绕回萦。与山川其共化，齐阴阳之运营。水龙长吟，山羊小令。协旷古地道之舞步，汇苏古波泼之交鸣。透狮山之虬株，追月啸雪，引云间之仙鹤，敛翅群停。长使华夏知音，额手相庆。金发玄面，聆曲钟情，涤志趣以净化，复本性之瑰莹。善哉，是知文化沁心，了无界限，宾朋汇聚，会意忘形。览淳朴之素质，爱自然之纯真。信天人之合一，葆生机以长青。唯和谐更能昌盛，秉平正贞孚安宁。共臻物我荣畅，是谓天行。

赵大井

白族，云南鹤庆县人，1930 年生。中华诗词学会会员，云南省诗词学会三届、四届理事，红河州老年诗书画协会理事，《踏青集》诗刊主编。著有《滴水集》《片叶集》。

抒　怀

七十春秋近夕阳，生逢盛世喜虞唐。
回思往事烟霞淡，不羡他人利禄忙。
壮岁耕耘师孺子，暮年吟咏愧江郎。
且将余热酬黎庶，无负初衷愿也偿。

春苑泛舟

舟荡春波过小桥，云天倒影画中摇。
依依岸柳方舒碧，艳艳山桃竞吐娇。
笑语声声闻耳畔，琴歌阵阵入云霄。
游人兴尽斜阳里，新月一钩挂树梢。

翠园春晓

文化公园跨小溪，烟笼翠绕百花堤。
妖娆桃李含春露，娇弱蔷薇卧晓曦。
水榭雕栏观鱼戏，华亭柳浪听莺啼。
最是乐声催剑舞，红衫白发奋虹霓。

九寨沟

趁兴驱车九寨游，人间仙景不胜收。

山如翠盖层层秀，水似晶宫处处幽。

飞瀑流湍舞白练，茂林修竹映红楼。

苏杭纵有天堂誉，不及天然九寨沟。

普者黑泛舟

叠叠浮云镜里嵌，远山如画锁晴岚。

扁舟一叶烟波里，身入蓬莱仔细看。

行香子·锡都新貌

绿海山庄，紫苑池塘；朝阳里，占尽春光。

园林绿化，果树成行；看桃花红，李花白，菜花

黄。　幢幢楼房，处处厅堂，巍然立，金水湖旁：

小城今日，谁最风光？向湖中月，山中寺，座中觞。

赵文富

云南省沾益县人。中华诗词学会、云南诗词学会会员。

赞九龙瀑布

九龙瀑布九龙舞，百方珠玑注壑鸣。
倒海翻红仙戏水，穿崖泻练玉悬城。
春雷激荡频惊梦，夏雪纷纭岂薄情。
如织游人欢乐地，花开云岭赞罗平。

春游寥廓公园

阳春三月好风光，寥廓公园万物芳。
皎皎飞流迎客至，枝枝挥手谢宾忙。
莺歌燕舞生机活，鸟语花香淑景扬。
日丽风和空气爽，心花怒放乐徜徉。

赵发彦

1933 年生，云南临沧人，中教一级教师。中华诗词学会、云南省诗词学会会员，临沧市诗词协会、临沧诗社顾问，著有《蝉歌集》《莺歌集》。

春游青龙山茶园

曲径通幽接翠微，莹光剔透沁芳菲。
琼枝雨润金芽嫩，钱树春滋玉叶肥。
为采青波留日去，因观绿影戴星归。
清新舒爽如仙境，入寐牵思梦几回。

学习"十七大"精神有感

恭贺金秋喜讯传，英明决策及时颁。
精谋国计长兴盛，善注民生久泰安。
科学领先昌百业，人才着远胜千关。
群心凝聚宏图展，福树开花春盎然。

日出观感

云淡风轻视远宽，东方天际现斑斓。
金光万道朝霞映，碧野千姿晓意含。
世外桃源如此否？人间社会乍同然。
鲜花福树群情系，但愿生灵皆尽欢。

岩梅赞

悬崖绝顶境清幽，乐以安居胜苑畴。

雪压琼枝生傲性，霜浸玉骨静昂头。

娇花典雅神仙引，秀体仪佳岁月稠。

酷爱严寒天赋就，老梅苍劲耐风揉。

腐败隐患

步欧阳修《黄溪夜泊》原韵。

朝生腐吏黎民恨，财物鲸吞囊满回。

大厦难承频蛀耗，长堤易毁众人哀。

深思静静忧怀国，远虑常常愤举杯。

急待苍天雷火旺，焚贪除恶福全来。

赵克贤

白族，1930 年生，云南大理人。1990 年在楚雄州计经委退休。省诗词学会会员、楚雄诗词楹联学会常务理事。

万福塔山庄行

（一）

万里峰峦接翠微，福荫楚郡展晴晖。
塔征祥瑞天澄澈，山碧云蒸织锦衣。
庄院花香禽语脆，佳肴美馔焕生机。
窗明几净清幽境，乐趣浓浓满意归。

（二）

农家小院缀春光，花木葱茏织翠妆。
蝶舞蜂飞添景致，清幽雅静胜仙乡。
画屏诗意书香味，世外桃源韵咏芳。
主顾舒心同乐趣，休闲美境此山庄。

赵佳聪

女，昆明人。云南师范大学中文系副教授。云南省诗词学会副会长。著有《赵佳聪诗词集（附楹联）》、《赵佳聪文集》。

翠湖梦

余幼时，外祖母言，其令尊简执中先生任教于昆明经正书院，曾随侍乘轿抵，翠湖荷香沁脾，近有莲华禅院。

幼闻荷韵渗书香，梦里依稀翠海旁。
映月清渊鱼拨响，依风垂柳鸟栖藏。
青灯耿耿催华发，绿叶亭亭拥艳装。
禅院钟声惊我醒，佳篇又诵夜未央。

女魂归①

青天巧吐丹霞语，押不芦花色转青。
襪女归来明月影，金鸡一唱淡疏星。

【注】

①阿襪为元代云南梁王女，其父因大理总管段功击败红巾军相救之功，将襪嫁与。后又疑段有野心，命襪毒杀之，襪不从，并将父谋告功。梁王又设计射杀功于通济桥。阿襪作《愁愤诗》，郁愤而亡。其诗有“青天不语今三载”，“押不芦花颜色改”之句。现余反其意以用之。

咏　蝉

忆昔炎方枕上听，无眠嘒嘒助离情。
清声饮露传凉夜，薄翼忧螳隐绿城。
卧湿犹能修美质，更衣尚自济苍生。
惊秋落叶声难止，带血分明奏怨筝。

钱塘观潮

秋月圆后怒潮生，千古鸱夷雷恨声。
我今乘风钱塘探，屏息静待奔涛行。
一线跃波涌寒雪，瞬间谲诡斗鲲鲸。
何来神火煮鱼蟹？惊心怒龙起雄兵。
夕阳浮游清波里，万顷闪烁黄水晶。
朝潮夜汐年年到，欲为人间荡不平。
浩然正气常抑郁，暂退还留愤懑情。

春游抚仙湖

尖山元傲屹，情貌何奇崛？

殷勤招远人，万顷琉璃碧。

日月星汉杳，放眼雾迷蒙。

山水各有情，人生鸿泥迹。

古今多少事，尽在浑涵中。

恨无书天手，空对笔架峰。

飞艇击白浪，孤岛觅仙踪。

轻雷掠空过，疑欲惊蛰龙。

绿苔附巨石，鲸鬣待长风。

阵雨添佳趣，夕照焕青松。

佛音瀛海寺，波荡浩然亭。

一览水天净，灵台亦空明。

鱼儿弄清影，鲛人竟绡衣。

餐霞醉兰露，飘飘辄忘机。

濯缨复濯足，此间意氤氲。

四顾偕谁隐？不见五柳君。

新春感赋

流年逝水几悲欢，笑看彬彬鲁士冠。

巧慧婵娟偷妙药，拙愚老叟炼灵丹。

彩鸡照影清波险，素雁腾身碧落宽。

求索两间人未悔，狂歌一曲唱青山。

南乡子·鲁布革"小三峡"

叹眼睨青天，鹏翼难飞血迹殷。穿峡去来多雀鸟，翩翩。得意春风剧可怜。　　问万载芝仙，更摘龙宫玉笋悬，医得垂天重振否？溅溅，一抹残阳啼杜鹃。

千秋岁·银杏

浑天开辟，银杏亭亭立。经浩劫，躬仍直。送清风习习，小扇玲珑碧。东陆地，公孙几辈诗书集？　　懒与争春色，却爱穿云笛。明月夜，催人泣。花开非闹喜，结实无声寂。秋来美，煌煌难有传神笔。

瑞鹤仙·咏鸥

素衣翩翩女，越关山万里，春城旋舞。照装最媚妩。看红喙剪翅，惊鸿也妒。低翔高矗，似牵动、情肠缕缕。自古来、几度鸥盟，乍见却还如故。　　娇语。诧三冬节，日丽风煦，柳青波绿，境佳如许！几曾见、神仙处？忆汪洋汹涌，掀天雪浪，回首重重迷雾。唤朋俦、振翼飞来，燕莺与侣。

新年游华亭寺二首

祥云如盖鹤飞鸣，数九修篁未脱青①。

莱圃莲开传戒日，人瞻兰若入空明②。

磬音清越启禅思，三昧诗家亦悟知③。

明月疏星风不动，天花法雨降临时。

【注】

①华亭寺为昆明西山古刹。其名来源于"霄云霭霭，状如华盖"并有"孤鹤翩跹，戛然而鸣，声闻于天"（《启建华亭山大圆觉寺碑文》）。

②相传华亭寺传戒之日，菜圃中曾开出莲花。

③林则徐题华亭寺诗："绕寺千章云护山，六时钟磬彩云间。个中悟彻诗三昧，砚洗瓶泉绮语删。"

满庭芳·山茶

芳草衰枯，寒风萧瑟，万方仪态浓华。竹篱茅舍，笑靥对牛娃。缟袂冰肌玉骨，清波影、胜似梅花。冰峰侧、嫣红万朵，惊喜叹明霞。　　奇葩。当此际、牡丹尚睡，桃李无夸。笑蝶使蜂媒，犹恋窠家。蝶魄依稀邂逅，销魂醉、枉自嗟呀。东君力、何如正气？花发誉天涯！

赵海若

1968 年生，昆明人。云南艺术学院讲师。云南传统文化研究会副秘书长、昆明市书法家协会理事。著有《赵海若诗集（附楹联）》，编著《字通》二帖。

夜访圆通寺二首

（一）

春寒古寺待归僧，暂倚石栏凉胜冰。
赤鲤池心吞缺月，青龟甲背湿沾星。

（二）

烛摇香烬静无僧，花气熏人月似冰。
墙外樱潮红莫辨，殿前露白雨星星。

雪意三首

（一）

云崖栖久忘霜晴，已惯千山无鸟鸣。
各有平生飞动意，雪中梅看雾中鹰。

（二）

夕阳雪岭弄阴晴，怎画寒钟夜半鸣？
何况孤僧浑入定，林梢蓦起数鸥鹰。

（三）

非阴其实亦非晴，老树空于涧底鸣。
冰窟红蛇白日梦，迷蒙似见一饥鹰。

赵浩如

云南昆明人，1938 年生。云南大学中文系教授，中华诗词学会常务理事、云南省诗词学会会长，中国书法家协会会员、云南书法家协会副主席。出版有《诗经选译》《楚辞译注》等十余种，主编《云南诗词》等。

江城子·登玉龙雪山

擎天峭壁耸晴空，十三峰，势宠楔，绝顶云嘘，飞雪漫鸿蒙。十万琅玕横宝带，起玉龙，驾长风。　　云杉坪上漫从容，且倚筇，豁心胸。如画滇云、处处夺天工。都赞丽江多丽，情更笃，万山浓。

访石屏袁嘉谷故居二首

（一）

状元故第细端详，旧瓦依然覆旧堂。
楼阁雕棂留古院，青砖铺地感秋凉。
读书檐下传书味，延客厅前召客忙。
文盛之乡多硕儒，斯文谁与论华章。

（二）

终有机缘复旧颜，状元故宅市嚣间。
书香门第沧桑后，文献名邦劫难前。
楹柱已无联句影，书斋未见五经编。
都言盛世重文教，进士门墙却寂然。

千秋岁·丙宙元宫诗词会，指茶花为题与会诸公皆矗矗，余独以不惑奉答

新春妖娆，处处彤云岛。又兴陪诸老。元宵赴北坰，酬唱多文君不见，高人乍满龙潭道。　更喜茶花笑，早桃红①窈窕。赏不尽，芳菲扰。浮生百事忙，翰墨缘难了。凭认取，声声都咏家山好。

【注】
①昆明北郊黑龙潭有茶花一树，名早桃红，明代所植，为滇中名品。

踏莎行·飞越太平洋上空

　　云海苍茫，西行漫道，小窗远眺一何杳？太平洋上几多情，无端忧患意缥缈。　　夜尚未眠，天光已晓。虽知昨日仍今日①，时差无语令人老。为何天外寻芳草！

【注】

①因东西半球时差，中国时间子夜二时晨晖大亮，而北美日历仍为昨日之日也。

水调歌头·题晋宁月山郑和公园

　　滇海访临遍，又到月山秋。碧波帆影千片，江上起沙鸥。欲问仙人在否？却只看青山上，几朵白云悠。喜登高处，琉瓦焕新楼。　　历阶上，探亭阁，径通幽。先贤故里，应多遗迹可寻游，跨海远航万里，挥麈楼船飞渡，伟业已绸缪。可惜愚忠累，遗憾早归舟。

浪淘沙·过旧金山

　　夕照旧金山，夜色初阑，候机室内一凭栏，璀璨华灯如梦里，另是人间。　　二月尚春寒，去国难欢，车如流水景如烟。无限乡情一洒泪，西望云山。

云南日报邀集题辞

忧时忧事亦忧行，踏遍青山第几程。

笔底风烟争实录，文中岁月不留名。

那堪句句报春讯，更有期期献素诚。

四十七年屈指论，滇云滇雾总关情。

临江仙·双塔①烟雨

（序）云南古称南中，唐有六诏，并为南诏，封东都于滇池畔，建拓东城。蒙氏封于拓东，嵯巅命尉迟敬德造慧光寺塔，有东西二塔，后人并称双塔。塔与金马碧鸡二坊鼎立，是为昆明历史文化之坐标也。

指点拓东城②外路，云津③夜雨空蒙。雾中双塔认西东。谁知烟树里，何处旧王宫？　六诏山河金碧④梦，闲登高阁寻踪。万家灯影半朦胧。南中千古事，把酒漫谈中。

【注】

①昆明有东寺塔和西寺塔，又称双塔，相传创建于唐。故"双塔烟雨"为昆明八景之一。

②昆明古名拓东城。

③昆明古有云津渡为滇池船泊码头，水陆交通枢纽。旧时商贾云集，故"云津夜市"为昆明八景之一。

④唐代云南有六诏国，后兼而成南诏国。昆明有金马、碧鸡传说，故昆明别名金碧也。

朝中措·云南日报五十周嘱题

笔耕岁月峥嵘，盛世写升平。半纪烟云读过，秋风春雨曾经。　　识时文字，书生气韵。五十年程，都付了，双鬓雪。多情纸上苍生。

鹧鸪天二首

海鸥每年冬到昆明，仲春北归。

咏　鸥

四季城春又入秋，三冬犹暖照沙丘。
晴滩碧水狎人趣，凤翎参差逐浪游。
迎晓日，戏浮沤。一城老少竞观鸥。
诗情万顷烟波境，雪影兼葭共忘忧。

送　鸥

堤上柳丝破嫩芽，一春心事漫吟夸。
爱鸥反怨春来早，向暖方知别意赊。
鸥嬉处，日西斜。陌头寄语到天涯。
南来北去劳牵挂，好客殷勤十万家。

沁园春·夜游大观楼咏长联映月

皓月当空，陪衬高楼，几度秋风？看青山窈窕，美人横卧；滇池远映，碧水微蒙；数点渔船，半城灯影，夜色大观情更浓。谁记取，有几多诗意，在橹声中？

长联句句词鸿。凭指点书生意气雄。只平生一帖，文名已足。碧鸡旧话，金马遗踪，云岭风云，南中烟雨，都到楼前问髯翁。先生道，只清风一氅，浊酒三盅。

【注】

髯翁名破格。

南乡子·大理白族村

画栋并雕梁，走马游春转阁堂。认取石头城畔路，徜徉。傍水依山是白乡。　　好客有茶香，三道清尝意味长。余兴闲谈三塔事，倚窗。杜宇声声忆洱苍。

【注】

①云南称回廊为游春。
②大理又名石头城。
③白族有"三道茶"为待客佳饮。
④洱海与苍山，大理名胜。

南乡子·西双版纳

春水漫芳畴，泼水桥边泛小舟。塔畔草亭延客处，勾留。版纳风情一望收。　　华鬘鬓云柔，卜少珊珊上竹楼。曼舞婆裟歌一曲，回眸。孔雀屏开翡翠洲。

【注】

①傣族村多有桥，名泼水桥。

②傣语谓少女为"卜少"。

题大观楼孙髯翁造像

乃翁髯翦见癯容，白发布衣眼不空。

不过书生情半掬，惹将后世意千重。

一联绝唱百余藻，十丈名楼九州崇。

不见游人如织处，残碑断碣夕阳红。

内昆铁路行

辛巳秋，应中铁新运公司内昆线贺指挥长洪松之邀，偕克振、鸿渝、再林沿内昆铁路采风，乘公务车驰于新轨上，吟成古风一首。

崇山峻岭外，险路铁龙冲。

黑水奔腾过，笛声传远空。

隧道钻山坳，洞长数里穹。

倏然出隧口，无路长桥通。

百丈桥墩上，车行云雾中。

洞桥连接处，万仞悬壁峰。

险绝心惊惧，高山架彩虹。

盐津峡谷里，古镇响隆隆。

车从城下过，地铁穿城墉。

壮观山水间，如此夺天工。

长笛鸣深谷，滇川成坦途。

高原连内地，蜀道变通衢。

古道"不毛地"，今朝长渡泸。

南中山水峻，风物千年殊。

僰道艰而阻，雄关抵万夫。

穷乡因路困，僻壤断舟车。

万载凶山水，如今变景区。

内昆一路美，感慨意宽舒。

伟哉建设者，挥汗展宏图。

弥勒谒孙髯翁墓

拂袖拒搜离举路，才人从此不离愁。

诗成千首耽佳句，联撰百言传五洲。

浊酒只将蚂蚱佐①，卜辞难为稻粱谋。

青山何处藏诗梦？遥指城西古柏幽。

【注】

①蚂蚱：昆明人呼蚱蜢为蚂蚱，并以油炸之佐酒，以其便宜，多为穷人食之。

茅台酒厂宴后邀留墨宝

天下早知国酒名，茅台未饮已酩酊。

人生如梦更如酒，醒者糊涂醉者清。

宁夏镇北堡影视城

电影新玩意，荒凉也值钱。

土城争战处，古井爱情天。

大话无真景，煽情有假篇。

人生如戏耳，世事总如烟。

赵清文

云南华坪县人，1937 年 1 月生。省诗词学会会员。

水龙吟

歌潮人海势融融，水阵云烟越九重。
喷玉泼珠蛟作浪，扬波抢宝雾腾虹。
旧时空跪龙王庙，盛世频圆梦锦容。
来岁再倾金沙水，神龙狂舞震苍穹。

鸡冠山

鸡冠耸翠屹滇川，水吻山随汇二滩。
裂谷开天迎日月，落霞渔火照风烟。
一湾幽箐烟云绕，四野苍崖鹰燕旋。
云气划分天岭界，一时挥写醉中篇。

攀　登

高原骏马喜奔腾，峻岭雄鹰搏彩云。
手托乾坤天远大，目观宇宙景光明。
踏平坎坷须坚志，跨越难关赖有神。
风雨兼程齐奋进，轿山儿女竞攀登。

赵鼎泽

笔名汀泽，白族。1930 年生，云南大理人。师范毕业。中华诗词学会会员、云南省诗词学会会员。

瞻仰华盛顿碑感赋

华盛顿碑神气爽，自由独立撼八方。
但祈四处游行客，勿以我为霸主狂。

大理将军庙

雄关漫道水相连，唐将南征殒此间。
姑念初衷求统一。焚香立庙渺青烟。

古风·赠美国友人

絮羽纷沉草木花，冰凌碎坠水晶瓜。
西风凛冽春难暖，阔道奔驰赴马华。
友谊温馨霞彩泛，同机伴座美人佳。
言辞不碍来相助，彼岸悠游到我家。

赵翼荣

1946 年生，浙江东阳人。昆明师专教授，云南省诗词学会常务理事。出版著作《溯古汲今——诗论书法自释》等九种。

题海埂

半分百里滇池水，一径长堤妙绝奇。
终岁白帆盈点点，入秋碧柳尚依依。
雾携春梦添山色，月淡花轩醉竹溪。
最爱浅滩冬未尽，小儿嬉水已更衣。

金殿感赋

斑斑铜殿鼎南滇，领略风云二百年。
金壁雄栏萦紫气，苍苔野径对青烟。
崇台未足明功过，片语何妨论佞贤。
故尔达人游古地，万端慷慨入诗笺。

题晋宁郑和故里

一湾碧水孕精英，七下西洋显大明。
故土常歌三宝事，天涯永志郑公名。
雄风再鼓催帆远，大业弘开振国兴。
高伫月山思浩海，此生风浪自无惊。

昙华寺朱德诗碑

几经雨磨野风摧，古寺幸存碑未隳。
出蜀入滇戎马疾，怀民忧国壮心翚。
素笺几页藏雷巨，青石一方似岳巍。
讲武堂奔烽火道，将军足印即丰碑。

谒西山聂耳墓

不幸斯人殇恶海，魂萦故土托山阿。
疮痍满目悲声巨，荆棘横空猛士多。
风吼神州驱铁马，雷槌赤县振金戈。
堂前静穆犹闻曲，海啸山呼奏国歌。

谒闻一多先生塑像

仰首分明一座山，巍巍矗立壮人间。
诗文书印名千古，气节襟怀撼九天。
拍案横眉真猛士，读经论典则儒贤。
掀腾死水英雄事，自古炎黄有史镌。

论书偶得四题

二爨碑

衍隶为真存二爨，苍雄古茂寓欹方。
南碑奇石名天下，边地书风启崛强。

李白行军书

逸诗万卷酒千盅，仗剑云游挟古风。
怀里乾坤毫落定，飘飘仙气出书中。

颜真卿《勤礼碑》

媚柔涤荡开雄健，大度端严势绝伦。
一副铮铮忠烈骨，千秋青史矗斯人。

担当草书

皓月清风醉五更，苍苔野径雾中横。
禅意悠悠透笔底，一如拄杖云游僧。

赵登科

1943 年 11 月生，云南晋宁人。中专文化。云南省诗词学会会员。

秋分同耍大观楼

秋分日色柔，同耍大观楼。
庭苑菊香秀，湖山野气浮。
冰雕无雪岫，异彩漾波舟。
睡美情牵梦。名联惊五洲。

段天锡

1918 年 1 月生，云南省凤庆人。曾任中心小学校长、凤庆县志编撰、县财政志主编。系云南省诗词学会会员、中国老年书画研究会东方书画家协会等会员，著作有《萤光集》待出版。

盛世中华颂

发展中华景象新，沧江水电惠近邻。
飞船探月巡空际，三峡截流为富民。
青藏高原通铁路，北京奥运莅嘉宾。
和谐盛世天时利，国泰民康百代春。

庆贺澜沧江小湾电站开工

古称夏禹治河功，现代沧江出巨龙。
万斛明珠鳞甲闪，炎黄后继振雄风。

赞怀大理古城

岁月匆匆数十秋，昔年苍洱几曾游。
滇西抗日抒民愤，古庙中秋祭将侯。
建国专区开会议，忝为代表听新猷。
而今发展名城盛，白族金花赞五洲。

傣乡泼水节

欢歌泼水庆春阳，美俗风情爱傣乡。

阵阵锣声催凤舞，杯杯米酒暖心房。

清泉圣洁涤污秽，花雨缤纷步大方。

佳节迎来游客醉，丽姝浴罢赛群芳。

浣溪沙·颂"神舟"载人宇航成功

五号神舟进太空，宇航大业庆成功，人民十亿赞英雄。　　领袖亲临行壮语，丹心报国绕苍穹，平安顺利御长风。

段学高

1932 年 7 月生，云南剑川人。大专学历，中教一级，离休干部。省诗词学会理事。著有《海棠集》《灵泉集》《山茶集》。

长相思·赴昆休养

剑水流，漕水流，流到南江马道头。赴昆治病休。　　情悠悠，喜悠悠，喜到平安到处游，逢春枯木俦。

段爱松

昆明人。中国诗歌学会会员、云南省诗词学会会员。

风

长驱千万里，猎猎拨山城。
谁道无情客，先知冷暖声。

雷

终日独思亲，深藏不见人。
山川轰一响，大地谱新春。

早春送故人

东流寒未尽，瑞雪化枯荣。
此去蓬山路，空余桥自横。

回乡有感

岁末思乡远，归途似箭心。
人行兼昼夜，汗湿裹衣襟。
万里飞鸿雁，千山盼达音。
犹怜慈母泪，点点念儿涔。

游盘龙寺

（一）

人生苦短总难猜，得失随缘莫自哀。
但得佛门清净地，茶花一树万年开。

（二）

访僧不遇独徘徊，宝殿煌煌向眼开。
美景人间多少处，拈花一笑梦中灰。

【注】

"祖师"特指"盘龙祖师"，传说他历尽磨难，终成正果，驱龙逐虎建成盘龙寺；"红线缠老树"，特指盘龙寺里面用红线缠绕在特定的老树上，佛祖就会保佑祈福人找到意中人，婚姻美满幸福。

嫦娥一号升空有感

冲天火箭破云霄，俯瞰九州掀浪潮。
浩瀚长空排万险，缤纷景象绘千娇。
江山一览垂青史，日月齐辉射国昭。
看我炎黄今有种，同歌华夏大风谣！

过华亭寺

古道幽幽草木深，亭台隐隐石崖喑。

建文昔植苍天杏，高氏曾弹锦瑟琴。

险壑秋风吹谶语，孤云润底渡禅心。

玄峰一觉拈生死，骚客空闻叹古今。

段家政

1930 年生，云南大理人，中共党员。现为云南省诗词学会会员、市老干诗协理事。

赠友人

一生从教无所求，甘作人间孺子牛。
桃李芬芳诚乐事，果实累累渡金秋。

官渡行

诗友结伴官渡游，古镇远胜旧时秋。
宝塔顶升奇迹创，金刚塔下地宫修。
青铜大鼎辉煌铸，妙湛寺塔巧划谋。
中轴南端新河畔，仿古新坊亦风流。
七阁八庙旧时韵，五山六寺景物幽。
渔火星灯成以往，教文兴镇古风留。

登灵宝山

无量山为南诏名山，古称云南之南岳。与友人登无量名峰灵宝山，有感而作。

自古无量称名山，林密山高云往还。
更有灵宝石佛寺，石房石联亦奇观。
漫湾归来余兴在，灵宝山峦勇登攀。
蜿蜒崎岖荆棘路，垂暮攀援实艰难。
晚霞飞虹风光好，夕阳余照情意长。
登高四顾惊回首，恍觉离天三尺三。

段跃庆

云南大理人，原为云南大学副教授。曾任云南省文化厅副厅长、省政府副秘书长、保山市市长，现任怒江州委书记、云南省诗词学会顾问。编著有《白水斋诗钞》《历代妇女词百首选注》《历代诗人咏云南》等。

温泉早春

淡淡峰岚半裹纱，一川新绿映晴霞。
泉边垂柳婆娑舞，诗里江山梦里家。

游大理即兴

德化碑前惊晓鸿，塔峰倒影意朦胧。
滇南多少兴亡事，都付风花雪月中。

游蝴蝶泉

人流蝶影足徘徊，造化神奇锦绣堆。
我爱一泉清绝景，弥空烟翠扑人来。

登大理宾川鸡足山

三十了心愿，登攀敢竞先。
客来千里路，烟布九重天。
晓日穿云异，苍松映雪鲜。
临风思浩荡，豪气越千年。

游武定狮山

果然云岭一名山，群彦仲春雅竞攀。
啸缝深渊岚气静，寒泉瀑布水声潺。
日间漫话建文事，夜半犹闻泪雨潸。
芒履皇冠何足论，辱荣幽境两相删。

游杜甫草堂

1981 年 6 月 1 日与四川大学曾君一教授同游杜甫草堂，茶店短憩，佳趣盎然，诗志情怀。

徐步微吟味愈浓，敬参诗圣杜陵公。
人间多少沉浮事，尽入草堂书卷中。

游武汉东湖

碧湖浩渺草萋萋，轻荡小舟闻鸟啼。
曲径低吟枫叶艳，白云天际任东西。

贺云南省诗词学会成立

一夜清风满树花，南天泼墨吐光华。
扫开云岭千层雾，淘尽金江万里沙。
训古裁新追两宋，构思斗韵梦三巴。
长联巨笔千秋史，人杰地灵广宇夸。

元旦偶感

忍顾流年握寸阴，每逢风转兴难禁。
情依滇水常回味，梦绕云山耐苦寻。
涓滴随波惭碧海，一舟附楫听潮音。
高原立足天为帐，笔蘸银河发浩吟。

致文勋师

情深气自平，脱俗一身轻。
笔势仰山健，文思出水清。
达穷何足论，荣辱岂能惊。
响逸风尘外，云中鹤唳声。

致浩如师

诗妻书友自言痴，爱水恋山觅雅辞。
终信风骚余韵在，此中甘苦两心知。

别季博思、李芸贞夫妇

季、李夫妇系美国加州大学戴维斯分校教授，1991 年 7 月，抵昆举办"暑假班"。余与之就中国古典诗词、书法等问题进行交流，结下深厚友谊。临行，二君在翠湖宾馆设宴话别，席间成诗一首，以抒别情。

风韵翠湖柳，春城盛夏凉。
短逢多逸兴，惜别伴斜阳。
阔岸涛千尺，执鞭水一方。
来年邀皓月，竹下共倾觞。

别凌志韫教授

美国奥伯林学院美籍华人凌志韫教授带学生赴滇讲授中国语言、文学和艺术。邀余主讲中国书法，其间过往甚密，临别赋诗一首相赠。

意欣雨后晴，万里赴滇行。
久客犹怀土，澄心亦抱莹。
顿嗟三月别，共勉一朝情。
海阔千寻浪，梦魂夜夜惊。

致云君

庚午仲秋，云君赴津进修三月，思念异常，驻足窗前，得小诗一首寄赠。

遥望归鸿泪眼痴，又逢秋雨连绵时。
千山万水梦中过，剪片白云入小诗。

致Y君

诗心剑胆任逍遥，夕拾朝花慰寂寥。
晓燕随风临雨露，心香一炷为君烧。

赴西藏登布达拉宫即兴

云环雾绕布达拉，圣地佛门映雪涯。
水碧天清游客醉，情依西藏梦拉萨。

段淑惠

女，1933 年生，云南华宁人。昆明医科大学毕业。云南省诗词学会会员，已出版有《段淑惠诗文选》。

玉溪大河夜景观感

皎月东升乘兴游，本河不夜客稠流。
银花火树霓虹灿，小调花灯韵律幽。
聂耳强音惟广场，民魂壮曲誉寰球。
和谐生态民康乐，水笑山欢喜荡舟。

纪念共产党八十五华诞

八五征程岁月红，满腔热血鼎新容。
风云涌起苍穹进，继往开来伟绩宏。
不畏艰难行壮举，无私奉献尽鞠躬。
八荣八耻朝朝守，九域农村迈大同。

情系哀牢

瘴雨蛮烟野兽嚎，驱魔逐病进哀牢。
跋山涉水肌筋练，不倦孜孜技术操。
父老乡亲当客待，彝姑傣仔感情邀。
情思缕缕心头系，身老伊村志未抛。

双眼白内障摘除植入人工晶体感赋

雾障云遮九载秋，光明永隔日憔愁。
高新技术传医界，还我秋波再闪眸。

胡洪斌

1969年生，祖籍四川。云南大学本科毕业，现在云南日报社工作，云南省诗词学会理事。

金殿纪游

阶前鹦鹉绿，一见觉春深。
野径迷花语，空门悦鸟声。
山茶齐雅会，铜瓦欲清吟。
汗漫登高处，风吹我辈心。

太华寺

幽云绕万株，岚翠太华浮。
林映波光耀，山随画意铺。
槐烟凝紫殿，潭影倒青庐。
数朵临风绽，花香若有无。

咏　月

忧乐千家夜，清辉进小楼。
开窗身外满，把酒盏中浮。
驻影花明岸，摇风柳暗洲。
但闻如有寄，传语一轮秋。

昙华寺

人去寺方古,听弦韵更幽。

优昙生夜月,晓梦上高楼。

晴日须长醉,清宵宜纵游。

常怀陶令志,不忘竞风流。

安宁温泉

一湾温水碧,千里暖风酥。

吹面幽思起,沾衣柳色铺。

晚香浮落日,新月照清酤。

吟赏已先醉,问君能饮无。

听 琴

良夜有瑶琴,长歌五柳心。

归云移款月,流水弄清音。

既解渔舟唱,何来梁父吟?

今宵虽几曲,足可荡胸襟。

大观楼咏菊

江楼此去遇春迟,为有亭亭玉露枝。

气借清秋延古意,香携细蕊吐金丝。

环篱碎影吟霜梦,绕岸清风舞妙姿。

玉碗斟来千盏酒,合当共饮好题诗。

登鸡足山

半掩石门知是谁，置身鹫岭阅残碑。
金栏塔影云为伴，疏雨松声天作帏。
一笑拈花仙鹤至，守衣人定彩霞飞。
洗心桥畔洗心后，梦里三峰几度回。

咏　兰

兰风蕙雨满轩窗，雪径幽枝自傲霜。
一展妙颜添国色，半研青玉发天香。
结根南国伴高士，缪接东篱披翠裳。
习习芬菲堪枕梦，为酬楚客洒清芳。

青龙峡

峡谷忘机如隐士，螳川约我踏歌谣。
松风览胜泉声在，瀑雨裁诗鸟语消。
影动秋千人喜笑，香留塘火梦逍遥。
翠屏两岸何人识，闲倚青龙伴笛箫。

胡隆富

1937 年生，云南澜沧人。省、市、县诗会（学会）会员。现为县老年书画诗词协会会刊《沧江诗词》主编。

布朗山古茶园

南上乡关天外天，峰峦深处绕清泉。
古茶万亩何人种？空谷扎根千百年。

香港回归十周年

回归盛典刻心中，撼世宣言荡海空。
两地共荣铺壮锦，一家团聚畅心胸。
蓝天依旧城仍靓，闹市盎然情更浓。
百载相思成逝梦，十年笑览紫荆红。

游漓江

画屏立岸轻舟绕，一路奇观牵我魂。
美景醉人胜于酒，不知山外已黄昏。

四十七年后重游澜沧江景洪渡口

不见当年古渡头，却看江映岸边楼。
扁舟过处出新港，一水商船下海洲。

浪淘沙·聂耳墓前

瀚海坠晨星，举世同惊，一时河汉隐光明。
噩耗遍传天地恸，四亿悲鸣。　　抗日举旗旌，
戎马声声。壮歌一曲战烟横。最后吼声驱日寇，
保我长城。

景迈茶山行

长山大岭几峰回，只见茶园碧浪推。
谁借天风送春曲？采茶少女出云来。

过高黎贡山

百里驱车云岭中，冈峦莽莽走无穷。
但看一路杜鹃艳，万壑千山尽染红。

滇南路上

凭窗幽谷水潺潺，一路飞车览万山。
时见人家三两户，云霞朵朵绕村关。

嫦娥一号

神舟圆了飞天梦，又把嫦娥挂月空。
华夏万方欢鼓里，寰球一片赞声中。
蟾宫探秘非常事，科技兴邦不朽功。
今赖英才书伟绩，敢于玉宇舞东风。

洪雨苍

笔名涤吾、皖江。安徽望江县人，生于 1922 年。系昭通老年书画诗词协会、云南诗词学会会员。

古郡昭阳乃鹤巢

翼搏风云万里遥，巡回觅得大山包。
平湖似镜虾鱼富，野草如茵籽粒饶。
游逸穿梭织锦绣，沉浮击浪舞晶涛。
青山绿水无污染，黑颈银装分外娇。
引吭高歌三谷应，凌空闪翅九天摇。
乌蒙磅礴红军路，古郡昭阳乃鹤巢。

朱镕基总理视察昭通

穿云破雾冀南滇，秋雨泥泞访苦甜。
三顿干粮烧土豆，一腔热泪落宁边。
兴修水利多增产，发展森林慎改田。
两路工程民命系，更生自力八方援。

西部大开发

西进长车号角昂，神州建设更辉煌。
请缨学子闻鸡舞，献策荤家拽履狂。
大满荒烟成宝库，高原冻土架桥梁。
能源汩汩输东部，江水滔滔向北方。
春夏秋冬循北斗，东西南北共春光。
娥皇若问边民族，一样风姿奔小康。

内昆铁路通车

国策民心胶乳融，高原峡谷喜乘龙。
披肝沥胆驱顽石，破地撑天架彩虹。
三省资源迎世界，五洲人杰访乌蒙。
百年反侧终圆梦，云岭巴山赤水红。

洪炎德

1926 年生，四川宜宾人。毕业于南京大学文学院历史系。中华诗词学会会员。曾任云南省诗词学会副会长。出版个人专集《心声集》。

南下戍边五十年感赋

走向西南万里程，戎衣步履壮歌声。
青春赤胆开新宇，自首丹心戍老兵。
荏苒流年疑似梦，牺牲洒血幸犹生。
献身许国终无悔，献此余生晚照明。

儒冠掷却赴边关，风雨春秋七十三。
金马碧鸡山画染，玉溪红塔水琴弹。
疲牛夏暑无闲息，老骥冬寒不卸鞍。
还惦大同今古愿，了犹未了到明天。

王昭君

丽质王嫱艳若花，画工何物敢涂鸦。
玉颜不待昭阳殿，金佩偏临水草涯。
冬雪毡裘尝乳酪，春风驼马奏琵琶。
万年青冢留沙漠，胡汉从来是一家。

赞滇中两湖一河

昔疏云梦泽，今治古滇湖。
善水观沧海，深山藏绿珠。
分波鱼石界，直淌玉溪途。
生态存千古，和谐天地舒。

玉溪坝子

毓秀钟灵信不乖，郑和聂耳降生来。
三乡乐土怀多士，如此山川代有才。

西北行吟

祁连玉石夜光杯，美酒葡萄羊肉肥。
丝路往来欧亚旅，衣冠北国咏西归。

鸣沙山下月牙泉，莽莽黄尘戈壁连。
凿壁危岩千佛洞，石藏玉宝破惊天。

盆地火州吐鲁番，红岩迎面火焰山。
一溪泉水回低谷，四面葡萄绿满园。

姚泰成

号南塘居士,生于 1935 年 2 月,四川富顺县人。现为中华诗词学会会员、云南省诗词学会会员。

昆明西山

龙门穿峻岭,滇水映朝晖。
雨雪奇峰舞,云霞峭壁飞。
升烟稀隐隐,落石碎微微。
欲上西山顶,英雄汗自挥。

游石洞寺

双阁凌霄立险峰,天然洞府隐岩中。
风生众壑松涛涌,云渡群崖石径通。
寺绕清流春不老,诗题绝壁韵无穷。
茶花古树桥头伴,境地清幽造化工。

去章驮途中即景

越过高山更有山,一层云海一层天。
村庄雾里腾空现,疑是瀛洲在眼前。

去石洞寺途中小憩即景

居然绝壁有村庄，荡漾金波麦正黄。
深谷层层难见底，农家恰在小溪旁。

题深山古寺图

万木争荣叠翠峰，深山古刹隐葱茏。
飞流千尺腾空下，春驻群山胜境中。

重游博尚水库

故地重游境若仙，山连库水水连天。
茫茫碧浪千层岭，滚滚金波万顷田。
逸兴轻舟邀旧友，赏心阔野换新颜。
收来满目如诗画，寄意深情上笔端。

满庭芳·赞中华

燕舞莺歌，尧天舜日，江山千古风流。万民齐跃，科技创高优。改革宏图大展，兴华夏，登上琼楼。瞻前景，如诗如画，声誉遍寰球。　　神州！今盛世，人才济济，远虑深谋。赞三峡平湖，造福千秋。更喜神舟五号，载人去，玉宇遨游。开新纪，文明古国，腾越跨飞舟。

武陵春·游灵山寺

春染灵山山色秀，春水绕山流。春意浓浓引客游，春趣正相投。　　华素清芬修竹挺，芳草可忘忧。高雅幽兰点点头，知己乐悠悠。

卜算子·万年青

雅致立庭前，休与尘埃杂。玉叶青青总不衰，暗把根深扎。　　数载未开花，只见繁枝发。春夏秋冬去复来，却是无人察。

胥绍祥

云南省景东县人，1935 年生。原在思茅地直机关党委会工作，现任云南省诗词学会理事、普洱市老年书画诗词学会常务副会长、《老年诗刊》副主编。

农村建设报佳音

农村建设报佳音，入眼山庄面貌新。
摩托轿车来落户，手机电话进家门。
千家畅饮脱贫酒，百族欣传致富经。
党播春风农免税，国施良策地生金。

春游梅子湖公园

驱车结伴去郊游，梅子公园景色柔。
雨润青山花织锦，风吹碧水浪推舟。
红梅万树迎宾客，绿柳千丝绕画楼。
雅士吟诗生妙句，影师拍照获丰收。

茶乡春色

春到茶乡气象新，悠悠云雾绕茶林。
澜江蜓蜿滚银浪，云岭逶迤展翠屏。
花映千山红似锦，秧铺万顷绿抽针。
南滇大地美如画，秀丽风光足赏心。

阿佤山

欲觅蓬莱到佤山，白云深处九重天。
晨观岭上峰披锦，晚赏边关云吐棉。
木鼓敲歌听雅韵，竹筒斟酒品香甜。
龙潭景色美如画，度假休闲是乐园。

参观大朝山电站

澜沧江上锁蛟龙，高峡平湖气势雄。
西电东输银线远，翻山越岭万千重。

树塔恋

情有独钟恩爱深，真诚相恋度光阴。
经风沐雨同甘苦，地久天长永不分。

饶玉成

女，1933 年生，云南新平人。毕业于昆明师范学院，云南省诗词学会会员。

傣乡风情

傣乡戛洒水清涟，银饰花腰格外妍。
红鸟飞翔商品茂，花街热闹荔枝甜。
大青树下情歌唱，凤竹林中笛韵旋。
米酒汤锅游客醉，乘舟览胜画廊间。

咏人民音乐家聂耳

炎黄号手气如虹，乐曲昂扬斗志宏。
鼓舞人们驱日寇，急呼奴隶做先锋。
振聋发聩歌声壮，逐雾拨云旭日红。
泉下若知天地变，料应奋笔谱新风。

代好友拟诗赠夫香港

劳燕分飞枕席凉，春风秋雨两茫茫。
山盟海誓恩情笃，影只形单惦念长。
宝岛回归偿夙愿，青鸾拂拭理明妆。
尽收红豆相思泪，伉俪团圆喜欲狂。

喜庆"嫦娥一号"奔月成功

传说故事竟成真，妩媚嫦娥离地巡。
起舞云霄超万里，奔飞美梦历千年。
越山跨水观天象，找矿寻油觅宝珍。
识破月宫原面目，和平开发为人民。

沁园春·咏云南风光

绚丽南疆，四季春深，三迤稻香。爱苍山瑞雪，纳西古邑；南诏伟塔，洱海渔乡。鸡足晨曦，腾冲热水，万朵茶花金殿芳。昆明旅，赏博园艺苑，世界风光。　　滇池聂耳家乡，引墨客骚人撰颂章。喜翠湖鸥鸟，龙门壁刻；石林火把，版纳楼房。民族村庄，风情别致，中甸泸湖妇女邦。大开发，拓自然生态，再造辉煌。

沁园春·咏玉溪风光

秀甲南滇，礼乐名邦，古迹留芳。览抚仙探秘，清波荡漾，星云游艇，笑语飞扬。杞麓烟云，渔歌唱晚，水美田肥鱼米乡。"三湖"①丽，似珍珠镶嵌，西子春光。　　青山绿水"三乡"②。喜经济腾飞科教昌。看农村富庶，高楼栉比，路途宽坦，商品琳琅。孔庙重修，州河变样，聂耳公园乐曲扬。须来日，望新兴生态，再写华章。

【注】
①三湖——指抚仙湖、星云湖、杞麓湖。
②三乡——指玉溪是聂耳故乡，云烟之乡、花灯之乡。

水调歌头·咏春晖

为庆祝党的十七大召开而作。

日出和风煦，万物沐春晖。桃红李茂莺舞，遍地吐芳菲。水碧山青果硕，路坦桥高灯亮，厦栉比峾巍。游子归家望，旧貌已全非。　　免农税，兴科教，固边陲。车通青藏提速铁马快如飞。喜览紫荆绚丽，欣赏牡丹妩媚。神箭显雄威。关注民生事，党帜闪光辉。

柏英杰

1928 年 11 月生于河南省安阳市。云南省诗词学会会员。

沿　江

沿江好地方，两岸最风光。
草绿牛羊壮，田肥稻谷香。
西临寥廓项，东接祖师堂。
话说珠源美，欢歌鱼米乡。

纪念曲靖市老年诗词书画协会成立二十周年

诗词艺苑散芬芳，双百方针齐发扬。
赞颂神州新面貌，传承马列好篇章。
才人佳作传天下，艺友丹青流四方。
南国珠源花独秀，乌蒙锦绣换新装。

姜尚志

安徽省怀宁县人，1927 年 9 月生。现为云南省诗词学会会员。

登高——宣威东山即景

东林初雁好登高，万里河山入眼豪。
磅礴乌蒙来昊际，涟漪宛水凿虹桥。
清泉倒洒晴空雨，古柏高惊午夜涛。
寂寞旧城喧矿电，披襟长啸亦风骚。

敬谒曲靖三元宫

军委抵三元，长征捷报传。
龙云呈至宝，朱总电连篇。
抢渡金沙水，飞登蜀陇巅。
毛公筹策处，光照亮心田。

忆南征

春到乌蒙莺啭晴，白头围坐话南征。
为同四海成团队，誓下昆明别孝陵。
沐雨栉风经七省，靖边建政朝燕京。
当前建国奚先事，细看军碑是赤诚。

念奴娇·纪念邓小平同志诞辰

桂华皎洁，满园香，扑鼻越墙遥逸。沸遍城乡，虔纪念先圣诞辰一百。生产蒸蒸，国强民富，群喜今超昔。国威臻显，怎能忘却贤泽？　　回首马列初传，削平三山里，诛凶神力。开国奇才，兴特色，何问猫毛颜色？改革先师，领班二代闯，尽开茅塞。一身正气，功勋光耀华册。

桂枝香·清明节怀战友

先锋聚首，正寥廓翠融，清明时候。矫首乌蒙北拱，绿盘南阜。麒麟飞阁流丹处，展东风，力道无囿。大江南北，群英集此，奋扬身手。　　顾创业艰辛勿数，念刘邓英明，屡劳旋酒。除暴兴滇改革，尽朝前走。许多豪杰为诛纣，抛头颅，笑奔泉九。人间浩气，地长天久。

沁园春·曲靖

雨霁云收，乌山北走，盘水南流。望峰青峦秀，林幽壑美，河清海晏，莲动凫泅。车马奔程，货粮漫市，千万工农斗志遒。莫忘记，看莺歌燕舞，须见吴钩。　　长征虽已开头，七十载三桩事路悠。正特色初捷，小康将达，计划确定，实现期酬。遥睹风云，近观史事，大业须由自己求。应奋起，循科学发展，建好神州。

欧阳琼生

云南临沧人，1922 年生。云南省诗词学会会员。

书　怀

要想成功莫怕难，心怀壮志向前方。
曾经百战气如虎，后作良民驯似羊。
老骥伏枥志千里，涓滴成河汇汪洋。
东风浩荡花争艳，政策归心老少欢。

"八一"抒怀

南昌起义树红旗，团结工农挽危急。
七十春秋争战苦，八年烽火扫狂敌。
英明决策三军勇，赤胆忠心众志立。
改革更新百业旺，腾飞经济创奇迹。

周总理百周年感赋

总理诞辰世纪轮，荧屏昭示百年身。
一生品德高风范，一代中华创业人。
奉献一生惊世界，鞠躬尽瘁为人民。
丰功伟绩千秋史，举世欢歌颂誉存。

回归颂

逝梦依稀忆旧哀，今朝耻雪喜中来。

群狼宰割铭前史，林帅焚烟毁鬼胎。

碧血丹心见虎胆，浩然华夏显奇才。

百年世事沧海异，共庆回归笑面开。

满庭芳·江河吟

暴雨连天，江河泛滥，罕见灾害多年。军民勤战，砥柱志弥坚。保岸安民护市，连夜苦，奋勇争先。严防守，紧张抢险，确保坝安全。　　深秋天好转，水平患解，重建家园。治洪凭科技，再谱新篇。全国同心共建，求质量，快马加鞭。三江岸，春秋永固，忆苦始思甜。

高文富

1931 年 6 月生，山西临汾人，大学文化。1989 年离休。云南省诗词学会会员。

登望江楼

西蜀名园竹径幽，花笺茗碗望江楼①。
英才九岁知声律②，锦水桥边决胜筹。

【注】
①花笺：指唐著名女诗人薛涛笺。
②据说薛涛九岁时就能识诗谱韵律吟诗。

红颜女校醉回眸①，古井涛诗梦寐求。
独眺心亭崇丽阁②，欢然极目慕宏楼。

【注】
①女校：薛涛的封号，女校中郎。
②古井：薛涛古井。崇丽阁，指望江楼内的崇丽阁。

话说泸沽女儿国

泸沽诧曰女仙都^①，母系和谐万象苏。

敢问诸姑今夜倩，居停稀世客时晡^②。

交欢玉宇雌声待^③，破睡琼楼契友呼。

骑访敲门螣木屋，迟疑举足躲庖厨。

【注】

①诧曰：指夸耀。

②居停：停留住下。

③雌声：女声。

德宏瑞丽行

目远辽途去德宏，山高显耀协妻同。

围裙傣女优柔舞，淑媛霞衣窈窕容^①。

密款钟情亭晓月^②，精诚梦伴竹楼中。

欢颜扇恰香茶递，歇处虚谈峤路踪^③。

【注】

①窈窕：关心为窈，美容为窕。

②密款：内心的真情。

③歇处：居住。

大观远眺 （七律）

滇池海物错鱼鲜，玉貌山巅睡佛仙。

燕子翔天鸥沐食，龙门览胜客游山。

巍巍岳岭高绕嶂，陡峭碧鸡险隘关。

佳境密林腾骥足，大观美景彩菱船。

登腾冲云峰山抒怀 （五律）

穿越竹林间，绕过万丈巅。

听猿啸鸟乐，踏享遇僧还。

殿宇钟声爽，峦峰翠晓澜。

游人磐石磴，讲席静中参。

彝家古镇作客 （七律）

姑翁握手两相欢，大号①迎宾捷足先。

左舞②阿哥阿妹唱，亲临亦瑟亦蹁跹。

彝家八月情人节，魅力③九天九地缘。

会见蒿蓬锣鼓闹，歌喧彻底伴琴弦。

【注】
①大号：彝族的长号。
②左舞：指彝族的左脚舞。
③魅力：很能吸引人的力量；九天九地：指遍地；蒿蓬：蓬蒿，泛指民众。

轿子雪山观瀑布①

龙湫浩气弘驰起②，浪花捲水欢然落。

天池漫落泻银河③，扬沫绝壁烟飞泼。

晨曦轿岭梦幻奇④，雨珠万丈冲渊阔。

诗成铺纸笑眉展，石濑惊湍撼山岳。

风来一截藕丝断⑤，乱流倒白穷源恶。

游人饱览弄潮儿，放下穷愁容盈座。

明珠烟密无限好，铜矿神工冶六合⑥。

几枝雪貌缀苍颢，摇坠影沉秀奇特。

踏遍乌蒙走一回，麓路悠哉举觞爵。

活活真源龙出洞，呜啸涛涌大江喀！

【注】

①瀑布：指极尽瀑布磅礴气势，充满了浪漫的想象。形容神奇瑰丽的山川美景。

②龙湫：上有瀑布下有深潭，叫龙湫。

③天池：指轿子雪山上的天池。

④轿岭：指轿子雪山。

⑤藕丝：瀑布下飞散着的小水珠如藕丝。

⑥六合：指天地四方和天下。

高国权

又名高滇，云南墨江县人，1928 年 8 月生。高中毕业。曾任中队指导员，后任思茅工商局专职党支部书记。云南诗词学会会员。

游昆明西山龙门

龙门千仞悬崖立，隧道开窗凿石成。
石窟神雕姿态美，殿堂塑像体形生。
凭栏鸟瞰滇池貌，浩渺烟波潋滟腾。
名胜风光须保护，游人盛誉赞春城。

游览版纳勐仑植物园

版纳驰名植物园，招来游客赏奇观。
珍稀树木栽园内，热带风光展眼前。
蔡老奠基功卓著，江公植树缅先贤。
游人盛誉林园美，造福子孙千万年。

祝贺普洱一节两会召开

天下驰名普洱茶，迎来中外众商家。
招商订货多兴旺，茗品成交喜笑夸。
焰火升空呈艳丽，讴歌舞蹈现朝霞。
来年茶节更隆重，普洱明珠锦上花。

红军长征到达陕北

红军万里远征长，扫隘攻关气势昂。

阻击围追何所惧，奔驰抢险更顽强。

雪山陡陡翻逾过，草地茫茫步踏荒。

战胜顽魔与天险，会师陕北凯歌扬。

春游梅子湖公园

新春佳节到，览胜访梅湖。

碧水波光美，青山万象殊。

临风凭远眺，茗品话枯荣。

欲保风光好，严防水质污。

捣练子·祝贺思小高速公路通车

思小路，已修通，桥隧相连气势宏。缩短行
程车速快，更期昆曼展新容。

高程恭

云南省昆明市人。云南省诗词学会、云南省老干部诗词协会会员。出版《云岭春草》。

闲居感赋

幽兰桂菊手亲栽，姹紫嫣红花自开。
车马奔驰城外过，喧嚣不到耳边来。
梦回酒醒观沧海，文就句成写感怀。
旧事如云东逝水，书香鸟语到楼台。

斗南春晓

星光夜动万枝香，千户掀帘花市忙。
车水马龙穿月过，嫣红姹紫映朝阳。

春城颂

千秋梦想大观楼，万里波光伴小舟。
椽笔髯翁抨往史，如云世事自清愁。
圆通樱景满山秀，滇海湖光千顷秋。
鸣凤公园声誉好，银蛇狂舞万国游。

夏长华

又名协之，1931 年生，湖北省武汉市人。中华诗词学会会员、云南省诗词学会会员，著有诗集《闲吟集》。

双调江城子·九九重阳节

满天风雨进重阳，景迷茫，意疏狂。锦绣通衢，相伴仍徜徉。行尽江南江北路，身已老，梦仍长。　　花明草翠似春光，柳微黄，菊幽香。玉带清波，十里锁芬芳，美好家园人共享，逢盛日，步安康。

沁园春·春城赋

华夏摇篮，文化之邦，历史名城。想龙潭石著，苴兰迹渺，滇王遗印，丝路闻铃。金马骋风，碧鸡耀日，篝火笙歌铜鼓鸣。春常在、有百花似锦，四季常青。　　而今万里鹏程，引四海嘉宾接踵行。望龙门绝壁，翠湖鸥舞；螺峰花讯，海埂园庭。金殿奇葩，石林火把，诗玛亭亭含笑迎。休辜负、这如诗山水，如画风情。

浣溪沙·昆明樱花节

春到螺峰景色姣，樱花拥道海升潮，人潮更比海潮高。　　劲舞狂歌惊四座，偎红依翠满山腰，花前醉倒半城娇。

一剪梅·弥勒葡萄节

万亩葡萄万亩红，琥珀玫瑰，点染苍穹。千年首榨鼓咚咚，笑语声声，果液彤彤。　　热土相逢酒一盅，陈酿飘香，邀月乘风。三弦起舞正情浓，醉了高原，醉了宾朋。

鹧鸪天·丙戌孟冬大东诗友聚会翠湖

执手门前意兴饶，闪光湖畔笑声高。
名园景物四时美，盛世山河百代骄。
花径扫，酒帘飘，观鸥水榭话今朝。
风骚翰墨高朋会，唱罢皮黄品过桥。

【注】
过桥米线，云南风味食品。

嵩明灵云山

画楼依翠出，古寺伴春回。
云淡过无影，风清去又来。
众生寻乐土，万象入诗裁。
俯仰寒潭水，地天一镜开。

台海春潮

二月东风着意雕，暖波拍岸起春潮。
百年离乱两心系，世代恩仇一笑抛。
故里亲情醇胜酒，家园气象盛而豪。
中华崛起期同力，欣看潮头一代骄。

游郊野公园

僵坐书斋一病翁，置身青野乐融融。
幕天席地三杯酒，绿柳红桃两袖风。
鸟唱山情新耳目，松播琴韵涤心胸。
嗟夫清气难携返，依旧楼台雾霭中。

夏德彦

1945 年 12 月生，大学毕业。历任临沧地区科委副主任、临沧市诗词协会理事，云南省诗词学会会员。

游榨房河温泉

三八曲拐水轻流，四九弯迂五里收。
曾是茶骡蹄没处，难寻古道问白头。

【注】

据说此地原属茶马古道，在不到五里的距离内，榨房河流经三十八道拐，古道迂回四十九道弯。如今临勐公路畅通，古道难寻，要问白发老人才可能得知了。

茶山春访

农家户户采茶勤，破晓离家傍晚归。
始听村民夸价好，方闻老板赞茗肥。
休言采女皆辛苦，但见收银利不菲。
老少开颜逢喜庆，乡村处处举樽杯。

临茶赞

边陲宝地话临沧，澜怒争流入两洋。

气候宜人甲四海，山川秀美数茶乡。

千年古树存神韵，万顷新园谱秀章。

首创滇红天下誉，堪称普洱第一仓。

茶山神韵

登山看罢祭茶神，会友品茗论雅文。

玉液三杯心已旷，茶歌两曲诉情真。

风情万种迷游客，韵味无穷醉友人。

普洱滇红甲四海，临沧却去岂曾闻。

徐　旭

　　1930年生，云南楚雄人。原普洱电力公司经理、工程师。云南省诗词学会、普洱市老年书画诗词协会会员。普洱市诗词楹联协会、普洱老年诗书画协会顾问。

贺魏文乾吟长七十寿辰

乐育英才心力尽，满园桃李竞芬芳。
芸篇满架良师友，书画盈堂珍世藏。
遂愿丹心扬国粹，风骚翰墨颂茶乡。
奋挥余热涌流韵，《普洱诗词》永放光。

沧江虎跳石

巨石江心竖，洪流藏暗礁。
千年无野渡，三阮也难漂。
猛虎功夫硬，行人肝胆焦。
如今兴电站，光耀九重霄。

周总理百年诞辰 (汉俳)

(一)

忧国虑民安。常年彻夜暑寒煎，彪炳契人寰。

(二)

风云善调和。和平共处燕穿梭，齐唱太平歌。

(三)

神州降福星。文韬武略济苍生，黎庶乐升平。

(四)

长街泪雨淋。悼诗浩海涌天门，万世仰英名。

徐 林

女，1932 年生于云南昆明市。云南省诗词学会会员。

玉屏逢国英

知交分别久，故地喜重逢。
娓娓抒胸臆，惶惶恋玉容。
青年荒谬事，老妪感伤同。
诚谢君思念，千言不尽衷。

山村雨晴

雨霁尘流净，云开爽气扬。
门迎修竹秀，轩眺彩虹祥。
白水梯田溢，荞坡紫雾藏。
深林欢百鸟，新校书声琅。

龙泉探古梅

迎风临水观，梅艳已千年。
老干虬蟠石，新枝蕊吐妍。
云根清气结，丹骨暗香旋。
雪魄冰魂聚，无双品格坚。

点绛唇·花深处

料峭东风，随车引入花深处。满街香雾，鸟语花间驻。　　一束兰馨，翁妪抒情愫。欢无度，正诗兴助，泼墨忘归路。

徐朝林

1942 年生于云南会泽。大学中文本科毕业，中学高级教师。春蚕诗社社员、云南省诗词学会会员。

点绛唇·东川山水

万仞雄峰，绵延千里横今古。巨雷声处，铁塔群高柱。　　一水金沙，此去通天路。滩无数，浪吞云雾，幸看桥飞渡。

江城子·旧园看梅二首

断残朽木数枝红，旧园东，乱岩丛。沉沉岁暮，且自傲苍穹。惟使瘦颜留净色，迎冷雪，冒寒风。

三分倔骨任雕虫，几枯荣，历秋冬。炎凉识得，含笑也从容。待到春潮开冻土，芳满地，叶葱茏。

雷　雨

层层云宇结苍穹，急雨飞星欲破空。
电火鸣雷三万里，狂澜怒水九千重。
伊人有血皆倾浪，铁石无声亦动容。
幸得天公开泪眼，洪潮人海艳阳东。

边关秋色

斜阳戎马老青松，几缕清凉透落红。

古塞蒙蒙秋霭里，边村袅袅暮烟中。

西风卷地千金浪，北雁横天一碧空。

醉在农家田垅上，稻香更比酒香浓。

浪淘沙·凭江怀古

大水荡滩头，滚滚洪流。几曾风雨过沙洲。
莫道投鞭江可断，鹤唳凤愁。　　铁臂主沉浮，
巨橹飞舟。云帆蔽日舰如楼。最是当年烟火处，
别有春秋。

聂 索

1928 年 8 月生。祖籍云南玉溪。系中国作家协会、中华诗词学会会员，云南省诗词学会、云南省老干部与昆明市老干部诗协顾问。著有《地热集》《金秋集》《北望望楼杂咏》《中草药礼赞》《聂索诗选》等及《学诗偶记》《聂索文存》等文集。

文友设宴招饮

冬来喜气胜春浓，谈笑风生满屋中。
促膝谈心评宿弊，披襟露胆赞英雄。
火锅屡沸真情旺，酒盏常鸣杂念空。
各有贤妻操内政，诸公怎不更雕龙？

课堂抒怀

我来讲课你来听，一个忘形众正经。
踏地何须沿老路，观天总是叹新星。
登山索宝焉虞虎，人海求珠岂恋汀。
世纪风云胸底卷，满堂蓦地起雷霆。

我若为济公

佞人诽谤任其多，一旦戳穿奈我何。

驱鬼驱邪孤得摆，谢天谢地阿弥陀。

是非决断咒中判，善恶分明笑里呵。

破扇手摇心在唱，浩然正气凯旋歌。

无　题

（一）

当年"文革"受灾磨，颠倒是非古怪多。

善耍阴谋居上位，欲施才干滚斜坡。

暗伸黑手当红主，明长红心变黑螺。

我不整人人整我，求神失效找阿婆。

（二）

又到知青祭祀年，许多愁绪涌心田。

月台送别充军去，屋顶空将恋念悬。

伙子今成胡子老，姑娘已失秀娘娟。

友思廿载悲哀事，敢问谁人不痛怜？

水调歌头·永唱颂华章

渴盼鸡鸣久，何日曙东方？不知多少英杰，暗夜打豺狼？帝制推翻未几，总统登场依样，换药未更汤。百姓汪汪泪，哀叹国泱泱。五星亮，红霞灿，唤朝阳。　　金光洒遍华夏，举目尽辉煌。更见龙翔凤翥，云瑞天开吉兆，指日示康强。乐为炎黄种，永唱颂华章。

痛悼诗人艾青同志

噩耗传来不忍听，撕心裂肺怨荧屏。

方誉泰斗升高帐①，顿哭文坛陨巨星。

大堰河波三代涌②，新春花蕊万年醒③。

向阳火把光明赞④，杰出诗人数艾青。

【注】

①1991年8月曾举行国际艾青诗歌研讨会。

②《大堰河——我的保姆》系艾青的成名作，哺育了几代诗人，选入中学语文课，使青少年受益良多。

③艾青著有诗集《春天》，并于粉碎"四人帮"后写了《迎接一个迷人的春天》，传诵一时。

④《向太阳》《火把》《光的赞歌》均为艾青的代表作。

满江红·扫黄

淫荡书刊，最堪比艾滋病毒。看今日，强音雷电，激光箭镞。四路义军高帚举，八方朽窖齐声哭。为清除污染打先锋，黎元福。　　大众业，陈腐肃；百年计，新人育。正呼风唤雨，急流奔突。涤净腌臜十里地，削平孽褒千间屋。喜神州遍地涌春潮，歌新曲。

醉花阴·重九

旧友相逢杯在手，巧值迎重九。论古又谈今，海阔天空，潇洒开怀久。　　经历几番风雨后，识得人生透。幸会遇良辰，志壮心雄，共祝齐长寿。

长相思·闻大学生重走长征路

忆长征，学长征，涉水爬山志不更。跫然地动声。　　前一程，后一程，继往开来有至诚。新人任纵横。

沁园春·春城颂

官渡盘龙，翘首西山，搂抱五华。看昆明四处，天青日丽，繁枝密树，俏丽茶花。拔地高楼，冲霄矗立，缕缕金光散彩霞。佳音报，喜丰衣足食，万户千家。　　风流绝代堪夸，誉金马生来是骏骅。又碧鸡善唱，轻声礼赞，高音讴颂，协奏笙筎。情系千年，力生万众，矢志兴滇震迩遐。凝眸处，仰凌云凤翥，壮我中华。

登龙门

清波浩淼四山隈，红日喷薄笑缀腮。
举目宽胸追浪去，纵情挥笔卷云来。
飞天意象驰遐想，泼地诗材任剪裁。
饱蘸银湖千顷浪，豪歌一曲上高台。

谒聂耳墓

耳如贝壳储涛声，面对滇池热浪烹。
海啸山呼歌义勇，天翻地覆唤真诚。
高音亮处驱三鬼，黑夜长时战五更。
终见龙人临盛世，中华古国庆新生。

山茶赋

云南山茶甲天下，且被定为昆明市花品种之多，令人眩目。有名为"童子面""金钟花""倒栽竹"者，曾在香港获奖。

盆景山茶笑不同，千姿万态舞东风。

老天互祝春临户，童子相迎喜映瞳。

直立金钟花茂盛，倒栽竹管叶葱茏。

夺魁三品堪夸赞，潇洒风流举世雄。

郭鑫铨

昆明人，1942 年生。全国优秀教师。云南省作家协会会员、云南省专家协会会员、云南省诗词学会副会长，著述有《林下集》《云南名胜楹联大观》《滇游诗话》《云中集》等九本。

过始皇帝陵

秦王扫六合，电闪走惊雷。
兵阵坦荡荡，声威到泉台。
帝心括天地，毕竟土一堆。
延元万年梦，梦断曲江隈。
烟火薰黔首，寂然没蒿莱。
血肉化才智，皇皇不可摧。
当年殉葬品，璀璨映日开。
世界惊奇迹，嘉宾浮海来。
论者歌霸道，令人怒且哀。
强秦若不暴，斯文何壮哉！
青天悬明镜，陵前久徘徊。

过黄河

悬月中天四野平，黄河浩荡竟无声。
民魂如此威兼力，浪涌波翻过百城。

丽江古城

雪岭为屏玉水流，古城烟雨正清秋。

河临街巷群芳美，桥枕门庭一院幽。

古乐新声人尽醉，唐风宋韵自优游。

何当结伴重来访，放意休闲上小楼。

西岳华山歌

华岳群峰耸刀剑，秀出苍溟扫阴霾。片削成悬亦成簇，白玉芙蓉映日开。花岗为其表，云母为其胎。亿万斯年风兼雨，地壳升沉伴惊雷。訇然纷披入碧落，造就奇险天下通天台。华山自古一条路，刀刻锯截一箭窄。千尺幢，百尺峡，日月崖高白云载。天梯悬绝壁，苍龙雾中摆。青云梯上委铁镣，手攀斗杓升天外。升天外，步天街，群玉山头绝尘埃。清风明月箫声起，玉女盆中见金钗。朝阳峰头看喷薄，万年青松垂华盖。邀太白，约希夷，仙人掌上曳广带。指点紫陌名利客，冠缨豺狼究可哀。人生忽忽求真谛，独立高标华山白。

碧壤峡谷歌

　　君不见，三江并流来天外，造化利剑切大块：又不见，雪山莽莽堆琼玉，碧壤奇峡化境开。一线青天山欲堕，石门半掩锁紫烟。铁壁入霄汉，画图动云霭。满川巨石摧雪浪，奔腾如吼何壮哉！摩崖多玄奥，陈迹埋苍苔。参天古木森森立，猿人洞接仙人台。摇曳绿映红，异卉拂飞泉。花飞野径半明灭，又见平坡挂翠田。昔有希尔顿，归去梦魂牵。"香格里拉"空留名，仙境沉沦地平线。青霞散，赫然在，鬼斧神工存险远。今我来游唯嗟叹，左顾右盼复何言！忽忽心神迷，两袖挟风烟，梦回清宵人不寐，命笔试赋奇峡篇。

云南茶花甲天下

君不闻，才人兴会说奇花，春深似海推山茶。
十丈锦屏开绿野，青山碧水垂明霞。
又不闻，新都公子发清议：海边珠树色如鸦。
拙政园里诗人醉，笑指天孙云锦姹女砂。
人间巨丽惊初见，共道分种来仙槎。
一树彤云齐吞火，玛瑙攒成花碗大。
每从丰雪展芳姿，着花不已接初夏。
盘根错节叶如玉，软枝分披自横斜。
美女如花争相喻，玉环婀娜初上马；
最是痴绝茶花女，盼倩姗姗催泪下。
小园一株亭亭立，伊人含笑隔蒹葭。
玉峰寺里花万朵，飞龙斗争落鳞甲。
天种飘摇知谁处？腾冲山乡谓云华。
云华一地七千亩，红花油茶连天涯。
千年火山凝精气，天地热肠化奇葩。
盖地铺天赤潮涌，到此瞠目唯恣嗟。
尽瞠目，唯恣嗟，云南茶花甲天下。

杜鹃花

子规声里花正发，无赖花枝透碧沙。

白傅中庭惊西子，谪仙三月忆三巴。

三巴野烧争残日，柯横半壁映山崖。

面拆迁争升庵累，杜鹃滴血日影斜。

南来金碧新天地，异水奇山何惊诧：

"孔雀穿行鹦鹉树，锦莺飞啄杜鹃花。"

杜鹃恣肆花烂漫，一笑嫣然任潇洒。

洁似苍山岭头雪，艳比海日万丈霞。

苗女娇，白女姹，傣家卜少娇无那。

花如人面明似水，山乡女儿正风华。

情依依，意洽洽，何期斧锯遭杀伐。

腰斩古木窃将去，陈列英伦举世哗。

滇云漫卷七千里，高黎贡山倚天插。

古鹃丛木巍然在，水红华帏入图画。

花争发，蔽周匝，百鸟翔环恋清佳。

上摩重云接风气，万岁千秋光华夏。

大理石屏歌·奉赠苏诏明兄

　　苏君诏明向寡言，一日邀我赴其宅。自云石屏已充栋，千山万壑集一斋。画面奇绝云水活，何不坐驰烟霞一快哉！　　石屏参差立，元气满九垓。云载危峦接北斗，芙蓉削成青天外。石峰林立次第明，松柏苍郁绕云带。奇崖韵古石斑驳，绝谷急湍声澎湃。曲涧沸腾下平川，飞沫溅湿碧玉苔。　　四时晦明风景异，峻茂清荣目不逮。春山嵯峨春水绿，红日喷薄扫阴霾。青松百丈拂云动，迅雨飘烟山半埋。最爱秋山历历嵌明镜，枫叶如丹照大块。云暗远山岭头雪，寒彻霄壤依天白。　　高原别开新天地，香格里拉俱神态。快绿明黄草甸宽，群山逶迤林如黛。高天乱云水底飞，观者指认纳帕海。噫吁戏，壮乎哉！山河信美人已醉，大地雄奇添气概。亦真亦画魂已迷，亲山亲水长萦怀。　　石屏看罢真惬意，云游归来多感慨。既惊名山钟灵秀，复感石工善剪裁。更谢苏君不辞苦，瑰宝长存春长在。想见年年披风雨，踏破苍山百尺台。手抚画屏忘饥渴，简衣素食常举债。江山代有奇人出，腾腾热血化浑霓。苏君笑顾仍无言，引我俯首合十长礼拜。

玉溪治水歌

浓淡青山带五湖，古滇腹地胜姑苏。君不见高原四万八千丈，碧玉清溪世外都。其间两湖真奇绝，一河如带系双珠。一湖波漾渚，灿烂星汉在此浴沐去浊污；一湖清如素，碧树苍岩仙翁沉醉玉醍醐。水面高下仅盈尺，浊流尽向清水输。天帝叹惋终束手，哀哀蹙额有仙姝。玉溪儿女勤且慧，指点江山重布水流图。劈水口，凿青崖，云渠虹飞新水路。从此两湖流向改，日卷清波十万斛。浊水置换入湿地，弥望蒹葭与菰蒲。自然净化神力大，杨柳堆烟落鸥鹭。汩汩分派成水网，或入城市或入库。州河故道花满岸，仙乐飞声入万户。水库丰沛资灌溉，金叶飘香垂稻菽。余波滔滔归大海，乘龙穿雾赴远途：壮也哉，妙矣夫，大笔写来天地殊。如此治水重生态。如此治水导与疏，大禹颔首众神笑，天人合一兮玉溪治水灼今古！

【附记】

玉溪市以疏导之法，改变星云抚仙湖古来流向，稀释、置换星云湖已被污染之水。又于湖外广置人工湿地，自然净煞费苦心之后；再按水质等次，将水引入水库及城市河道，以作饮用、灌溉、绿化之用。余波注入南盘江，经珠江东入大海。余参观治水工程，感佩至深，作歌云尔。

李家山青铜器放歌

群山拱峙彩云低，金马长嘶伴碧鸡。

庄蹻子孙人安在？滇中古国无处觅。

武帝虽颁黄金印，王褒犹祷骏凤移。

史迁太吝如椽笔，传闻荒诞不可稽。

星云湖水连霄汉，村寨如花与天齐。

李家山上汉墓古，不意此中埋信息。

青铜器历两千载，赫然出土斗精奇。

锄犁刀剑形制美，铜鼓声起动天地。

男俑持伞身手健，椎髻赤足披短衣。

村民合力猎虎豹，骑士执辔马蹄疾。

缚牛青壮皆赤膊，神柱高竖朝天祭。

队伍出巡何荡荡，乘舆贵妇严威仪。

生动如活动心魄，铜花斑驳沐晨曦。

迷雾无边一时扫，万象历历复奚疑！

迷雾归，复奚疑，古滇杰构世所稀。

山海城郭传承久，文明花开遍三迤。

【注】

　　李家山古墓群遗址位于云南省江川县城北。1972、1992 年两次发掘，共清理了上至春秋战国之际，下至东汉时期的古墓 85 座，发掘出以"牛虎铜案"为代表的青铜器五千多件。这些器物再现了古代滇人生存繁衍的生动场面，为研究滇国历史提供了实物资料。李家山青铜器系中华民族古老文化的重要组成部分，被誉为"世界稀有之宝，南滇文化之花"。

贾来发

1966 年生。现供职于云南省玉溪市委办公室，系中华诗词学会会员、云南省诗词学会理事。

踏莎行·云岩寺

寺列三台，岩开半壁，青山有意钟灵地。盈轩秀色与君亲，云深树古西林翠。　潭影悠悠，蝉声细细，蝶飞上下庭中桂。一溪流水绕山前，青烟袅袅千秋岁。

满江红·登新平磨盘山

癸未季春，应新平县文化局之邀，同登磨盘山顶，放眼四望，群山蜿蜒，树广林深。时值马缨花开，愈添春游雅兴，更兼悬崖幽谷，双湖映天，不觉心驰神往，心醉其间。兴犹未已，乃填是阕。

放眼江山，春深处，烟轻岚淡。风乍起，涛翻波涌，万峰林颤。古道苍藤攀峭壁，芳丘异卉生绝栈。莫停歇，更上最高峰，披襟瞰。　啸天地，千岳撼；挥手处，风云散。看今来古往，几人堪赞！不向世间呈媚态，但从艺苑寻瑶翰。且归来，续谱旧篇章，生何憾！

赴新平采风留题

车行峡谷向哀牢，两岸青山峙碧霄。
一水迢迢飘玉带，千峰霭霭起松涛。
村前迎客三杯酒，寨里欢歌一夜潮。
濮水先民滇越后，寻踪傣寨问花腰。

游泰山

昂首云天统万峰，神州远望尽葱茏。
松生怪壁千年古，花绽悬崖几处红。
曙色初开光宇宙，月华始上照苍穹。
登临莫负平生志，移步天门啸九空。

乡　行

五月乡村豆麦黄，收割才了又开塘。
栽秧种地摸黑干，使牛耕田趁早忙。
抗旱肩挑千担水，归仓手打万斤粮。
邻家小女方八岁，齐助爹娘扫晒场。

夏日即事

小春收罢大春忙，户户家家你我帮。
水放夜间须堵坝，工催午后敢乘凉？
秧栽水底云天上，豆晒村前马路旁。
喂奶抽身犹带汗，肚饥将就咽干粮。

登鸡足山

胜境天开果不同，灵山一会兴冲冲。
银河倒泻千峰动，金顶直拔万壑拥。
脚底云烟腾大地，眼前气象壮苍穹。
我今纵马游鸡足，长啸山川震九空。

唐承楷

云南牟定县人，1953年生。现为楚雄州老年书画诗词协会、云南省诗词学会，中华诗词学会会员，楚雄诗词楹联学会常务理事。

免赋吟

农村免赋显奇威，五谷丰登六畜肥。
执政为民开玉宇，山乡万里沐春晖。

农家乐

金秋承友访，邀我至田庄。
屋后盈蔬果，房前叠钓塘。
猪鸡多体健，稻菽满畴黄。
小伙修新舍，姑娘赶嫁妆。
孩童寻野趣，翁妪浴昭阳。
无尽农家乐，吟篇愧句荒。

咏 蜂

小小劳工征万里，采花播种任辛艰。
日奔夜酿轻封号，点点甜津奉世间。

长相思·金婚今昔

思无沿，梦无沿，翠柳芙蓉镜水边。长庚伴月圆。　　吵有天，乐有天，不异心心惜暮年。絮叨情谊牵。

仲秋宿紫顶寺

益友诗朋访紫溪，日同乘驾晚同栖。
松涛万顷伏还起，雾障千重高复低。
暮鼓催眠闻犬吠，晨钟醒梦觉莺啼。
粗茶淡饭消尘欲，一笑拈花心不迷。

紫溪春晓

莽莽紫溪山，幽幽一洞天。
日辉升碧海，夜幕释清泉。
百鸟争声脆，千花竞态妍。
蓬莱虽梦幻，心旷亦神仙。

夜步峨碌峰

秋高星露脸，独步上峨巅。
蕙径香风舐，松窗桂魄圆。
热肠思正道，冷眼看人间。
名利淡如水，胸襟系广寒。

登黄鹤楼

一马平川山点黛，双龙人海水回音。
龟蛇不墨唐寅画，江汉无弦伯牙琴。

诗山 （新韵）

攀登韵岭路遥遥，爬坎逾沟条复条。
企足诗踪翘首望，一山更比一山高。

袁庆光

云南省普洱市人，1924 年生。中师毕业。中华诗词学会、云南省诗词学会会员。著有诗集《涂鸦集》。

警世篇三首

（一）

人欲横流事可哀，资源掠夺已成灾。
斤锋锯割青山尽，唯见黄沙滚滚来。

（二）

山洪咆哮卷潮来，万里长江酿大灾。
生态失衡遗祸患，子孙生计怎安排。

（三）

抛污掷秽禁尤难，漫卷红潮浮海湾。
在劫鱼虾惊绝种，渔民空驶捕捞船。

普洱名茶二题

思茅雪兰

品冠群芳稀世珍，天生丽质自清芬。

千山雾薄难遮秀，二月兰香独占春。

消虑三杯邀月影，醒神一韵孕诗魂。

悠悠古道蹄声远，沧海桑田岁序新。

墨江银针

银针佳茗出他郎^①，大野崇岗着绿装。

翠拥苍山连晓雾，波翻碧浪映朝阳。

春风吹醒千枝秀，泉水烹来一滴香。

看取层峦葱郁处，青巾红袖采茶忙^②。

【注】
①清置他郎，民国新年改称墨江县。
②青巾红袖，指当地少数民族妇女服饰。

寄台湾故友

半纪沧桑话热凉，烟波浩渺隔苍茫。

诗情逐浪离人泪，国事萦怀赤子肠。

频寄音书缘旧雨，聊将心事托吟章。

春风已绿相思树，好挂归帆回故乡。

纪念彭德怀元帅诞辰一百周年

横刀立马数公雄，擒虎驱狼绝代功。

百战军威传禹甸，浩然正气贯长虹。

万言书洒苍生泪，十亿人歌老帅风。

欲仰高标何处是，匡庐顶上一青松。

鹧鸪天·茶乡春早

万亩茶园又早春，满山俱是采茶人。

春风吹醒千枝秀，春雨催开万绿茵。

蜂阵阵，蝶纷纷，也来点缀百花村。

清溪垂柳环芳甸，茶女歌声入彩云。

钱家萱

女，楚雄二中退休教师，中华诗词学会会员、云南省诗词学会会员。

抗战胜利六十周年感赋三首

（一）

卅万冤魂恨不休，秦淮呜咽怅悠悠。
休看今日繁荣景，须记当年民族仇。

（二）

神社礼参岂偶然，暗流尤自起微澜。
东邻未醒侵华梦，总向神州作虎耽。

（三）

江山已著升平世，芥毒尤施杀手功。
六十年来忆旧事，战争之痛痛无穷。

读《荷池吟草》三首

（一）

一门五代七才子，王氏匡州第一家。
诗礼儒商传孝友，黉宫育秀壮中华。

（二）

先觉先知赴革命，无私无畏献青春。
横行左祸多罹难，本质清清仍葆真。

（三）

荷池吟草记沧桑，离合悲欢尽品尝。
数十年来风雨路，承平盛世共繁昌。

晓仁方家屡赐墨宝以诗谢之

（一）

先生笔下起烟云，千字法书融古今。
展卷静观笺透馥，倚窗品味室生春。
一泓清渠沁心底，万缕情丝探奥津。
瀚海无边今有渡，亦师亦友谢知音。

（二）

浑忘白头此身老，唯与诗书情弥深。
威楚艺坛多俊彦，南州才子负清名。
高吟使我开心窍，墨宝珍藏遗子孙。
垂老知交真幸事，不虚此世杂红尘。

秦式儒

1928 年生，云南省江川县人。云南省诗词学会会员。

江城子 (双调) · 咏赞生态立市

吾侪敢为天下先，携抚仙，星云牵，湿地九溪，净化使清源。置换东风库里水，升品质，起安澜。　　州河故道漾漪涟，岸弯弯，水潺潺。文化广场，环保生态园，更有玉湖资畅泳，斯民健，绽欢颜。

步韵奉和张文勋教授《游九龙池》诗

九龙神韵未曾殊，永致中和总自如。
静且忘机思绪善，泉而播雅虑愁除。
云飞沼底鱼穿树，月印潭中兔吻珠。
物我齐观生妙趣，和谐构建予心舒。

感　时

与时当俱进，见异不思迁。
理想坚贞者，何辞步履艰！

鸡足山记游

人世羁人思出世，此山游罢想居山。

烟岚满树千峰秀，风月无边一塔寒。

鸡足神丘原净土，袈裟遗石证佛禅。

余非信士偏朝圣，徒步攀登不用搀。

沁园春·勐腊树冠走廊

树冠长廊，中国头条，世界首高。仰参天古木，白云袅袅；广袤植被，绿浪滔滔。一线凌空，望天树系，晃晃悠悠总在摇。休服老. 觅惊奇感觉，勇踱斯桥。　　资源这里丰饶，尤以那西双版纳姣。遍鲜花秀草，岗原吐放；珍禽怪兽，野谷鸣嗥。热带雨林，八方藏宝，开发充分效益高。朝前看，创旅游大省，还在今朝。

曲陀关吊古

盘马弯弓人已杳，都元帅府址犹存。
桃林仿有旌旗动，驿道恍闻铁甲奔。
习稼投戈因势转，业渔管建用心攀。
真知兵者非好战，史鉴兴蒙曲陀关。

改正志感

感怀志士耻悲秋，拼命但将真理求。
昔日谁遗稀世憾？今朝我付大江流。
拉车愿做傍辕马，犁地甘当不倦牛。
雨过天晴云淡淡，依然锦绣好神州。

梁炳星

1937 年生，中国电力诗词学会、中华诗词学会会员，云南省诗词学会理事。

咏九九昆明世博园

树展姿华花绽容，天香国色竞东风。

中西浪漫园庭异，人与自然同绿红。

参观广州流溪抽水蓄能电站感赋

电水今成莫逆交，果然科技领风骚。

每于寂夜勤储势，总在巅峰勇弄潮。

万点明珠浮碧潋，千钧动力寓银涛。

流溪不尽湖山翠，永倚神州步步高。

浣溪沙·港澳回归感赋

荆紫莲红相继开，神州环宇唤澎台，海涯咫尺莫徘徊。　　两制已敷团聚路，三春犹盼燕归来，故园梅垄正新栽。

沁园春·与昔年同窗共游云南石林

郁郁苍苍，天下奇观，峭峭作林。叹叠峦面壁，觅程狭缝；望峰亭上，顿已凌云。世外红尘，迷茫起伏，路转峰回景又新。阿诗玛，正惊鸿照影，笑靥频频。　　蓦然回首踪萍，有多少风光入梦魂。念崎岖险道，相携豪勇；天工神韵，共话丹青。今日高松，昨天桃李，依旧当年稚子情。心未已，数名山胜景，再与攀临。

水调歌头·梦游太空

记于神舟六号多人多天太空成功飞行及胜利返航后。

今遂凌云志，来作太空游。不星汉银河，可有似神州！何处仙，血琼阁？何处知音宇友？上下苦究求。我是地球客，盼与共交流。　　风景殊，生灵异，各千秋。中华有训，涯邻里喜堪俦。君子和而不同①，共构和谐宇宙，不许霸权谋。多谢殷殷意，此处可泊舟。

【注】

①孔子："君子和而不同，……"（《子路》）。意思是彼此虽有差异，但可互相包容，和谐相处。

卜算子·悼念赵仲牧先生

　　悯世一颗心，纳尽辛酸泪。化作灵泉涤浊尘，
还尔真和美。　　不怨雪霜急，只慰兰春蕙。谱
就生平一首诗，谁解其中味。

【注】
　　赵仲牧先生为云南大学教授，全国著名美学家、哲学家，早
年曾受不公正待遇，历尽坎坷。

殷美元

号溪谷逸士，1947 年生。中华诗词学会会员、云南省诗词学会理事、昭通市诗词学会会长、市文联常委。著有《涧边诗草》等。

大关黄连河

拂晓群山静，关山气势雄。
石崖蟠古树，银瀑捧苍穹。
谷底声雷激，林间苔径穷。
攀援凌绝顶，啸傲畅心胸。

大龙洞抒怀

故园多胜概，拄杖漫登临。
古寺云霞绕，清潭壁影沉。
倚松怀志远，掬水寄情深。
无欲胸襟阔，何惊破梦频。

贺"神舟"五号载人航天

世纪新元国运隆，雷霆一箭破长空。
飞天旧梦今圆满，访月高科路辟通。
玉宇遨游舒眼界，银河畅泳快心胸。
来看开发行星地，更向穷遥揭秘踪。

吟牡丹

应老友陈玉明邀，于小园内置酒肴兼赏牡丹。是晚，轻风拂面，夜色溶溶，花月交辉，香气宜人，题句遣怀，留连夜深。

雍容生富贵，月下立西墙。
国色无双艳，天姿第一香。
心刚凌武后，骨傲贬洛阳。
自是身高洁，何须媚帝王。

江城子·龙泉古松

夕阳晚秋，余与老友陈肯龙同游，见万壑苍松，拔地参天，傲然挺立。试携手合抱其隔尺许，不禁慨然，拍干叹曰：真栋材也！

巍然拔地岁三千。傲严寒，不趋炎。根盘石缝，聚众遍山巅。峭岭悬崖身影正，颜苍老，节贞坚。　脱尘绝谷性悠然。护流泉，伴飞鸢。涛声吟颂，逸韵付荒烟。未必良材皆栋柱，将风骨，立人间。

朝中措·乡间艺人

门前绿水映桃花，野旷一人家。收尽云山眼底，闲暇拨弄琵琶。　放怀天地，寄情流水，庭绕奇葩。青草池塘树下，开樽漫话桑麻。

俸若轩

现为云南诗词学会会员。出版《俸若轩书画诗词选集》。

劲　松

枝繁老干一苍松，屹立盘根绝壁峰。
箭雨刀风总坚劲，浩然正气傲长空。

纪念抗日战争胜利六十周年

卢沟桥上烽烟起，八载鏖争倭寇平。
壮志凌云卫国土，英魂离古永垂名。

纪念邓小平同志诞辰一百周年二首

（一）

终身革命济民穷，任你东南西北风。
立地顶天为砥柱，风骚已领百年中。

（二）

兴邦改革十年功，华夏今朝国力雄。
拨乱纠偏求实际，开来继往拂春风。

咏　梅

风姿秀俊胜群芳，对雪凌寒不畏霜。
铁骨万枝花似玉，丹霞无限气高扬。

姬祥林

彝族，1929 年 8 月生，云南宣威人。省诗词学会会员。

纪念孙中山诞辰一百四十周年 （新韵）

启蒙课读翠亨村，南粤中山降伟人。
游说九州倡革命，旋奔四海历艰辛。
推翻帝制功千载，创建共和滋万民。
天下为公忘自我，重温遗嘱仰先生。

访贵州足残教师陆永康感赋

苍天虽是欠公平，两足沉疴宁跪行。
木履双双磨破底，步程蹇蹇未停声。
艰辛从教胆肝赤，执着为师岁月更。
自我燃烧甘作烛，讲台三尺写人生。

莫志荣

1960 年生，白族大理鹤庆人。云南省诗词学会会员。

忆江南·牟定美

（一）

牟定美，山绿水潺潺。月朗风清春荡漾，花红柳绿鸟关关。四季景新鲜。

（二）

牟定美，古韵唱千年。三月踏歌无昼夜，立秋集会满歌弦。万众舞翩跹。

桂镜祥

1961 年生。回族，祖籍云南罗平。现供职在云南省曲靖城市供排水总公司。云南省诗词学会会员。

春桃朵朵笑春风

桃花得意笑春风，无比馨香三月中。
喜鹊登枝鸣美丽，东家姐妹唱鲜红。

读《水浒》有感 (新韵)

江河有恨响风雷，野兽凶残棍棒摧。
水浒精兵驱虎豹，梁山好汉显神威。
李逵奋斧一声吼，童贯惊心胆气飞。
卓越功勋标史册，群英伟绩树丰碑。

曲靖风光

青山绿水竞辉煌，翠岭高峰引凤凰。
曲靖新城迷客醉，珠江美献好风光。

咏 梅

万里千山雪，红梅带笑开。
寒风吹不谢，有意放香来。

咏风筝

翩翩起落逐风飘，仰望群筝共比高。
纸鹞飞鸢竞寥廓，看谁冲上九重霄。

故乡黄花分外香

罗平大地好风光，遍野黄花分外香。
春日山中腾细浪，招来万蝶与蜂狂。

黄 勇

云南省普洱县人，1938 年 11 月生。水电十四局一处退休职工。现任宁洱县普洱老年诗书画协会副理事、云南诗词学会会员、云南老干部书画协会会员。

长寿吟

灯红酒绿莫追求，道德升华第一修。

调节阴阳平恼火，紧收意马锁心牛。

病殃多为性情躁，体健全依气血柔。

科学养生皆妙品，寿长何必拜神求。

黄映泉

1941 年 1 月 31 日出生于云南腾冲。昆明师范学院中文本科毕业。现为国家一级美术师，云南省诗词学会理事。

云峰胜景

可把云峰当古画，几多名士画难成。
苍苔路曲秋云远，翠柏林深老涧横。
峭顶琼楼临地少，谷中麂鹿饮溪清。
夕阳送去迎新月，更恋归巢野鸟情。

腾越玉泉村

万里边关有水乡，敢将腾越比苏杭。
碧潭素湍惊鱼跃，绿柳红桃引蝶狂。
古巷楼台花弄影，新居店铺玉生光。
火山热海欢歌处，表演中心夜未央。

楚雄太阳历广场放歌

彝州古历创辉煌，揭秘苍穹拓大荒。
初祖滇人传圣火，擎天石柱映祯祥。
八方民族亲兄弟，万里山川美画廊。
广场欢歌相与醉，图腾铜鼓鉴文光。

滇滩吟

极边第一滇滩隘①，峭壁临渊激湍横。
莽莽重山凝翠色，苍苍林海起涛声。
花园大道车流涌，示范新村水阁明。
商旅边民添笑意，和谐互利寓深情。

【注】

①明正统间，兵部尚书王骥率大军三征麓川。平叛后设"八关九隘"，滇滩隘乃其中之一，有"极边第一镇"之美誉。

西营村观感吟

小桥曲巷石阶路，瓦屋新房生态村。
文彦粮丰双聚萃，山青水绿共精魂。
心将荣耻当标准，身把言行遗子孙。
热土薰风滋硕果，富民政策铸昆仑。

临江仙·坐客彝家吟

水榭雕枋车到处，彝家庆典相迎。三弦鼓角伴歌声。酒香情义重，饮到月华生。　　商铺琳争耀眼，更飘醒目帘旌。今宵主客好心情。火塘烧火旺，共舞庆升平。

蝶恋花·和顺蕉溪风姿

仁倚亭边波细细，凫水悠鹅，似与人嬉戏。碧草葳蕤飘柳絮，飞采白鹭花间里。　听罢捣衣和懒碓，更有回廊，好赏荷花媚。翠堤环村村抱水，侨乡好不撩人醉！

浪淘沙·登文星楼感怀

携酒上星楼，好赏腾州。琳琅商铺玉光浮。据说此城称翡翠，堪我金瓯。　恨忆八年仇，国难无休。曾哀是处血成流。前事不忘师后事，无懈兜鍪！

浪淘沙·木府高楼吟

木府上高楼，美景全收。玉龙寒逼雪光浮。叠翠狮山苍欲滴，百鸟啁啾。　古道梦悠悠，情也悠悠。纳西小店倚山陬。遗产弥珍须保护，垂衍千秋！

沁园春·丽江古城颂

文献名邦，锦绣山川，荟萃丽江。望狮山翠柏，龙潭倒影，曲街欢巷，胜比苏杭。木府轩昂，雕梁画栋，斗角飞檐金匾堂。逢佳节，奏纳西古乐，荡气回肠！　　千年历史光昌。算来是，人才好地方。有诗星灿烂，周霖国画，文渊书阁，方老华章。多少英贤，标新立异，将丽江芳名远彰。新时代，看和谐古镇，又创辉煌。

黄桂枢

1936 年生，云南墨江人。云南大学毕业，云南省普洱市文物管理所原所长，研究员。中华诗词学会会员、云南省诗词学会理事、普洱市诗词楹联协会常务副主席、《思茅诗联》《普洱诗联》主编，出版《茅塞愚人诗词曲选》。

登昆明西山龙门吟

悬崖高万仞，绝壁凿龙门。
艺胆惊天地，登临险弃魂。

澜沧邦崴古茶树上邮票喜吟

云雾山中耐雪霜，枝繁叶茂向朝阳。
树高四丈盘根稳，干大双围立地昂。
花果特征含野性，芽梢生态是家妆。
千年过渡型珍贵，国宝古茶天下扬。

【注】
澜沧邦崴古茶树于 1997 年 4 月 8 日选上国家邮票《茶》一套 4 枚中的第一枚。

美国纽约闹市见闻感吟

曼哈顿岛高楼挤，车比人多道攘熙。
掘海长街千米远，摩天大厦百层奇。
自由神像虽常在，孔子铜雕亦不离。
黑白棕黄民共处，求同存异应相宜。

乙酉秋欧洲之访有感

飞越亚欧半地球，东西文化喜交流。
莱茵河畔聚洋友，瑞士湖边汇彩舟。
奥意匈邦观百艺，法荷德比赏千秋。
卢梵国小财源富，中外情深谊永留。

人　生

凡间祸福总难猜，乐莫骄狂苦莫哀。
淡泊宽心明己志，重修亮眼免其灾。
风吹石压草横出，雨打岩垂花倒开。
世事经多胸里阔，以人为镜善兮哉。

秋夜月·二〇〇三年访问台湾相会云南思普乡亲感怀

初春时节，到台湾，如做梦，腾云飞越。两岸茶人交访，会亲心切。乡亲见，乡音熟，手心相捏。如愿、热泪眼含欢悦。 　　春来融雪，话同根，言一国，子孙相接。共叙云南先辈，弟兄情结。在天涯，亲友聚，难分惜别，有缘、春夜月如秋月。

萧　群

1941年生，云南普洱市人。长期从事教师，财会和企业管理工作。云南省诗词学会会员。曾担任普洱县老年诗书画协会理事、副秘书长、理事长等职。

学　诗

几度春秋今学诗，众长博采费心思。
不知日暮江山远，挥笔新翻杨柳枝。

纪念抗日战争胜利六十周年

军国幽魂气焰张，樱花难掩旧刀枪。
万人坑内同胞骨，曾是当年血葬场。

游水晶宫

曲径幽林处处风，白云飞挂水晶宫。
亲朋故旧若相问，春在溶溶细雨中。

春茶寄远

春尖二月占花先，又是樱红忆旧年。
眼底茶乡多碧草，远香何日到君前。

参加云南诗词学会抒怀

时逢六秩学涂鸦，也傍桑荫来种瓜。
雨润幽兰生静气，春回蕙草吐初芽。
删繁就简三秋树，弄紫戏红二月花。
鸟欲高飞先展翅，抒情言志绘中华。

朱总理就职词

文明古国出英豪，天上人间试比高。
谈笑风生声激荡，陈词气壮语惊涛。
腹中方略可操券，面对地雷不动摇。
总揽乾坤兴盛世，中华大地展风骚。

普洱中学百年校庆叙怀

一夜欢声语末消，日高酣卧竹潇潇。
胸中丘壑照明月，眼底云烟过彩桥。
白发苍颜难作画，红情绿意好抒毫。
百年春梦似流水，挥手灞陵折柳条。

游普者黑荷叶湖畔

芙蓉出浴草萋萋，翠涌千花柳映堤。

淡淡清香朝露少，婷婷疏影晓云低。

名人笔下丹青古，荷叶湖中山水奇。

唯恐烟波难醉客，绿荫深处鸟轻啼。

萧其柞

笔名草肃、雪野。1923年生于云南省临沧县城。省立缅云师范毕业，曾任中学教师，临沧诗社创始人之一。现为云南省诗词协会会员。

纪念朱总司令

朱总司令威名扬，早岁驻滇有史章。
护国倒袁灭帝梦，南昌起义振东方。
长征强渡金沙水，草地雪山野苍茫。
八一建军钢铁固，力摧腐朽倒三山。

十五夜月

万里无云月在空，抬头遥望广寒宫。
嫦娥何不人间走，万紫千红情意浓。
夜阑如洗月当空，寂静山林鸟灭踪。
花影时移悄悄动，米兰拖地映庭中。

颂中山水库

层峦叠嶂景清幽，库储甘泉品质优。
及负辛劳功绩著，为民造福颂千秋。

萧梦杉

1950 年生。退休前任宁洱公路管理段工会主席。云南省诗词学会、普洱市诗词楹联协会、普洱市老年书协诗词协会会员，普洱老年诗书画协会理事。

昆曼公路

隆隆声响震群峰，跨水穿山绝旧踪。
近看边坡如画景，远观拦道似长龙。
柏油路面直宽坦，旅客车中舒乐融。
昆曼线通民致富，子孙万代颂丰功。

思茅梅子湖

梅园雅景好观光，绿海明珠呈画廊。
湖里鱼游悠荡荡，林中鸟唱喜洋洋。
小舟缓缓微波动，快艇匆匆急浪扬。
四季如春花烂漫，松柏树下好乘凉。

曹以福

生于 1929 年 4 月。云南玉溪人。云南省诗词学会会员。

缅怀先烈

军民驱日寇，志士捣三山。
昔日英雄血，今朝幸福泉。

采桑子·赞玉溪

和风丽日清流涌，紫气生辉。艺苑芳菲，香溢城乡野绿肥。　州河变貌家园美，凤舞龙飞，唢呐齐吹，生态新兴众口碑。

渔家傲·与时俱进争朝夕

泼墨才知书艺秘，路遥方品艰辛味。满目春光桃李媚，心陶醉，金蛇狂舞神州瑞。　七彩夕阳真美丽，桑榆晚景多诗意。幸福思源流热泪，歌盛世，鞭挥骏马跟时递。

曹吟葵

1932年生，昭通市人，高级经济师。中华诗词学会会员、云南省诗词学会第三届理事、昭通市老干部诗词书画协会副会长。著有《吟葵诗文选集》。

中国黑颈鹤之乡·昭通大山包

乌蒙磅礴大山包，生态多姿远市朝。
仙鹤越冬栖碧沼，长空列队舞青霄。
鸡公雄峙群峰小，云海平铺万顷遥。
瑞雪消融肥草甸，牛羊盈野报丰饶。

昭通凉峰台·凉峰云蔚

雾锁云环目未穷，高台景色有无中。
凉风习习撩人面，流水潺潺绕树丛。
翠壑堆烟芳草茂，丹山染黛绿柯浓。
神州一派生机见，何惧浮云蔽碧空。

遣　兴

极目郊原绿野间，护堤杨柳兴悠然。

随春喜得疏枝茂，沐雨常骄秀以妍。

往事萦怀卿讯杳，空庭对月梦难圆。

柔条不畏寒霜降，忍把相思待翌年。

临江仙·梅

潇洒绝尘真秀色，疏疏淡淡清清。冲寒冒雪报春生，一枝先破蕊，羞落众芳英。　　记起高人林处士，恋花更与花盟。人间宠辱不他惊，耕耘花世界，眼底镜般明。

临江仙·菊

菊圃重阳花烂漫，红黄白紫枝头。一从浅淡一从幽，金风添爽气，秋艳世间讴。　　莫道东篱清且瘦，高风千古传留。生成傲骨不悲秋，任他霜剑虐，无欲自风流。

金缕曲·彭德怀元帅祭

浩气谁能越，缅元戎、献身革命，志坚如铁。北战南征屠龙手，顽敌闻风胆裂。屡奏凯、勋劳卓绝。美帝侵朝和平毁，请长缨、誓保邻捷。张正义，壮心热。　将军百战真邦杰。满心胸、忠肝义胆，高风亮节。坦荡襟怀言民困，进谏直陈心血。全不惧。匡庐雨雪。削职丢官无所念，料人间正气终难灭。逢世治，祭忠烈。

金缕曲·纪念红军长征胜利七十周年

伟矣长征路，忆当年、倭奴肆虐，神州震怒。赣水红星光灿烂，誓把金瓯同护。趋北上，扫除强虏。遵义城头升旭日，是非分、决策英明主。摧腐恶，整旗鼓。　远征儿女雄心树。战凶顽，抛颅洒血，何辞艰苦。赤水金沙飞楫渡，草地雪山休阻。但赢得、延河起舞。长记先驱开大业，倒三山、重现东方曙。英烈事，志千古。

曹福森

云南省师宗县人，1938 年生。主要从事文化教育工作，于师宗县政协退休。现为师宗县老年书画诗词学会会员、理事，云南省诗词学会会员。

五龙壮乡美

山回路转围低谷，烟滚云腾悬半空。
挺拔南丹多秀丽，新奇异景在岩峰。
松杉苍翠遍山野，柑橘金黄满岭丰。
客赞壮乡如画卷，四时绿染郁葱茏。

雨后五道弯摄日出

伫立山巅兴倍增，烟云袅袅更飞腾。
一轮红日生天际，激动心情伴日升。

登茵子山巅峰

吁嘘喘气上高岭，环顾四周草木荣。
无霾晴空千里秀，和风玉宇万山明。
马缨红白开颜笑，棠梨参差染翠林。
花海迷人盈醉意，巅峰眺望阔胸襟。

游凤凰谷

重阳游览凤凰峪，久慕风光面貌殊。

溶洞景观千百态，涧龙蠕动应山呼。

烟霞蓬岛山皆有，峭壁硐高世却无。

秀美山川翁媪赏，大开眼界自心舒。

章开元

1942年生，湖南长沙市人。曾任宁洱县林业局副局长、宁洱县政府办公室副主任。云南省诗词学会会员。现任《普洱诗联》编委会副主任、副主编。

咏　兰

长在深山自品香，何须附雅上厅堂。

素心剑叶身如玉，岂管他人论短长。

游镇沅千家寨茶王树景区

寨曰千家景色斑，参天老林古藤攀。

林深苔茂欣欣貌，雾厚霞薰莽莽山。

撒玉抛珠飞瀑远，集珍汇翠袅云环。

哀牢鸟道寻幽处，胜景流连误往还。

端午节忆屈原

中华诗祖数屈原，愤世忧民敢问天。

浩荡长歌惊宇宙，忧戚短赋润桑田。

丹心赤胆千秋颂，正气凛然万古延。

历尽苍茫风雨路，诗坛精品有遗篇。

鹧鸪天·游三峡随想

　　高坝如龙锁大江，十年辛劳铸辉煌。惊涛骇浪偃息鼓，似镜平湖渡万航。　　拦洪水，送明光。西南奋力赶苏杭。川江号子原生态，震荡神州溢满川。

景东杜鹃湖二首

（一）

　　无量山中一杰葩，玲珑小巧自成家。
冰清玉洁尘无染，敢比西湖非自夸。

（二）

　　青山滴翠水凝珠，含笑带羞入画图。
哪用梳妆春自在，霓裳舞罢玉肢酥。

曾龙章

　　纳西族，丽江市古城区人，1934年生。丽江师范毕业，云南省诗词学会会员，丽江《玉泉》诗社理事、副社长。

李世宗老师《八秩同仁祝贺组诗》有感

（一）

百草不芳扶一犁，夜思宏构月沉西。
耕耘再借韶光用，不待扬鞭自奋蹄。

（二）

白发低吟出类诗，青锋磨砺锐无疑。
流年荏苒随它去，月满芳林听子规。

（三）

书山有路不言难，踏破诸峰志未残。
耕读人家春永驻，百花园里素心兰。

（四）

梦绕魂牵步讲台，呕心沥血育人才。
三江无处不桃李，烂漫山花喜盛开。

（五）

两袖清风淡若仙，五车书富不扬传。
相期米寿还茶寿，再著新篇拜玉泉。

读和善修《三江红叶》感赋

三江淘尽拨云天，红叶经霜色泽鲜。
边寨情怀诗有句，知交友谊墨中仙。
椟中合璧应无价，室内贫书徒有钱。
笑问时人何所碌？百花园里可耕田。

赠善修挚友

情缘楮墨祖生鞭，不负痴心若许年。
溯水行舟同击浪，何须回首望云烟。

重　阳

东园西舍菊花黄，字画诗词聚墨香。
翁姐漫谈今昔事，一年一度庆重阳。

念奴娇·金沙水

大江南下，越横断，石鼓转头东出。第一湾奇观造化，玉岳哈巴壁立。叠嶂层峦，苍藤碧岫，天堑惊魂魄。急流砥柱，浪花飞起千尺。　　边地秀丽风光，声全世界，游人云集。外传频繁，超睿智、开发资国。高峡平湖，虽三分景物，自然移易。中原情往，黎民已不疑惑。

玉泉聚会嵌雪楼①

双石桥横卧碧流，净莲禅寺柳梢头。
天晴雨过登岩级②，古韵今风嵌雪楼。
喜捧诗僧遗墨集③，吟哦警句启新猷。
牛琴马笛神犹在④，玉振金声贯九州。

【注】
①嵌雪楼位于净莲寺大殿北侧，系诗僧妙明募化所建。
②秋雨绵绵，今日初晴，兴致更浓，值得一书。
③由《丽江地方文化史料丛刊》编委会整理出版的《妙明诗存》集首发。
④清·丽江著名诗人牛焘（善琴）、马子云（善笛）常与诗友杨竹庐、桑映斗、妙明等聚首嵌雪楼吟咏演奏。此次《玉泉》聚会吟唱唐诗宋词非常美妙，兴奋。

曾恭伯

1938年生,云南华坪人。退休教师,云南省诗词学会会员。

鹧鸪天·赞慈善新秀张桂梅

独秀高枝出杏坛,爱心倾注化甘泉。助学卅万扶贫寨,交党五千呈寸丹。　　存费用,省吃穿,赈灾济困抚孤寒。泽及根底皆良善,忘我其身是病员。

咏金沙柳林 (新声)

激流直泻玉峰下,裂岸惊涛虎跳峡。
一线天开腾碧浪,千行柳舞护金沙。
黛涸野岭凸琼顶,雾笼青纱明翠霞。
壮丽神州多美景,绿珠贯串彩云崖。

掌上明珠

九九回归喜颂

斗转星移四百年,南疆潮涌庆珠还。
荷荆媲美迎春丽,骨肉团圆联袂欢。
珍爱璞容掌上贵,雅观特色圃中妍。
亲襟拭去心酸泪,夺目晶莹熠海天。

曾恭武

生于 1922 年，云南省华坪县人。西南联大修业，北京大学中文系毕业。云南省诗词学会会员。著作有《诗词楹联基础知识》《奋斗人生》及《未已集》。

缅怀周总理

总理音容何处寻，神留沧海爱民深。
一腔正气惊天地，百载功勋耀古今。
无畏无私真铁汉，有情有义乃常人。
为官举国皆如此，世界大同寰宇春。

随　感

一世浮沉百劫身，忍将泪眼看红尘。
人间多长随风草，天宇常飘蔽日云。
祸福兴衰谁做主，悲欢离合梦难凭。
假成真际真成假，哪是妖魔哪是神。

赋安宁百花公园

绿化公园任众游，湖光山色美难收。

鲜花灼灼灿如锦，芳草萋萋软似绸。

杨柳拂波轻入梦，芙蓉带露浅含羞。

喷泉出水飞珠玉，翠柏凌空绘斗牛。

几处楼台歌管亮，数只舴艋桨声幽。

妇女蹁跹挥扇舞，儿童嬉戏饵鱼投。

恋人桥畔表情愫，妪叟牌桌争胜筹。

对唱俚词多笑趣，花灯古调显风流。

小康盛世万民乐，八十老翁不白头。

纪念孙中山先生诞辰一百四十周年

为公天下铸洪钟，四十征程振聩聋。

敢把帝王拉下马，顶天立地一英雄。

程地超

1939 年生于四川万县。1963 年毕业于云南师大中文系。教过中学，当过机关干部，云南师大中文系教授。云南作家协会会员、云南省诗词学会会员。

延　安

世上名城不厌看，此生长仰是延安。
巍巍宝塔迎红日，滚滚延河翻巨澜。
旗卷东方农奴戟，词吟禹甸不周山。
只因人杰能挥斥，华夏称雄宇宙宽。

夜难眠

鸡鸣知夜永，意怅不成眠。
讲帐逾花甲，舞文超百篇。
艰辛磨壮骨，荣辱养清言。
常作江淹梦，情游翰墨间。

题画古绝

梅

饮风下琼楼，摘梅欲赠人。
常盼归来早，先寄一枝春。

兰

春兰映玉池，幽香随风扬。
芬芳为谁发，衷情与之长。

竹

对君落落姿，叶叶都是诗。
萧萧伴清夜，助我长相思。

菊

不似李易安，对菊叹长天。
撷朵鬓边插，愿作一秋仙。

晓雪论诗鼓舞人心

晓风吹散满天云，雪洗灵台倍有神。

论道孜孜继传统，诗情眷眷明胸襟。

鼓旌撼岳国威壮，舞榭飞歌民意伸。

人杰常留千古句，心雄万代耀乾坤。

秋　意

秋深萧瑟起，野菊吐寒花。

蜂蝶随春去，昏鸦绕树喳。

登山试老腿，踏叶赋兼葭。

踽踽赏清韵，依岩看晚霞。

浪淘沙·大理讲学

北国火焰山，如坐针毡。而今我自享悠然，讲诵化章舒意气，风柔阳暄。　　大理可流连，人好天宽。诸生奋斗不息肩，科技兴滇谋巨变，重振河山。

窦纲孝

笔名尧封，云南省师宗县人，1941 年生。系云南省诗词学会会员。

明月故乡亲

梓里桂花馨，稻黄遍地金。
登楼观夜景，蹁舞动瑶琼。
似雪铺原野，疑霜染果林。
笙歌邀客至，明月故乡亲。

中国加入世贸

反复磋商岁月长，全民努力奋图强。
雄豪胆识深谋远，博大襟胸时运匡。
多载唇枪频较量，瞬间弹指定锤扬。
迎来经济繁荣景，谱写中华著美章。

村官人民选

淘沙好用浪涛筛，人海人山觅栋材。
民主集中投票选，能人演讲上台阶。
为公清政衷肠语，律己肃贪信口开。
选好当家民夙愿，小康道上劲头来。

游寒山寺感

寒山寺里听鸣钟，塔影云烟明月空。
灯火万家十里灿，笙歌几度夜船中。

窦善孝

1941 年生。县老年书画诗词协会理事、常务副会长，省诗词学会会员。

游菌子山感

四方学者凤城集，结伴菌峰看画屏。
摄影行家忘往返，诗联高手激情吟。
马缨争艳笑迎客，米酒香醇待贵宾。
如此景观何处有，漫山遍野惹诗情。

春　节

春节气氛浓，灯笼沿道红。
礼花放异彩，善政重三农。
温暖送寒户，新风老幼崇。
和谐天地美，家园更兴隆。

嫦娥探月二首

（一）

奥秘月球人不知，嫦娥受命闯关驰。

蟾宫详探神奇景，构筑天梯今不迟。

（二）

自力更生探月球，高精科技上层楼。

中华自古英才众，再上高峰宏伟谋。

谢晋轩

号橘翁，1921 年生，湖南长沙人。云南昭通师专英语系副教授。中华诗词学会、云南省诗词学会会员。著《橘翁诗文选》。

新嫦娥奔月

嫦娥何事喜盈盈？飞月无须靠药灵。
霹雳一声驾雾起，迢遥万里御风行。
广寒桂馥圆新梦，银汉波平探远朋。
自古太空多雅静，和平利用五洲宁。

瞻仰邓小平同志故里

一代伟人出广安，苍松翠竹映青山。
邓家老井德仁满，历代贤豪后世瞻。
三度沉浮成砥柱，九旬铁腕挽狂澜。
五洲来访车如练，不尽诗潮颂大观。

香港荣归十年颂

香江水暖紫荆荣，彻夜狂欢庆典隆。
耻雪百年辉赤县，珠还十稔颂腾龙。
巨轮喜载五洲谊，广厦笑迎四海朋。
鼎盛和谐弦诵雅，南滇金埠锦前程。

胡锦涛主席巡视云南

熏风送暖彩云南，三迤河山展笑颜。

胡总南巡百族舞，春城日丽万花鲜。

昭通创业逢甘雨，曲靖鼎新铸锦篇。

千里边陲驰骥足，与时俱进凯歌喧。

载人航天凯歌

神六飞船银汉游，航天双将壮心酬。

刚迎红日东风盛，又送素娥诗意悠。

天地交谈情万里，亲人祝寿喜双眸。

苍穹五日巡天乐，但愿和平遍五洲。

溪洛渡全国第二大电站开工

金江浩荡出群山，千古奔腾空白欢。

西部开发号角响，东风吹醒乌蒙兰。

边城古渡传佳讯，巨坝宏图绘首篇。

制胜狂流多送电，高湖明镜耀南天。

【注】

　　溪洛渡电站在云南昭通市永善县，装机 1260 万千瓦，年发电量 500 亿度，为全国第二、世界第三大水电站。

昭通大山包自然保护区三百居民让家给黑颈鹤

世界珍禽爱昭通，南飞万里越寒冬。

呼朋引类高原舞，戏水寻欢浅沼中。

千户居民家屋让，万年草泽赠飞鸿。

隆情厚谊谁能比？佳话千秋出乌蒙。

彭　瑞

1931 年 2 月出生于云南省丽江县（今玉龙县）巨甸镇。
《玉泉》诗刊副主编。云南诗词学会、中华诗词学会会员，
著有《痴人诗稿》。

咏　菊

秋芳不佞斗春芳，别有诗家笔砚香。
合是人间萧索种，傲霜心性自怀霜。

咏卵石

本是崩崖裂骨身，洪波携卷到江滨。
千翻万滚原形变，不废补天填海心。

春运偶思——咏雁

暑去天高一抹云，梧桐摇落报秋深。
横空唳断衡阳浦，出塞争飞粤海滨。
足系帛书遭镞羽，眼眯纸蝶忍销魂。
可堪风雪人如雁，岁岁来回两地心。

虞美人·猴

　　霜晨箕踞巉岩下，扪虱腮帮疟。林泉深处白云封，只道此身常在自由中。　　自遭剁尾临尘世，孰料青眸至。绮罗纱帽拟王侯，一任山羊背上卖风流。

怨王孙·惜春

　　宵雨梦回人起早，行望处，红稀青老。柳堤风软送啁啾，似说是、春光好。　　好练澄江天际杳，山染黛，霭浮烟袅。忽闻杜宇唤声声。陡地也，教人恼。

沁园春·黎明风光

　　览胜搜奇，不避艰辛，纵步黎明。看甲兵古堡，岿然不动，顽猴石佛，恍觉如生。玉柱栖云，苍鹰傍翠，千百灵龟次第行。奇观者、是金乌三坠，玉兔三升。　　石门关隘天成，到处有、丹霞列画屏。又红墙茅舍，民风各具，笙歌曼舞，异彩纷呈。山鸟嘤鸣，山花烂漫，如此风光忍匿名。千年梦、待贫穷去了，四海蜚声。

沁园春·丽江撤地设市

　　刹狮岭之阳，玉水之滨，古郡名城。看金江欢唱，玉龙起舞，白沙画壁，石鼓扬声。古乐生辉，东巴焕彩，四季风光如画屏。更还有、那徐公纪胜，东主隆情。　　春花秋月频更，吾爱此、民风朴又诚。念革囊元跨，蛮荒明拓，归流改土，播火飘旌。黎庶翻身，五洲享誉，雨雨风风步未停。到今日，又扬帆破浪，经济飞腾。

【注】

　　徐公纪胜，指徐宏祖，字振之，号霞客，明朝江苏江阴人，其著作《徐霞客游记》中载有明时之丽江胜迹。

［越调］天净沙·晚眺

　　清江堤柳平沙，斜阳古渡苍葭，乍雨轻雷似耍，春风无价，金波十里田家。

［中吕］普天乐·金江放船

　　晓星沉，山云瑷。一江的湍飞浪吼，一船的满载春来。巧避鼓浪礁，慎让盘涡濑。齐喊加油情豪迈。呼哨一声声、好不开怀。只待到黄昏系缆，却早已筋疲力败，好一似散了形骸。

［中吕］满庭芳·夜泊

沉沉暮霭，朦朦烟寨，索索蒿莱，映波渔火织光怪。一介书呆，梦难到桃园世界，心常系筚路朋侪。百无奈，清风爽籁，权且解忧怀。

彭明芳

1939 年生于贵州开阳县。云南省无线电管理委员会工程师。现为云南省诗词学会会员。

赏桃花

千古风流独有神，淡妆浓抹自移瞋。
枝浮玉影迎宾客，瓣送清香饯友人。
醉脸夭夭疑带露，娇姿灼灼不沾尘。
天公也会怜幽雅，撒向人间处处春。

翠湖春

一夜春风拂，千枝柳眼开。
凭谁神手织？天遣匠心栽。
隔岸思铭碣，临窗觅钓台。
流香心欲醉，莺畴客常来。

山寨人家

劲竹绕檐连小溪，篱边山鸟尽欢啼。
红椒玉米满墙挂，总把艰辛当彩衣。

浣溪沙·洱海泛槎

雪染苍山镜里斜，吟风泳浪泛轻槎，弄潮倒瞰醉生涯。　　掬水撤天飘杏雨，步云舞剑染红霞，归来斟酒谢渔家。

西江月·菊

粉靥凝羞清淡，翠鬟展眉馨香。天姿初试竟霓裳，绕径扶篱怒放。　　笑口暗追梅友，吟身满布星霜。痴心依旧爱秋阳，多少陶情尽赏。

鹧鸪天·杏村学堂

小院时花向丽阳，凌霄细蔓入轩窗。幽兰扑鼻无妖艳，山雀叽喳过苑墙。　　青石板，白沙房。书声朗朗出西厢。满山银杏逢甘露，沐浴春风披绿装。

蒋全澜

女，字晨曦，号江南，1935 年生。美术讲师，现为腾冲老年诗书画协会顾问。主编《腾冲老年诗词》《古道风韵》。省诗词学会会员。

入世歌

岁岁盼惊雷，多翻搏浪回。
长征十五载，风雨路腾飞。
人世震寰宇，神州洒朝晖。
和平增巨码，万众喜春归。

开国领袖

伟人领袖毛泽东，纬地经天举世崇。
四卷雄文辉玉宇，百川入海不盈东。

军队老帅

乌云滚滚缦飞旋，拍案惊雷唾贼奸。
统帅功勋昭日月，映辉大地宇新颜。

鲁效信

1928 年生，云南云县人。省诗词学会会员。

咏五光风光

林园景色鲜，峻岭袅岚烟。
候鸟鸣枝里，悬崖挂翠帘。
苍松铺大地，绿毯盖山巅。
遍野琼花放，平湖映蓝天。

蝶恋花·咏嫦娥探月

一号嫦娥探月去，万众观欣，玉宇龙孙聚。织女牛郎挥袖绮，寒宫玉女英姿比。　华夏仙姑游宇际，王母惊奇，尧舜红旗举。天上人间融一体，探亲取宝随时起。

傅维铭

号敬邻，1932 年生，云南省普洱市宁洱县人。系云南省诗词学会会员、澜沧诗词协会理事。

原始风光联巴塘

千姿百态万山巅，鬼斧神工洞里悬。
泉净如珠尘不染，霖甘似酒润桑田。
林幽篁密深无径，峡折峰回别有天。
怪石险岩皆竞秀，游人到此动心弦。

赞澜沧古茶树

名茶域外扬，江岸是家乡。
高媲青山耸，翠招碧浪香。
茗园迎客放，玉叶比翱翔。
千载珍珠树，深藏在澜沧。

吟安康八百龄茶树丰姿

云岭茶王名远扬，安康八百暗藏香。
普天谁敢和咱配，佤寨茶魁待整妆。

傅仕敏

1949 年生于云南江川县，主编《秘书天地》，创办《秘书之声》，著有《弄潮集一经济改革的思考与实践》，有诗文《悟然集》《归真集》。现为当代文学研究会名誉会长、云南诗词学会和孔子学术研究会副会长。云南省政协第七、八、九届常委。省政协文史委员会主任。

龙竹 (古风)

葱茏幽篁藏竹楼，袅娜娇姿千般柔。
挺拔修直多守节，刺破青天方回首。
相聚盘根还牵手，枝老新笋又冒头。
茂林蓬冠闭风雨，尽沐清辉不染愁。

情恋南疆 (古风)

曾历边关依惜别，久唤梦游今终回。
山水情悠通心路，茅楼铭意识旧壁。
龙竹锁寨华榕碧，晨炊轻烟描新野。
挑筐倩女归早市，裙掸露珠犬欢随。

山村 (古风)

腊末山村艳阳暖，满坡山花似闹春。
肥桃含笑逗蜂蝶，娇梨张扬絮棉飞。
牧童嬉戏放风筝，农家悠闲晒小粉。
吐嫩青苗才遮垅，浓妆少妇急出门。

春到边寨 (古风)

边寨阳春风光好，新芽嫩枝迎日笑。
烂漫山花闹碧坡，百鸟欢唱蝉调高。
长歌人勤春来早，久厌案牍欢悦少。
难得偷闲寻春去，无边光景快拍照。

恋怒江 (古风)

九天巨龙恋魂痴，飞落横断凭流峙。
生发奇观遍两岸，一幅画卷半江诗。
朦胧醉眼疑仙世，酒壶乾坤梦中识。
独享清幽在世外，宫阙盛况勿须知。

壶口观黄河 （古风）

势劈黄原九曲弯，一泻千里走云湍。
两岸绝崖耸赤壁，遍滩龟背拱泥丸。
轻悄拍岩过平川，飞奔击石滚雷声。
万堆水花喷彩雾，千军万马闯壶关。

夏走"三江" （古风）

劈出横断惊千嶂，抖落星河比三江。
傲峙崴嵬尽白头，狂泄惊涛奔南洋。
酷暑临极沐热风，身历炎峡睹苍凉。
方疑绝地无人迹。却见悬崖挂柴房。

茶房即景 （古风）

南疆属地多茶房，名实差错两道梁。
环坡烂漫动诗意，田舍锦绣呼华章。
吐嫩茶园染新黄，闹春樱花共海棠。
蜂蝶狂舞犬戏禽，茂榕幽篁锁粉墙。

元日登高 (古风)

暖阳宜风爽人意，普天迎新辞旧岁。

千朵礼花共朝霞，万声爆竹捧喜归。

元日登高唤春回，绝顶放眼观风云。

唯愿故园尽"桃源"，肯许余生谋真义。

初秋西山即景

远眺叠嶂追碧峦，环顾千阐闭山弯。

充耳蝉鸣竞鸟唱，盈目翠冠升紫烟。

小径风卷落叶转，苍阶覆苔肥草环。

飞瀑挂崖溅银珠，古道清风摇长藤。

董嘉樾

1936年生，云南省大理市凤仪人。现为西双版纳州老年诗书画协会会员、云南省诗词学会会员、云南省老干部诗词协会理事。

荷　颂

素影丰姿雅不同，高擎碧伞露华融。
出泥落落总无染，成节层层中尽通。
岁岁争红春意里，年年竟紫水晶中。
芳容笑许知音借，甘献身心妆世风。

一剪梅·园丁吟

三尺台前勤诵吟。意寄新苗，一片情深。晨昏汗滴盼成荫。年又经年，鬓染霜侵。　　化雨春风送俊新，季季绿荫，桃李成林。献身执教意犹殷。名利浮云，赤子丹心。

詹应璋

1960 年生，云南会泽县人。曾先后任昆明市东川区机要局长、老干局副局长、区政协文史委主任，现为东川区党史和地方志编纂办公室主任、主编。云南省诗词学会会员、东川春蚕诗社及楹联学会常务理事。

东川红土地①

欲问谁将七彩掀？不经意造秀奇园。

如诗吟咏山原里，拟画挥毫地垄间。

质朴容颜皆大气，斑斓色调尽天然。

悠悠几朵白云过，犹在仙乡不想还。

【注】

①东川红土地景区位于昆明市东川区西南 75 公里处，这里以迷人的色彩、线条和景致被中外摄影家称为"摄影天堂"。

咏牯牛寨山①

牯岭雄居白水东②，峭峰万仞指苍穹。

悬崖峭壁树一帜，峻岭重岗聚数峰。

祥瑞飘巅停两步，仙人进洞饮三盅。

佛光普照东川地③，福在山前唱大风。

【注】

①牯牛山又名福在山，海拔 4017 米，为滇东北乌蒙山脉最高峰。

②白水指牯牛山脚的大白河。

③牯牛寨顶峰由于太阳光折射，偶尔会出现佛光景观。

踏莎行·赞都江堰

浩浩岷江，波涛震撼，奔流入蜀畴岸。李冰调水水轻流，人间奇迹都江堰。　　鱼嘴飞沙，淘滩作堰，李公治水无前典。恩播千载到今朝，永为后世千秋赞。

南乡子·咏青城山

　　何处探清幽？天府之西径直游。环立奇峰深秀美，全收。遍布宫观赏阁楼。　　石径嵌松丘，常寂欣然静默悠。道教传播源发地，常留。博大朴真智者求。

白帝城

　　"朝辞白帝"始名扬，小小山城大事装①。
　　割据公孙称白帝，托孤刘备泣川江②。
　　古时俊杰风云叱，当代英雄济世匡。
　　万里长江流不懈，人间进步快沧桑。

【注】
①指李白名诗《早发白帝城》。
②西汉公孙述欲在此筑城割据，假借井冒白气，称白帝显灵，故叫"白帝城"；三国时，刘备病逝前曾在此向诸葛亮托孤。

巫山神女

巫山沿岸数山峰，云气缥缥难现容。

清早朝云行暮雨，客来好似在仙宫。

瑶姬偶露身姿秀，姐妹齐心镇巨龙①。

美丽传说百姓愿，巴东大地更葱茏。

【注】

①传说神女瑶姬和天宫里的十一个姐妹齐心协力斩杀了在这里兴风作浪的蛟龙，为保这里行船太平，十二姐妹便毅然化作了十二座奇峰。

登黄鹤楼

盛夏初登黄鹤楼，先贤犹似在楼间。

千年愁绪难寻见，江汉周边分外繁。

褚成律

1935 年生，云南省祥云县人。楚雄市工商行政管理局离休干部。著有《劬园诗文集》等。

游贵阳花溪

花溪八月秋风爽，山秀水明情意长。
景仰张杨高品德，熄峰浩气傲冰霜。

南山燕语

雪霁天青百鸟鸣，呢喃燕语总关情。
千山万水均无惧，依旧翱翔任纵横。

西江月·贺楚雄诗词学会成立十五周年

雪霁春风千里，阳昭人地生辉。诗词国粹有依归，今日珠光玉奕。　　文献名邦威楚，诗坛唤彩边陲。文明执教解津迷，吟颂中华伟绩。

蔡川右

1938 年生，福建龙海人。1961 年毕业于华东师范大学中文系，云南民族大学教授。曾为陈述元、马曜，赵式铭、王灿等诗人的诗集（选）作注释。发表有关诗词的论文三十多篇，赏析文章六十多篇。省诗词学会副会长。

荷花二首

（一）

献花携子呈丝藕，外直中通望柳堤。
本已水清兼雨沐，何须深究出淤泥。

（二）

四季由来常积翠，只缘六月更垂青。
虽寻日下花矜色，也爱风前雨打声。

无花果

欲展虬龙势，瘤枝已近驼。
终身抗节在，几载耐霜磨。
息影漏光少，清心正果多。
无花斗秀色，默默自婆娑。

傣乡芭蕉

疏篱斜欲护，早已出凉台。
新绿层层出，清风阵阵来。
席平眠夏夜，雨细压轻埃。
处处宽心在，年年阔叶开。

丽江玉龙雪山

刚从外地来，疑此是荒垓。
雪化难全化，云开似未开。
仍须盼日照，且莫怨阴霾。
山顶犹衔玉，骊龙珠满怀。

中甸纳帕海

此海非凡海，茫茫芳草原。
千秋牧大地，百马纵平川。
风净云空下，天高山野前。
待迎黑颈鹤，结伴觅家园。

石林魂

峭直何从觅？茫茫陵谷间。
峰岩宁可碎，骨鲠岂能弯？
正气钟河岳，灵光耀海天。
石民争向此，足已净风烟。

中旬白水台

若游中旬寻幽处，百里城郊白水台。
雪浪云波开宇宙，皱纱瀑布荡尘埃。
人间疑是探银海，天上何曾怀玉胎？
圣地瑶池原莫测，欲求造化费心猜。

白山茶花 （新韵）

不嫁东风也焕新，花园玉立岂骄矜？
乱头人世怀清雪，素面朝天视白云。
洁比霜中二春月，淡如星外一秋心。
并非自炫轻浓抹，本色犹能说到今。

游安宁曹溪寺

琐事缠身却振衣，息心枉自问曹溪。
识途难免尘衰累，恋栈须防病骨欺。
岂悟螳江一滴水，谁争石室半盘棋？
方开即谢昙花树，几望浮云几忘机。

廖清华

云南省玉溪市人。云南诗词学会会员。

新平戞洒花腰傣

绿峰环抱田畴沃，春色盈怀处处娇。
花市街头卜少靓，槟榔园里爱情陶。
竹编斗笠鸡棕顶，银饰裙服缎带袍。
灵鸟放歌声婉转，雉鸡起舞态妖娆。
相亲惬意秧箩饭，待客诚心酒菜肴。
染齿纹身濮韵在，腰间束锦号花腰。

山乡农家过年

世泰时清过大年，松毛铺地节情添。
樽前清酒千杯少，宴上荤腥一应全。
长者趣谈乡里事，青衿盘算米油盐。
阖家欢聚天伦乐，娃子关心压岁钱。

吟生态玉溪

凿石壑渠开，源头活水来。
大河乡邑绕，衢道柿榕排。
广场风光丽，双湖生态赅。
新兴环保市，绵绣众人裁。

中秋联想

中秋话月圆，魄动感怀牵。

陆岛水天共，炎黄脉络连。

阋墙当止戟，放眼摈前嫌。

弃旧循新轨，和谐壮大千。

吟生态易门

（一）

百卉凝香簇画新，纤尘不染境生春。

蕴青含碧群峰秀，地绿天蓝鸟婉鸣。

（二）

龙泉八景态妖娆，装点洢源分外娇。

水色山光都入画，梁州逸韵漫空飘。

【注】

洢源：易门大龙泉称洢源。易门古称梁州地。

峨山彝族火把节

倾城空巷共无眠，火把通明红遍天。
狮舞龙腾欣盛世，欢歌雀跃庆丰年。

二〇〇六年岁末感怀

（一）

戌年喜讯频，一件足惊心。
落马多高位，除贪振国魂。

（二）

纵览前朝弊，赋苛殃黎民。
而今农税免，农稳乐升平。

谭国祥

1950 年生。历任中共东川市碧谷区委副书记、新村镇党委副书记。中华诗词学会、云南省诗词学会会员,东川春蚕诗社副社长。

夹金山

长征路上几艰难,万里途程万里关。

云岭三春红日暑,夹金六月暴风寒。

红军脚下无拦路,战士胸中有锦篇。

感动寒婆开脸笑①,掀开浓雾见蓝天。

【注】
①山上有寒婆庙。

杨林肥酒

美酒甘醇绿翠装,精蒸细酿用纯粮。

三杯下肚全身暖,一滴沾唇满口香。

盛世人和增富贵,新婚宴喜庆祯祥。

千家妙醴谁堪比,我道杨林赛杜康。

参观白鹤滩电站坝址 (新韵)

白鹤滩前白浪滔，药山陡峭入云霄。

金江滚滚深峡过，云岭巍巍瑞霭飘。

玄武岩石坚壁硬，小凉山口落差高。

专家选址科学探，大坝修成基础牢。

西江月·咏鹰

背负青天万里，目看峻岭千重。扶摇翻卷上高空。能把白云掀动。　　大地全收眼底，红霞好作披风。雄心壮志在苍穹，尽做禽王美梦。

水调歌头·大渡河

仰首河边望，峻岭入云端。川西峡谷，岷水直泻卷狂澜。峭壁悬崖险境，急浪高滩陡岸，大渡铁桥寒。莽莽群山里，处处是雄关。　　想当年，红军过，更危艰。军情十万，强敌追堵大渡拦。安顺抢滩歼寇，泸定飞兵夺隘，粉碎蒋纠缠。风雨长征路，血染战旗鲜。

熊培学

1935 年生，云南省曲靖市人。云南诗词学会会员。

山村巨变

山寨如今新屋多，楼房耸立具规模。
手机电视不稀罕，农舍建成安乐窝。

熊照阳

1939 年生，湖北省黄梅县人。云南诗词学会会员。

苍山谣 （古风）

春半上苍山，光鲜数杜鹃。
花妍不忍摘，任其媚远天。

瞿树芝

女，云南昆明市人，1942 年生。中学语文教师，云南省诗词学会会员。

山　乡

十里核桃树，溪边柳积阴。
荷喧争耸碧，菊笑竞摇金。
犬吠山村夜，鸡鸣草舍晨。
樵歌声入耳，日晓忆耕耘。

山乡重游

九曲清溪两岸红，千枝万叶竞繁荣。
樵歌悦耳添情趣，牧笛穿云助兴浓。
小径风来花自舞，孤村云入鸟相从。
山长水远轻舟送，旧貌新颜醉梦中。

咏雄鸡

山间草舍东篱下，绣颈花冠翠羽衣。
狡兔能穿三穴隐，雄鸡仅借一枝栖。
风吹弱柳庭前战，雪点寒梅窗外啼。
守信头迎风雨里，朝朝唱晓不知疲。

鹧鸪天·咏怀

竹绕清溪柳絮随，文期酒会总相宜。
沉香亭畔吟诗日，花萼楼间泼墨时。
逐夏色，觅春姿。踏青路上涌情思。
白头豪兴融春意，谁占东风第一枝。

戴发昌

1930 年生，云南曲靖市人。著有《拙笔留痕》诗文集。

代课老师

青春奉献育英才，代课终时少米柴。
学子捐资供二老，坠枝李桃未白栽。

魏文乾

字南天，笔名未文，1926 年生。普洱中学离休教师，中华诗词学会会员、云南省诗词学会理事、普洱市诗词楹联协会名誉会长，著有《墨韵斋吟草》。

昆明翠湖观鸥

波光潋滟锦鳞肥，杨柳依依绿四围。
骋目游鸥千变化，掠空啄食一翻飞。
频开机镜摄佳影，留得诗情伴夕晖。
物候催花芳序好，春城景胜鸟知归。

登宾川鸡足山

结伴登鸡足，峨峨赏景观。
林荫藏古寺，石级隐云端。
金顶佛僧众，秋风游客寒。
临高看四野，莽莽地天宽。

景洪巡礼

南疆春暖景洪行，孔雀迎宾开翠屏。
傣味餐厅尝傣味，风情园里赏风情。
沧江流尽千秋恨，版纳欣逢百室盈。
象脚鼓声传喜讯，竹楼台上起箫笙。

景洪泼水节

车过沧江渡，傣乡观竹楼。

风情添画意，笑语荡沙洲。

泼水传佳语，对歌联雅酬。

震天锣鼓响，飞桨赛龙舟。

普洱天壁山赏景

天壁立千仞，悬崖有景观。

朝阳升岭上，游客坐云端。

小阁凭栏处，洱城满目妍。

临风登绝顶，壮丽美江山。

郑州黄河滩抒怀

千里来寻黄水滨，中原一望气恢宏。

凭临大地披襟帻，慵对长河话废兴。

浊浪滔滔流逝去，心潮滚滚忆浮生。

昔闻百害民忧虑，今喜滩边瑞色明。

长城怀古

八达岭巅抬望眼，卧山巨蟒若天兵。
秦皇筑堡黎元苦，姜女哭夫血泪盈。
不见狼烟催战马，唯闻羯鼓化风声。
千般往事沧桑后，满目春光国太平。

赞　竹

瘦枝翠盖凌霄汉，静影亭亭姿望高。
摇曳春台呈画卷，扶疏帘外醉诗豪。
岁寒独结松梅友，雨润丛生舸筏篙。
青士万竿皆致用，一身刚直仰清标。

咏　梅

植心冰蕊孤山寺，香自苦寒展玉枝。
雪映花开秋雨后，影疏风弄月明时。
堂前留得一桩景，笔下吟成万首诗。
不似群芳争世态，人间更赞素英姿。

普洱民族团结誓词碑

各族同盟聚洱城，剽牛勒石誓签名。

军民团结丰碑树，佤汉和衷大业成。

千古疑云因化外，众葵向日不迷程。

春秋五秩边陲固，昌盛繁荣庆太平。

【注】

1950 年 9、10 月，普洱专区 15 个县 26 个民族头人赴京参观国庆盛典返回。普洱地委召开全区各族代表大会。1951 年元旦按佤族习俗举行剽牛仪式，立"民族团结誓词"碑，现为国家级文物保护单位。

穆成显

字大器，号复始居士，1943 年生，云南省腾冲县人。中文本科学历。云南省诗词学会会员。

国殇墓园

抗日忠魂葬墓园，苍松翠柏作花圈。
三春拜草哀思涌，十月焚香老泪干。
大败倭人功盖世，全歼魑魅气吞山。
丹心碧血留青史，鉴古观今永向前。

菩萨蛮·老梅

风风雨雨来呵护，铮铮铁骨千年铸。冰雪白茫茫，虬枝飘暗香。　休嫌姿貌古，经得山川苦。清誉播乾坤，平生喜报春。

后 记

编辑出版《中华诗词存稿·云南诗词选》，是云南诗词文化界的一件大好事。经过近一年的辛劳策划和实施，全稿编定付梓，编者欣喜地舒了一口气。

自接中华诗词学会关于编辑出版《中华诗词存稿》的通知后，云南省诗词学会及时将通知全文刊布于《云南诗词》，转发至省内各地，广泛征集该文库云南省卷的稿件，各地诗词组织和会员诗家踊跃投稿，数量和质量均令人欣喜。

与此同时，会长赵浩如就《云南诗词卷》的编辑出版工作向云南省委宣传部作了汇报。云南省委宣传部部长非常重视《云南诗词卷》的出版工作，并就《云南诗词卷》的出版作了专门批示，云南省诗词学会随即启动了《云南诗词卷》的组稿编选工作。

编辑部由云南省诗词学会会长赵浩如领衔，副会长何克振、蔡川右、杨世光、郭鑫铨；副秘书长汤继红、朱藉；理事张仙权组成。按中华诗词学会的要求，编辑部同仁分工合作，展开了联络组稿、收集整理、审阅遴选、编辑排版等编务工作。

在近一年的时间里，编辑部分别从近万首的作品中，通过认真阅读来稿，初步遴选出约 4000 首作品。主编及编辑缉部同仁多次复审，并根据中华诗词学会统一要求，按姓氏笔画排列，打印出拙初审稿；再认真反复进行校对，对个别失律失当的字词，略作修改（需改动较多的，则另选或割爱）。最终选录了342位各行各业、各民族的诗家作品2343首。蔚成大观，从中显现出我省诗词创作悠久的传统和丰硕的成果。

编选过程中，由蔡川右、郭鑫铨负责搜集整理自1911年至现在的我省诗人、诗家、学者的古诗词作品，涵盖了现当代我省传统诗词创作的主要成绩。蔡川右副会长认真查阅资料档案，并积极约稿，付出了许多心血，不幸竟手握红笔，倒在了堆满诗稿的茶几旁，与世长辞。他倒在《中华诗词文库·云南诗词卷》的编辑工作岗位上，他为云南诗词付出了最后的心血，使我们非常悲痛，谨此致以真切的哀悼。他的人品风范和兢兢业业的精神，永铭我们心中。

2009年初，编辑部又一次对《云南诗词卷》的打印校对稿进行了最后的审阅。对发现的问题一一作了修正。汤继红同志认真核对了作者和会员名家的资料，并在主编指导下，对存在的问题再次翻查原稿，作了适当的增删。特别是对省诗词学会老的顾问、副会长、常务理事，各地州市诗词组织创始人，老一代诗人，作了认真的研究，重新审阅他们的来稿，并尽可能补选其作品入库。使《云南诗词卷》当代部分尽量尊重历史和老一代诗人的贡献，避免遗珠之憾。

最后由汤继红、李娜认真校对排版，按中华诗词文库编辑部的要求电传到北京的出版社，并打印好清样，制成电子版。至此《云南诗词卷》的编辑工作，才算告一段落。

当然，由于我们的水平和工作中不易察觉的失误，错漏在所难免，希望作者、读者提出宝贵意见，以期下一卷工作予以弥补改正。

在本书组稿过程中，对各诗词组织和会员诗家的大力协助与支持，表示衷心的感谢。

让我们大家团结一心，继续努力，为繁荣云南诗词创作，建设云南文化强省，作出更大的贡献。

云南省诗词学会

二〇〇八年七月一日

附记：

中华诗词学会与中国书籍出版社、采薇阁书店联合组织"中华诗词存稿"的编辑出版工作，将十年前出版的《中华诗词文库·云南诗词卷》纳入"中华诗词存稿"系列予以修订再版。此次出版，改正了原版中的少量错别字，删节几首内容不宜出版的作品。特此说明。

"中华诗词存稿"编委会

2019年10月